Grazer Verschwörung

Edwin Haberfellner, geboren 1957 in Steyr, Oberösterreich, langjährige Tätigkeit im Krankenhaus, Jurastudium, Beamter und Autor.

EDWIN HABERFELLNER

Grazer Verschwörung

emons:

Bibliografische Information der Deutschen Bibliothek
Die Deutsche Bibliothek verzeichnet diese Publikation in der Deutschen Nationalbibliografie; detaillierte bibliografische Daten sind im Internet über http://dnb.d-nb.de abrufbar.

MIX
Papier aus verantwortungsvollen Quellen
FSC® C083411
FSC
www.fsc.org

Umschlagmotiv: photocase.de / pischare
Umschlaggestaltung: Tobias Doetsch
Satz: César Satz & Grafik GmbH, Köln
Druck und Bindung: CPI – Clausen & Bosse, Leck
Printed in Germany 2013
ISBN 978-3-95451-075-7
Originalausgabe

Prolog

Katharina knipste das Licht an und wartete, dass die Neonröhren zu flackern aufhörten. Sie schälte sich aus ihrem Wintermantel und warf ihn achtlos über einen Stuhl. Die Ventilatoren der Brutschränke brummten monoton vor sich hin, gelegentlich verstärkt durch die Lüfter der Kühlschrankkompressoren. Sie war wieder einmal die Erste im Labor. Die vergangene Nacht war schrecklich gewesen. Sie hatte sich im Bett herumgewälzt, so vieles war ihr durch den Kopf gegangen. Vielleicht würden sich ja jetzt auch ihre Haare bändigen lassen, daheim im Bad war nichts zu machen gewesen. Von wegen praktische Kurzhaarfrisur. Erst einmal brauchte sie einen starken Kaffee.

Als sie vom Kaffeeautomaten im Gang zurückkam, war die Labortür nur angelehnt, dabei hätte sie schwören können, sie hinter sich geschlossen zu haben. Katharina stieß sie auf und hätte beinahe ihren Kaffee verschüttet.

»Menschenskind, haben Sie mich erschreckt!«

Eine kleine stämmige Frau stand mitten im Labor und hielt sich die Hand vor den Mund.

Katharina verbiss sich ein Grinsen. »Was kann ich für Sie tun, Frau Weberknecht?«, fragte sie förmlich.

Susanne Weberknecht war die Leiterin des Personalbüros und für das Institut so überaus wichtig, dass ohne sie rein gar nichts ging. Zumindest *sie* war davon überzeugt.

»Ich versuche Sie schon seit einer Woche zu erreichen, und dabei waren Sie die ganze Zeit über hier. Jedenfalls, wenn Ihre Stundenaufzeichnungen stimmen. Ich habe Ihnen zwei E-Mails geschickt, die Sie nicht einmal geöffnet haben, Frau Doktor Wink, und auf meine Anrufe haben Sie auch nicht reagiert«, sagte sie vorwurfsvoll.

Katharinas schlechtes Gewissen regte sich, weil sie die Post von Murmel-Susi, wie die Weberknecht hinter ihrem Rücken genannt wurde, ignoriert hatte, aber das Gefühl verflog schnell. Ihr aggressiver Ton nervte sie. Natürlich hatte sie ihre Nummer auf dem Display gesehen, aber keinerlei Lust verspürt, mit ihr zu reden.

»Außerdem waren Sie seit mindestens drei Jahren bei keiner der für Labormitarbeiter vorgeschriebenen Untersuchungen. Das ist nicht nur unvernünftig, sondern auch gesetzeswidrig. Es ist Ihnen doch klar, dass das für das Institut schwerwiegende Konsequenzen haben kann? Wenn irgendetwas passieren sollte, lässt man Sie hier nicht mehr rein.«

Es war nur mehr eine Frage von Sekunden, dass Weberknechts roter Kopf platzen oder sie der Schlag treffen würde.

»Jaja, schon gut.«

»Heißt das, dass Sie zur Untersuchung gehen?«

»Und wann sollte ich das tun?«

Die Weberknecht japste nach Luft. »Na, heute! Jetzt sofort. Die anderen Kollegen sind schon unten in der Eingangshalle und werden in ein paar Minuten zur Klinik fahren.«

Katharina seufzte, lehnte sich an den Tisch und überlegte, was sie tun sollte. So eine Nervensäge. Am liebsten hätte sie sie rausgeworfen, aber stattdessen nahm sie einen Schluck Kaffee und zählte stumm bis zehn.

»Frau Doktor Wink, gerade Sie sollten doch mit gutem Beispiel vorangehen«, säuselte Weberknecht plötzlich so freundlich, als würde sie ahnen, was in der Wissenschaftlerin vorging.

Blöde Schleimerin, dachte Katharina. Andererseits hatte Murmel-Susi ja recht. Und was konnte es schon schaden, sich untersuchen zu lassen? Ein Schwätzchen mit den anderen würde zudem sicher auch ein wenig Abwechslung bringen.

Wortlos nahm sie ihren Mantel und ging zur Tür. »Und Sie, wollen Sie vielleicht hier Wurzeln schlagen?«, fragte sie die Weberknecht im Vorbeigehen.

»Wie jetzt? Sie kommen tatsächlich mit?« Überrascht trippelte ihr die Personalchefin hinterher.

Eine Woche später war ein Schreiben von der Klinik gekommen. Sie solle sich sofort melden, einige Werte seien außerhalb der Norm, eine Nachuntersuchung sei zwingend erforderlich.

Sicher meine mangelnde Bewegung und die unregelmäßigen Mahlzeiten. Ich sollte wirklich mehr auf meine Gesundheit achten, dachte Katharina.

Man nahm ihr noch einmal Blut ab und schob sie in den Kernspintomografen. Auf ihre Frage, was denn los sei, antwortete der Arzt, ihr Blutbild weise ein paar kleine Unstimmigkeiten auf, sicher nichts Besorgniserregendes.

Der Befund hatte vor drei Tagen in ihrem Briefkasten gelegen.

Im Labor starrte Katharina auf ihr verzerrtes Bild im Spiegel des Metallschranks und konnte es noch immer nicht fassen. Der Arztbrief lag vor ihr auf dem Tisch: »Pankreaskarzinom im fortgeschrittenen Stadium«. Deshalb also ihre blasse Gesichtsfarbe und das ständige Ziehen im Bauch. Sie lachte bitter auf. Und sie hatte sich die ganze Zeit über eingeredet, dass der Mangel an Sonnenlicht und ihre schlechte Verdauung die Ursachen wären.

Beim Patientengespräch hatte der Arzt sich gewunden wie ein Aal, als sie ihn um eine Prognose bat, und nichts Konkretes von sich gegeben. Sie war nach Hause gefahren, hatte alles, was sie über die Krankheit finden konnte, gelesen und war zum Schluss gekommen, dass ihr bestenfalls noch drei bis vier Monate blieben, eine Therapie in diesem Stadium schien keinen Unterschied mehr zu machen. Danach würde Katharina Wink Geschichte sein. Die Rackerei an der Uni, die unzähligen Nächte, die sie sich im Institut um die Ohren geschlagen hatte – alles vergebens.

In einem Anfall von Wut und Verzweiflung riss sie das Messglas vom Tisch und schleuderte es gegen die Wand. Das Ding zersprang in tausend Stücke. Katharina begann zu weinen. Einunddreißig, keine Familie, nicht einmal einen festen Freund, dafür hatte die Zeit nicht gereicht. Sie ließ sich auf einen Hocker sinken und betrachtete ihre zitternden Hände. Es war zum Verrücktwerden.

Sie erinnerte sich: Vor mehr als fünf Jahren hatte sie ihr damaliger Professor, Robert Tomaschek, nach einer Vorlesung über die richtige Wahl bestimmter Modellorganismen angesprochen und sie zum Essen in die Uni-Mensa eingeladen. Sie war noch Doktorandin gewesen und hatte sich geschmeichelt gefühlt. Der Professor erzählte ihr begeistert von seinen Forschungen, druckste ein wenig herum und bot ihr schließlich eine feste Stelle in seinem Labor an. Zunächst war Katharina skeptisch. Sie wollte schnell richtiges Geld verdienen – ihre Eltern waren nicht gerade wohlhabend –, am besten bei einer der renommierten Firmen der internationalen Biotech-Industrie. Doch Tomascheks Begeisterung wirkte ansteckend, und als er fortfuhr, vom Zweck und den bisherigen Ergebnissen seiner Forschungen zu erzählen, ahnte sie, dass hier etwas Bedeutendes am Entstehen war, und sagte zu. Der Professor forschte nach einem Heilmittel gegen Krebs. Natürlich, das taten viele andere auch, aber sein Ansatz klang phantastisch und realistisch zugleich.

Obwohl sich seine Theorien damals vielversprechend angehört hatten, mussten sie noch etliche Rückschläge hinnehmen und Jahre weiterarbeiten, bis sich endlich der Erfolg einstellte. Nach Hunderten von Testreihen war ihnen vor sechs Monaten dann endlich der Durchbruch gelungen. Tomaschek war mit einer Flasche Champagner ins Labor gekommen und hatte sich gefreut wie ein kleiner Junge. Alle Versuchstiere waren wieder gesund.

Jetzt war es Mitte März. Draußen schien die Sonne, es roch nach feuchter Erde, und der Gesang der Vögel war durch das offene Laborfenster zu hören. Tränen rannen Katharina über die Wangen. Wenn alles stimmte, was sie gelesen hatte, würde sie den August nicht mehr erleben – dabei liebte sie den Sommer so.

Es blieb ihr nur noch diese eine Möglichkeit. Sie musste es wagen. Und was hatte sie schon zu verlieren?

Mit zitternden Händen kritzelte sie mehrere Zahlenreihen auf einen Zettel. Sie rechnete das genaue Mischungsverhältnis aus und legte dafür das Gewicht der Laborratten auf ihr eigenes um. Im letzten Winter hatte sie wie üblich ein bis zwei Kilo zugenommen, aber das sollte nicht ins Gewicht fallen. Sie zog die Spritze auf, atmete tief durch und setzte sich die Injektion in den Unterarm. Anschließend desinfizierte sie sorgfältig die Einstichstelle, steckte den Plastikschutz wieder auf die Nadel, zog ein Blatt Papier aus dem Drucker, wickelte alles ein und verstaute es in ihrer Handtasche. Ganz ruhig bleiben.

Sie nahm einen karierten Block aus der Lade des Arbeitstisches, zeichnete eine Tabelle und überschrieb die Spalten mit »Datum«, »Zeit« und »Dosis«. Sie zitterte, ihre Knie waren so weich, dass sie sich am Labortisch anlehnen musste.

Das Zeug wirkte aber auch verdammt schnell. Eine seltsame Kälte stieg in ihr auf. Sie hob den Kopf und kniff die Augen zusammen. Die Neonbahnen an der Decke flackerten wild.

Sie sollte sich zusammenreißen und alles dokumentieren. Aber noch bevor sie über die letzte Rubrik »Reaktionen« schreiben konnte, sackte sie zusammen und meinte, in ein schwarzes Loch zu fallen. Katharina schlug hart auf dem Boden auf. Ihr Körper zuckte fünf Sekunden unkontrolliert, danach rührte sie sich nicht mehr.

EINS

Hauptkommissar Michael Schröck fühlte sich wie eine dieser Großkatzen im Zoo, die hinter dem Gitter nervös hin und her liefen, weil sie eingesperrt waren. Er war mit leichten Kopfschmerzen aufgewacht, die sich in den letzten zwei Stunden zu einer gewaltigen Migräne gesteigert hatten. Ein Geruch von frischer Dispersionsfarbe gemischt mit Kaffeesud lag in der Luft und malträtierte seine überreizten Nerven. Seit letztem Dienstag, also seit mehr als einer Woche, wurde gestemmt, gebohrt und rumgebrüllt, was das Zeug hielt – wie es schien, immer genau vor seinem Büro. Bis jetzt hatte er alles stoisch ertragen. Die Renovierung seiner Dienststelle war längst überfällig gewesen. Hätte die Genehmigung der Gelder noch länger auf sich warten lassen, wäre sicher nur mehr der Abriss der Bude in Frage gekommen.

Doch so unerträglich wie heute war ihm der Lärm noch nie erschienen. Mit jedem Hammerschlag wuchs der Kloß in seinem Magen. Er überlegte, ob er noch einen Kaffee trinken sollte, aber das wäre dann schon der vierte heute und würde vermutlich auch nichts mehr bringen. Bloß raus hier. Sollte sich doch jemand anderes um diese blöden Akten kümmern. Dumm nur, dass es im Moment niemanden gab. Schreiber, der Neue in seiner Ermittlungsgruppe, er war erst vor Kurzem von der Akademie gekommen, war vom Chef gleich wieder auf Fortbildung geschickt worden. Er wäre noch der Einzige gewesen, dem Schröck zugetraut hätte, den Schreibkram in seinem Sinne zu erledigen. Schreiber schien die Angewohnheit zu haben, alles in einem roten Taschenheftchen zu notieren. Wie ein Oberschüler, irgendwie seltsam, aber auch überaus praktisch, weil Schröck ihn somit auch noch Wochen später nach jeder Einzelheit fragen konnte. Vor ein paar Tagen hatte der junge Kollege sich jedoch ein modernes Computerpad zugelegt und schleppte es nun mächtig stolz überallhin mit. Schröck befürchtete, dass Schreiber, genauso wie er selbst, in diesem Ding seine Aufzeichnungen nicht mehr finden und es mit dem personifizierten, allwissenden und wandelnden Notizblock bald vorbei sein würde.

Schröcks Magen knurrte. Er hatte am Morgen nichts gegessen,

nur einen Kaffee getrunken – zu Hause, in dem Achthundert-Seelen-Dorf Schönbergmoos, das unweit von München lag, dort, wo seine Großeltern vor dem Zweiten Weltkrieg ihre kleine Landwirtschaft betrieben hatten. Seine ältere Schwester Gisela hatte das Haus nach dem Tod der Eltern übernommen und aus dem ehemaligen Kleinbauernhof ein beschauliches Heim gezaubert, obwohl sie dort zeitlebens allein gewohnt hatte.

Schröck war nur selten zu ihr hinausgefahren. Keine Zeit, zu viel zu tun, die Überstunden, die Stadt. Damals hatte er in einer Drei-Zimmer-Wohnung im Zentrum von München gelebt. Sie war praktisch gewesen, weil seine Dienststelle gleich um die Ecke lag.

Dann aber war dieser wunderschöne Maitag gekommen, einer der ersten des Jahres, an dem man wieder ohne Jacke ins Freie gehen konnte, er konnte sich noch genau daran erinnern. Ein Dorfpolizist hatte ihn angerufen und ihm mitgeteilt, ein Lkw-Fahrer habe den Kleinwagen seiner Schwester an einer Kreuzung übersehen, einige Meter mitgeschleift und schließlich in den Straßengraben katapultiert, wo er als rauchender Blechhaufen liegen geblieben war. Gott sei Dank, sie hätte nicht leiden müssen, hatte der Polizist mitfühlend gesagt. Doch für Schröck war das kein Trost gewesen. Gisela war die Letzte seiner Familie gewesen.

Nach ihrem Tod fielen ihm das Haus und einige Wiesen zu – das, was vom großelterlichen Besitz nach dem Verkauf der Felder noch übrig geblieben war. Für ihn war damals klar gewesen, dass er alles so schnell, wie es nur ging, verkaufen würde. Er war ein Stadtmensch, sah sich nicht in einem Haus draußen auf dem Land. Das wäre ähnlich seltsam gewesen, wie einen Königspudel in einen Kuhstall umzuziehen. Wer hätte sich auch um alles kümmern sollen, wenn er manchmal tagelang nicht nach Hause kam?

Horst Denzel, ein ehemaliger Schulkollege, der das einzige Maklerbüro in Schönbergmoos betrieb, pirschte sich nach Giselas Beerdigung an ihn heran. Er wolle keinesfalls pietätlos erscheinen, sagte er, um der alten Freundschaft willen und so. Er versprach ihm einen sensationellen Erlös, wenn er ihm den Auftrag zur Veräußerung des Anwesens erteilen würde. Alte Freundschaft, von wegen! Das Lieblingswort dieses schwammigen Rotschopfs war

»sensationell«. Er war noch genauso schmierig freundlich wie früher zu ihrer Schulzeit, wenn er seine Hausaufgaben nicht gemacht hatte und von ihm abschreiben wollte. Schröck war skeptisch, aber Denzel bearbeitete ihn so lange, bis er schließlich einwilligte, nur um endlich Ruhe vor ihm zu haben.

Anfangs kamen auch wirklich einige Interessenten, zumeist am Wochenende, und Schröck blieb nichts anderes übrig, als im Haus zu übernachten, um nicht ständig zwischen dem Dorf und München pendeln zu müssen. Die, die das Haus besichtigten, bemängelten jedoch einmütig, das Haus läge zu weit von der Stadt entfernt und in einer Umgebung ohne jede Infrastruktur. Es sei nicht geeignet für Familien mit Kindern, es gäbe keine Schule in der Nähe, und der kleine Krämerladen hätte ebenfalls schon vor Jahren dichtgemacht.

Eines Nachts, als Schröck wieder in Schönbergmoos geblieben war und er vor lauter Stille nicht einschlafen konnte, begann er durch die Zimmer zu wandern. Das Haus besaß viele kleine Räume, winzige Fenster und alte Dielenböden, im Großen und Ganzen war es noch so wie zu Lebzeiten seiner Großeltern. Die Wände waren weiß getüncht und so uneben, dass die Rahmen der vergilbten Familienbilder an manchen Stellen fast einen Zentimeter weit abstanden. Großmutters Frisiertisch mit den Flügelspiegeln, sie hatten ihn »die Psyche« genannt, stand auch noch an Ort und Stelle. Schröck betrachtete sich im Spiegel. Ein fünfzigjähriger schlanker Mann, so groß, dass er sich ein gutes Stück hinunterbücken musste, um sein Gesicht zu sehen, blickte ihn kopfschüttelnd an. Damals hatte er beschlossen, dass er bleiben würde.

Es dauerte nicht lange, und er fühlte sich in Schönbergmoos so wohl, als hätte er nie woanders gelebt.

Wenn er an einem kniffligen Fall arbeitete und Ruhe zum Nachdenken brauchte, fuhr er von nun an nach Hause und igelte sich ein. Sein Vorgesetzter, Polizeirat Wilhelm Obermeier, akzeptierte sein neues Verhalten stillschweigend.

Der Bohrhammer drohte, die Decke über ihm zu zertrümmern. »Es reicht!« Schröck knallte die Akte zurück auf den Stapel, schaltete den Computer aus und schnappte sich seine Jacke.

»Ich bin zu Hause, falls mich jemand sucht!«, rief er dem Kollegen im Nebenbüro zu, riss die Tür auf und wäre um ein Haar mit Fräulein Kolb zusammengestoßen. Zugegeben, es wäre ein weicher Zusammenstoß gewesen, sie war nicht eben schlank gebaut, aber keinesfalls ein angenehmer. Obermeiers Sekretärin war noch immer »Fräulein« und bestand auf diese Anrede. Sie war etwa gleich alt wie Schröck, ebenso unverheiratet und nicht gerade das, was man gemeinhin unter umgänglich versteht.

Sie starrte ihn mit aufgerissenen Augen an, fasste sich jedoch schnell und sagte in ihrem unheimlich wichtigen Tonfall, der ihm schon immer so auf die Nerven fiel: »Herr Hauptkommissar, Sie sollen sofort zum Herrn Polizeirat kommen. Ich konnte Sie telefonisch nicht erreichen.«

Kunststück, dachte Schröck, denn genau deshalb hatte er vorsorglich den Hörer neben den Apparat gelegt. Doch jetzt war es zu spät. Er ergab sich und trottete Fräulein Kolb hinterher.

Obermeier thronte hinter seinem Schreibtisch und gab vor, die Akte vor sich zu studieren, was natürlich Unsinn war. Für gewöhnlich dauerte es eine Minute, bis er überrascht aufsah und so tat, als würde er erst jetzt bemerken, dass sich außer ihm noch jemand in seinem Büro befand. Aber Schröck hatte heute keine Lust auf Spielchen. »Sie wollten mich sprechen?«

Der Polizeirat sah erstaunt auf und legte die Stirn in Falten. »Schröck. – Ja, genau, ich habe Sie holen lassen, weil ich mit dem Verlauf Ihrer Ermittlungen im Tötungsdelikt ›Reininger‹ alles andere als zufrieden bin.«

»Ach, sind Sie nicht?«, fragte Schröck angriffslustig.

»Nein. Ganz und gar nicht. Das alles ist für mich irgendwie noch nicht schlüssig. Sie haben gerade mal drei Leute aus der Nachbarschaft befragt und aus ihnen nichts rausgebracht. Die Akte ist mit zehn Seiten so dünn, dass ich sie postwendend wieder vom Staatsanwalt zurückbekomme. Es handelt sich hier schließlich um ein Tötungsdelikt.«

»Aber der Fall ist doch sonnenklar. Die beiden Bauersleute haben schon ein Leben lang rumgestritten, bis der Alte sich schließlich sein Jagdgewehr gegriffen und die Frau im Schlaf erschossen hat. Dann hat er die Waffe gegen sich selbst gerichtet, war aber so betrunken, dass er sich nur einen neuen Scheitel gezogen hat. Er kann sich an nichts mehr erinnern, nicht einmal mehr daran, dass er heulend bei uns angerufen und behauptet hat, *sie* habe ihn angeschossen.«

»Das ist eine ziemlich dünne Suppe, meinen Sie nicht?«

»Sie haben den Befund der Gerichtsmedizin vor sich liegen, oder? Selbstmord war es nicht, und Spuren, die auf einen Einbruch hindeuten, haben wir auch keine gefunden. Also ein Ehedrama.«

»Viel zu dünn, viel zu dünn«, wiederholte Obermeier immer wieder und schüttelte dabei den Kopf wie ein Plastikdackel aus den fünfziger Jahren. »Fahren Sie da noch einmal hin, oder schicken Sie wenigstens jemanden. In dem Fall muss ordentlicher recherchiert werden, das hier ist ja praktisch gar nichts.«

Schröck kniff die Augen zusammen. »Und wer sollte Ihrer Meinung nach recherchieren? Schreiber vielleicht, den Sie zu einer dieser sinnlosen Fortbildungen geschickt haben? Ich jedenfalls habe wirklich Besseres zu tun, als meine Zeit damit zu vergeuden, für die Herren von der Staatsanwaltschaft die Akten mit Papier zu füllen. Es gibt kein Zeugen, und leider kann ich auch keine herbeizaubern.«

Obermeier runzelte die Stirn. »Hauptkommissar Schröck, ich nehme da einen ziemlich aggressiven Unterton wahr.«

»Und damit liegen Sie gar nicht so falsch. Denken Sie wirklich, dass ich nach fast dreißig Jahren im Polizeidienst nicht weiß, wie man eine Untersuchung führt? Der Fall ist von meiner Seite gelöst, und wenn Ihnen meine Arbeit nicht passt, dann recherchieren Sie doch selbst.«

Obermeier japste nach Luft. »Schröck! Was ist Ihnen denn über die Leber gelaufen?«

»Es hat sich ausgeschröckt, Herr Polizeirat. Ich fahre jetzt nach Hause. Und wenn Ihnen das auch nicht gefällt, dann kann ich leider auch nichts dagegen tun. Mir reicht's!« Er drehte sich auf dem Absatz um und knallte die Tür zu. »Vergiss mich doch, du Hanswurst!«

»Das habe ich gehört«, funkelte ihn die Kolb an.

»Dann ist es ja recht.«

***

Schröck brauchte fast eine halbe Stunde bis zum Stadtrand. Die Straßen waren heillos verstopft. Langsam beruhigte er sich wieder, Hektik war im dichten Berufsverkehr ohnehin nicht förderlich. Bloß an etwas anderes denken. Was Libuša, seine Haushälterin, ihm wohl heute in den Kühlschrank gestellt hatte?

Libuša. Eines Tages war sie beim Bäcker plötzlich neben ihm gestanden und hatte ihn am Ärmel gezupft.

»Das gibt es ja nicht! Sind Sie nicht der Enkel von den Schröcks? Mein Gott, wie lange ist das her?«

Er hatte sie sofort erkannt. Die Liba, wie sie im Dorf genannt wurde, war seiner Großmutter oft zur Hand gegangen, als diese alt und gebrechlich gewesen war.

»Ich wollte schon so lange einmal zu Ihnen rüberkommen, aber da waren immer die Bauleute, und anfangs dachte ich auch, Sie hätten das Haus verkauft. Ich bin ja so froh, dass Sie es behalten haben.« Sie hielt seine Hand, als wollte sie sie gar nicht mehr loslassen.

Schröck hatte die herzliche Frau schon immer gemocht und freute sich über das Wiedersehen.

»Wohnen Sie da jetzt ganz allein?«, fragte sie argwöhnisch.

Als er dies bejahte, schüttelte sie den Kopf.

»Das geht doch nicht! So ein großes Haus und keine Frau. Da muss sich doch wer drum kümmern, alles putzen und so.« Sie stemmte beide Hände in die Hüften. »Wenn Sie wollen, sehe ich bei Ihnen von nun an nach dem Rechten. So geht das wirklich nicht, was würde Ihre selige Frau Großmutter wohl dazu sagen? Ich verlange auch nicht viel.«

Sie waren sich rasch über das Gehalt einig geworden, und seitdem bügelte und kochte Liba für ihn und kümmerte sich um den Garten. Er liebte ihre südmährischen Gerichte, und sie war glücklich, endlich wieder einen dankbaren Abnehmer dafür gefunden zu haben. Ihr Mann war bereits vor zehn Jahren verstorben und die Kinder schon lange aus dem Haus.

Sie sprach oft von ihrer tschechischen Heimatstadt Příbor, einer Stadt im Nordosten Mährens, und erzählte Schröck, wie sie vor über vierzig Jahren mit ihrem Josef nach Schönbergmoos gekommen war, ohne ein Wort Deutsch zu sprechen. Von allen war sie misstrauisch beäugt worden. »Ach, es waren schwere Zeiten damals, aber wir waren jung und verliebt«, pflegte sie mit einem Augenzwinkern zu sagen.

Zu Hause fand Schröck in der Backröhre die dunkelblau emaillierte Kasserolle. Er hob den Deckel an und schnupperte. Libas Znaimer Braten, eine würzige Kombination aus Rindfleisch und böhmischen Knödeln, in einer pikanten Sauce mit klein gewürfelten Gürkchen, dazu Bratensaft mit viel Sahne. Es duftete herrlich. Aber was ihm am besten daran gefiel: Der Braten war noch warm. Er hatte immer noch Kopfschmerzen, aber vielleicht würden die ja verschwinden, wenn er etwas aß.

Es schmeckte ausgezeichnet, aber an seiner Stimmung und den Kopfschmerzen änderte der gefüllte Magen leider nur wenig.

Ich muss grundlegend etwas ändern, dachte er. Der sinnlose Druck, den alle machten, war einfach nicht mehr auszuhalten. Es ging nur mehr um Zahlen und Statistiken. Als gäbe es nichts Wichtigeres.

Die letzte *grundlegende* Änderung in seinem Leben war seine Scheidung gewesen, aber auch die lag schon mehr als zwanzig Jahre zurück. Gleichsam über Nacht war er aus der ehelichen Wohnung ausgezogen und hatte sich eine Drei-Zimmer-Wohnung in der Münchner Innenstadt gesucht.

An normalen Abenden machte es ihm auch nichts aus, allein zu sein, aber heute fehlte ihm seine Freundin Silvia.

Sie war schon seit drei Tagen weg, irgendein Seminar über neue chemische Ermittlungsmethoden. Silvia Reuter war studierte Biologin und arbeitete seit ein paar Jahren als Auswertungsspezialistin bei der KTU, der Kriminaltechnischen Untersuchungsstelle. Manchmal begleitete sie auch die Sammler von der Kriminaltechnik, um sich selbst ein Bild vom Tatort zu machen.

Schröck hatte sich gleich bei ihrer ersten Begegnung zu ihr hingezogen gefühlt, es aber nie gewagt, sie anzusprechen. Und als hätte sie es gespürt, hatte sie ihn jedes Mal dabei ertappt, wenn er sie gerade heimlich anschaute. Peinlich war das gewesen. Eigentlich hatte das gar nicht zu ihm gepasst. Ihr aber hatte seine Aufmerksamkeit scheinbar nichts ausgemacht, denn sie hatte ihn immer angelächelt. Hätte sie nicht den ersten Schritt gemacht, wären sie wohl nie zusammengekommen. Er war kein Aufreißertyp und Silvia nicht eben die Geduldigste.

Sie hatte noch immer ihre eigene Wohnung in der Stadt. Schröck war nur ein oder zwei Mal kurz dort gewesen, um sie zum Essen abzuholen. Ein großes Apartment, modern und dennoch gemütlich eingerichtet. Wenn sie zusammen waren, dann immer bei ihm, draußen auf dem Land. Silvia liebte das alte Haus und den Garten, und Schröck fühlte sich wohl, wenn sie da war. Liba war ganz aus dem Häuschen gewesen, als er Silvia ihr vorgestellt hatte. Die beiden Frauen hatten sich auf Anhieb verstanden, und seitdem erkundigte sich Liba bei jeder Gelegenheit nach Silvia. Dabei musterte sie Schröck stets wie eine Inquisitorin und war erst zufrieden, wenn er ihr augenzwinkernd beteuerte, dass alles in bester Ordnung sei.

Der Braten hatte köstlich geschmeckt, und es war angenehm ruhig hier. Keine Autos oder lärmenden Traktoren, genauso wie er es liebte. Aber warum, zum Donnerwetter, fühlte er sich plötzlich so allein?

Er wählte die Nummer von Silvias Mobiltelefon und landete auf der Sprachbox. Es war Viertel vor sieben. Das Seminar war wohl noch nicht zu Ende. Schröck fuhr den Computer hoch und suchte nach der Webseite ihres Hotels. Der »Berghof« im Schwarzwald, ruhige Lage, mitten im Grünen, spezialisiert auf Seminare und Vorträge. Vielleicht hatte sie dort auch einfach nur kein Netz? Unter »Kontakt« fand er die Festnetznummer.

»Hallo, würden Sie mich bitte mit Frau Silvia Reuter verbinden?«

»Einen kleinen Moment, ich muss kurz nachsehen. – Tut mir leid, aber bei uns wohnt keine Frau Reuter«, entgegnete die Frau am anderen Ende der Leitung.

»Sind Sie sicher? Sie nimmt an einem Seminar in Ihrem Hotel teil. Es geht um irgendetwas mit Zähnen bei Leichen.«

»Ich weiß, das Odontologen-Seminar, aber trotzdem kann ich keine Frau Reuter finden.«

»Bitte, sehen Sie noch einmal genau nach. Sie muss da sein. Reuter, ohne th.«

»Ich hab Sie schon verstanden, aber wie ich bereits sagte: Sie wohnt nicht bei uns.«

»Das kann nicht sein. Sie hat mich doch vor zwei Tagen angerufen und gesagt, sie sei gut bei Ihnen angekommen. Ist sie vielleicht schon abgereist?«

»Nicht dass ich wüsste. Bei mir im Computer taucht sie überhaupt nicht auf. Ich fürchte, ich kann Ihnen nicht weiterhelfen.«

Er starrte auf sein Handy. Wo, um alles in der Welt, sollte Silvia denn sonst sein? Vielleicht war die Frau am Telefon ja bloß eine Aushilfskraft, die nicht richtig nachgesehen hatte. Kein Grund zur Sorge. Wahrscheinlich war alles nur ein Irrtum, und morgen früh würde sich alles aufklären.

Schröck schaltete den Fernseher ein und legte sich aufs Sofa. Die ersten Meldungen der »Heute«-Nachrichten bekam er gerade noch mit, dann fielen ihm die Augen zu.

Der Klingelton des Handys ließ ihn hochschrecken. Es war ihm aus der Hosentasche gerutscht und lag lärmend und vibrierend am Boden. *Anrufer unbekannt.* Er wollte es schon ignorieren. Vermutlich wieder nur eine dieser lästigen Umfragen oder irgendjemand, der ihm zu nachtschlafender Zeit eine Versicherung andrehen wollte. Oder vielleicht war es doch Silvia? Das musste es sein.

»Endlich. Ich habe schon ein paarmal versucht, dich zu erreichen. Wo steckst du denn?«, brummte er benommen.

Am anderen Ende blieb es still.

»Hallo?«

»Bin ich da bei Schröck? – Michael?«

»Ja. Wer spricht da, bitte?«

»Ich bin es, Klaus.«

»Welcher Klaus? Ich kenne keinen Klaus.«

»Klaus Heinrich, erinnerst du dich nicht mehr? Wir waren zusammen beim Kripo-Lehrgang.«

»Mensch, Klaus, hallo! Wie geht es dir? Bist du noch bei den Kölnern?«

Es war bestimmt schon zehn Jahre her, dass sie sich das letzte Mal gesehen hatten. Heinrich hatte wie Schröck bei den Uniformierten begonnen und war danach zur Kripo Köln gewechselt.

»Nein, schon lange nicht mehr. Und geht so.«

»Bist du in der Stadt?«

»Auch nicht, aber ich muss dringend mit dir reden.«

»Natürlich«, Schröck setzte sich auf. »Gibt es ein Problem?«

»Das nicht«, sagte Heinrich ruhig, »aber ich habe einen Job für dich.«

»Ich hab doch schon einen, auch wenn der mich mal wieder maßlos nervt.«

»Ich weiß.«

»Wie, du weißt?«

»Michael, ich bin mittlerweile beim BND.«

»Oh, gratuliere. Du hattest schon immer das Zeug zum Agenten.«

»Du aber auch.«

»Natürlich, darum sortiere ich auch schon seit drei Jahrzehnten Akten und ärgere mich mit gedächtnisschwachen Zeugen herum.«

»Nein, ganz im Ernst. Wir wollen, dass du bei uns mitmachst.«

Schröck schüttelte den Kopf. »Wie stellst du dir das vor? Ich bin über fünfzig und alles andere als ein James Bond, wenn ich ehrlich bin. Außerdem gehöre ich als braver Beamter quasi schon zum Inventar.«

»Das lässt sich regeln. – Michael, wir verfolgen deine Arbeit schon seit Längerem. Du bist genau der Mann, den wir brauchen.«

»Ja, klar«, lachte Schröck.

»Du könntest unabhängig arbeiten und dich frei bewegen.«

»Und du wärst mein Verbindungsmann?«

»Genau.«

»Das ist doch ein Witz, oder?«

»Keineswegs. Natürlich müssen wir uns noch persönlich treffen, am Telefon können wir das alles nicht besprechen. Schalt mal deinen Computer ein. Ich habe dir schon ein Onlineticket geschickt. Um deine Dienststelle brauchst du dich nicht zu kümmern, das übernehme alles ich, vorausgesetzt natürlich, du gibst mir keinen Korb?«

»Aber das geht doch nicht so einfach. Ich muss mich doch noch da abmelden. Und bis wann brauchst du eine Antwort? Außerdem muss ich –«

»Es eilt ein wenig, wenn ich ehrlich bin. Am besten sofort. Du kannst dich ja morgen früh, bevor dein Flug geht, noch einmal im Kommissariat blicken lassen. Ich zähle auf dich. Dann gute Nacht und bis morgen.«

»Mein Flug? Warte mal! Wohin soll ich denn überhaupt fliegen? Und holst du mich da ab, oder was?«

»Keine Sorge, es ist alles geregelt. Ich muss jetzt Schluss machen. Bis morgen.«

Aufgelegt. Das war doch sicher alles Unsinn. Er und beim BND, nie und nimmer! Da saßen sicher gerade ein paar alte Kollegen in irgendeiner Kneipe und lachten sich halb krumm.

Schröck warf einen Blick auf Großvaters Kuckucksuhr. Halb eins, und Silvia hatte sich noch immer nicht gemeldet. Schröck holte sich ein Glas Wasser, fuhr den Computer hoch und checkte seine Mailbox. Tatsächlich fand er das angekündigte Ticket: München–Wien–Graz, Abflug: zehn Uhr fünfzehn, Ankunft: vierzehn Uhr dreißig.

ZWEI

Der vierstöckige Stahlbetonbau der Swiss Privat Commercial Bank in Zürich glich mit seiner grauen Steinfassade eher einer wehrhaften Stadtmauer aus dem Mittelalter als einem Hightech-Geldtempel, in dem im Minutentakt Geschäfte in Millionenhöhe abgewickelt wurden.

Es schüttete wie aus Kübeln. Die Frau im beigen Kurzmantel zog den aufgestellten Kragen noch enger um den Hals. Sie fröstelte, aber das lag nicht nur am Wetter. Sie hasste es hierherzukommen. Im Foyer empfing sie ein junger Mann und führte sie in ein Büro. Er tat sehr wichtig, als er sie um die Kontonummer bat und sie ersuchte, Platz zu nehmen, bis ihr Kundenberater bei ihr sein würde.

Sie zog ihren triefend nassen Mantel aus und holte einen Zettel aus ihrer Handtasche, auf dem einige Zeilen gelb markiert waren. Die Linien am unteren Rand des Ausdrucks waren feucht geworden, eine schwarz-graue Tintenträne verlief quer über das Blatt. Sie versuchte, sie mit einem Taschentuch wegzuwischen, aber das machte die Sache nur noch schlimmer. Kurz darauf erschien ein Mann um die vierzig im typischen Banker-Outfit und stellte sich ihr vor. Er verlor ein paar Worte über das Züricher Wetter, während er sie interessiert musterte. Zu welchem Schluss er kam, wusste sie nicht, er war ihr jedenfalls auf Anhieb unsympathisch.

»Was kann die Commercial Bank für Sie tun, gnädige Frau?«

»Ich habe ein paar größere Überweisungen zu tätigen.«

»Auf ein Schweizer Konto?«

»Nein, nach Deutschland und Österreich.«

»Und auf wie viel beläuft sich die Summe?«

»Alles in allem drei Millionen Euro.«

Er nickte und blätterte ungerührt in seinen mitgebrachten Unterlagen.

»Es ist so etwas wie eine Spende.«

»Ich bräuchte dann noch die Kontonummern und die Namen der Empfänger, bitte.«

»Hier, ich habe alles zusammengestellt. Es sind mehrere Empfänger und verschiedene Banken.« Sie schob ihm das Tabellenblatt zu.

Er studierte es aufmerksam. »Kein Problem«, sagte er schließlich, »wir werden die Angelegenheit prompt und ganz in Ihrem Sinne erledigen. Nach Abbuchung der genannten Beträge beläuft sich Ihr Guthaben noch auf siebzehn Millionen Euro.«

Sie holte tief Luft. Sie wollte so schnell wie möglich von hier verschwinden, aber der Mann war gnadenlos korrekt.

»Darf ich Sie nun bitten, dass wir die Empfängerdaten noch einmal gemeinsam durchgehen?«

Sie nickte. Er las die Namen und Kontonummern vom Blatt ab und sah nach jeder Zeile auf, um sie von ihr bestätigt zu bekommen. Dann waren sie endlich fertig.

»Ich lasse alles vorbereiten, damit Sie die Überweisungen unterzeichnen können. Darf ich Ihnen in der Zwischenzeit etwas anbieten? Kaffee oder vielleicht ein Wasser?«

Sie lehnte dankend ab. Sie wollte bloß weg.

»Gut, dann bin ich gleich wieder bei Ihnen.«

Dieses verdammte Geld. Sie wollte es nicht. Als ihr Vater damals gestorben war, waren es auf den Tag genau vier Jahre gewesen, dass sie das letzte Mal ein Wort mit ihm gesprochen hatte. Seine Briefe hatte sie ungeöffnet weggeworfen, die Anrufe ignoriert.

Er hatte in den siebziger Jahren aufgelassene Schottergruben gekauft und Mülldeponien errichten lassen. Die Umlandgemeinden sahen das als Segen, sie hofften, so das Problem des zunehmenden Hausmülls in den Griff zu bekommen. Als willkommener Steuerzahler und mit großzügigen Spenden erkaufte er sich die Gunst der Lokalpolitiker und erhielt im Gegenzug jede Bewilligung, die er benötigte. Den Großteil seines Vermögens hatte er allerdings mit der Lagerung von Chemieabfällen gemacht. Kein Mensch hatte nachgefragt, was die Lastzüge geladen hatten, die vornehmlich bei Nacht auf die Deponie fuhren, doch Jahre später häuften sich die Krebserkrankungen in der Gegend. Als das Trinkwasser untersucht wurde, waren die Ergebnisse alarmierend. Die Menschen waren schleichend mit Arsen, Blei und Dioxin vergiftet worden. Die toxische Brühe war aus den durchgerosteten Fässern im Erdreich versickert. Es wurde Anklage erhoben, doch das Verfahren zog sich über Jahre, bis es schließlich zum Vergleich kam. Viele der geschädigten Frauen, Männer und Kinder erlebten den Ausgang des Prozesses nicht mehr. Fahrlässigkeit konnte man Silvias Vater jedoch nicht nachweisen, denn er hatte die Deponien nach dem Stand der damaligen Technik betrieben und über alle notwendigen Genehmigungen verfügt. Die Politiker waren bemüht gewesen, die Sache unter den Teppich zu kehren, hatten sie doch selbst großen Anteil an dem Unglück.

Nachdem der Notar Silvia vom Tod ihres Vaters informiert hatte, erfuhr sie, dass sie Alleinerbin eines Vermögens von etwa fünfundzwanzig Millionen Euro war. Damals hatte sie das Geld auf keinen Fall annehmen wollen, es war schmutziges Geld. Dann aber hatte sie sich entschieden, wenigstens einen Bruchteil des Schadens wiedergutzumachen, den ihr Vater angerichtet hatte, und unterstützte laufend einige vielversprechende Forschungsprojekte im In- und Ausland.

»Entschuldigen Sie bitte, gnädige Frau.«

Sie zuckte zusammen. Sie hatte nicht bemerkt, dass der Bankangestellte zurückgekehrt war.

»Es ist alles vorbereitet. Hier sind Ihre Belege. In etwa drei Tagen ist das Geld auf den Konten der Empfänger verfügbar. Wenn Sie die Überweisungen zurückrufen wollen, haben Sie dafür von heute an noch zwei Tage Zeit. Ich sage Ihnen das nur der Ordnung halber.«

Sie nickte, stopfte die Mappe in die Handtasche und rang sich ein Lächeln ab.

»Ich hoffe, wir können bald wieder etwas für Sie tun«, sagte der Banker.

Sie murmelte einen Gruß und eilte ins Freie. Endlich frische Luft. Es schüttete noch immer. Sie winkte ein vorbeifahrendes Taxi herbei. »Zum ›Hotel Rütli‹, bitte.«

***

Ein lautes Scheppern ließ Schröck aus einem traumlosen Schlaf aufschrecken. Sekunden später realisierte er, dass Liba da war. Die Absätze ihrer Schuhe waren mit Eisenblättchen beschlagen, damit sie länger hielten. Offenbar machte sie sich am Geschirrspüler zu schaffen, an Weiterschlafen war nicht mehr zu denken. Schröck schob die Decke zur Seite und suchte nach seinen Schlappen. Er fand nur einen. Als er sich bäuchlings hinlegte, um besser unters Bett sehen zu können, fiel ihm wieder ein, dass er Silvia gestern Abend nicht erreicht hatte. Er würde am Vormittag noch einmal im »Berghof« anrufen. Ganz hinten unterm Bett, fast in der Mitte, fand er endlich seinen zweiten Pantoffel. Beim Versuch, den abtrünnigen Hausschuh hervorzuziehen, stürzte er beinah kopfüber vom Bett. Als er den Schlappen endlich erwischt hatte, warf er seinen Morgenmantel über und schlurfte hinaus. Liba zuckte zusammen, als er die Küchentür aufstieß.

»Jesses Maria! Haben Sie mich erschreckt«, keuchte sie. »Ich krieg noch einen Herzinfarkt mit Ihnen.« Sie fasste sich an die Brust. »Ich dachte, Sie wären schon weg.«

»Ich bin aber noch da«, brummte Schröck und setzte sich an den Küchentisch.

»No, der Herr haben aber heute wieder eine Laune.«

»Liba, bitte nicht jetzt. Ich muss schnell eine SMS schreiben.«

Sie wollte nachsetzen, aber er brachte sie mit einer Handbewegung zum Schweigen. Schlaftrunken tippte er auf der kleinen Tastatur herum und schickte die Nachricht ab.

»Guten Morgen, mein Schatz! Hoffentlich hast du gut geschlafen und bist wohlauf. Ich habe gestern versucht, dich zu erreichen, aber in dem Hotel, das du mir genannt hast, wollte dich niemand kennen. Melde dich bitte, ich mache mir Sorgen. Kuss, Michael«

Liba zog ein beleidigtes Gesicht und fuhr geräuschvoll fort, die Teller einzuräumen. Als sie sicher war, dass er fertig war, baute sie sich vor ihm auf.

»Was ist denn los mit Ihnen, Herr Hauptkommissar? Sind wir vielleicht mit dem falschen Fuß aufgestanden? Sie machen ja wieder ein Gesicht. Ist Ihnen eine Laus über die Leber gelaufen?«

»Ach was, ich brauche nur erst einmal einen Kaffee.«

»Ich mach das schon, bleiben Sie sitzen.« Sie hatte seinen besorgten Blick bemerkt. »Und dann erzählen Sie mir, was los ist.«

Die gute Liba war eine wahre Augenweide, jedenfalls für jene, die eine Vorliebe für neunundsechzigjährige Blondinen hatten. Die Haarfarbe war natürlich nicht echt, und eigentlich hätte sie ihre kostspieligen Friseurbesuche auch schon vor langer Zeit einstellen wollen, aber in dieser Anstellung war ihr ihr Äußeres wieder wichtig, weshalb sie weiterhin regelmäßig zum Färben, Waschen und Legen ging. Nachdem ihr Josef an krankem Herzen gestorben war, hatte sie fünf Jahre lang Trauer getragen, nichts als Schwarz, wie es sich gehörte, und auch die wasserstoffblonden Haare waren damals unter einem Kopftuch verschwunden. Dann, von einem Tag auf den anderen, war sie wieder in die Welt zurückgekehrt, abenteuerlich bunt wie ein Paradiesvogel gekleidet.

Liba hatte beschlossen, dass es viel zu früh sei, sich auf ihr Altenteil zurückzuziehen. Ihr verblichener Josef hätte bestimmt nicht gewollt, dass sie bis zum Ende ihrer Tage allein auf Gottes Erdboden wandelte. Sie wusste das so genau, weil sie anlässlich einer Séance bei einer Bekannten Gelegenheit gehabt hatte, mit Josef zu sprechen. Nicht direkt natürlich, aber mit Hilfe eines Miniaturtischchens aus Holz, das wie von selbst über Papier gerutscht war und ihr mit seinem dritten Bein, einem Bleistift, Josefs Empfehlungen übermittelt hatte. Ausschließlich für das Medium lesbar, versteht sich. Seitdem war sie Tag und Nacht auf der Suche nach einem geeigneten Mann.

Eigentlich war sie nicht dick, aber der Umstand, dass sie nun doch schon die sechzig weit überschritten hatte und ihr Körper erschlaffte, erfüllte sie mit Sorge. Jedenfalls war es so bis zu jener Nacht gewesen, in der sie nicht einschlafen konnte, was sie dem Wetter oder dem Mond zuschrieb, und auf der Suche nach einem der alten Filme, die sie so liebte, beim Zappen im Fernsehen an einem Sender hängen geblieben war, der Mieder-Korsette zur Figur-Optimierung anbot. Die nette junge Dame im Fernsehen versprach, jeder Frau zu einem Sensationspreis zu ihrer Traumfigur zu verhelfen. Liba war begeistert und schlug sofort zu. Freilich hatte der Kauf nicht gleich auf Anhieb geklappt, sie hatte ihre Konfektionsgröße unterschätzt, sodass sie das gute Stück zwei Mal umtauschen musste, jetzt aber besaß sie zwei Korsetts von bester Qualität. Würden sich Einbrecher an Libas Kleiderschrank zu schaffen machen, würden sie wohl sofort die Flucht ergreifen, weil sie denken mussten, im Haus eines jener Superhelden eingestiegen zu sein, der unzerstörbare Arbeitskleidung trug.

Liba jedenfalls war stolz auf ihre beiden Korsetts, weil sie all jene weiblichen Körperattribute, die sich nicht mehr an der Stelle befanden, wo der liebe Gott sie bei Frauen vorgesehen hatte, an den rechten Platz rückten.

»Ich muss packen«, sagte Schröck halblaut und hypnotisierte das Brötchen vor ihm, das Liba ungefragt neben seinen Kaffee gelegt hatte.

»Sie haben ja gar nicht gesagt, dass Sie wegfahren«, sagte sie schmollend. Dann erhellte sich ihr Blick, und sie lächelte. »Ah, ich verstehe, Sie treffen sich mit Fräulein Silvia, da, wo sie ihren Kurs hat.«

»Schön wär's«, sagte er und biss in die Semmel. »Ich habe sie bis jetzt noch nicht erreicht.«

»Aber dann müssen Sie sie wieder anrufen! Es wird doch nichts passiert sein?«

»Jaja, mache ich. Jetzt muss ich mich aber sputen. Bevor es losgeht, sollte ich noch im Büro vorbeischauen.«

»Wie lange bleiben Sie denn weg? Und wo geht es überhaupt hin?«

»Ist dienstlich. Ich bleibe nur eine Nacht.«

Liba warf ihm einen prüfenden Blick zu. Schröck tat so, als würde er ihn nicht bemerken.

»Und warum haben Sie mir das nicht vorher gesagt? Jetzt habe ich die scheenen Schnitzel für die Katz gekauft.«

»Ich hab davon doch selbst erst heute Nacht erfahren, Liba. Essen Sie die Schnitzel selbst, oder geben Sie sie wirklich dem Kater.«

Um halb acht war der Parkplatz noch fast leer. Nur ein paar Schutzpolizisten lehnten an ihrem Wagen und rauchten. Sie winkten Schröck zu, als er das Polizeigebäude durch den Hintereingang betrat. Hoffentlich lief er niemandem über den Weg, Small Talk konnte er heute nicht gebrauchen. Er nahm den Weg über die Treppe und erreichte unbemerkt sein Büro, schloss leise die Tür und setzte sich, ohne die Jacke auszuziehen, hinter seinen Schreibtisch.

An dem Gespräch mit Obermeier führte kein Weg vorbei, obwohl Klaus Heinrich den Polizeirat sicher bereits aufgeklärt hatte.

Wenn die anderen davon erfuhren, lachten sie sich bestimmt krumm. Er seufzte. Schröck beim Geheimdienst. Wahrscheinlich war Obermeier sowieso noch stinksauer auf ihn wegen gestern. Peinlich. Aber es half alles nichts, da musste er durch.

Widerwillig verließ er sein Büro. Vor der Tür zum Sekretariat holte er tief Luft und wollte gerade anklopfen, als Duldinger, der Sperrbezirkspezialist, über den Gang kam.

»Guten Morgen, wie geht's dir denn? Hab schon davon gehört.«

Duldinger brachte mindestens hundertfünfzig Kilogramm auf die Waage und stand in dem Ruf, nicht gerade der Zimperlichste zu sein.

»Hat sich aber schnell rumgesprochen.«

»Ich meine, jeden Tag diese Scheiße, und dann werden die Typen freigesprochen. Man müht sich ab, aber meistens ist alles vergebens. Mach dir nichts draus, Michael, das kann schon mal passieren. Niemand ist davor gefeit. Aber ich will dich nicht auch noch vollquatschen. Du hast jedenfalls mein Mitgefühl«, sagte Duldinger mit Grabesstimme.

Schröck schaute ihn entgeistert an, als der Kollege seine Hand nahm und sie kräftig schüttelte.

»Ich muss jetzt los. Halt die Ohren steif und erhole dich.«

Schröck dankte ihm und schaute ihm stirnrunzelnd hinterher. Was war das denn gewesen?

Ohne anzuklopfen, platzte er in Fräulein Kolbs Büro, die von ihrem Bildschirm aufschaute. Ihr Blick ruhte seltsam sanft auf ihm, keinesfalls so, wie er es gewohnt war.

»Ach, da sind Sie ja! Gehen Sie bitte durch, der Herr Polizeirat wartet schon auf Sie«, flötete sie und verzog ihre angemalten Lippen zu einem mitleidigen Lächeln.

Jetzt kam er sich tatsächlich vor wie ihr blöder Rauhaardackel, den sie manchmal ins Büro mitbrachte, wenn sie niemanden fand, der mit ihm Gassi ging. Fehlte nur noch, dass sie ihm den Kopf streichelte.

»Schröck! Was machen Sie denn für Sachen? Nehmen Sie doch bitte Platz. Ich hatte schon länger den Verdacht, dass Ihnen die Arbeit hier über den Kopf wächst.«

Schröck setzte sich auf die Kante des unbequemen Besucherstuhls.

Obermeier seufzte tief und faltete die Hände. »Eine Menge Kollegen sind davon betroffen. Burn-out ist eine ernsthafte Erkrankung, vor allem in unserem Beruf.«

Schröck starrte Obermeier ungläubig an. Als der Groschen fiel, verfluchte er Heinrich stumm. Auf so etwas musste man erst einmal kommen. Er und Burn-out! Beinahe hätte er losgeprustet, stattdessen nickte er bedächtig. »Ich habe auch nicht damit gerechnet.«

Den nachfolgenden Vortrag ließ er stillschweigend über sich ergehen, aber nach zehn Minuten warf er doch einen ungeduldigen Blick auf seine Armbanduhr. »Ich danke Ihnen sehr für Ihr Verständnis, aber ich muss jetzt wirklich los.«

»Ganz klar, ich will Sie nicht noch länger aufhalten. Sie haben sicher noch einiges zu erledigen, bevor Sie abreisen.«

»Bevor ich abreise?«, entfuhr es Schröck.

»Na, auf Kur! Steht doch im psychologischen Gutachten.« Obermeier schwenkte ein Blatt Papier durch die Luft. »Wissen Sie denn schon, wo es hingehen soll?«

»Nicht so genau.«

»Ist ja auch einerlei. Ihre Dienstwaffe können Sie gleich hierlassen. Ich erledige das. Ich habe das Formular bereits ausfüllen lassen, Sie müssen nur mehr unterschreiben.«

Schröck nahm Waffe und Magazin aus seiner Aktentasche, legte beides ab und kritzelte seine Unterschrift auf den Vordruck.

Obermeier trat um den Tisch herum und klopfte ihm jovial auf die Schulter.

»Wir werden uns jetzt eine Weile nicht sehen. Wegen des Gutachtens fallen Sie mindestens für das nächste Vierteljahr aus. Ich weiß zwar nicht, wie wir ohne Sie auskommen sollen, aber das soll nicht Ihre Sorge sein. Werden Sie erst einmal gesund, danach sehen wir weiter. Ich wünsche Ihnen alles Gute, alter Junge.«

Schröck lächelte säuerlich und beeilte sich, das Büro zu verlassen.

DREI

Er trat aus dem Grazer Flughafengebäude, schaute sich suchend um, zog seine Jacke aus und legte sie über den Koffer. Der Flughafen wirkte neu und sauber. Drinnen hatten ein kleines Buffet, ein paar Souvenirläden und ein richtiger Supermarkt ein fast familiäres Flair vermittelt. Für Ende März war es ungewöhnlich warm. Vor dem Eingang parkten die Autos in zwei Reihen. Leute umarmten einander und verstauten Gepäckstücke in ihren Wagen oder den Taxen.

Er ging ein paar Schritte und lehnte sich an eine Betonsäule. Das Flugzeug war planmäßig gelandet. Das fängt ja gut an, dachte er, als sich zehn Minuten lang noch immer niemand hatte blicken lassen. Vielleicht hatte man ihn ganz einfach vergessen? Er schlenderte ein wenig auf und ab, blieb aber jedes Mal stehen, wenn sich ein größeres Auto näherte, in dem nur der Fahrer saß, damit man ihn besser erkennen konnte. Aber nichts passierte. Schröck holte sein Handy aus der Tasche. Vielleicht war Heinrich ja etwas dazwischengekommen und er hatte bereits versucht, ihn zu erreichen? Fehlanzeige, keine Anrufe in Abwesenheit.

Eine halbe Stunde später überlegte er ernsthaft, sich nach dem nächsten Rückflug zu erkundigen, als er einen Mann um die dreißig in Jeans und einem knallroten T-Shirt quer über die Zufahrtsstraße auf ihn zulaufen sah.

»Herr Schröck, ich komme schon!«, rief er atemlos, als er in Hörweite war.

So viel zur Geheimhaltung, dachte Schröck. Aber egal, hier kannte ihn ja sowieso niemand.

»Hallo, ich bin Axel Kuhn. Ich soll Sie hier abholen. – Sie sind doch Herr Schröck aus München, nicht wahr?«, stieß er keuchend hervor.

»Der bin ich«, sagte Schröck und verzog säuerlich das Gesicht.

»Tut mir wirklich leid, aber da war so ein Stau auf der Bundesstraße, und dann musste ich noch einen Parkplatz suchen. Hier darf man ja nicht parken, und ich will mir noch schnell Zigaretten kaufen.«

»Ist schon in Ordnung. Hauptsache, Sie sind jetzt da. Ich wollte schon den nächsten Flug zurück nehmen.«

»Da hätte ich Sie in jedem Fall noch erwischt«, fuhr der andere ungerührt fort. »Der geht erst so um sechs. Aber jetzt muss ich schnell da rein in den Laden, wir wollen unseren Herrn Heinrich doch nicht noch länger warten lassen. Soll ich Ihnen auch etwas mitbringen?«

Jetzt erst bemerkte Schröck, dass er furchtbaren Durst hatte. Er bat Kuhn um eine Flasche Mineralwasser.

»Gute Idee, ich brauch nach dieser Rennerei auch was Flüssiges. Die haben gutes steirisches Bier hier, wollen Sie nicht auch eins?«

Schröck schüttelte den Kopf. »Danke, ich bleib beim Mineralwasser.« Dann konnte er sich nicht mehr beherrschen. »Sagen Sie, Herr Kuhn, sind Sie auch beim …?«

Er stockte, aber der andere ergänzte sofort: »Beim BND? Na klar, wir sind Kollegen. Bin gleich wieder da.«

»Wohin fahren wir eigentlich?«, fragte Schröck, als sie endlich im Auto saßen.

»Zum Country Club am Schloss. Dauert nur zehn Minuten.«

»Und dort müssen wir dann aufs Pferd umsatteln?«, fragte Schröck trocken.

»Nein, Pferde gibt es da zwar auch, aber hauptsächlich ist es ein Golfclub.«

Na klar, zum Golfclub am Schloss, dachte Schröck, wohin auch sonst? War doch die natürlichste Sache der Welt.

Sie fuhren von der Straße ab und rollten im Schritttempo durch eine mit alten Bäumen bestandene Allee. Auf dem gepflegten Rasen waren bunt gekleidete Menschen damit beschäftigt, ihre Schläger rhythmisch hin und her zu schwingen oder im Stechschritt Golfkarren vor sich herzuschieben.

Als sie vor dem Clubgebäude hielten, zückte Kuhn sein Mobiltelefon. »Wir sind da, direkt am Eingang. – Gut, sage ich ihm.« Er nickte Schröck zu. »Herr Heinrich holt Sie gleich ab. Ich lasse Sie hier raus und stelle das Auto da drüben auf dem Parkplatz ab.«

Schröck fuhr in seine Jacke, stieg aus und ging auf das Clubhaus zu. Der feine Kies knirschte unter seinen Schuhen, während die dicken Autos am Parkplatz seine Zweifel verstärkten, ob er wirklich der Richtige für diesen Job war. Unter seinem zu warmen

Jackett fühlte er, wie ihm der Schweiß über den Rücken lief, aber angesichts der noblen Umgebung wollte er die Jacke nicht ablegen. Vor dem Eingang standen vier Carts wie eine Wagenburg, davor schwangen drei weißhaarige Männer imaginäre Golfschläger, um anschließend wie kleine Jungs einen Veitstanz aufzuführen.

Schröck schlenderte vorsichtig näher und erkannte in einem der Golfer Klaus Heinrich. Als der ihn bemerkte, verabschiedete er sich, bestieg seinen Elektrobuggy und steuerte auf Schröck zu.

»Hallo, Michael! Wunderbar, dass du es einrichten konntest. Jetzt haben wir es endlich geschafft, dass wir miteinander auf die Runde gehen können!«, rief Heinrich demonstrativ laut, sodass ihn jeder im Umkreis von zwanzig Metern mit Sicherheit verstanden hatte. Ein neuer Golfer auf dem Platz sollte für die anderen von keinem besonderen Interesse sein. Heinrich sprang vom Cart, schüttelte Schröck die Hand und raunte ihm zu: »Mensch, Michael, ich freue mich wirklich, dich wiederzusehen – aber mehr noch, dass du jetzt einer von uns bist.«

Schröck wollte sagen, dass er sich in Bezug auf Letzteres noch nicht so sicher sei, aber Heinrich musterte ihn, klopfte ihm auf die Schulter und nickte. Er holte eine Tasche vom Sitz des Elektrowagens und zog ein knallgelbes Poloshirt und ein paar weiße Schuhe mit schwarzen Ledereinsätzen heraus. »Das müsste passen. Du hast doch Schuhgröße dreiundvierzig, oder?«

»Woher weißt du das denn nun schon wieder?« Schröck war verblüfft.

»Ach, Michael«, lächelte Heinrich, »frag mich lieber, was ich nicht über dich weiß.«

»Das hätte ich mir ja auch denken können. Sicher habt ihr alles durchleuchtet, was ich in den letzten zwanzig Jahren gemacht habe.«

Heinrich grinste und reichte ihm schweigend das Shirt.

»Das soll ich anziehen?«, fragte Schröck und hielt das kanarienvogelgelbe Polohemd von sich, als wäre es ein totes Tier.

»Na klar. Du bist schließlich auf einem Golfplatz. Damit fällst du hier nicht auf und die anderen sehen dich besser. Wenn du einen Ball an den Kopf bekommst, ist deine Birne Matsch. Das wäre nicht gerade förderlich.«

»Und wo soll ich …?« Schröck schaute sich nach einer Umkleidemöglichkeit um.

»Geh einfach schnell hinter den Wagen. In zwei Minuten müssen wir am Abschlag sein und zusehen, dass wir Land gewinnen.«

Schröck zog sein Jackett und sein Hemd aus, streifte das Poloshirt über und stopfte es in die Hose. Die Schuhe passten wie angegossen.

»Sieht aus, als seist du ziemlich gut in Form.« Heinrich nickte anerkennend. »Aber dafür gehst du ja auch jeden Mittwoch zum Jiu-Jitsu-Training.« Er strich sich über seinen Bauch. »Würde mir auch nicht schaden, aber ich fürchte, ich werde langsam zum Schreibtischtiger. Und jetzt schwing deinen Hintern in das Cart, wir fahren los.«

»Klaus«, sagte Schröck leise, »ich kann aber kein Golf spielen.«

Heinrich lachte. »Das musst du auch nicht, du bist heute mein Caddie.«

»Und was muss ich dafür tun? Dir deine Schläger hinterhertragen?«

»So etwas in der Art. Jedenfalls können wir uns dabei ungestört unterhalten.«

Heinrich steckte einen kleinen Stift aus Holz in den perfekt gepflegten Rasen und platzierte seinen Ball darauf. Dann baute er sich davor auf, verharrte einige Sekunden, trat anschließend zwei Schritte zurück, streckte seinen Hintern wie eine Ente raus und schwang den Schläger mehrere Male hin und her. Er trat wieder näher, trippelte, bis er den richtigen Stand gefunden hatte, dann schlug er endlich zu.

Der Ball flog in weitem Bogen über das Fairway. Schröck hatte ihn aus den Augen verloren, noch bevor er zu Boden fiel.

Heinrich nickte anerkennend. »Komm, wir fahren, bevor die Nächsten uns im Nacken sitzen«, sagte er und setzte sich hinters Lenkrad. Sie rumpelten über die breite Rasenfläche, vorbei an Sandlöchern und kleinen Baumgruppen.

»Also, Michael, wie ich bereits am Telefon sagte, bist du der richtige Mann für uns. Aber bevor wir zur Sache kommen, gebe ich dir einen Crashkurs in Sachen BND.«

Schröck nickte und klammerte sich an der Halterung des Sonnenschutzes fest, um nicht allzu sehr durchgerüttelt zu werden.

»Du weißt ja, dass der Bund über drei Nachrichtendienste verfügt, den Militärischen Abschirmdienst, das Bundesamt für Verfassungsschutz und eben uns, den Bundesnachrichtendienst. Wir sammeln und werten sämtliche Erkenntnisse über das Ausland aus, die von außen- und sicherheitspolitischer Bedeutung sind. Das Spektrum unserer Arbeit ist gewaltig: Es umfasst Politik, Wirtschaft, Militär, Wissenschaft, Technik und diesen Terroristenmist, der uns schon viel zu lange beschäftigt.«

»Aber ich habe beruflich noch nie etwas mit Terrorismus zu tun gehabt«, gab Schröck zu bedenken.

»Ist auch nicht nötig. Hier geht es um etwas ganz anderes. Die meiste Arbeit bereiten uns ohnehin die Waffen- und Technologietransfers und die Geldwäsche.«

»Sitzt ihr eigentlich immer noch in Pullach?«

»Ja, aber mittlerweile auch in Berlin. Unser oberster Boss ist der Chef des Bundeskanzleramtes, den Präsidenten des BND kennt man ja. Ich bin dein Verbindungsmann, deine Ansprechperson sozusagen. Die anderen Abteilungen haben die Aufgabe, dir und den anderen Kollegen draußen den Rücken freizuhalten und dich mit allem zu versorgen, was du bei deiner Arbeit benötigst: von der technischen Ausrüstung bis hin zur Unterstützung bei Auswertungen und Rechercheanforderungen.«

»Klingt ja toll, irgendwie wie im Film. Aber warum braucht ihr gerade mich?«

»Sofort, vorher muss ich diesem kleinen weißen Bällchen noch eine Gewaltige vor den Latz knallen, damit es auf dem Green landet.« Heinrich stellte den Buggy ab und stieg aus.

»Gib mir mal ein Sechsereisen«, sagte er, ohne seinen Blick von dem Ball, der in einem Nest aus mittelhohen Grasbüscheln gelandet war, aus den Augen zu verlieren.

»Gern. Wenn du mir sagst, wie das aussieht.«

»Na, ein Eisen mit der eingestanzten Zahl Sechs.«

Schröck zuckte mit den Achseln, zog alle Schläger nacheinander heraus und wurde schließlich fündig. »Hier.«

Heinrich schüttelte den Kopf. »Das ist das Neuner, Michael.

Mit dem komme ich nicht sehr weit. Im wahrsten Sinne des Wortes.«

Endlich fand Schröck den richtigen Schläger, und Heinrich wiederholte das Ritual des Abschlags. Der Ball flog in schnurgerader Linie durch die Luft, driftete dann aber unvermittelt ab und landete in dem Wäldchen am Rande der Rasenfläche.

»Verdammt«, presste Heinrich heraus. »Den brauche ich eigentlich gar nicht mehr zu suchen. Egal. Ich spiele hier schnell noch fertig, dann erzähle ich dir, was wir mit dir vorhaben.«

Ein paar Schläge später, der Ball war endlich in seinem Loch verschwunden, zündete Heinrich sich eine Zigarette an und sog den Rauch gierig ein. »Wo war ich stehen geblieben?«

»Du wolltest mir endlich sagen, warum ich hier bin.«

»Genau. Entschuldige, ich bin unhöflich. Möchtest du auch eine?« Er hielt ihm ein silbernes Zigarettenetui vor die Nase.

Schröck schüttelte den Kopf. »Nein, danke. Mensch, Klaus, jetzt spann mich doch nicht länger auf die Folter.«

Heinrich grinste. »Du hast doch nicht den Hauch einer Ahnung, was richtige Folter ist.« Schröck konnte über den Witz nicht lachen.

»Also gut. Wir haben uns ganz genau angesehen, wie und woran du in den letzten Jahren gearbeitet hast. Du bist schon ein sturer Hund, das muss man dir lassen. Egal, was man dir einreden wollte, und egal, wer dir Weisungen erteilt hat, du hast dich nicht beirren lassen. Und dein Instinkt hat dich letztlich fast immer auf die richtige Fährte geführt.«

»Danke für die Blumen.«

»Wie steht es eigentlich mit dir und deiner Frau Biologin?«

»Das ist privat. Lass sie aus dem Spiel.«

»Natürlich, keine Bange. Wie auch immer: Du hast an ein paar bemerkenswerten Fällen gearbeitet, bei denen du Bekanntschaft mit Wissenschaftlern gemacht hast.«

»Erinnere mich bloß nicht daran. Die hatten weniger Skrupel als Typen von der Mafia.«

»Eben. Und genau darum geht es bei deinem ersten Auftrag.«

***

»Dreizehn Minuten, neuer Rekord!«, strahlte Kuhn. »Und das trotz des Berufsverkehrs.«

Nachdem sein Chauffeur keine Anstalten machte, den Wagen zu verlassen, nahm Schröck eigenhändig sein Gepäck aus dem Kofferraum und stellte es vor dem Eingang des kleinen Hotels ab. Das schmutzig gelbe Gebäude war im typischen Landhausstil der Gegend erbaut. Da es offenbar zu klein geworden war, hatte man einen Anbau errichtet, der Schröck an ein billiges Selbstbauregal erinnerte, dessen Fächer man mit Glasscheiben verkleidet hatte. Der halbherzige Versuch, den Zubau mittels schrill grünen Neonstäben und orangefarbigen Vorhängen einladend zu gestalten, hatte nicht gefruchtet und konnte nicht darüber hinwegtäuschen, dass das Hotel eine Notschlafstätte für Handlungsreisende der Gegend zu sein schien, die lieber hier auf dem Land als in Graz direkt abstiegen. Schröck verabschiedete sich von Kuhn, der ihm einen Computerausdruck mit der Reservierungsbestätigung in die Hand drückte, und betrat die Lobby. Robuste Auslegeware, zweckmäßiges Mobiliar, alles in blassen Brauntönen gehalten. Eine junge Frau mit roten Bäckchen begrüßte ihn überraschend freundlich und erkundigte sich, wie seine Anreise verlaufen sei. Schröck war mit dem steirischen Dialekt nicht vertraut und musste mehrmals nachfragen, bevor er sie verstand. Die Sätze hörten sich an wie sanftes Bellen. Da es keinen Aufzug gab, stiefelte er mit seiner Tasche in den zweiten Stock.

Er packte seine Sachen aus und setzte sich auf das schlichte Einzelbett. Auf dem Flachbildschirm an der Wand rollten Bilder von den Sehenswürdigkeiten der Umgebung vorbei, abgelöst von Informationen über das Hotel und die Essenszeiten, Fotos von Frühstückseiern und vollen Müslischalen.

So also sieht das aufregende Agentenleben aus, dachte Schröck und warf einen Blick in die Minibar. Er schob die hochprozentigen Gute-Nacht-Fläschchen beiseite, holte eine Weinflasche, die anscheinend für Zwerge gedacht war, heraus und betrachtete das Etikett. Angewidert stellte er das Fläschchen zurück. Der Inhalt schien angesichts der lieblosen Lagerung bereits ungenießbar geworden zu sein. Zudem wäre das bisschen Wein sowieso viel zu wenig gewesen, um sich zu betrinken. Ein gutes Glas Rotwein wäre jetzt genau das Richtige.

Schröck schnappte sich seine Jacke, die er vorhin achtlos auf den Stuhl geworfen hatte, und ging in die Lobby hinunter. Die Frau am Empfang redete mit ein paar Männern in blauen Einheitsanzügen, Firmenleute vermutlich, die gerade angekommen waren. Aber er brauchte ohnehin nicht nach dem Weg zu fragen, die Ausschilderung zur Bar war nicht zu übersehen. Gedämpfte Konservenmusik schwebte durch den kleinen Raum, irgendein Jazzklassiker, den ein Studiokeyboarder neutralisiert hatte. Die Einrichtung wirkte so klinisch wie die in einer amerikanischen Burgerbraterei – gar nicht. Schröck bestellte ein Glas Merlot und setzte sich an einen der hinteren Tische. An der Theke hockten zwei Männer, die über Rabatte und Einkaufspreise diskutierten, ein Stück weiter drüben eine Blondine in Jeans und knapper Bluse, die mit einem Plastikstäbchen die kandierte Kirsche in ihrem Glas malträtierte. Schröck beobachtete sie eine Weile dabei, und es entging ihm nicht, dass sie ihn ihrerseits, wenn er seinen Blick abwandte, interessiert musterte. Als sich ihre Blicke trafen, lächelte sie verlegen, bestellte einen neuen Drink und kam an Schröcks Tisch.

»Hallo«, sagte sie lächelnd, »darf ich mich zu Ihnen setzen?«

»Ja, natürlich«, sagte Schröck überrascht über ihre Forschheit.

Sie war etwa Mitte vierzig, und ihre sportliche Figur verriet, dass sie viel Zeit im Fitnessstudio verbrachte. Als sie sich nach einem Untersetzer für ihr Glas umschaute, bemerkte er, dass ihre Stirn ab den Augenbrauen unbeweglich war. Botox vermutlich.

»Die anderen sind schon alle im Bett. Aber ich bin noch so aufgedreht, dass ich noch nicht schlafen kann«, sagte sie.

»Dann geht es Ihnen so wie mir.«

»Ich bin den ganzen Tag rumgelaufen. Wir haben eine Wanderung ins Felstal gemacht, entlang der Lassnitz, das ist ein Fluss, und dann hinauf auf die Burg Deutschlandsberg. Abschließend noch eine Besichtigung der Pfarrkirche, ich habe nichts ausgelassen. Meine Füße bringen mich jetzt fast um, aber die Landschaft ist einfach toll. Haben *Sie* so etwas schon öfter gemacht?«

»Nein, eigentlich nicht«, sagte Schröck.

»Für mich ist es auch das erste Mal, seit ich wieder Single bin. Ich hatte ja keine Ahnung, was mich da erwartet«, seufzte sie. »Wo haben Sie denn den Nachmittag verbracht?«

»Auf dem Golfplatz«, antwortete Schröck wahrheitsgemäß.

»Ach, Sie spielen Golf?«

»Na ja, nicht so richtig.«

So sehen also die weiblichen Rekruten aus, dachte Schröck. Sicher würde sie ihn gleich darauf ansprechen. Vielleicht hatte sie ja auch schon neue Instruktionen für ihn? Weshalb sonst hatte sie den Kontakt zu ihm gesucht? Jedenfalls entsprach sie eher seinem Bild einer Geheimagentin als er dem eines Agenten.

»Welche Spielvorgabe, wenn ich fragen darf?«

Spielvorgabe? Schröck hatte keine Ahnung, was sie meinte. »Wie?«

»Welches Handicap?«

So einige, dachte er, schwieg aber, vom Golf mal ganz abgesehen.

Die Blondine zog einen Schmollmund, lächelte jedoch gleich wieder. »Vermutlich ein sehr niedriges, wenn Sie sich so zieren. Macht nichts, ich habe ohnehin noch nie Golf gespielt.« Sie legte ihren Kopf in den Nacken und stöhnte. »Von diesem ewigen Sitzen wird man ganz steif.«

»Ja, das stimmt«, sagte Schröck und dachte an die ungeliebte Aktenarbeit im Büro.

Sie strich ihre Haare zurück und schaute ihm dabei direkt in die Augen. »Ich denke, ich werde mich jetzt ein wenig hinlegen. In welchem Stock sind Sie denn untergebracht?«

Schröck wurde warm. Die baggerte ja ordentlich. »Im zweiten.« Hoffentlich fragte sie ihn nicht auch noch nach seiner Zimmernummer.

»Die Busse vom BRV sind ja wirklich sehr komfortabel, aber –«

»BND«, korrigierte er sie.

»Jaja, genau«, lachte sie. »Der war wirklich gut, BND, Nachrichtendienst. Aber irgendwie stimmt es schon, nach so einer Busreise weiß jeder über den anderen Bescheid.«

»Busreise?«

»Ja, klar. BRV, Berliner Reise Veranstalter.«

Was bin ich nur für ein Idiot! Schröck jaulte innerlich auf. Von wegen Agentin. Die Frau, die sich da vor ihm in Pose warf, war Teilnehmerin einer Reisegruppe und auf der Suche nach einem passenden Betthupferl.

»Ich muss jetzt dann mal auch.« Schröck winkte den Kellner an den Tisch. »Also dann, gute Nacht, Frau …?«

»Iris.« Sie streckte ihm strahlend die Hand entgegen.

Kein Ring, dachte er.

»Michael. Ich wünsche Ihnen noch eine schöne Reise.«

Sie drehte sich um, schlenderte zur Bar zurück und wiegte dabei ihre wohlgeformten Hüften. Tolle Figur. Dann meldete sich Schröcks schlechtes Gewissen, und ihm fiel ein, dass er noch immer nichts von Silvia gehört hatte. Sein Bauchgefühl verhieß nichts Gutes.

***

Aus dem Zimmer kam ihm ein Schwall schlechter Luft entgegen, eine Mischung von Reinigungsmittel und Tabakrauch. Eine Klimaanlage gab es nicht, nur einen Heizkörper, der brennend heiß war. Schröck öffnete das Fenster, musste dafür einen Schritt zurücktreten und wäre beinahe im Bett gelandet. Ob wohl nur den Neulingen beim BND solche Absteigen zugeteilt wurden?

Draußen herrschte ein ständiger Lärmpegel, die Pension lag direkt an der Durchgangsstraße Richtung Graz. An eine Nacht bei auch nur angelehntem Fenster war jedenfalls nicht zu denken. Schröck sog die kühle Abendluft ein und bekam im selben Augenblick Lust auf eine Zigarette.

Er durchsuchte seine Jacke. In einer der Seitentaschen klimperte Kleingeld, in der anderen fand sich ein Wegwerffeuerzeug, aber keine Zigarette. Schließlich stieß er in einer Innentasche auf einen verbogenen Glimmstängel. Ein Teil des Tabaks war bereits herausgerieselt, die Brösel hatten sich bestimmt am Grund der Tasche gesammelt und würden Liba wohl wieder einmal zur Weißglut und zu tschechischen Flüchen treiben.

Schröck inhalierte den Tabakrauch und zog den Briefumschlag aus der Jacke, den ihm Heinrich auf dem Golfplatz zugesteckt hatte. Natürlich enthielt er keine Anweisungen, die sich nach ein paar Minuten an der Luft auflösten oder die man nach dem Lesen aufessen musste. Nur eine Bahnkarte und eine Buchungsbestätigung für ein Zimmer in einem Grazer Innenstadthotel, lautend auf seinen richtigen Namen, steckten darin.

Wie unromantisch. Von einem Spesenkonto hatte Heinrich auch nichts erwähnt, dabei herrschte auf Schröcks Girokonto derzeit Ebbe, weil die längst überfällige Reparatur der Hauswasserpumpe ein Drittel seines Beamtenlohns verschlungen hatte. Na ja, dafür bot das Gehalt, das Heinrich ihm genannt hatte, einen optimistischen Ausblick, und das Zimmer war im Voraus bezahlt worden.

Er musste Liba anrufen, damit sie sich keine Sorgen machte, wenn er länger wegblieb. Es war ihr zuzutrauen, dass sie in die nächste Wache marschierte, um eine Vermisstenanzeige aufzugeben. Aber erst war Silvia dran. Sie hatte sich noch immer nicht gemeldet.

Er wählte ihre Nummer und wartete. Als das Handy nach einigen Sekunden noch immer keinen Ton von sich gab, nahm er es vom Ohr, um zu überprüfen, ob er überhaupt Netz hatte, da hörte er ein verhaltenes Hallo.

»Silvia?«

»Ja. Wer ist da?«

»Ich bin es, Michael. Mensch, endlich erreiche ich dich!«

»Du wurdest mir als anonymer Anrufer angezeigt. Ich wusste nicht, wer dran ist.«

»Ich habe schon gefühlte hundert Mal angerufen. Wo bist du?«

»Unterwegs.«

»Unterwegs wohin?«

»In ein paar Stunden fahre ich zurück nach München.«

»Zurück von wo? In dem Seminarhotel habe ich dich jedenfalls nicht erreicht.« Schröcks Stimme hatte einen leicht beleidigten Ton angenommen, der Silvia nicht entging.

»Ich war nicht da. Ich hatte etwas Dringendes zu erledigen.«

»Ich habe mir Sorgen gemacht.«

»Liba hat es mir bereits erzählt«, sagte sie leise.

»Ihr habt gesprochen?«

»Ja, sie hat immer wieder angerufen.«

Schröck nickte und zählte im Geist die Blätter der vergilbten Plastikblumen, die auf dem Miniaturtisch vor dem Bett standen.

»Michael, bist du noch da?«

»Klar bin ich noch da.«

»Bist du sauer?«

»Wo denkst du hin? Ich liebe es, wenn ich nicht weiß, was mit dir los ist.«

»Tut mir leid.«

»Willst du mir jetzt erzählen, wo du bist, oder ist das ein Geheimnis?«

»Ist es nicht. Ich bin in Zürich.«

»In Zürich, natürlich«, wiederholte Schröck trocken.

»Ach, Michael, jetzt komm schon, sei nicht eingeschnappt. Ich hatte eben einiges zu erledigen.«

»Ist ja auch egal, ich muss nicht alles wissen. Du kannst dich treffen, mit wem du willst.«

»Ich habe mich mit niemandem getroffen.«

»Hm.«

»Und morgen Abend bin ich wieder in München.«

»Das ist schön. Leider bin ich nicht da.«

»Was ist denn los? Denkst du etwa, dass …? Michael, so ein Unsinn! Es gibt keinen Grund, eifersüchtig zu sein.«

»Ich bin nicht eifersüchtig.«

»Klingst aber so. Warum ist es eigentlich so laut bei dir im Hintergrund, wo bist du?«

»In einem Hotel in der Steiermark. Mit geöffnetem Fenster.«

»Steiermark wie in Österreich? Jetzt mache ich mir aber Sorgen. Was ist los? Liba hat mir nur erzählt, dass du irgendwohin wolltest.«

»Ich bin dienstlich hier.«

»Wie jetzt?«

»Eigentlich sollte ich von uns beiden die Geheimnisse haben. Ich habe den Job gewechselt, aber offiziell leide ich unter Burn-out.«

»Du und Burn-out?«

»Ja, eine kleine Lüge, damit ich frei ermitteln kann.«

»Für die Münchner Polizei in Österreich?«

»Nein, für den BND.«

Stille. »Du hast zum Bundesnachrichtendienst gewechselt?«

»Wieso denn nicht?« Irgendwie war es plötzlich für ihn das Natürlichste der Welt, beim BND zu sein. »Aber das darf keiner wissen, auch nicht die Kollegen. Nicht einmal Obermeier hat eine Ahnung.«

»Und worum geht es?«

»Das darf ich nicht sagen, ist mindestens so geheim wie deine Fahrt nach Zürich.«

»Dann behalte es eben für dich.«

»Siehst du, jetzt bist du nämlich eingeschnappt. Aber bei mir sind es wenigstens arbeitstechnische Gründe, weshalb ich nichts sagen darf.«

»Und ich habe mich deiner Meinung nach wohl mit einem meiner zahlreichen Liebhaber getroffen, oder was?«

»Jedenfalls muss ich morgen weiter nach Graz, um dort ein paar Leuten auf den Zahn zu fühlen.«

»Ist das nicht gefährlich?«

»Denke nicht. Ein Wissenschaftler wird mir schon nicht den Hals umdrehen. Jedenfalls nicht einer, der medizinische Forschungen betreibt. Es geht um einen gewissen Dr. Gessner, der nicht ganz koscher sein soll. Aber jetzt habe ich dir schon mehr als genug erzählt, was man von dir nicht behaupten kann.«

»Professor Max Gessner?«

»Genauso heißt er. Kennst du den etwa?«

»Ja, aber nicht persönlich.«

»Er dürfte in deiner Branche ein ziemlich bekannter Mann sein.«

»Wann triffst du ihn?«

»Kann ich noch nicht sagen. Wenn ich morgen in Graz bin, mache ich einen Termin aus.«

»Michael? Du, ich muss jetzt auflegen.«

»Was ist los? Du klingst plötzlich so seltsam. Ich habe mir doch nur Sorgen um dich gemacht, das mit den Liebhabern hast du gesagt, nicht ich.«

»Ist schon okay. Ich melde mich morgen, ja?«

»Wenn du meinst?«

»Schlaf dann schön.«

»Du auch.«

Schröck warf das Handy aufs Bett und schüttelte den Kopf. Er hatte sich ernsthafte Sorgen gemacht, aber Silvia war sauer und machte auf kryptisch. Aber egal, er würde jetzt schlafen gehen. Er warf einen Blick auf das Zugticket, Abfahrt war um elf Uhr vom Bahnhof Deutschlandsberg. Eine Stunde später würde er in Graz sein.

***

Silvia Reuter wälzte sich in ihrem Hotelbett von einer Seite auf die andere.

Das hatte sie ja wieder mal prima hingekriegt. Michael war eingeschnappt und misstraute ihr – und alles nur wegen ihres phantastischen Vaters. Danke, Papa, wirklich super.

Sie setzte sich auf, schob sich ein Kissen in den Nacken und verschränkte die Arme. Irgendwann einmal würde sie Michael die ganze Geschichte erzählen, irgendwann später. Wenn sie nur daran dachte, was ihr sauberer Herr Papa alles angestellt hatte, sträubten sich ihr die Nackenhaare. Seit Michael Max Gessner erwähnt hatte, ging ihr der Gedanke nicht mehr aus dem Kopf: Was, wenn Gessner wirklich nicht sauber war? Wie grandios wäre es, wenn sie mit dem Geld ihres skrupellosen Vaters die Machenschaften eines anderen Betrügers unterstützt hatte? Dann wäre sie wieder einmal reingefallen. Andererseits, nur weil ein Verdacht bestand, hieß das noch lange nicht, dass etwas an ihm dran sein musste. Wie hieß es doch so schön? Solange nichts bewiesen war, war der Angeklagte unschuldig.

Silvia holte sich ein Glas Wasser aus dem Badezimmer und setzte sich an den kleinen Schreibtisch. Der Bankangestellte hatte gesagt, sie könne die Überweisung an Gessner innerhalb von zwei Tagen widerrufen. Damit hatte sie Zeit genug, um sich persönlich ein Bild von seinen Forschungen zu machen. Dazu müsste sie allerdings morgen früh sofort nach Graz aufbrechen und sofort einen Termin mit dem Wissenschaftler vereinbaren. Es würde schwierig werden, aber es war die einzige Möglichkeit, sich Klarheit zu verschaffen.

Nun gut, dann also Graz und zwar so schnell wie möglich.

Sie wählte die Nummer der Rezeption. Es dauerte einige Zeit, bis sich die verschlafene Stimme des Nachtportiers meldete. Er bot sich an, am Flughafen anzurufen und ein Ticket für den ersten Flug zu reservieren. Wenig später klingelte ihr Telefon, und er gab ihr die Daten durch. »Abflug sieben Uhr zehn, über Wien nach Graz, Ankunft zehn Uhr fünfundfünfzig.«

Silvia bedankte sich und warf einen Blick auf die Uhr auf dem Nachttisch: Es war bereits zwei. Ein paar Stunden Schlaf waren noch drin. Sie schlüpfte unter die Decke, mit einem Mal war sie todmüde, und kurz darauf war sie eingeschlafen.

VIER

Der Mann vom Wachdienst hatte Licht im Labor gesehen. Eigentlich nichts Ungewöhnliches. Professor Tomaschek und Dr. Katharina Wink hatten gerade in letzter Zeit, als sich zeigte, dass sie mit ihren Forschungen Erfolg haben würden, schon öfter die Nacht durchgearbeitet. Der Wächter, der auf den Ruhestand zuging, kannte Katharina Wink gut und besuchte sie manchmal auf seiner Runde. Wenn sie nicht zu beschäftigt war, tranken sie eine gemeinsame Tasse Kaffee und plauderten ein wenig.

Leise klopfte er an die Tür und trat ein, als er keine Antwort bekam. Das Labor war hell erleuchtet, ein Mantel hing an der Garderobe, auf dem Schreibtisch lag Katharina Winks Handtasche.

Wahrscheinlich ist sie nur kurz nach draußen gegangen, um Luft zu schnappen, dachte er und wollte schon weitergehen. Da fiel sein Blick auf das Pult am Fenster, das mit Glasscherben übersät war. Als er näher trat, knirschte es unter seinen Schuhen, und er hob einen Fuß an. Eine Scherbe hatte sich in die Sohle seines schweren Arbeitsstiefels gebohrt. Er lehnte sich an einen Labortisch und versuchte, den Splitter herauszuziehen.

»Verdammt, auch das noch!« Fluchend steckte er seinen blutenden Finger, an dem er sich geschnitten hatte, in den Mund und schob wütend die Glassplitter mit seinen Schuhen unter den Tisch. Morgen früh würde die Putzkolonne alles entsorgen. Da entdeckte er ein Stück weiter hinten eine besonders große Scherbe. Als er sich bückte, um sie aufzuheben, fuhr er zusammen. Neben einem der Brutschränke lag Katharina Wink. Ihr Körper zuckte, als würde sie unter Strom stehen.

Er riss sein Handy vom Gürtel und wählte mit zitternden Händen die Nummer des Notrufs, bevor er sich zu ihr niederkniete. Vorsichtig hob er ihren Oberkörper an und legte seinen Arm unter ihren Kopf. »Frau Dr. Wink, was ist mit Ihnen? Können Sie mich hören?«

Sie war bewusstlos, doch selbst in diesem Zustand waren ihre Muskelkontraktionen so heftig, dass er sie kaum festhalten konnte.

Der Sanitäter der Grazer Berufsrettung vergewisserte sich, dass die Elektroden richtig hafteten.

»Grün! Hände weg!«, rief er und drückte die Schocktaste.

Katharina Winks Rücken bog sich durch und sank wieder auf die Trage zurück.

Beide jungen Männer starrten gebannt auf den kleinen Monitor am Defibrillator. Die weiße Linie zuckte in rhythmischen Abständen hoch, während die grüne Verlaufskurve noch den vorherigen Herzstillstand dokumentierte.

»Sie ist wieder da.«

»Und das gleich beim ersten Mal. Die Frau hat großes Glück gehabt.« Der kleinere der beiden lächelte die Bewusstlose erleichtert an. »Wären wir nicht zufällig in der Himmelreichstraße gewesen, würde sie jetzt beim Petrus auf der Wolke sitzen. Heute ist in Graz wieder einmal der Blechlawinen-Notstand ausgebrochen.«

Der zweite Sani fuhr indessen mit Katharinas Versorgung fort. Der Lärm des Motors und des Martinshorns war ohrenbetäubend.

»Alois, gib halt ein bisserl mehr Gas! So schnell wie möglich zu den Elisabethinen. So fit scheint mir die Dame doch noch nicht zu sein!«, brüllte er nach vorn zum Fahrer.

Als schließlich das Krankenhaus der Elisabethinen in Sichtweite kam, waren die Vitalwerte von Katharina Wink wieder nahezu normal. Auf der Intensivstation war sie bereits wieder ansprechbar, und in den folgenden Stunden erholte sie sich so gut, dass das Pflegepersonal seine liebe Mühe hatte, sie vom Aufstehen abzuhalten. Sie rief nach einer Schwester und bat sie, ihr den Weg zur Toilette zu zeigen. Als die Pflegerin entgegnete, sie dürfe auf keinen Fall aufstehen, protestierte Katharina so lautstark, dass der diensthabende Arzt gerufen wurde.

»Dr. Katharina Wink«, las der Internist vom Display am Kopfende ihres Bettes ab. »Welche Disziplin, wenn ich fragen darf?« Der Arzt hatte müde Augen und sah aus, als hätte er seit Tagen nicht mehr geduscht.

»Biologie. Ich arbeite in der Forschung.«

»Man hat Sie im Labor gefunden?«

»Ja, aber jetzt geht es mir wieder gut. Wann kann ich nach Hause?«

»Das muss wohl noch ein bisschen warten. Ihr Herz hat auf der Fahrt hierher kurz mal Pause gemacht. Die Sanitäter mussten Sie reanimieren. Nach so etwas geht man nicht gleich wieder heim.« Er lächelte. »Für ein paar Untersuchungen sollten Sie uns schon noch zur Verfügung stehen. Wir wollen sichergehen, dass das ein einmaliges Ereignis bleibt.«

»Ach, deshalb der Muskelkater.«

»Aber ich kann Sie beruhigen: Wenn Sie sich weiter so schnell wie bisher erholen, können wir Sie morgen schon auf die normale Bettenstation verlegen.«

»Gibt es schon irgendwelche Untersuchungsergebnisse?«

»Wir haben Ihr Blut getestet und die EKG-Daten ausgewertet. Alles bisher in Ordnung.«

Katharina ließ sich in ihr Kissen zurückfallen und zog die Decke an ihr Kinn. »Wunderbar, dann kann ich mich endlich einmal ausschlafen. Das Gepiepe von dem Ding da«, sie deutete auf den Überwachungsmonitor, »ist zwar nicht gerade die ›Kleine Nachtmusik‹ von Mozart, aber vielleicht gewöhne ich mich noch daran.« Sie lächelte den Arzt an.

»Haben Sie dann noch Fragen?«, wollte er verwundert wissen.

»Nein, danke. Ich bin jetzt einfach nur müde.«

Am nächsten Tag wurde Katharina auf die Interne Station verlegt und dann von einer Untersuchung zur nächsten geschoben. Das Belastungs-EKG fiel ebenso unauffällig wie die Röntgenaufnahmen aus, und als sie anschließend darauf bestand, das Bett verlassen zu dürfen, hatten die Ärzte keine Einwände mehr.

Tags darauf ging sie mit der Zuweisungsmappe unterm Arm zur Radiologie-Abteilung, da eine Kernspintomografie angeordnet worden war.

Den Weg dahin kannte sie schon, dort hatte man vor zwei Wochen den Tumor in ihrer Bauchspeicheldrüse entdeckt. Je näher sie der Ambulanz kam, desto schneller schlug ihr Herz. Die bisherigen Befunde waren zwar allesamt unauffällig gewesen, aber sie konnte sich keineswegs sicher sein, dass sich der Tumor zur Gänze zurückentwickelt hatte.

Die Prozedur dauerte eine halbe Stunde, dann wurde sie wieder aus der summenden und klopfenden Röhre gefahren.

»Bitte, nehmen Sie noch einige Minuten im Warteraum Platz.

Ihr Kreislauf soll sich ein wenig erholen«, sagte die Schwester und führte sie hinaus.

Katharina setzte sich und suchte den Stapel durchgelesener Magazine durch, bis sie schließlich ein Journal fand mit der Titelstory »Wie ich den Krebs mit Johanniskraut, Mistelextrakt und Vitamin C besiegte«. Als sie kopfschüttelnd den Erfahrungsbericht von Britta R., einer achtundvierzigjährigen Frau, Topmanagerin und Mutter von vier Kindern, las, deren Gesicht vor ihrer riesigen Villa mit einem dicken schwarzen Balken unkenntlich gemacht worden war, sprach sie jemand an.

»Frau Wink, darf ich Sie bitten, mich ins Büro zu begleiten?«

Sie erkannte den Mann. Es war Dr. Kralowetz, derselbe Arzt, der sie bei ihrem letzten Besuch in der Klinik untersucht hatte. Sie bemerkte seinen besorgten Blick. Mist, es hatte nicht funktioniert. Vielleicht war die Dosis zu gering gewesen, vielleicht lag es aber auch daran, dass Laborratten eben doch keine Menschen waren? Vielleicht hätte sie es ja auch mit Johanniskraut versuchen sollen? Sie lachte trocken auf.

Kralowetz drehte sich zu ihr um und sah sie verdutzt an.

»Alles okay, ich musste nur gerade an etwas denken.«

Er nickte und hielt ihr die Tür neben dem Untersuchungsraum auf.

In dem Zimmer waren zwei weitere Ärzte anwesend: ein älterer untersetzter, mit schütterem Haar stellte sich als Professor Dr. Christoph Staller, Primarius am Röntgeninstitut, vor, während der andere, so um die vierzig, schmal und mit dunklen Augenrändern, sie forschend musterte.

»Meinen Mitarbeiter Herrn Dr. Kralowetz kennen Sie ja schon«, sagte Professor Dr. Staller. »Das hier ist Oberarzt Dr. Wieser, der für die Diagnostik der Kernspintomografie-Aufnahmen verantwortlich zeichnet.« Er warf einen verächtlichen Blick in Wiesers Richtung, der wiederum Katharina unsicher anblickte und ihr zunickte.

»Aber bitte, nehmen Sie doch Platz.« Kralowetz beeilte sich, ihr den gepolsterten Chefsessel zuzuschieben.

Sie setzte sich und sah gespannt in die Runde. Es herrschte dicke Luft. Einer von denen hatte wohl sein Deo vergessen.

»Was wollen Sie mir sagen?«, platzte sie heraus.

»Frau Dr. Wink, Sie sind selbst Wissenschaftlerin, und – wie soll ich es formulieren? – manches Mal stellen sich für uns die Fakten als schlüssig und eindeutig dar, obwohl …«

»Da haben Sie vollkommen recht, das kenne ich nur zu gut. Aber worauf wollen Sie hinaus? Ich kann die Wahrheit ertragen.«

»Sie waren vor zwei Wochen bei uns zur Untersuchung, und wir haben Sie darüber informiert, dass Sie an einem duktalen Adenokarzinom des Pankreas erkrankt sind.« Er machte eine Kunstpause. »Auf dem Computerbild war zweifelsfrei ein circa vier Zentimeter großer Tumor mit Verwachsungstendenz in den Zwölffingerdarm erkennbar. Die benachbarten Lymphknoten waren zur Diagnosezeit schon metastasiert.«

Katharina zuckte mit den Schultern. »Das ist nichts Neues. Und?«

Kralowetz lehnte sich kurz an den Schreibtisch hinter ihm, hielt es dort aber nicht lange aus und begann im Zimmer herumzulaufen.

»Als Sie vorgestern bei uns eingeliefert wurden, haben wir Ihr Blut untersucht. Sogar ein Polymerase-Kettenreaktionstest wurde durchgeführt, um die Streuung des Tumors zu bewerten.«

»Den Test kenne ich von meiner Arbeit, ich mache ihn manchmal auch. Ich fühle mich geehrt.« Sie lächelte säuerlich. Was druckste der Mann nur so rum? Sollte er doch endlich Klartext reden. Er war ihr von Anfang an unsympathisch gewesen, und jetzt spielte er sich auch noch auf wie ein Oberlehrer. »Haben Sie denn eine neue Prognose für mich? Wie viele Wochen habe ich noch, oder sind es nur mehr ein paar Tage?«

»Nein, nein, ganz im Gegenteil. Frau Dr. Wink, verehrte Frau Kollegin, nach unseren aktuellen Tests sind Sie kerngesund!«

»Was bin ich?«

»Sie sind nicht krank.« Staller versuchte zu lächeln.

Katharina biss sich auf die Zunge, um sich nicht zu verraten. Sie atmete ein Mal tief durch und setzte ihr Pokerface auf. »Und? Wie erklären Sie sich diese neue Erkenntnis?«

»Genau das ist ja unser Problem. So etwas gibt es normalerweise nicht. Ich habe keine Ahnung, wie ich das jetzt sagen soll, aber ich denke, Sie waren nie krank. Bedauerlicherweise scheint uns ein Irrtum unterlaufen zu sein. Obwohl sämtliche Auswertungen korrekt waren. Kollege Kralowetz hat den Tumor richtig diagnostiziert, und auch alle Werte, die in unserem Labor ausgewiesen wurden, waren schlüssig und eindeutig. Es ist mir sehr unangenehm, aber die einzige Lösung ist, dass es sich um eine Verwechslung handeln muss.«

»Wollen Sie mir damit sagen, Sie haben die Befunde vertauscht?«, fragte sie ungläubig.

Professor Dr. Staller räusperte sich mit rotem Kopf. »So wird es wohl gewesen sein. Ich verstehe, dass Sie jetzt sehr aufgebracht sein müssen, aber Sie sind doch selbst vom Fach und kennen das vielleicht: die Überarbeitung, die Hektik, der Zeitdruck ... Jedenfalls bin ich gebeten worden, Sie über die Verwechslung zu unterrichten. Die Diagnose vor zwei Wochen muss für Sie ein furchtbarer Schlag gewesen sein. Ihrer Krankengeschichte entnehme ich, dass Sie bei der Einlieferung massive Herzprobleme hatten?«

Kralowetz biss sich auf die Unterlippe und starrte an die Decke. Wieser saß vornübergebeugt auf seinem Holzstuhl und wippte mit dem linken Bein auf und ab.

»Allerdings«, sagte Katharina.

»Ihre Werte sind jetzt jedenfalls wieder ausgezeichnet. Meiner Meinung nach war der Auslöser der Herzprobleme rein psychosomatischer Natur. Sie können selbstverständlich sofort nach Hause gehen, es sei denn, Sie bestehen auf einer psychologischen Betreuung.«

»Den Teufel werde ich tun. Ich will so schnell wie möglich hier raus. Und um die Antwort auf Ihre unausgesprochene Frage vorwegzunehmen: Ich werde Sie nicht verklagen.«

Staller atmete erleichtert auf. »Frau Dr. Wink, das ist außerordentlich kollegial von Ihnen. Danke. Darf ich Sie trotzdem noch um etwas bitten?«

»Was denn noch?«

»Dürfte ich Sie ersuchen, über die Sache Stillschweigen zu bewahren? Ich weiß –«

»Sie brauchen gar nicht weiterzureden«, unterbrach sie ihn, »ich werde niemandem etwas davon erzählen. Ich möchte das alles einfach nur vergessen.«

»Ich danke Ihnen ganz herzlich.« Er machte eine leichte Verbeugung.

Katharina erhob sich und ging zur Tür. »Meine Herren? Dann wünsche ich Ihnen noch einen schönen Tag.«

Auf dem Gang musste sie sich zusammennehmen, um nicht laut johlend einfach loszurennen. Sie wollte sofort zu Tomaschek und ihm erzählen, dass sie recht gehabt hatten, dass sie es endlich geschafft hatten.

FÜNF

Lado Meladze schlenderte die Feuerbachgasse hinunter. Es waren kaum Leute auf der Straße. Zu dieser Jahreszeit drängten sich am Wochenende noch keine Touristenmassen durch den fünften Bezirk, und der Verkehr beschränkte sich auf die wenigen Autos der Kirchgänger, die eines der Gotteshäuser im Stadtteil Gries ansteuerten. Den althochdeutschen Namen hatte die Gegend von dem Kiesgeschiebe, das in den Uferstrecken des Flusses Mur, an dem die Stadt liegt, häufig vorkommt. Bis zum siebzehnten Jahrhundert lag der Bezirk vor den Toren der Stadtmauern. Nur die einfachen Leute wohnten hier, immer in Gefahr, dass ihre Hütten den damals häufigen Hochwassern zum Opfer fielen. Erst Jahre später wurden Bürgerhäuser mit prunkvollen Fassaden errichtet, doch der Bezirk hatte sich seinen multikulturellen Charakter über die Jahrhunderte hinweg erhalten. Das Gleiche galt für seinen Ruf: Die Gegend war noch immer für ihre Rotlicht-Szene bekannt. Lado Meladze kannte beinahe alles, was an kulturell Interessantem und historisch Wertvollem in der Nähe seines Penthauses lag, das er seit kurzer Zeit bewohnte.

Nachdem er aus Georgien nach Graz gekommen war und alles, was getan werden musste, schnell und brutal erledigt hatte, hatte er sich eingehend mit der Architektur der Stadt befasst. Er war promovierter Historiker und hatte zu der Zeit, als noch die Sowjets das Sagen hatten, an der Iwane-Dschawachischwili-Universität in Tiflis studiert. In den neunziger Jahren war der Bedarf an Soldaten in Georgien allerdings höher als der an Historikern gewesen, und Meladze, der vor der Wahl stand, entweder hungernd zum x-ten Mal dieselben vergilbten Bücher zu wälzen oder im Drillichanzug drei warme Mahlzeiten am Tag zu sich nehmen zu können, hatte kurzerhand umgesattelt. Er war ein guter Historiker gewesen, aber er wurde ein noch besserer Soldat.

Seine Vorgesetzten hatten früh erkannt, dass er unbeeinflusst von Skrupel hartnäckig an einem Ziel festhielt, wenn er es erst einmal ins Auge gefasst hatte. Sie schickten ihn auf Einsätze, die, sollten sie ans Licht der Öffentlichkeit gelangen, zweifellos vor dem Kriegstribunal enden würden. Meladze konnte sich nicht verzeihen, dass er 1993 die Führer der Demonstrationen gegen Präsident Schewardnadse so gnadenlos unterschätzt hatte. Dass er sich damals unbeirrbar loyal verhalten hatte, schrieb er heute seiner Jugend zu.

Der Tod von mindestens drei Männern der Oppositionsführer Saakaschwili und Schwania ging auf sein Konto. Im Westen sprach man von einer »Rosenrevolution«, weil Schewardnadse nicht auf die Demonstranten feuern ließ, die seinen Rücktritt forderten, aber in Wirklichkeit hatte es im Vorfeld schon so viele Tote gegeben, dass das Angebot eines mittelgroßen Blumenladens nicht ausgereicht hätte, um die Angehörigen der Ermordeten mit Sargrosen zu beliefern.

Nach dem Machtwechsel und der üblichen Anbiederung der Wendehälse des Befehlsstabs wurde Meladze der georgische Boden dann doch zu heiß, und er setzte sich ab. Schon damals verfügte er über sehr gute Verbindungen nach Graz. Einige seiner früheren Kameraden waren als Söldner durch die Lande gezogen und hatten sich hier niedergelassen. Die Öffnung des Eisernen Vorhangs und die lange Tradition der Stadt als verschwiegene Kulisse im Kalten Krieg zogen die »Diebe im Gesetz«, wie sich die kriminellen Honoratioren der früheren Sowjetstaaten nannten, wie ein Magnet an. Wie bei der Armee herrschten auch bei den »Vor V zakone«, die aus den Gefangenenlagern Stalins, den berüchtigten Gulags, hervorgegangen waren, sehr strenge Gesetze. Aber Meladze arbeitete sich brutal und konsequent an die Spitze der Organisation vor und war jetzt ein gemachter Mann. Aber gerade deshalb lebte er gefährlich.

Er machte ein paar große Schritte und schwenkte das Papiertütchen in seiner Hand. Seine zweijährige Tochter Sofia hatte vorhin beim Frühstück eine Schnute gezogen und den Teller mit dem Butterbrötchen weggeschubst.

»Mag ich nicht«, hatte sie gepiept und das Kinn fest an die Brust gedrückt. Irina, Meladzes bildhübsche, knapp dreißigjährige Frau, die früher als Fotomodell gearbeitet hatte, ermahnte sie leise.

»Soll ich dir ein Kipferl holen, mein Engel?«, fragte er stattdessen und streichelte die Wange seiner Tochter.

Das kleine Mädchen mit den weißblonden Locken hatte genickt und einen auf kranken Hasen gemacht.

»Krieg ich dann auch wieder ein Lächeln?«

»Ja, ja, ja!«, rief Sofia und trommelte mit ihren Händchen auf den Tisch, sodass ihre Mutter rasch ihren Trinkbecher in Sicherheit brachte.

»Aber heute ist doch Sonntag«, warf Irina ein, ohne ihn anzusehen.

Meladze zuckte mit den Schultern. »Das sollte kein Problem sein.«

Ein Stück weiter oben an der Straße gab es einen Laden, den ein altes armenisches Ehepaar betrieb. Sie waren vor dreißig Jahren nach Graz immigriert und allseits beliebt. Anfangs war der stolze Bäcker störrisch gewesen und hatte auf sein Sonntagsrecht gepocht, dann war eines Tages Feuer in der Backstube ausgebrochen. Seitdem spurte er.

Mein kleiner Liebling, dachte Meladze.

Er sah sich um und wechselte auf die andere Straßenseite. Vor der Eingangstür zu seinem Haus schlenderte ein Mann in schwarzer Lederjacke auf und ab. Als Meladze näher kam, nahm er Haltung an. Meladze nickte ihm wortlos zu und sprang die Treppen hinauf.

»Ich bin wieder da!«, rief er schon auf dem Flur, bevor er ins Esszimmer ging. »Ich habe deine geliebten Kipferl, Sofia!«

Er stellte die Papiertüte vor Irina auf den Tisch. »Hier, das ist deine Arbeit«, befahl er.

Seelenruhig setzte er sich wieder hin und führte die Teetasse an die Lippen, während er sein Töchterchen unablässig anlächelte.

»Der Tee ist kalt«, sagte er mit schneidender Stimme und warf Irina, die das Gebäck für Sofia in kleine Stückchen schnitt, einen scharfen Blick zu.

»Entschuldige, ich mache dir sofort einen neuen.«

»Bring ihn dann rüber«, blaffte er. »Ich habe zu tun.« Er stand auf, küsste die Kleine auf die Stirn, schob die Flügel der schweren Holzschiebetür auseinander und verschwand im Arbeitszimmer.

»Ich bin es, du wirst doch wohl noch deinen alten Freund kennen, Professor?« Meladze wartete nicht, bis der andere antwortete, sondern redete weiter, als würde er mit einem guten Bekannten ein Schwätzchen am Telefon halten. »Hast du das Geld? – Du hast es nicht? Das ist aber schlecht. Wirklich schlecht.« Er legte seine Füße auf den wuchtigen Schreibtisch und schnalzte mit der Zunge. »Professor, Professor, was soll ich nur mit dir machen? Du schuldest mir jetzt schon dreihunderttausend, das ist nicht gerade wenig. – Quatsch, gar nichts kannst du zurückzahlen. Ich hab mich bei meinen Quellen erkundigt, dein Haus gehört der Bank, du spielst schon länger, als ich überhaupt hier bin, und verlierst immer. Leihen kannst du dir nichts, weil sonst dein guter Ruf in der vornehmen Gesellschaft dahin wäre. Eine schier aussichtslose Situation, nicht wahr? Was sollen wir mit dir nur machen? Ich könnte dir die Hände brechen oder dich ganz einfach verschwinden lassen. Das wäre ein Leichtes für mich, aber wem würde das nützen? Mein Geld wäre verloren. Nein, nein, nein, du wirst deine Schulden abarbeiten, so wie es sich gehört. – Wie? Das dürfte das kleinste Problem sein, du bist doch Wissenschaftler und hast ein großes Labor. Keine Ausreden, oder hast du noch immer nicht kapiert, mit wem du sprichst?«

Meladze bekam einen hochroten Kopf und begann zu brüllen. »Du machst, was ich dir sage! Hast du verstanden? Sonst kann sich deine Frau gleich ein schwarzes Kleid besorgen, bevor ich mich dann auch um sie kümmere, du Hund!« Er riss sich zusammen und wischte sich zitternd eine blonde Strähne aus der Stirn.

»Hör mir jetzt mal gut zu. Du willst den Krebs mit diesen Viren besiegen, die du als Transportmittel benutzt. Sehr nobel, aber daran habe ich kein Interesse. Mit deinen teuren Apparaten wirst du mir einen Kampfstoff entwickeln. Nichts Lautes, etwas, was man gar nicht bemerkt, verstehst du? – Keine Widerrede, ich weiß, dass du das kannst. Es gibt sozusagen schon ein detailliertes Anforderungsprofil. Meine Kunden wissen ganz genau, was sie wollen. Eine Krankheit, ein Virus, der sich schnell verbreitet, aber nicht lange lebt, wenn er mit Luft in Berührung kommt. Aber das Wichtigste: Er soll tödlich sein. Ich lass dir die Unterlagen ins Labor bringen, ganz diskret natürlich, und du lieferst in spätestens zwei Monaten. Wenn alles funktioniert, kann auch für dich noch etwas dabei herausspringen. Nach Abzug deiner Schulden natürlich. –

Du hast mich immer noch nicht verstanden: Ich bitte dich nicht darum, ich befehle es dir, hast du kapiert? Ansonsten bist du tot. Und ja, selbstverständlich muss auch ein Impfstoff her. Wir wollen schließlich nicht, dass die Falschen ins Gras beißen. So, und jetzt mach dich fein, schließlich gehst du heute noch mit deiner Frau zum Brunch. – Woher ich das weiß? Ich weiß alles, und ich sehe alles, was du tust, vergiss das niemals. Und, Professor? Solltest du nicht rechtzeitig mit meinem kleinen Auftrag fertig sein, kannst du dir schon mal ausmalen, was dir blüht. Guten Appetit und meine Empfehlung an die Frau Gemahlin.«

Meladze trennte die Verbindung und legte das Mobilteil behutsam in das Ladegerät zurück. Morgen würde er seinen Auftraggebern berichten können, dass alles auf Schiene war.

***

Eigentlich sah ihre kleine Wohnung aus wie immer, aber Katharina kam es vor, als hätte jemand in ihrer Abwesenheit die Wände neu gestrichen und die Möbel frisch poliert. Endlich zu Hause, endlich war alles wieder gut. Sie war gesund, und sie hatten ganz richtig mit ihrer Entscheidung gelegen, sich auf das Tauziehen um die Chromosomen bei der Zellteilung als Krebsauslöser zu konzentrieren.

»Wir haben es ge-scha-afft«, sang sie und tanzte durch die Wohnung. Die Herren Ärzte waren sehr fürsorglich gewesen und hatten ihr ein Taxi bestellt. Die Rechnung ginge natürlich aufs Haus, hatten sie geschleimt. Katharina war das ganz recht so. Als sie ins Spital eingeliefert worden war, hatte natürlich niemand daran gedacht, ihren Mantel mitzunehmen, und mit der dünnen Bluse allein wäre es im März doch ein wenig kalt geworden. Schließlich wollte sie nicht doch noch richtig krank werden. Unterwegs hatte sie noch an einem Blumengeschäft haltgemacht und sich einen riesigen Frühlingsblumenstrauß gekauft. Das Taxi ließ sie warten. Das würde teuer für die Ärzte werden, aber Strafe musste sein. Sie lachte, holte eine Vase aus dem Wohnzimmerschrank, ging ins Bad und füllte sie mit Wasser.

»Und zum Friseur musst du auch unbedingt. Du brauchst Farbe

und Pep. Wer weiß, was oder vielleicht wer bald in dein Leben treten wird«, sagte sie zu der Frau im Badezimmerspiegel, die gleich darauf zu kichern begann. Aber vorher musste sie noch Professor Tomaschek anrufen. Sie wurde ernst, ging ins Wohnzimmer zurück und ließ sich auf die Couch fallen. Wie sollte sie ihm das bloß erklären? Bestimmt würde er ihr Vorwürfe machen, letztendlich aber doch so begeistert sein wie sie. Dann würden sie gemeinsam eine Strategie entwerfen, um mit ihren Ergebnissen so schnell wie möglich an die Öffentlichkeit zu gehen. Natürlich würde sie niemandem sagen, dass sie das Mittel bereits im Selbstversuch erprobt hatte. Nein, die ganze Prozedur musste ganz nach Vorschrift ablaufen. Zum Glück waren von den Ärzten im Krankenhaus keine Schwierigkeiten zu erwarten, die hatten ohnehin schon ein schlechtes Gewissen.

Tomaschek hatte gleich nach der ersten erfolgreichen Testreihe die Genehmigung von Tierversuchen beantragt. Es dauerte zwar immer eine Weile, bis die Ethikkommission zusammentrat, um den Antrag zu bewilligen, aber wenn erst einmal diese Hürde genommen war, würde es nichts mehr geben, was sie noch aufhalten konnte.

Der Sinn stand ihr nach einem Glas Wein.

Sie erinnerte sich, noch eine Flasche Roten im Küchenschrank zu haben, und lief hüftwackelnd und vor sich hin summend in die Küche. Sie entkorkte den Wein und schenkte sich ein Glas ein. Dann prostete sie sich zu und leerte es in einem Zug.

»Eins geht noch«, flötete sie und füllte nach. Wenige Minuten später bemerkte sie die überbordende Müdigkeit. Sie ging zum Sofa, legte die Beine hoch und war binnen Sekunden eingeschlafen.

Das Scheppern der Außenjalousien schreckte Katharina auf. Es war bereits dunkel im Zimmer. Durch das gekippte Fenster hörte sie den Wind und das ferne Donnergrollen eines sich anbahnenden Frühlingsgewitters.

Sie warf einen Blick auf die Uhr. Schon viertel elf. Sie hatte doch noch Tomaschek anrufen wollen. Aber der Professor war sicher noch nicht im Bett. Selbst wenn er zu Hause war, arbeitete er oft bis tief in die Nacht. Katharina wankte in die Küche, ließ sich ein Glas Leitungswasser einlaufen und kippte es in einem Zug hinunter. Dann suchte sie ihr Smartphone aus ihrer Handtasche, aber wie immer, wenn sie es wirklich brauchte, war der Akku leer. Einen Festnetzanschluss besaß sie schon lang nicht mehr.

Sie musste sich setzen, ihr Blutdruck war am Boden. Auf der Couch sitzend steckte sie das Ladekabel in die Steckdose. Ungeduldig wartete sie, bis die Anzeige die Mindestladung signalisierte, schaltete es ein und suchte nach Tomascheks Nummer. Sie drückte den Wählen-Knopf, es klingelte auch mehrmals, aber niemand ging ran. Als sie enttäuscht die Verbindung trennen wollte, meldete sich doch noch eine weibliche Stimme.

»Alexandra Tomaschek.«

Katharina vermied es wenn möglich, mit Professor Tomascheks Frau zu sprechen. Sie mochte sie nicht, und das beruhte wahrscheinlich auf Gegenseitigkeit. Schon der ständig vorwurfsvolle Ton ihrer Stimme sprach Bände.

»Guten Abend, Frau Tomaschek, Katharina Wink hier. Könnte ich bitte den Herrn Professor sprechen? Ich hoffe, ich störe Sie nicht, ich weiß, es ist schon sehr spät.«

»Aber nein, wo denken Sie hin? Ich sitze wie immer allein im Wohnzimmer, während mein lieber Herr Gatte sich in seinem Arbeitszimmer verbarrikadiert hat.«

»Es gibt ja gerade auch viel zu tun. Wir sind bei unseren Forschungen an einem wichtigen Punkt angekommen, und –«, versuchte sie Katharina zu besänftigen.

»Diese brotlose Forschung! Ich kann es schon nicht mehr hören«, presste Alexandra Tomaschek hervor.

Die ist heute aber mal wieder ganz übel drauf, dachte Katharina. Dann kam ihr der Spruch von den Gegensätzen in den Sinn, die sich angeblich anzögen, war doch der Professor ein auffallend ruhiger und besonnener Mann, immer darauf bedacht, den Menschen höflich und respektvoll entgegenzutreten. Ganz anders seine Gattin, die nie ein Blatt vor den Mund nahm und keine Gelegenheit ausließ, ihren Unmut über ihn in die Welt hinauszuposaunen. Alexandra Christina Tomaschek war davon überzeugt, dass ihr Mann ein Versager war, der sich mit Peanuts abspeisen ließ. Schließlich war sie die Tochter eines angesehenen Rechtsanwalts und Inhabers einer Steuerberaterkanzlei und in einem der prunkvollen Stadthäuser von Graz aufgewachsen. Geld war in ihrer Familie nie ein Thema gewesen.

Ihr Urgroßvater, Evangelist Ruben, hatte 1874 mit Pyrethrum-Insektenpulver aus Tiflis zu handeln begonnen und zwanzig Jahre später seine eigene Fabrik gegründet. Er hatte die damals sehr bekannte Marke »Ruberin« produziert, ein Mottenpulver, das er unter »Rubens Insecten tödtende Tinktur« in Zeitungen und auf Litfaßsäulen bewarb. Zehn Jahre später stellte er mit nur sechs Arbeitern siebenhundert Tonnen Insektenpulver jährlich her, die er in eigenen Geschäften in Paris, Konstantinopel, Amsterdam und sogar in London, New York und Philadelphia vertrieb. Später übernahm Alexandras Großvater die Leitung der Firma, weil der alte Ruben an einer mysteriösen Krankheit litt, wie seine Familie kolportierte. In Wirklichkeit hatte er sich auf einer seiner zahlreichen Geschäftsreisen die Syphilis geholt, an der er qualvoll und geistig umnachtet zugrunde ging.

Sein Sohn ließ eine imposante Fabrik im Westen der Stadt errichten, ganz im Stil der aufstrebenden Industriebauten, die er auf seinen zahlreichen Reisen besichtigt hatte. Aufgrund ihres Geldes waren die Rubens auch gern gesehene Gäste der feinen Grazer Gesellschaft. Während der beiden Weltkriege wuchs ihr Vermögen stetig weiter. Die günstige Lage der Fabrik, unweit der ehemaligen K&K-Südbahn und der Graz-Köflacher-Bahn, machte sie zum Vertilgungsmittel-Lieferanten Nummer eins. Wanzen und Flöhe gab es immer – und in Notzeiten noch viel mehr.

Für Alexandras Großvater war von Anfang an klar gewesen, dass sein Sohn die Familientradition fortsetzen und die Firma übernehmen würde. Rubens führte die Familie wie seine Firma, er duldete keinen Widerspruch. Als ihm sein Sohn nach dem Abitur eröffnete, dass er nicht das geringste Interesse daran hatte, sich für den Rest seines Lebens mit der Vertilgung von Ungeziefer zu beschäftigen, kam es zu einem handfesten Krach. Der alte Rubens drohte, ihn zu enterben, aber Alexandras Vater setzte seinen Willen durch und studierte Jura. Bis zum Tod des alten Patriarchen arbeitete er zwar in der väterlichen Firma, verkaufte danach aber alles und beschäftigte sich ausschließlich damit, seinen Erbteil anzulegen und das Vermögen zu vermehren. Nebenher betätigte er sich als Kunstmäzen, sodass das Haus, das Alexandra und ihr Professorengatte bewohnten, einer Galerie wertvoller Gemälde glich.

Alexandra hatte als einzige Tochter die Millionen und das väterliche Bürgerhaus geerbt. Nach dem Tod ihres Vaters bestand sie darauf, die Eigentumswohnung in Graz, St. Leonhard, in die sie nach ihrer Hochzeit gezogen waren, zu verkaufen und in das väterliche Haus zu übersiedeln. Robert Tomaschek hatte sich gefügt. Ihrem Wunsch, eine angesehene Position in der Wirtschaft oder an der Universität anzustreben, war er jedoch nicht nachgekommen. Wann immer er konnte, drückte er sich vor den vielen gesellschaftlichen Ereignissen, die seine Frau so liebte. Nach endlosen Diskussionen hatte Alexandra schließlich den Versuch aufgegeben, ihren Mann zu ändern. Eine Scheidung kam trotz allem nicht in Frage. Was würden ihre Freundinnen dazu sagen? Ihre Psychotherapeutin hatte ihr geraten, all ihren Gefühlen freien Lauf zu lassen. Seitdem hielt sie es erst recht für legitim, ständig über ihren Mann zu schimpfen und sich mit ihm zu streiten.

»Dann sehe ich jetzt mal, ob ich den großen Herrn Professor stören darf. Aber für Sie wird er sicher zu sprechen sein«, ätzte Alexandra Tomaschek.

Gedämpft hörte Katharina einen kurzen Wortwechsel. Was genau die beiden redeten, verstand sie jedoch nicht.

»Hallo, Katharina«, meldete sich der Professor. Seine Stimme klang ruhig und sachlich wie immer. »Wie geht es Ihnen? Sind Sie noch im Krankenhaus?«

»Nein, ich bin wieder zu Hause. Es ist alles okay.«

»Ich habe ein paarmal versucht, Sie auf dem Handy zu erreichen.«

»Ich hatte viele Untersuchungen. Außerdem ist es im Krankhaus nicht erlaubt, das Telefon anzulassen.«

»Ja, das hat mir die Stationsschwester auch gesagt. Ich habe mir Sorgen gemacht. Was war eigentlich los? Ich wollte Sie auch besuchen, aber –«

»Jetzt hören Sie auf, sich zu entschuldigen. Viel wichtiger ist, dass wir dringend miteinander reden müssen.« Sie flüsterte, als müsste sie Lauscher befürchten.

»Was ist denn los?«, fragte Tomaschek beunruhigt.

»Nicht am Telefon.«

»Jetzt mach ich mir erst recht Sorgen. Die Schwester sagte doch, dass alles wieder in Ordnung sei.«

»Ist es auch, ich bin gesund.«

»Na gut. Wir könnten morgen im Institut zusammen Kaffee trinken. So um acht bei mir im Büro?«

»Passt, und ich bringe Brötchen mit«, flüsterte Katharina und verabschiedete sich. Dann goss sie sich ein drittes Glas Rotwein ein.

SECHS

Silvia stand unter der Dusche in ihrem Züricher Hotelzimmer und ließ sich das heiße Wasser über den Rücken laufen. Der Conditioner sollte einige Minuten einwirken, um dem kolorierten Haar wieder Kraft und Glanz zu verleihen – so stand es jedenfalls auf der Packung. Zu Hause würde sie um einen Friseurbesuch nicht mehr herumkommen. Wenn man genau hinschaute, waren einige graue Haare nicht mehr wegzudiskutieren. Sie wusch das angebliche Wundermittel aus und trocknete sich ab. Der Spiegel im Badezimmer war beschlagen, der Wasserdampf zog nur langsam durch den elektrischen Lüfter ab.

Später würde sie ein Taxi bestellen und vor der Abfahrt noch einen Kaffee in der Hotellobby trinken. Hunger hatte sie keinen. Seit Michael gestern den Namen Gessner erwähnt hatte, fand sie keine Ruhe mehr. In zwei Stunden ging ihr Flug, und um elf würde sie in Graz sein. Am liebsten hätte sie Professor Gessner sofort angerufen, aber dafür war es noch zu früh. Silvia schlang sich das Badetuch um ihren Körper, schob die Decke auf ihrem Bett zur Seite, warf den Koffer darauf und begann zu packen.

***

Die Uhr in der Ankunftshalle am Wiener Flughafen zeigte Viertel vor neun. Silvia zog ihren Rollkoffer zu einem freien Tisch eines Cafés und schälte sich aus ihrem Trenchcoat. Bis zu ihrem Weiterflug nach Graz hatte sie noch über eine Stunde Zeit. Sie kramte ihr Handy aus der Handtasche und wählte Gessners Nummer.

»Gessner.«

»Guten Morgen, Herr Professor. Hier spricht Silvia Reuter. Wir kennen uns noch nicht persönlich, aber ich unterstütze seit einiger Zeit Ihre Forschungen. Ich hoffe, es ist nicht zu früh?«

»Frau Dr. Reuter, keinesfalls. Und natürlich weiß ich, wer Sie sind. Ohne Ihren großzügigen Einsatz wäre unsere Forschungsarbeit bei Weitem noch nicht so weit gediehen. Was kann ich für Sie tun?«

Silvia hörte Gessners Stimme zum ersten Mal. Sie klang nicht gerade sympathisch, eher glatt und arrogant.

»Ich bin zufällig auf dem Weg nach Graz und dachte mir, dass das doch eine gute Gelegenheit wäre, um mich persönlich über die Fortschritte Ihrer Arbeit zu informieren.«

»Sie meinen heute?«

»Warum denn nicht? Ich will Ihnen selbstverständlich keine Umstände machen, aber so oft komme ich nicht in Ihre Gegend, und ich würde mich sehr gern einmal mit Ihnen unterhalten.«

»Wenn ich ehrlich sein soll, passt es mir heute gar nicht. Ich müsste auch einiges vorbereiten, und Ihr Anruf kommt wirklich überraschend. Wir sind da mit einer Testreihe beschäftigt …«

»Herr Professor Gessner, ich war gestern in Zürich und habe wieder einmal fünfhunderttausend Euro auf Ihre Konten überweisen lassen. Eine nicht gerade kleine Summe, nicht wahr? Aber wenn Sie für mich keine Zeit haben, kann ich die Überweisung auch ohne Weiteres wieder rückgängig machen.«

»Aber Frau Dr. Reuter, so war das doch nicht gemeint. Was ich sagen wollte: Wenn Sie uns schon einmal persönlich die Ehre geben, dann möchte ich Ihnen auch etwas Besonderes bieten.«

»Danke, aber auf Besonderheiten kann ich gut verzichten. Also: Wann können Sie ein Treffen einrichten? Ich bin jetzt noch in Wien, aber mittags in Graz und habe zuerst noch etwas zu erledigen. Wie wäre es mit sechs, halb sieben? Dann können Sie bis dahin den Tag auch ganz Ihrer Testreihe widmen.«

»Wie Sie wollen. Aber ich könnte Sie auch vom Flughafen abholen lassen. Sind Sie allein unterwegs?«

Irgendetwas an der Art, wie Gessner fragte, ließ Katharina vorsichtig werden. Schnell erwiderte sie, dass sie von ihrem Freund, der bereits in Graz sei, erwartet werde und sie also um achtzehn Uhr in Gessners Institut sein würde. Nachdem sie das Gespräch beendet hatte, überlegte sie, was sie an seiner Frage so stutzig gemacht hatte.

Michael hatte ihr erzählt, dass Gessner eventuell in eine dubiose Geschichte verwickelt war. Wenn sich sogar der BND mit ihm beschäftigte, dann war es vielleicht tatsächlich ratsam, dass zumindest Michael wusste, dass auch sie sich in Graz befand. Sie hoffte, dass er ihr nicht mehr böse war, und vielleicht hatte er ja sogar Zeit, sie abzuholen. Er fehlte ihr sehr. Sie wählte seine Nummer.

»Hallo, Silvia«, meldete sich Schröck.

»Hallo. Wie geht es dir?«

»Geht so.«

»Bist du noch sauer?«

»Nein, ich habe nur schlecht geschlafen. Du weißt, ich mag keine Hotelbetten.«

»Das tut mir leid.«

»Ist ja auch egal. Wo bist du? Auf dem Flughafen?«

»Ja.«

»Wann landest du in München?«

»Ich fliege nicht heim.«

Schröck räusperte sich. »Nicht? Ich darf wohl nicht fragen, wohin du heute unterwegs bist?«

»Du bist schon wieder eingeschnappt, dabei gibt es gar keinen Grund dafür. Ich bin auf dem Weg nach Graz.«

»Zu mir?«, fragte Schröck erstaunt.

»Ja. Und ich dachte, wir könnten uns sehen, oder besser noch, wenn du Zeit hättest –«

»Soll ich dich vom Flughafen abholen?«

»Wenn es dir keine Umstände macht.«

»Natürlich nicht. Hast du schon ein Zimmer?«

Über eine Unterkunft hatte sich Katharina noch gar keine Gedanken gemacht. Sie war froh, als Schröck ihr vorschlug, in seinem Hotelzimmer zu wohnen.

»Ich will dich aber nicht stören.«

»Mein Gott, jetzt hör aber auf! Ich freue mich doch, wenn du bei mir bist. Zwischendurch müsste ich allerdings noch einiges erledigen, ich bin ja sozusagen im Dienst. Du könntest dir währenddessen die Stadt ansehen, und abends gehen wir dann fein essen.«

»Klingt wunderbar.«

Katharina nannte ihm ihre Ankunftszeit und verabschiedete sich mit einem Kuss ins Telefon.

Erleichtert atmete sie auf, alles war geklärt. Jetzt stellte sich auch ihr Hunger wieder ein. Sie winkte die Kellnerin heran und bat um die Speisekarte.

***

Gessner saß wie versteinert in seinem mit Kunstwerken und teuren Teppichen vollgestopften Büro und starrte auf die Marmorskulptur einer badenden Venus von Ferdinand David, ein Geschenk seiner Frau zum Geburtstag, das sie erst vor Kurzem bei einer Auktion ersteigert hatte. Wenn er das Zeug doch zu Geld machen könnte! Aber nicht auszudenken, wenn Eva das spitzkriegen würde.

Fünfhunderttausend Euro. Das Geld würde reichen, um die laufenden Kosten zu begleichen und mit dem Rest Meladzes Auftrag zu erfüllen. Wenn ihm dieses Weib nur keinen Strich durch die Rechnung machte.

Sie schien nicht dumm zu sein. Durch den Fragenkatalog, den sie ihm vor jeder ihrer Überweisungen schickte, wusste sie genau, auf welchem Stand seine Forschungen sein mussten. Nicht auszudenken, wenn sie mit einem seiner Mitarbeiter redete. Sie hatten den Karren ordentlich an die Wand gefahren. Seine Idee, dem Krebs mit induzierten pluripotenten Stammzellen auf den Leib zu rücken, war nicht aufgegangen. Die Stammzellen hatten sich ihrer Umgebung angepasst und sich, anstatt gesund zu bleiben, ebenfalls zu Krebszellen entwickelt. Als sie Zytostatika eingesetzt hatten, um die mutierten Zellen zu vernichten, war offensichtlich geworden, dass zwar die ursprünglichen Krebszellen darauf ansprachen, die Stammzellen, die sich dem Krebs angepasst hatten, gegen das Mittel, das die Zellteilung hemmen sollte, jedoch resistent geworden waren. Die neuen Mutationen setzten, nun sogar gestärkt, ihren tödlichen Auftrag unaufhaltsam fort.

Hatte die Reuter etwa Wind von der Sache bekommen und wollte nun sehen, ob er alles im Griff hatte? Gessner wurde panisch. Verdammt, er brauchte das Geld.

Er öffnete das gewölbte Türchen seines ebenholzfarbenen Jugendstilschreibtischs und holte eine Flasche Cognac und einen Schwenker heraus. Während er mit einer Hand an seinem Krawattenknopf zerrte, goss er mit der zitternden anderen das Glas halb voll, trank, und als sich das warme Gefühl in seinem Magen breitmachte, wusste er, was zu tun war.

SIEBEN

Katharina stieß die Glastür zum Institutsgebäude auf. Der Rahmen knallte an den Gummistopper, und die Tür vibrierte, als würde sie gleich zerspringen. Der Portier warf ihr einen strengen Blick zu. Sie zuckte mit den Schultern und schenkte ihm ein strahlendes Lächeln.

»Guten Morgen! Der Professor ist schon im Haus?«

Der Mann murmelte einen Gruß und nickte.

So ein Griesgram, dachte sie und schwenkte fröhlich die Brötchentüte in der Hand.

Es war bereits acht. Normalerweise war sie zu dieser Zeit schon lange im Labor und arbeitete konzentriert. Aber seit gestern war die Anspannung der letzten Wochen wie weggeblasen. Sie hatte geschlafen wie eine Tote – und jetzt jagte ihr der Vergleich keinen Schauer mehr über den Rücken. Sie lief den Gang entlang, sperrte summend die Tür zum Labor auf, stellte ihre Tasche ab, ging die wenigen Schritte zu Tomascheks Büro hinüber und klopfte im Rhythmus des Liedes, das sie beim Zähneputzen im Radio gehört hatte und das ihr seitdem nicht mehr aus dem Kopf ging, an die Tür. Die Antwort wartete sie erst gar nicht ab, sondern stürmte hinein. Tomaschek trat hinter seinem Schreibtisch hervor und drückte ihr die Hand.

»Guten Morgen, Katharina. Geht es Ihnen auch wirklich wieder gut?«

»Sogar so gut wie nie zuvor.« Sie schaute sich im Büro um. »Ich hätte hier die Brötchen …?«

»Entschuldigen Sie bitte, die hatte ich ganz vergessen. Ich werde mich sofort um den Kaffee kümmern.« Er telefonierte kurz mit seiner Sekretärin, die wenig später Tassen und Teller ins Büro brachte.

»Frau Dr. Wink, guten Morgen. Geht's denn wieder? Wir haben uns große Sorgen um Sie gemacht«, sagte die mütterliche Endfünfzigerin, während sie den Besprechungstisch deckte. »Ich habe schon Kaffee aufgesetzt.«

»Ich dachte, da war noch welcher in der Kanne?«

»Herr Professor, jetzt sind Sie schon so lange in Graz! Kaffee muss frisch gebrüht werden, sonst schmeckt er wie Motoröl. Da sind wir sehr heikel, nicht wahr, Frau Doktor?«

»Machen Sie sich nichts draus, der Herr Professor wird schon noch irgendwann einmal auch auf den Geschmack kommen.«

Nachdem Katharina einen frischen Kaffee getrunken und mit großem Appetit eine Buttersemmel verputzt hatte, schob sie den Teller von sich und hielt sich den Bauch. »Jetzt geht's mir richtig gut. Also, wann machen wir weiter?«

»Sind Sie denn wirklich schon wieder so fit, dass Sie an Arbeit denken können?«, fragte Tomaschek besorgt.

»Topfit! Ich denke an nichts anderes«, entgegnete Katharina und trommelte ungeduldig mit den Zeigefingern auf die Tischplatte. »Wir müssen dringend weiterarbeiten. Haben Sie schon einen Ablauf für die Tierversuche festgelegt? Und die Tiere brauchen wir ja auch noch. Wir müssen uns gleich darum kümmern. Soll ich –?«

»Katharina.«

»Ich kann das wirklich übernehmen. Ich rufe heute noch da an. Ich kenne jemanden, und wenn ich –«

»Katharina, jetzt mal langsam. Wir haben keine Genehmigung.«

»Noch immer nicht? Ist die Kommission noch nicht zusammengetreten? Aber vielleicht könnten Sie ja dort anrufen und Druck machen, wir müssen doch so schnell wie möglich fortfahren.«

Professor Tomaschek legte seine Stirn in Falten und kniff die Lippen zusammen.

»Was ist los?«, fragte Katharina bestürzt.

»Die Ethikkommission ist zu dem Schluss gekommen, dass unsere Forschungen nicht zielführend sind. Sie hat weitere Versuche untersagt.«

»Nicht zielführend? Sind die denn verrückt?« Ihre Stimme überschlug sich.

»Ich denke, dass wir uns nichts vorzuwerfen haben. Das Ansuchen und die Dokumentation waren in Ordnung. Aber wir dürfen eben keine Versuche mehr machen und bekommen auch keine neuen Labortiere.«

»Aber, aber …«

»Ich weiß, ich bin auch ratlos.«

Tomaschek erhob sich, als würde ein Sack voller Steine auf seinen Schultern liegen, und nahm ein Schriftstück von seinem Schreibtisch.

»Da steht es schwarz auf weiß.« Er legte das Dokument vor ihr hin und setzte sich wieder.

»Aber wenn etwas unklar ist, müssten Sie doch vor die Kommission geladen werden, um unser Projekt zu verteidigen.«

»Darauf haben sie verzichtet. Sie hatten wohl keine weiteren Fragen«, sagte Tomaschek säuerlich.

»Aber da stimmt doch etwas nicht!«

Der Professor nickte. »Und ob da etwas nicht stimmt. Ein alter Freund von mir gehört der Kommission an und hat mir erzählt, was wirklich abgelaufen ist. Sie kennen doch Professor Gessner?«

Katharina nickte. »Klar, er vertritt die überholte Stammzellentherapie.«

»Genau der. Angeblich soll er so überzeugend argumentiert haben, dass die Mehrheit der Mitglieder gegen uns gestimmt hat.«

»Und der Vorsitzende? Hat der nicht sofort ein Veto eingelegt?«

»Nein, aber er hatte auch gar nicht die Möglichkeit dazu. Er ist an den Beschluss gebunden.«

»Gessner!« Sie ballte die Fäuste. »Der ist doch befangen, der dürfte doch gar nicht mitstimmen!«

»Nur wenn er sich als befangen erklärt. Seine Forschungstätigkeit hat er immerhin offengelegt, so wie es das Statut vorschreibt.«

»Schönes Statut.«

»Ja, er ist eben ein integeres Mitglied der Grazer Gesellschaft und hat Beziehungen zu den höchsten Kreisen im Ministerium.«

»So eine Schweinerei! Man müsste ihn –«

»Das hilft doch alles nichts. Gegen die Kommission haben wir keine Chance. Was soll man machen? Ich habe leider nicht das Geld, das Institut nach China zu verlegen, um dort weiterzuforschen.«

Katharina hatte einen hochroten Kopf bekommen und atmete schwer. Sie stützte sich mit den Ellenbogen auf den Tisch und blickte Tomaschek fest in die Augen. »Es wirkt. Unser Mittel wirkt.«

»Ich bin ja auch davon überzeugt, dass wir richtigliegen, aber von den noch recht überschaubaren positiven Ergebnissen kann man nun wirklich nicht darauf schließen, dass wir das Wundermittel gegen Krebs bereits gefunden haben.« Seine Frau Alexandra würde sich über die Nachricht freuen. Sie bestätigte nur ihr Bild, das sie ohnehin schon von ihm hatte. Jetzt müsste er sich wirklich einen Job bei einer dieser Pillenfabriken suchen. Tomaschek dachte mit Grauen an die unausweichliche Aussprache mit seiner Frau und ihren triumphierenden Gesichtsausdruck, wenn er ihr von seiner Schlappe berichtete.

»Aber wir haben es gefunden«, sagte Katharina leise.

»Vielleicht haben wir das tatsächlich, aber wir werden es nie beweisen können.«

»Doch, wir können es. Ich bin der Beweis dafür.«

»Sie?«

»Ich habe mir das Mittel gespritzt und bin jetzt gesund.«

»Sie haben was?«

»Bei mir wurde Bauchspeichelkrebs diagnostiziert. Es befanden sich bereits maligne Zellen im Blut. Aber jetzt ist alles weg. Unser Mittel wirkt also!«

Tomaschek starrte sie entgeistert an. »Sie sind verrückt geworden. Sie können sich doch nicht ein Präparat im Entwicklungsstadium injizieren. Das ist doch der reinste Wahnsinn!«

Katharina verschränkte die Arme vor der Brust und blickte ihn entschlossen an. »Die Injektion war meine letzte Hoffnung.«

Tomaschek sprang auf. »Sie müssen sofort zurück ins Spital und überwacht werden. Nicht auszudenken, welche Komplikationen noch auftreten können.«

»Den Teufel werde ich tun. Die Ärzte haben mich durchgecheckt und sich sogar entschuldigt, weil sie dachten, sie hätten die Befunde vertauscht. Ich bin gesund!«, rief sie trotzig.

Der Professor stand auf, stützte sich an seinem Schreibtisch ab und drehte ihr den Rücken zu.

»Das darf doch einfach nicht wahr sein«, murmelte er.

»Wenn es sein muss, gehe ich damit auch an die Öffentlichkeit. Es ist mir egal, was mit mir geschieht. Das Einzige, was zählt, ist die Zulassung des Präparats. Es kann Tausenden von Menschen das Leben retten.«

»Ich muss nachdenken«, sagte Tomaschek leise. Er wandte sich Katharina wieder zu. »Ich werde von nun an jeden Tag Ihre Blutwerte kontrollieren, und alle zwei Wochen gehen Sie zur Tomografie. Ich gebe meinem Freund Dr. Schwarz Bescheid und erkläre ihm, worauf er zu achten hat. Auf ihn kann ich mich verlassen. Er wird niemandem etwas erzählen. Und jetzt gehen Sie nach Hause.«

»Aber –«

»Kein Aber. Sie bleiben bis auf Weiteres daheim. Gegen Gessner ist kein Kraut gewachsen. Wenn wir uns mit seinen Freunden im Ministerium anlegen, können wir gleich einpacken. Am besten lassen wir erst einmal Gras über die Sache wachsen.«

»Aber das können Sie nicht tun! Wir müssen doch unsere Forschungen fortsetzen!«, rief Katharina mit Tränen in den Augen.

»Tut mir leid, aber das ist unmöglich.«

Katharina erhob sich schwerfällig und murmelte einen Gruß. Auf dem Flur vor Tomascheks Büro stampfte sie mit dem Fuß auf. Sie würde diesen Gessner zur Rede stellen! Die Kommission musste einfach noch einmal zusammentreten. Sie holte Mantel und Tasche aus dem Labor und lief entschlossen die Treppen zum Ausgang hinunter.

***

»Das nenn ich eine Ehre. Der berühmte Herr Professor ruft mich an«, spottete Lado Meladze, »womit kann ich dienen? Oder bist du etwa schon mit deiner Arbeit fertig?« Meladze duzte alle Leute, die für ihn arbeiteten oder in seiner Schuld standen, und auf Gessner traf beides zu.

»Natürlich nicht, was denken Sie denn? Wir haben Probleme, verstehen Sie? Große Probleme. Es gibt da eine sehr wohlhabende Frau, die meine Forschungen unterstützt. Sie kommt heute Nachmittag nach Graz, um sich vom Fortschritt meiner Arbeit zu überzeugen.«

»Und? Mit deinem Wissenschaftskram habe ich nichts zu schaffen. Du bekommst Schwierigkeiten, viele Schwierigkeiten, wenn du meinen Auftrag nicht rechtzeitig erfüllst. Diese Frau ist wahrscheinlich nichts dagegen.«

»Sie hat sich offenbar umgehört und scheint zu wissen, was wir planen«, log Gessner.

»So ein Unsinn! Wie sollte sie davon erfahren haben?«, bellte Meladze in den Hörer.

»Ich habe keine Ahnung, aber sie ist gefährlich. Sie arbeitet in der Rechtsmedizin in München. Vermutlich kommt sie dort mit allen möglichen Leuten zusammen, und vielleicht hat jemand von der Polizei etwas läuten gehört und es ihr erzählt.«

»In München? Dann kennt sie mich bestimmt nicht, und ich würde dir raten, deinen Mund zu halten.«

»Aber das ist es ja: Die Frau hat Ihren Namen erwähnt. Ich war ganz von den Socken. Sie sagte, man wisse natürlich nichts Genaues, nur dass ein biologischer Kampfstoff in einem Grazer Labor hergestellt werden soll und Sie etwas damit zu tun haben. Deshalb will sie sich jetzt von der Integrität meines Instituts überzeugen.«

»Das klingt doch alles sehr weit hergeholt«, zweifelte Meladze.

»Aber wer weiß, mit welchen Leuten sie in Kontakt steht? Sie ist in München keine kleine Nummer und hat vielleicht Zugang zu den Obersten von verschiedenen Gremien. Als Biologin kennt sie sich zudem fachlich aus. Wahrscheinlich wird sie hellhörig geworden sein, als sie etwas davon gehört hat. Ich dachte nur, ich informiere Sie besser«, entgegnete Gessner gespielt beleidigt.

Meladze fluchte auf Georgisch und zischte dann: »Wer ist diese Frau? Ich muss herausfinden, was sie weiß.«

»Sie heißt Dr. Silvia Reuter. Sie hat mich von Wien aus angerufen, fliegt also von dort ab. Ich habe mich bereits erkundigt, es gibt nur eine Verbindung. Ankunft ist fünf vor elf.«

»Hast du ein Foto?«

»Woher denn das? Ich habe sie noch nie gesehen.«

»Dann ruf sie an und sag ihr, dass du sie vom Flughafen abholst!«

»Das wird so nicht funktionieren. Sie hat gesagt, dass ihr Freund das übernimmt.«

»Wer ist der Freund, wie heißt er?«, brüllte Meladze.

»Ich habe keine Ahnung.«

»Verdammt! Und wie stellst du dir vor, dass ich sie finden soll, bevor sie bei dir auftaucht und Schwierigkeiten macht?«

»Vielleicht habe ich ja doch was. Im Internet gibt es eine Seite zu einem Ermittlungslehrgang, an dem sie teilgenommen hat. Ich schicke Ihnen den Link. Geben Sie mir Ihre Mail-Adresse.«

Meladze nannte sie ihm, und Gessner schickte die Mail ab.

»Angekommen«, meldete Meladze. Nach einer Pause regte er sich auf: »Die sehen doch alle aus wie sibirische Soldaten im Tarnanzug! Alle in weißen Overalls mit Kapuzen. Wie soll man denn da jemanden erkennen?«

»Mehr habe ich nicht gefunden, tut mir leid«, heuchelte Gessner.

»Um alles muss ich mich selbst kümmern. Ruf mich sofort an, wenn du etwas Neues erfährst. Und jetzt mach dich wieder an die Arbeit. Die Uhr tickt, verstehst du?« Grußlos trennte Meladze die Verbindung und starrte auf den Computermonitor. In München war Alan der Chef. Es half nichts, er musste ihn anrufen. Der Gefallen, den er Alan dann schuldete, würde nicht gerade klein sein, aber von dieser neugierigen Schlampe würde er sich das Geschäft nicht verderben lassen.

Eine Stunde später erhielt Meladze eine E-Mail. Alan hatte gründlich recherchiert, aber auch ihm war es nicht gelungen, ein Bild von Silvia Reuter aufzutreiben. Dagegen war es ein Kinderspiel gewesen, ihren Freund ausfindig zu machen. Meladze staunte nicht schlecht, als er las, dass es sich bei ihm um einen gewissen Hauptkommissar Schröck handelte. Nachdem die beiden kein Geheimnis aus ihrer Beziehung machten, wussten nicht nur die Kollegen von der Polizei darüber Bescheid, sondern natürlich auch jene, die von Berufs wegen ein Auge auf Schröck hatten, die Kriminellen. Alan hatte der E-Mail sogar ein Bild aus einem Online-Zeitungsbericht angefügt. Auf der Pressekonferenz war Schröck sehr gut zu erkennen.

Meladze grinste und ging zum Fenster seines Arbeitszimmers, von wo aus er den Eingang im Auge hatte. Sein Leibwächter Guram stand vor dem Haus und rauchte. Meladze öffnete das Fenster, stieß einen schrillen Pfiff aus und bedeutete ihm hochzukommen. Auf Guram konnte er sich verlassen, sie hatten gemeinsam in derselben Einheit gedient. Als Meladze ihn in Graz wiedergetroffen hatte, hatte er ihn sofort rekrutiert. Guram war ziemlich heruntergekommen gewesen, aber Meladze hatte ihm Papiere besorgt und Arbeit gegeben. Er war ein guter Mann, treu und skrupellos. Er hatte für ihn schon viele heikle Aufträge erledigt und dabei nie Spuren hinterlassen. Mit seinen eng stehenden Augen und der breiten Nase sah er aus, als könne er nicht bis drei zählen, aber der Eindruck täuschte.

Meladze instruierte Guram, druckte das Bild der Frau im Overall und Schröcks Foto aus und wies ihn an, wie auch immer herauszufinden, wie viel sie wusste. Er brauche nicht zimperlich zu sein. Wer Fragen stellte, musste von der Bildfläche verschwinden, auch wenn es die Nutte eines Polizisten war. Mit Lado Meladze legte sich niemand ungestraft an.

Guram nahm die Ausdrucke, steckte sie in seine verschlissene schwarze Lederjacke, warf einen Blick auf seine Armbanduhr, nickte dem Kapo zu und verließ die Wohnung. Er machte nie viele Worte.

***

Dieser verdammte Gessner! Katharina war außer sich. Was bildete sich dieser Typ eigentlich ein? Sie fuhr mit ihrem Fahrrad in der Mitte der Schubertstraße. Das aggressive Hupen hinter ihr nahm sie nicht wahr. Sie trat heftig in die Pedale, ließ das Chemische Institut und die Uni-Mensa hinter sich und nahm die Abkürzung durch den Stadtpark. Am Karmeliterplatz hätte sie beinahe einen Obdachlosen überfahren, der die Papierkörbe nach Verwertbarem durchstöberte. Er schimpfte ihr hinterher, sie murmelte nur »Entschuldigung«, bevor sie in die Sporgasse einbog.

Der feine Herr Gessner! Nicht dass Katharina ihn persönlich kannte, aber er war in regelmäßigen Abständen auf den Society-Seiten der Zeitungen zu sehen, wo er auf Fotos mit bekannten Politikern und Managern posierte.

Sie hatte beschlossen, nicht nach Hause zu fahren. Dort würde sie sich sowieso nur frustriert verkriechen. Stattdessen würde sie Gessner zur Rede stellen. Aber vorher musste sie sichergehen, dass sie ihn auch erwischte. Katharina bremste, sprang vom Fahrrad, zog ihr Smartphone aus der Tasche und suchte im Internet nach der Homepage seines Institutes. Sie fand die Nummer und wählte.

Gessners Sekretärin wollte sie zuerst nicht verbinden, aber Katharina ließ sich nicht abwimmeln und griff zu einer Notlüge.

»Wie Sie wollen«, sagte sie kühl, »Professor Gessner hat mich darum gebeten, ihn sofort anzurufen, wenn ich vertrauliche Informationen für ihn habe. Ihr Chef wird nicht gerade begeistert sein, wenn ich ihm später persönlich erzähle, dass Sie mich nicht durchgestellt haben.« Katharina machte eine Pause. Die Frau am anderen Ende schien zu überlegen.

»Der Herr Professor hat mich zwar angewiesen, ihn nicht zu stören, aber wenn es so dringend ist … Ich verbinde Sie, einen Augenblick«, sagte sie unsicher.

»Gessner.«

»Guten Tag, Herr Professor, mein Name ist Dr. Katharina Wink. Wir kennen uns nicht, aber ich muss mit Ihnen reden.«

»Tatsächlich? Und was kann ich für Sie tun?«, sagte Gessner von oben herab.

»Ich arbeite im Institut Tomaschek. Wie gesagt, wir sollten uns unterhalten.«

»Bei Tomaschek?«, fragte Gessner spöttisch. »Und was haben wir beide dann zu bereden?«

»Nicht am Telefon.«

»Nein? Dann ist also das, was Sie mir sagen wollen, geheim?«

»Wie man es nimmt. Jedenfalls denke ich, dass Sie nicht unbedingt erfreut sein würden, wenn das, was ich Ihnen zu sagen habe, an die Öffentlichkeit gelangt.«

»Worum geht es denn? Können Sie nicht wenigstens eine Andeutung machen?« Seine Stimme klang nun nicht mehr so sicher.

»Was denken Sie denn, worum es geht? Um Ihre Forschungen natürlich«, sagte sie streng.

»Meine Forschungen?«

»Ja, aber wie gesagt, nicht am Telefon. Ich bin gleich bei Ihnen.«

»Aber –«

»Wenn Sie nicht wollen …?«

»Na gut, ich bin hier«, sagte Gessner resigniert.

Katharina trennte grußlos die Verbindung und schwang sich wieder auf ihr Rad. Sie war überrascht, dass Gessner so schnell zugestimmt hatte, sie zu empfangen. Entweder hatte er ein schlechtes

Gewissen, oder sie war überaus überzeugend gewesen. Jedenfalls würde sie ihm gleich gehörig die Meinung geigen.

Gessner saß an seinem Schreibtisch und kritzelte Kreise auf die vor ihm liegende Zeitung. Vor Katharina Winks Anruf hatte er die Börsenkurse studiert und festgestellt, dass seine Aktien in den Keller gerasselt waren. Wenn nicht ein Wunder geschah, war mal wieder ein Batzen Geld verloren. Schweißperlen standen auf seiner Stirn. Was hatte sie gemeint, als sie das mit der Öffentlichkeit gesagt hatte? Wusste sie etwa über Meladzes Auftrag Bescheid? Aber vielleicht ging es auch nur um Tomascheks Krebsforschungen, schließlich arbeitete sie an seinem Institut. Was die Ethikkommission betraf, so machte er sich keine Sorgen. Die Mitglieder, die gegen Tomascheks Projekt gestimmt hatten, waren leicht zu überzeugen gewesen. Sie waren allesamt von der Gunst der Ministerien abhängig, und Gessners Verbindungen zu diesen waren hinlänglich bekannt. Der kleine, aber wohl platzierte Hinweis, dass seine politischen Freunde kein Interesse daran hätten, dass Tomaschek das Rennen machte, hatte gereicht. Sie hatten sich die Unterlagen nicht einmal mehr genau angesehen.

Es klopfte. Die Frau musste ja hergeflogen sein! »Herein.«

Aber es war nur Gessners Sekretärin, die ihn darüber informierte, dass die Maler im Institut waren und damit begonnen hatten, den Besprechungsraum zu streichen.

Genervt schickte er sie hinaus.

Eine Viertelstunde später traf Dr. Katharina Wink dann wirklich ein. Gessner begrüßte sie höflich, aber distanziert, dann schlug er ihr vor, sich an den großen Besprechungstisch zu setzen.

Er musterte sie von oben bis unten, dann ordnete er sie der Kategorie »Graue Maus« zu. Gepflegt, zielstrebig, Mindeststudienzeit eingehalten, aber als Frau vollkommen uninteressant. Verbindlich lächelnd fragte er sie, ob er ihr etwas anbieten könne, aber sie lehnte ab. Es war ihm nicht entgangen, dass sie von den Bildern und Statuen in seinem Büro beeindruckt war. Anscheinend verstand sie auch etwas von Kunst. Sie hockte auf ihrem Stuhl wie eine Studentin im ersten Semester, die auf ihre Prüfungsfragen wartet. Gessners Beunruhigung verflog. Von ihr würde keine

Gefahr drohen. Wahrscheinlich hatte sie schon der Anruf so viel Überwindung gekostet, dass jetzt die Luft raus war. Trotzdem: Leicht würde er es ihr nicht machen, Strafe musste sein.

»Nun, Frau Dr. Wink, was verschafft mir die unverhoffte Ehre?«

»Wie ich schon am Telefon sagte, arbeite ich mit Professor Tomaschek zusammen in seinem Institut.« Sie machte eine kleine Pause und holte tief Luft. »Und ich kann und werde nicht akzeptieren, dass Sie die Weiterführung unserer Versuche blockieren.«

Es ging also doch nur um Tomascheks Tierversuche. Und er hatte sich schon Sorgen gemacht. »Sie spielen auf die Entscheidung der Ethikkommission an?«

»Ja, genau das tue ich. Und ich fordere Sie hiermit auf, sie sofort zurückzunehmen. Sie ist absolut inakzeptabel!«, platzte Katharina heraus.

»Tja, Frau Kollegin, ich fürchte, da kann ich Ihnen beim besten Willen nicht behilflich sein. Ich bin zwar der Vorsitzende der Kommission, aber die Entscheidungen werden von allen Mitgliedern getroffen. Sie können davon ausgehen, dass sich die Herren Kollegen eingehend mit den Unterlagen befasst haben, bevor sie ihre Entscheidung getroffen haben.«

»Genau das bezweifle ich«, zischte Katharina.

»Frau Dr. Wink, ich weise Ihre Unterstellung aufs Schärfste zurück. Das Kollegium besteht aus angesehenen Mitgliedern der akademischen Gemeinde. Wir befinden nach streng wissenschaftlichen Kriterien und vollkommen neutral über alle Ansuchen, die uns vorgelegt werden.«

»Das glauben Sie doch selbst nicht! Neutral? Dass ich nicht lache! Sie haben doch persönlich dafür gesorgt, dass unser Antrag abgelehnt wurde.«

»Ich? Also bitte! Das ist doch eine infame Unterstellung! Was erlauben Sie sich eigentlich?«

»Spielen Sie nicht das Unschuldslamm!«, fuhr Katharina ihn an, »Sie blockieren unsere Forschungen, weil Sie am selben Thema arbeiten. Deshalb haben Sie die Mitglieder der Kommission beeinflusst. Aber mit ihrem Forschungsansatz sind Sie so was von auf dem Holzweg, und das wissen Sie ganz genau.«

»So ein Unsinn! Ich betrachte unsere Unterhaltung hiermit

als beendet.« Gessner machte Anstalten, sich von seinem Sessel zu erheben, aber Katharina schlug mit der flachen Hand auf den Tisch.

»Dachten Sie wirklich, dass wir Ihre Einmischung so ohne Weiteres hinnehmen?« Ihre Stimme überschlug sich. »Wenn Sie nicht wollen, dass Ihr Betrug, was die Entscheidung betrifft, an die Öffentlichkeit gelangt, sollten Sie so schnell wie möglich dafür sorgen, dass die ehrenwerte Kommission noch einmal zusammentritt und ihren Entschluss revidiert. Ich habe Freunde bei der Zeitung, die meine Geschichte sicher interessieren wird.«

Gessner lehnte sich zurück, verschränkte die Arme hinter seinem Kopf und lächelte nachsichtig. »Sie würden sich damit selbst keinen Gefallen tun, Frau Wink. Aber tun Sie, was Sie nicht lassen können. Gehen Sie zu Ihrer Zeitung. Eins sollte Ihnen jedoch bewusst sein: Sie handeln sich damit große Schwierigkeiten ein, denn Sie haben keine Beweise. Weder für die frechen Anschuldigungen gegen meine Person noch dafür, dass die Forschungen in Ihrem überschaubaren Labor auch nur die geringste Chance hätten, so ein diffiziles Problem zu lösen, wie ein umfassendes Mittel gegen Krebs zu finden.«

»Sie haben ja keine Ahnung. Wir sind viel weiter, als Sie denken.«

»Natürlich. Vermutlich hat eine Ihrer Laborratten Junge bekommen, nachdem Sie ihr das vermeintliche Wundermittel injiziert haben. Zudem wäre so ein Versuch, sollte er tatsächlich stattgefunden haben, ohne Genehmigung auf jeden Fall illegal, das ist Ihnen doch klar, oder?«

»Machen Sie sich ruhig über uns lustig, das Lachen wird Ihnen schon noch vergehen.« Katharina hatte sich wieder gefangen. Sie wusste nun, was sie zu tun hatte. Die Konsequenzen waren ihr egal.

»Also, Frau Dr. Wink, ich denke, dass alles gesagt worden ist. Ich bin sehr beschäftigt, deshalb würde ich unsere unterhaltsame Plauderei nun gern beenden. Ich wünsche Ihnen noch einen guten Tag und viel Erfolg.« Gessner erhob sich und schickte sich an, ihr die Tür zu öffnen.

Katharina drehte sich auf ihrem Sessel zu ihm und nickte. »Sie bleiben also dabei, dass wir die Genehmigung nicht bekommen?«

»Ich dachte, das hätte ich gerade unmissverständlich gesagt?«

»Gut.« Katharina erhob sich und knetete den Gurt ihrer Handtasche. »Wenn das Ihr letztes Wort ist?«

Gessner wippte ungeduldig von einem Fuß auf den anderen und hielt ihr die Tür auf. »Tun Sie, was Sie nicht lassen können.«

»Dann fahre ich jetzt sofort zur ›Kleinen‹ und werde meinem Kontakt die Geschichte erzählen. Dass Sie unsere Forschungen behindern, weil Sie selbst an dem gleichen Problem arbeiten und deshalb die Ethikkommission beeinflusst haben. Sicherlich ist dabei auch interessant, dass unser Präparat jetzt schon hundertprozentig wirksam ist. Und ich kann es sehr wohl nachweisen, weil ich es im Selbstversuch getestet habe.«

»Ich wusste doch, dass Sie verrückt sind, aber nun gut, das ist Ihre Sache. Sie können froh sein, dass Sie Ihr Wundermittel nicht umgebracht hat. Beweis ist das jedenfalls noch keiner, oder hatten Sie etwa Krebs?«

»Ich hatte vor der Anwendung sogar ein metastasierendes Pankreaskarzinom. Alles dokumentiert. Aber nach der Injektion unseres Mittels ist es weg. Verschwunden.«

»Sie waren wirklich krank?« Gessner schloss die Tür.

»Das war ich, und jetzt gehe ich.«

»Warten Sie! Und Sie sagen tatsächlich die Wahrheit?«

»So ist es. Ich kann meinem Kontakt bei der Zeitung alles beweisen. Die Unterlagen habe ich dabei.«

»Lassen Sie doch mal sehen.«

»Kommt überhaupt nicht in Frage.« Katharina lachte.

»Ich mache Ihnen einen Vorschlag: Vielleicht könnten wir ja –«, stammelte Gessner.

»Dafür ist es jetzt zu spät, Herr Professor.«

Er starrte auf die Tasche in ihrer Hand. Verdammt, sollte das wirklich stimmen und würde sie ihren Plan durchziehen, wäre er geliefert. Die Zeitungen würden sich wie die Geier auf ihn stürzen. Ihm wurde heiß. Er machte einen Schritt auf Katharina zu. Sie wich zurück.

»Bleiben Sie mir bloß vom Leib! Sie haben Ihre Chance gehabt. Oder wollen Sie Ihre Entscheidung doch noch revidieren?«

»Aber das kann ich nicht! Dafür ist es zu spät. Wie würde das denn aussehen, Frau Dr. Wink? Wir können uns doch auf anderem Wege einigen. Was zahlt Ihnen Professor Tomaschek? Sie könnten doch bei mir im Labor –«

»Ich bin nicht käuflich, das überlasse ich feinen Herren wie Ihnen. Bin schon gespannt, was die Redakteurin sagen wird, wenn ich ihr alles erzähle.«

»Sie werden niemandem auch nur ein Wort sagen, verstehen Sie! Ansonsten werde ich Sie und Ihren Tomaschek vernichten!«, brüllte Gessner. »Was bilden Sie sich eigentlich ein, wer Sie sind? Ich habe diese Kleingeister so satt. Man sollte euch alle …« Er atmete schwer und ballte die Fäuste.

Katharina war starr vor Angst, fasste sich aber ein Herz. »Sie sind derjenige hier, der verrückt ist«, sagte sie ruhig. Dann drängte sie ihn zur Seite, riss die Tür auf und rannte an der verdutzten Sekretärin vorbei.

Die schien es wirklich ernst zu meinen. Panisch riss Gessner das Fenster auf und beugte sich hinaus. Katharina Wink sprintete aus dem Haus, schob ihr Fahrrad über die Straße und hielt dabei ihre Handtasche, die sie sich quer über die Brust gehängt hatte, wie einen Schatz umklammerte.

Wenn sie redete, wäre er geliefert. Er wischte sich den Schweiß von der Stirn. Brächte die Zeitung tatsächlich ihre Geschichte, könnte er nichts mehr für Meladze tun. Er würde seine Schulden nicht mehr bezahlen können, und Meladze würde ihn umbringen.

Gessner nahm seine Jacke und ging aus dem Büro. »Ich muss kurz mal weg«, sagte er betont ruhig zu seiner Sekretärin. Auf dem Gang begann er zu laufen und lockerte dabei seine Krawatte. Sie drohte ihn zu erwürgen.

Was sollte er jetzt tun? Er musste sie unbedingt aufhalten. Er hämmerte auf den Rufknopf des Aufzuges ein, aber der Lift kam nicht. Die Treppe! Im Treppenhaus kamen ihm zwei Maler mit Leitern entgegen. Er rempelte einen zur Seite und sprang, ohne auf die Flüche zu achten, die sie ihm nachriefen, die Stufen hinunter bis ins Tiefgaragengeschoss. Dort hatte ein Mann den Aufzug gerade mit Farbkübeln beladen. Gessner sah noch, wie sich die Lifttüren schlossen. Schnell drückte er die schwere Eisentür zur Garage auf und klopfte hektisch seine Jackentaschen nach den

Autoschlüsseln ab. Verdammt, das konnte doch nicht wahr sein! Die Schlüssel lagen auf dem Schreibtisch. Wenn er jetzt wieder hinauf in sein Büro rannte, würde er die Wink nie mehr einholen. Er schaute sich um. Gleich neben dem Zugang zum Treppenhaus parkte der Lieferwagen der Malerfirma. Die Fahrertür stand offen. Gessner erfasste im Bruchteil einer Sekunde, dass der Schlüssel im Zündschloss steckte, schwang sich auf den Sitz, startete und raste aus dem Innenhof des alten Renaissancebaus. Er wusste, wo die Redaktion der Zeitung ihr Büro hatte. Mit dem Wagen würde er vor ihr da sein. Er musste sie einfach dazu bringen, dass sie von ihrem Vorhaben abließ. Koste es, was es wolle.

Die kleinen Gassen waren so eng zugeparkt, dass Gessner immer wieder das Lenkrad verreißen musste, um kein Auto zu rammen. Die Bodenwellen, die den Lieferwagen hochhüpfen ließen und wieder in die Stoßdämpfer drückten, ignorierte er. Die nächste links, dann würde er auf der Wielandgasse landen. Nur wenige Meter weiter war die Redaktion. Er rieb sich die Augen, sie brannten vom Schweiß, der ihm die Stirn hinunterlief. Er sah alles wie durch eine beschlagene Glasscheibe. Vor ihm fuhr Katharina Wink. Er triumphierte innerlich. Gessner hupte und blinkte sie an, aber sie kümmerte sich nicht um ihn und fuhr einfach weiter. Er setzte zum Überholen an, als plötzlich ein grauer Kleinwagen aus der Bockmanngasse kam und geradewegs auf Gessners Lieferwagen zuhielt. Der Professor sprang förmlich auf die Bremse. Farbkübel rutschten über die Ladefläche und krachten gegen das Führerhaus, die Reifen quietschten, und das Heck des Wagens brach aus. Wie in Zeitlupe sah Gessner, wie Katharina Wink ihn panisch anstarrte. Dann hörte er einen dumpfen Knall und beobachtete, wie sie samt Fahrrad wie eine Puppe in die Luft katapultiert wurde, um gleich darauf mit dem Gesicht voran gegen eine Hausmauer geschleudert zu werden. Mit seltsam verrenkten Gliedern blieb sie auf dem Asphalt liegen. Um ihren Kopf herum bildete sich eine rote Lache. Dr. Katharina Wink war tot.

Gessner sprang auf die Kupplung und zerrte am Schalthebel. Der Motor heulte auf. Er gab Gas, bog in die nächste Gasse ein und bretterte zum Institut zurück. Kurz überlegte er, den Wagen irgendwo auf der Straße abzustellen, entschied sich jedoch dagegen.

Die Leute hier kannten ihn, sie würden sich fragen, warum er mit dem Wagen einer Malerfirma durch die Gegend fuhr. Also fuhr er wieder zurück in den Hof. Er rollte an den Autos seiner Mitarbeiter vorbei und starrte angestrengt durch die Scheibe. Kein Mensch zu sehen. Er parkte den Wagen exakt dort, wo er zuvor gestanden hatte, und stellte den Motor ab. Dann wischte er Lenkrad und Schalthebel mit seinem Taschentuch sauber und vergaß auch nicht, dasselbe mit dem Zündschlüssel zu tun. Er vergewisserte sich, dass er allein war, stieg aus und ging ins Treppenhaus. Im Zwischengeschoss stieß er auf die drei Maler, die auf der Treppe saßen. Einer rauchte, die anderen zwei aßen ihre Jausenbrote.

Gessner nickte ihnen zu. »Na, geht's voran?«, fragte er leutselig.

»Wir liegen gut in der Zeit«, sagte der Raucher.

»Sehr gut«, lobte sie Gessner und atmete auf. Sie hatten offenbar nicht bemerkt, dass er sich ihren Lieferwagen ungefragt ausgeliehen hatte. Wunderbar. Die lästige Frau Dr. Wink würde nun niemandem mehr auch nur irgendetwas erzählen, und auf ihn würde kein Verdacht fallen.

ACHT

Schröck beschloss, nicht mehr darüber nachzudenken, ob Silvia nach Graz kam, weil sie bei ihm sein wollte, oder ob etwas anderes dahintersteckte. Er nahm sich die Unterlagen vor, die ihm Heinrich auf dem Golfplatz übergeben hatte. Lebenslauf, Hinweise auf irgendwelche Leute, mit denen Gessner während seiner Studienzeit Kontakt gehabt hatte. Keine Besonderheiten, wenn man mal davon absah, dass der Professor nach außen hin eine steile Karriere hinter sich hatte und über ausgezeichnete Verbindungen verfügte. Gessner stammte aus einer erzkonservativen Unternehmerdynastie und hatte gleich nach dem Studium geheiratet. Seine Frau gehörte dem sozialdemokratischen Politadel Österreichs an. Schröck hatte gar nicht gewusst, dass es so etwas hier gab, aber dem Dossier entnahm er, dass der Großvater von Frau Gessner zu Lebzeiten ein angesehener Widerstandskämpfer und Kommunist gewesen war, den die Nazis ein Jahr vor Kriegsende erwischt und ins Konzentrationslager gesteckt hatten. Nach seiner Befreiung durch die Alliierten war er nach Wien gegangen und hatte der ersten österreichischen Nachkriegsregierung im Ministerium für Volksaufklärung, Unterricht, Erziehung und Kultusangelegenheiten angehört, die nur acht Monate im Amt gewesen war. Danach war er wieder in die Steiermark zurückgekehrt.

Sein Sohn, Gessners Schwiegervater, hatte studiert und war bis zu seiner Pensionierung als Manager in der verstaatlichten Montanindustrie tätig gewesen. In den sechziger und siebziger Jahren war er zusammen mit Ministern und Staatssekretären viele Male in die Sowjetunion gereist und hatte dort lukrative Aufträge an Land gezogen. Auch er war in Regierungskreisen hoch angesehen gewesen und besaß noch immer großen Einfluss, vor allem im sozialdemokratischen Lager. Perfekte Voraussetzungen also für einen österreichischen Wissenschaftler, den man weder der einen noch der anderen Seite zuordnen konnte. Gessner galt in der Öffentlichkeit als integer, sein Institut war über alle Zweifel erhaben, und als Vorsitzender der Ethikkommission stellte er seine Arbeit sogar uneigennützig zur Verfügung.

Doch vor ein paar Monaten war der BND im Zuge von Ermittlungen über die Verwicklung eines deutschen Unternehmens in unautorisierte Waffenlieferungen nach Nordkorea auf Verbindungen zu einem georgischen Geschäftsmann in Graz gestoßen. Sein Name war Lado Meladze. Der Bundesnachrichtendienst hatte im Rahmen seiner Befugnisse Auslandsgespräche abgehört. Darunter war auch ein Telefonat gewesen, in dem Meladze mit seinem deutschen Verbindungsmann von der Züchtung »ganz besonderer Tierchen« gesprochen hatte. Er habe einen angesehenen Professor aus Graz an der Hand, der in seiner Schuld stünde und den er dazu bewegen würde, das Projekt zu übernehmen. Tierchen wären kein Problem für ihn, weil er selbst der Kommission vorsaß, die die Genehmigungen für derartige Forschungen erteile. Ein technischer Mitarbeiter, der abgestellt war, um die Mitschnitte durchzuhören, die eigentlich nichts mit der ursächlichen Abhöraktion zu tun hatten, war stutzig geworden, als der Name »Projekt Sokrates« gefallen war. Warum wurde für die Züchtung von Tieren extra eine Projektbezeichnung verwendet, oder verbarg sich vielleicht doch etwas anderes dahinter? Der Mitarbeiter hatte seinen Vorgesetzten Meldung erstattet, sie hatten recherchiert, und schließlich war man zum Schluss gekommen, dass es sich bei der »Kommission«, von der Meladze sprach, nur um das Gremium handeln konnte, das Forschungsvorhaben beurteilte, die an Lebewesen durchgeführt werden sollten: die Ethikkommission. Die Mitglieder waren diskret überprüft worden, aber bei keinem der Professoren waren zuerst Auffälligkeiten entdeckt worden. Auch der Vorsitzende, Professor Maximilian Gessner, Inhaber eines Forschungslabors in bester Grazer Lage mit ausgezeichneten politischen Verbindungen, und dessen Umfeld waren unter die Lupe genommen worden. Im Bericht, den Schröck in Händen hielt, wurde der Professor als äußerst extrovertiert und um Publicity bemüht bezeichnet.

Man hatte die Observierungen schon einstellen wollen, als in den Protokollen Berichte über häufige Besuche Gessners in einem Grazer Nachtlokal aufgetaucht waren, das mit der georgischen Mafia in Zusammenhang gebracht wurde und bereits aus früheren Observierungen als beliebter Ort für illegales Glücksspiel galt. Die österreichischen Behörden waren nicht sonderlich an den Ergebnissen der deutschen Kollegen interessiert und gaben Bescheid, dass sie die Zusammenhänge erst gründlich prüfen müssten, was im Klartext so viel hieß, als dass sie dafür keinen Finger krumm machen würden. Auch der Hinweis auf eine mögliche Verbindung zwischen Gessner und Meladze interessierte sie wenig. So war man gezwungen, ohne nationale Unterstützung verdeckt und auf eigene Faust zu ermitteln. Und da sind sie ausgerechnet auf mich gekommen, dachte Schröck, fegte das Dossier mit seiner Hand zu Boden, schwang sich aus dem Bett und stapfte, nur mit Unterhose bekleidet, ins Badezimmer.

Er drehte den Hahn am Waschbecken auf, wartete, bis das Wasser lauwarm kam, und wusch sich prustend das Gesicht. Mit den nassen Händen fuhr er sich durch das blonde, um die Schläfen von einem ersten Grauschimmer durchsetzte, leicht wellige Haar und starrte in den Spiegel. Prüfend betrachtete er die Lachfältchen um seine Augen und kam zu dem Schluss, dass sie sich vermehrt haben mussten, obwohl er in der letzten Zeit gar nicht so viel zu lachen gehabt hatte. Eine junge Frau, die vor ein paar Jahren bei ihm im Kommissariat ein Praktikum absolviert hatte, hatte mehrmals gemeint, sein markantes Kinn und die breiten Wangenknochen erinnerten sie an Robert Redford. Sie hatte Schröck immer so seltsam angeschaut, regelrecht angehimmelt. Unangenehm berührt war er vor ihr geflüchtet, wann immer es nur ging. Schröck hatte erst vor Kurzem ein aktuelles Bild des Schauspielers gesehen und war sich nicht mehr sicher, ob der Vergleich tatsächlich so schmeichelhaft gewesen war. Aber natürlich, Redford war jetzt über siebzig und er zwanzig Jahre jünger. Schröck fuhr sich mit den Fingern über die kratzigen Wangen. Die Bartstoppeln, deren Farbe ins Rötliche ging, begannen heller zu werden. Genauso wie sein Haupthaar. Er spannte seinen muskulösen Oberkörper an und befand, dass er für einen Mann Anfang fünfzig trotzdem noch ganz gut in Form war. Schließlich joggte er jeden Morgen vor dem Frühstück und trainierte einmal pro Woche im Judoka-Verein der Münchner Polizei. Das konnte er jetzt auch vergessen, dachte er und verteilte Rasierschaum in seinem Gesicht. Vermutlich sah er in einem Jahr so aus wie Klaus Heinrich oder wie einer dieser Firmenvertreter, die ihr halbes Leben im Hotel verbringen und einen birnenförmigen Körper und eine Sehnenscheidenentzündung vom Schreiben der Berichte haben. Die wunderbare Wandlung von Robert Redford zum Hercule Poirot.

Schröck schabte sich den Bart ab, zog seinen Slip aus und duschte. Beim Einseifen knallte er ein paarmal so heftig mit dem Ellenbogen an die Wände der winzigen Duschkabine, dass das Plexiglas zitterte. Er trocknete sich ab, klopfte sich Rasierwasser auf die Wangen und schmierte sich anschließend die Feuchtigkeitscreme »For Men« ins Gesicht, die ihm die Frau im Drogeriemarkt zu Hause empfohlen hatte.

»Männer haben ja mehr Glück als Frauen«, hatte sie gesagt, »sie werden im Alter immer attraktiver. Sie brauchen sich nur ein wenig zu pflegen, aber wir …«

Ein wenig pflegen, die hatte doch keine Ahnung! Sie musste sich jedenfalls nicht regelmäßig die Haare aus der Nase und den Ohren mit diesem kleinen elektrischen Mörderding entfernen. Er hatte sich schon ein paarmal so damit gezwickt, dass die Haut blutete und anschließend einen Tag lang wie Feuer brannte.

Noch ein wenig Deo, dann war die Chemiefabrik perfekt. Fertig einbalsamiert kämmte er sich, warf einen letzten prüfenden Blick in den Spiegel, grinste schief, ging zurück ins Zimmer und zog sich an. Er brauchte dringend einen Kaffee, aber es war schon fast neun. Er musste sich beeilen. Dann eben kein Hotelfrühstück. War vielleicht auch besser so.

Er zog seine Jacke an und sah sich noch einmal im Zimmer um. Der Bericht lag noch neben seinem Bett. Er griff danach und überlegte, wo er ihn am besten verstecken konnte. Wurde er jetzt etwa auch noch paranoid? Aber was würde passieren, wenn jemand zufällig einen Blick darauf warf? Schröck holte den Plastikbeutel, in den er am Vorabend sein verschwitztes Hemd und seine Unterwäsche gesteckt hatte, unter dem kleinen Schreibtisch hervor und schob das Dossier unter die Schmutzwäsche. Darin würde sicher niemand zufällig wühlen. Zufrieden kickte er die Tüte wieder unter das Tischchen zurück.

Die Lobby war menschenleer, nicht einmal die Portierloge war besetzt. Um diese Zeit waren die meisten Leute schon auf dem Weg zu ihren Meetings oder auf Sightseeing-Tour. Schröck widerstand dem Drang, endlich einmal eine dieser viel gerühmten Grazer Kneipen aufzusuchen, die schon morgens aufhatten, und entschied sich für einen Espresso aus dem Automaten neben dem Eingang. Wenn Silvia erst da war, würde er mit ihr zusammen dorthin gehen. Das würde ihr sicher gefallen. Jetzt musste er jedoch erst einmal Gessner auf den Zahn fühlen. Aber wie sollte er das anstellen? Schröck hatte keinen Polizeiausweis mehr, aber selbst wenn er ihn noch besessen hätte, hätte er ihm in dieser Situation nicht geholfen. Er war auf sich allein gestellt. Er fischte aus der Tasche das Papiertaschentuch, auf dem er sich vorhin beim Studium der Unterlagen Gessners Telefonnummer notiert hatte, tippte sie in sein Handy und stellte die Verbindung her. Eine Frauenstimme meldete sich.

»Ja, guten Tag, Schrö–«, Schröck stockte. Vielleicht durfte er gar nicht seinen richtigen Namen sagen? Kein Agent im Film tat das. »Schröder, hier ist Schröder«, fuhr er fort. »Ich müsste dringend Herrn Professor Gessner sprechen.«

»Worum geht es denn, bitte? Er ist im Moment sehr beschäftigt«, entgegnete die Frau.

»Ich komme aus Berlin und bin nur heute in Graz. Ich vertrete einen …« Verdammt, was vertrat er denn? Aber er musste Gessner unbedingt sprechen, da konnte es ihm egal sein, was sich andere dachten.

»Sagen Sie dem Herrn Professor, dass ich einen großen asiatischen Pharmakonzern vertrete, der sich für seine Forschungen interessiert«, sagte er, und sogar in seinen Ohren klangen die Worte fast überzeugend. »Es täte mir leid, aber ich habe noch andere Termine, die ich heute wahrnehmen muss. Trotzdem würde ich ihn gern treffen, wenn auch nur kurz. Ich könnte in ein paar Minuten bei ihm sein.«

»Ich weiß nicht, ob das geht«, erwiderte die Sekretärin.

»Sagen Sie ihm doch bitte auch, dass es sicher in seinem Sinne wäre, wenn er sich die Zeit nehmen würde.«

»Gut, ich werde mit ihm sprechen.«

Für einige Sekunden krächzte Tschaikowskys Klavierkonzert Nummer eins in der Leitung, dann war die Frau wieder dran. »Herr Professor Gessner würde sich freuen, wenn Sie bis halb zehn hier sein könnten.« Die Stimme klang um einiges freundlicher. Schröck triumphierte. Er hatte den Nagel intuitiv auf den Kopf getroffen.

»Das sollte sich einrichten lassen«, sagte er gedehnt, als würde er in seinem Terminkalender nachsehen. »Dann bin ich gleich bei ihm.« Silvia sollte um kurz vor elf ankommen, sogar das müsste sich ausgehen. Perfekt.

Er bat den Portier, ihm ein Taxi zu rufen, ging hinaus und lief ein paar Schritte auf und ab. Er warf schon einen ungeduldigen Blick auf seine Armbanduhr, als das Taxi wenige Minuten später vorfuhr. Während der Wartezeit war Schröck entgangen, dass ihn eine Frau mit Kopftuch im dunklen Mantel beobachtet hatte.

Es war kurz nach halb zehn, als Schröck an die Tür zu Gessners Vorzimmer klopfte. Er wäre schon früher da gewesen, hätte nicht die Müllabfuhr die Straße zur Altstadt versperrt. Der Taxifahrer, ein eingeborener Steirer, hatte, als er erkannte, dass Schröck nicht aus der Gegend war, sämtliche Genüsse der Region aufgezählt: vom Schilcherwein, einer nur in der Grünen Mark erhältlichen Weinsorte, die aus der Blauen Wildbacher-Rebe gewonnen wurde und bereits im sechzehnten Jahrhundert erstmals erwähnt worden war, bis zum Sterz, einem Gemisch aus Maisgrieß und Schweineschmalz, das zusammen gekocht und dann als deftiges Holzhackermahl aus dem Topf gekratzt wurde. Schröck vermied es, sich vorzustellen, wie dieses Gericht schmeckte.

Er wartet das »Herein!« der Sekretärin gar nicht ab und trat ein. Eine attraktive Mittvierzigerin erhob sich sofort hinter ihrem Schreibtisch und lächelte ihn freundlich an.

»Guten Tag! Sie müssen Herr Schröder sein, wir haben vorhin miteinander telefoniert. Der Herr Professor erwartet Sie schon.«

»Danke«, sagte Schröck und schälte sich aus seinem Mantel.

Als die Sekretärin ihn anmeldete, kam Gessner ihm mit ausgestreckter Hand entgegen und begrüßte ihn überschwänglich. Da war sie, die sprichwörtliche österreichische Liebenswürdigkeit. Eine Mischung aus misstrauischem Beschnuppern und ehrlicher Neugier.

Schröck betrachtete Gessners blitzende Jacketkronen. Vermutlich hatten sie ein Vielfaches seiner eigenen gekostet, die ihm die

Beamtenversicherung vor Jahren bezahlt hatte, als seine Schneidezähne einem Polizeieinsatz zum Opfer gefallen waren.

»Aber nehmen S' doch bitte Platz«, umschmeichelte Gessner ihn im gepflegten steirischen Hochdeutsch und rückte ihm in seinem Büro einen der dunkelrot gepolsterten Thonet-Sessel zurecht, die am ebenholzfarbenen Besprechungstisch standen. »Darf ich Ihnen etwas anbieten, einen Kaffee oder ein Gläschen Cognac vielleicht?«

Schröck wollte schon, wohl aus alter Gewohnheit, sein »Nein, danke, ich bin im Dienst« aufsagen, beherrschte sich aber noch in letzter Sekunde. Wobei, selbst als Pharmavertreter wäre er ja »im Dienst« gewesen. »Vielen Dank, aber ich bin etwas in Eile, mein nächster Termin ist«, er warf einen demonstrativen Blick auf seine Armbanduhr, »schon in knapp einer Stunde.«

»Schade … Sie sagten meiner Sekretärin, dass Sie für ein asiatisches pharmazeutisches Unternehmen tätig sind?«

Schröck nickte. »Das ist richtig. Die Unternehmensgruppe, für die ich arbeite, hat mich beauftragt, zu sondieren, wie weit Sie mit Ihren Forschungen sind.« Er konnte den prüfenden Blick des Professors förmlich auf sich spüren, aber da war noch etwas, was Schröck stutzig machte: sein seltsam gehetzter Gesichtsausdruck. Dann fiel es ihm wie Schuppen von den Augen. Gessner hatte Angst! Aber wovor? Sicher nicht vor einem potenziellen Käufer seines Krebsheilmittels. Es musste etwas anderes dahinterstecken.

»Sie beziehen sich auf unsere Krebsforschungen, nicht wahr?«

Schröck legte den Kopf schief und schwieg.

»Also nicht?«, fragte Gessner unsicher. »Warum sind Sie dann hier?«

»Wie ich schon sagte, Herr Professor, auch meine Zeit ist heute sehr begrenzt. Ich denke, Sie wissen, warum ich hier bin. Werten Sie meinen Besuch als Erstkontakt.« Schröck sah ihm in die Augen. »Haben Sie schon etwas?«

»Wie sollte ich denn? So etwas kann man doch nicht einfach aus dem Ärmel schütteln. Natürlich habe ich ein Konzept und kann auch auf meine vorherigen Forschungen aufbauen, aber –«

»Ich rate Ihnen eins: Lassen Sie sich ja nicht zu viel Zeit«, sagte Schröck drohend und kniff die Augen zusammen. Dann setzte er alles auf eine Karte. »Sie kennen doch Meladze.«

Gessner nickte betreten, und Schröck erhob sich. »Also, ich muss jetzt. Ich melde mich wieder bei Ihnen. Meine Auftraggeber lieben Zwischenberichte. Ich wünsche Ihnen viel Erfolg, Herr Professor. Und noch ein Tipp: Sie sehen blass aus, vielleicht würde Ihnen ja ein Cognac guttun.«

Als Schröck im Treppenhaus war, hätte er am liebsten laut aufgelacht. So einfach hatte er sich die Agentenarbeit gar nicht vorgestellt. Schon bei seinem ersten Einsatz hatte er bei Gessner ins Schwarze getroffen. Ganz sicher sollte der Professor für Meladze diesen Kampfstoff entwickeln. Vielleicht hatte Heinrich ja doch nicht so unrecht mit seiner Überzeugung gehabt, dass Schröck das Zeug zu einem Agenten hatte. Er musste ihn bald kontaktieren. Schröck war bester Laune. Silvia würde bald da sein, heute Abend ein tolles Essen, und wenn alles passte … Aber jetzt musste er sich sputen. Schröck verließ das Gebäude und schaute sich nach einem Taxi um.

NEUN

Iris Meier war Schröck bis zu Gessners Institut gefolgt. Seit er sein Hotel in Deutschlandsberg verlassen hatte, hatte sie ihn nicht mehr aus den Augen gelassen. Es war nicht immer leicht gewesen, vor allem im Zug. Und als sie in der Bahn auf die Toilette musste, war sie ihm beinahe in die Arme gelaufen. Anschließend hatte sie sich einen Platz im Kaffeehaus gegenüber Schröcks Hotel gesucht und darauf gewartet, dass er wieder rauskam. Als es schließlich so weit war, hatte sie sich an ihn gehängt und nicht schlecht darüber gestaunt, dass ihn sein erster Weg direkt zu Gessner führte. Sie hatte keine blasse Ahnung, was ein deutscher BND-Agent mit einem renommierten österreichischen Forscher zu schaffen hatte, der ein Mittel gegen Krebs finden wollte.

Für gewöhnlich bestand der Job von Iris Meier darin, sich in Konkurrenzunternehmen einzuschleusen und herauszufinden, woran diese arbeiteten, damit ihre Firma weiterhin den Markt beherrschen und frühzeitig auf mögliche Neuentwicklungen reagieren konnte. Sie war schon seit zehn Jahren als Pharmaspionin unterwegs, aber so einen Auftrag hatte sie bisher noch nie bekommen. Der oberste Chef in Bern hatte sie einfliegen lassen und über Gessners Forschungen informiert. Man würde sich sicher mit ihm einig werden, das sei nicht das Problem, aber offenbar – und das sei ungewöhnlich – beschäftige sich auch der Bundesnachrichtendienst der Deutschen mit dem Wissenschaftler. Sie solle herausfinden, was dahintersteckte. Dass der Big Boss das in Erfahrung gebracht hatte, hatte Iris Meier nicht allzu sehr verwundert. Sie wusste, dass die Leute, für die sie arbeitete, Zugang zu Daten und Informationen hatten, von dem sich kein normaler Mensch auch nur die geringste Vorstellung machte.

An Schröck heranzukommen war für sie eine der leichteren Übungen gewesen. Eigentlich war er sogar ganz nett und offen und sah zudem noch gut aus. Aber vielleicht war das auch nur seine Masche. Er fühlte sich offensichtlich sehr sicher. Seitdem sie ihn bespitzelte, hatte er sich noch kein einziges Mal vergewissert, ob er verfolgt wurde.

Jetzt aber schien er es eilig zu haben. Sie beobachtete Schröck dabei, wie er mit beiden Händen ein Taxi heranwinkte. Der Fahrer trat auf die Bremse, wütendes Hupen und Reifenquietschen waren die Folge. Der Wagen hinter ihm scherte aus, der Fahrer tippte sich mit dem Finger an die Stirn und drängte sich in die Blechschlange vor ihm, die im Schritttempo dahinkroch. Als Schröck sich anschickte, zum Taxi vorzulaufen, reagierte Iris Meier blitzschnell. Bei dem Verkehr war nicht damit zu rechnen, dass in der nächsten Minute ein zweites Taxi auftauchen würde. Dann würde sie den BND-Mann unweigerlich aus den Augen verlieren.

Sie startete durch und lief im Zickzack zwischen den Autos hindurch auf Schröcks Straßenseite. Dann machte sie einen Satz und landete zwischen ihm und dem Taxi. Sie sprang Schröck buchstäblich in die Arme, der sie auffing, bevor sie zu Boden gestürzt wäre. Aber genau darauf hatte sie spekuliert. Sie setzte den treuherzigsten Blick auf, den sie in ihrem Repertoire hatte, um gleich darauf so erstaunt zu tun wie ein kleines Mädchen, das sein Geburtstagsgeschenk überreicht bekommt, aber schon genau weiß, was in dem Päckchen ist. Schröck starrte sie verdutzt an.

»Das ist ja ein Zufall«, flötete sie. »Wie klein die Welt doch ist.« Während Schröck sie wieder auf die Beine stellte, wischte sie sich den imaginären Staub vom Oberteil ihres Mantels und sagte verwundert: »Wir haben uns doch erst gestern in Deutschlandsberg kennengelernt, oder nicht?«

»Ja, genau«, stammelte Schröck. »Es tut mir wirklich leid, aber ich habe es gerade sehr eilig. Ich muss jemanden vom Flugplatz abholen und darf mich nicht verspäten.«

Er warf einen Blick auf den Taxifahrer, der bereits ungeduldig auf die halb heruntergelassene Scheibe der Beifahrerseite klopfte.

»Vom Flugplatz? Das trifft sich gut«, log sie. »Wenn es Ihnen nichts ausmacht, könnten wir uns doch das Taxi teilen. Ich muss dort einen Koffer aus einem Schließfach holen. Eine Freundin hat ihn mir nachgeschickt.«

»Gern.« Schröck hielt ihr die hintere Wagentür auf und schwang sich auf den Beifahrersitz. »Bitte nach Graz-Thalerhof, ich hab's ein wenig eilig.«

»Jeder hat's eilig, wenn er zum Flughafen muss«, sagte der Fahrer und wiegte seinen Kopf, den ein mächtiger Turban zierte. Drei

Hupkonzerte später rasten sie auf der Überholspur die B 67 hinunter.

»Fünfzehn Minuten, das ging wirklich schnell«, sagte Schröck anerkennend und bezahlte.

»Warten Sie bitte, ich habe doch gesagt, dass ich mich beteilige.« Iris Meier kletterte aus dem Wagen.

Schröcks Blick wanderte ganz automatisch zu ihren wohlgeformten Beinen, die sie artig zusammengepresst und abgewinkelt aus dem Wagen streckte.

»Nein, lassen Sie nur«, sagte er und hielt ihr die Hand hin.

Sie zog sich daran hoch, ließ sie jedoch auch dann nicht los, als sie vor ihm stand und ihn mit ihren langen Wimpern anklimperte.

»Wann kommt er oder sie denn an?«, fragte sie neugierig.

»Um fünf vor elf, ich muss mich wirklich sputen.«

»Da haben Sie recht, dann müssen wir uns wirklich beeilen«, sagte Iris Meier und hakte sich ungefragt bei ihm ein.

Die Halle war halb leer. Einige Reisende schlenderten herum oder standen vor den großen Glasflächenfenstern und schauten hinaus. Vor einem Check-in-Schalter wartete eine Menschenschlange darauf, ihr Gepäck abzugeben.

»Ach, da hätte ich mich gar nicht so beeilen müssen«, sagte Schröck, als er den Bildschirm mit der Anzeige der ankommenden Flüge studiert hatte. »Das Flugzeug hat eine halbe Stunde Verspätung.«

»Wie dumm«, solidarisierte sich Iris Meier mit ihm und machte ein betretenes Gesicht. »Wissen Sie was? Ich habe es auch nicht besonders eilig. Anscheinend wollte es das Schicksal so, dass wir uns wieder über den Weg laufen, also sollten wir zumindest eine Tasse Kaffee zusammen trinken. Ich lade Sie ein, Sie haben schließlich das Taxi bezahlt.«

»Na gut, eigentlich habe ich ja jetzt Zeit genug. Im ersten Stock scheint ein Restaurant zu sein.«

Sie nahmen an einem Tisch mit Blick auf das Flugfeld Platz. Schröck wählte seinen Platz so, dass er die Anzeigetafel der ankommenden Flüge im Auge behalten konnte. Bei der Geräuschkulisse, die herrschte, wollte er sich nicht auf die Lautsprecherdurchsagen verlassen. Iris Meier setzte sich ihm gegenüber.

Eine junge Frau nahm ihre Bestellung auf, nachdem sie eine Reihe Kaffeevarianten aufgezählt hatte, die beiden unbekannt waren.

»Einfach einen Kaffee«, sagte Schröck schulterzuckend.

»Ich bin mutig und hätte gern einen Einspänner«, kicherte Iris Meier. »Keine Ahnung, was das ist, aber es hört sich interessant an.«

Kurz darauf kam die Bedienung mit einem Tablett wieder. »Darf ich gleich abkassieren?«

Schröck holte seine Geldbörse aus der Gesäßtasche, aber Iris Meier hielt ihn zurück und zog einen Schmollmund. »Ich habe doch gesagt, dass ich Sie einlade. Bitte.«

»Na gut, wenn Sie unbedingt wollen, aber das ist wirklich nicht nötig.«

Sie lächelte. »Wenn wir uns das nächste Mal über den Weg laufen, sind Sie dran. Wissen Sie, ich glaube nämlich nicht an Zufälle.«

»Hm«, machte Schröck und steckte die Börse zurück, »darüber habe ich mir noch gar keine Gedanken gemacht. Aber danke für den Kaffee.«

Iris Meier betrachtete das Glas vor sich. Auf zwei Finger breit Mocca türmten sich etwa zehn Zentimeter Schlagsahne, gekrönt mit einer Haube von Puderzucker.

»Das sind sicher Tausende von Kalorien«, sagte sie und strich sich über ihren straffen Bauch.

»Sie sind gut in Form«, sagte Schröck, »Sie können das vertragen.«

»Das sagt sich als Mann so leicht. Aber egal, ich liebe Süßes.« Sie nahm einen Schluck, und als sie das Glas wieder absetzte, zierte ein Sahnebart ihre Oberlippe.

Schröck grinste.

»Habe ich da etwas?«

Er nickte so lange, bis sie alles weckgeleckt hatte.

»Was führt Sie also nach Graz, Michael?« Sie bemerkte Schröcks erstaunten Blick. »Wir haben uns gestern doch vorgestellt.«

»Stimmt ja.« Schröck schaute an ihr vorbei auf die Anzeigetafel.

»Also, was treiben Sie in Graz? Urlaub, Geschäft oder beides?«

»Ich bin geschäftlich hier.«

»Lassen Sie mich raten: Sie arbeiten im Auftrag einer großen

Firma, oder vielleicht sind Sie gar der Chef? Wie ein Handlungsreisender sehen Sie jedenfalls nicht aus.«

Schröck lachte auf. »Nein, ich bin kein Chef, aber mit dem anderen liegen Sie richtig.«

»Welche Branche? Tut mir leid, ich weiß, ich bin neugierig.«

Schröck überlegte kurz und entschied sich, bei seiner Geschichte zu bleiben. »Ich arbeite für diverse Pharmaunternehmen.«

»Das hört sich interessant an«, tat sie beeindruckt.

»Manchmal ist es das, aber nicht immer«, sagte Schröck.

»Da müssen Sie sich wahrscheinlich mit vielen Medikamenten auskennen, nicht wahr?« Iris Meier dachte an die Zeit zurück, als sie als kleine Pharmavertreterin begonnen hatte und durch die Schweizer Krankenhäuser getingelt war. Oft hatte sie stundenlang vor Operationssälen warten müssen und sich dann von den alten Primaren anmachen lassen, um ihr Verkaufsziel zu erreichen. Doch nach einiger Zeit war ihr auch das egal gewesen. Sie hatte ihr gutes Aussehen eingesetzt, sich einen großen Kundenstamm aufgebaut und dabei nicht schlecht verdient.

»Ja, man muss immer am Ball bleiben.« Schröck riss sie aus ihrer Erinnerung.

Jetzt guckte er schon wieder auf seine Uhr. Es half einfach nichts, sie musste noch direkter werden. »Bleiben Sie länger in Graz?«

»Ich denke schon, kommt ganz darauf an.«

»Wissen Sie, manchmal fühl ich mich auf dieser Reise richtiggehend einsam. Am Tag geht es ja, da mache ich meine Ausflüge, guck mir Sehenswürdigkeiten an, aber am Abend … Vielleicht hätte ich die Tage hier doch nicht ranhängen sollen.« Sie setzte ein verzweifeltes Gesicht auf und schaute ihn treuherzig an.

»Ja, das ist wirklich blöd«, sagte Schröck abwesend und verrenkte sich den Kopf, um ein weiteres Mal an Iris Meier vorbei auf die Anzeigetafel sehen zu können.

Verdammt, der Mann sprach ja wirklich auf überhaupt nichts an. Entweder war er schwul, oder, was wahrscheinlicher war, er wartete auf eine Frau. Dann konnte sie jetzt auch nichts machen, sie würde eben so an ihm dranbleiben müssen.

»Wann landet denn der Flug?«, fragte sie.

»Laut Anzeige in zehn Minuten.«

»Wissen Sie was? Ich bin gleich wieder da, und dann verabschieden wir uns ordentlich voneinander.« Sie stand auf und flötete ihm im Vorbeigehen noch einmal »Nicht davonlaufen!« zu.

Schröck verzog den Mund zu einem freundlichen Grinsen. Lange würde er allerdings nicht mehr warten können. Er wollte Silvia unbedingt abholen. Sie war ohnehin schon eingeschnappt. Aber sollte nicht eigentlich er es sein, der sauer war? Sie hatte ihn schließlich angelogen. Schweiz oder Schwarzwald, na ja, beides fing mit »Sch« an. Irgendwann würde sie schon damit rausrücken, warum sie nicht auf dem Lehrgang gewesen war.

Das Lokal hatte sich bis auf zwei Tische geleert. Schröck erhob sich, als die Lautsprecherstimme verkündete, dass der verspätete Flug aus Wien gelandet sei.

»Wo bleibt die denn? Ist wohl ins Klo gefallen«, murmelte er zu sich selbst. Er konnte nicht mehr warten.

Er lief die Treppe hinunter in die Halle, musste aber immer wieder Menschen mit Kofferungetümen ausweichen. Endlich erreichte er die Anzeige »Ankunft/Arrival«. Die Leute strömten aus der knallgelb dekorierten Schiebetüre. Dann sah er Silvia. Sie kehrte ihm den Rücken zu und versuchte ihren Koffer zu bändigen, den sie hinter sich herzog.

»Kann ich vielleicht behilflich sein?«, fragte Schröck.

Sie drehte sich um und lächelte ihn gequält an.

»Ja, bitte. Ach, gut, dass du da bist.« Sie fasste ihn am Nacken und drückte ihm einen Kuss auf den Mund. »Schön, dich zu sehen, aber wir müssen den Eingang frei machen, sonst werden wir wahrscheinlich gelyncht«, lachte sie.

Schröck nahm ihr den Griff aus der Hand und zog den Koffer zur Seite. »Was hast du denn da drinnen? Steine?«

»Was weißt du schon, was Frauen mit sich herumschleppen müssen? Allein die Schuhe ... Du kannst ja zu allem, was du anziehst, dieselben tragen. Wir haben es da nicht so leicht.«

Schröck atmete auf. Silvia hatte gute Laune, einem schönen Abend sollte also nichts mehr im Weg stehen. Wenn sie nicht von selbst damit anfing, würde er sich hüten, die Sprache auf heikle Themen zu bringen.

»Lass uns gleich ins Hotel fahren«, sagte er und zog ihren Koffer nach.

Sie suchte nach seiner Hand und drückte sie fest. Eine Gruppe Jugendlicher kam ihnen entgegen, Silvia hakte sich bei ihm unter. »Damit wir nicht getrennt werden«, raunte sie ihm ins Ohr und klopfte ihm ein wenig Staub von seiner Jacke. »Was ist denn das?«, fragte sie mit einem verschmitzten Lächeln.

»Was denn?«

»Ein langes blondes Frauenhaar.« Sie hielt es zwischen Daumen und Zeigefinger und schnippte es schließlich weg.

»Keine Ahnung.«

»Ja, ja, wenn man euch Männer auch nur ein paar Tage allein lässt …« Sie lachte und drückte sich ein wenig fester an seine Schulter.

»Was du wieder denkst. Ich bin doch nicht zu meinem Vergnügen hier«, machte Schröck einen auf ernst.

»Darüber sprechen wir noch«, sagte Silvia und kniff ihn in den Unterarm. Gott sei Dank, bis jetzt hatte er sie noch nicht gefragt, was sie in Zürich gemacht hatte, und es schien, als würde er es vorerst dabei belassen.

Sie gingen zum Taxistand gleich rechts neben dem Eingang.

»Hilf mal dem armen Mann, damit er sich nicht überhebt«, sagte Silvia ausgelassen.

Der klein gewachsene Taxifahrer sah Schröck bittend an, der ihm zunickte und Silvias Gepäck in den Kofferraum hievte.

***

Scheinbar teilnahmslos stand Guram neben einem Kiosk in der Flughafenhalle. Neben ihm brüllte ein kleiner Junge, dem seine Mutter die Reste des Schokoriegels, den er auf Hand und Gesicht verteilt hatte, mit Hilfe eines Taschentuchs und Spucke wegwischen wollte. Guram hielt die Hände in seiner speckigen Lederjacke vergraben und ließ das Pärchen, das er gerade entdeckt hatte und das jetzt ins Flughafenrestaurant ging, nicht mehr aus den Augen. Er folgte den beiden ins Obergeschoss und tat, als würde er die bunten Gemälde an der Wand betrachten. Dann schlenderte er auf die Besucherterrasse und lehnte sich an das Geländer der Aussichtsplattform. Sein Beobachtungsposten war gut gewählt. Die beiden hatten sich an einen Tisch an der Glasfront gesetzt. Ein Blick auf das unscharfe Bild, das ihm Meladze gegeben hatte, hatte ausgereicht, um sich das Gesicht des Mannes einzuprägen. Guram hatte einen Blick für Gesichter. Hätte er ihn nicht gehabt, hätte er die russischen Gefängnisse, in die sie ihn eingesperrt hatten, vermutlich nicht überlebt.

Der Mann wurde jetzt zur Nebensache, Gurams Interesse galt vielmehr seiner blonden Begleitung. Sie warf sich dermaßen an ihn ran, als wollte sie ihn gleich hier vernaschen. Er musste die beiden trennen. Aber was glotzte der blonde Kerl nur ständig auf die Anzeigetafel? Wartete er auf jemanden, oder wollten sich die beiden etwa gleich wieder vom Acker machen? Das fehlte gerade noch, dass sie ihm durch die Lappen gingen. Mit Meladze war nicht zu spaßen, sein Chef tolerierte keine Fehler.

Guram schlenderte ins Restaurant hinüber. Er setzte sich an den Tresen und bestellte einen Kaffee. Die Frau redete unablässig auf den Typen ein, aber der schien an dem, was sie sagte, nicht besonders interessiert zu sein. Dann stand sie auf und ging zu den Toiletten. Guram folgte ihr. Er schaute sich um, aber außer den zwei Türen mit den Symbolen für »Männer« und »Frauen« gab es keine Ausgänge. Er würde sie also später durch das Lokal hinausbringen müssen, davor musste aber noch der Kerl entsorgt werden. Früher oder später würde er sicher hier nach ihr suchen.

Guram zog den Reißverschluss seiner Lederjacke auf und griff in die Innentasche. Die vorbereitete Spritze war noch da, aufgezogen und gebrauchsfertig. Das Zeug war unglaublich gut. Meladzes Bekannter, ein Arzt, der ihm verpflichtet war, hatte ihn schon einmal damit versorgt. Er hatte Guram auch den Namen der Substanz in der Spritze genannt, aber den hatte er sich nicht merken können. Es war irgendetwas wie Barabarite gewesen. War aber jetzt auch völlig egal, wichtig war nur, dass das Zeug wirkte. Der Letzte, dem er so eine Spritze hineingejagt hatte, war wie eine willenlose Puppe herumgetorkelt und hatte ihm gehorcht wie ein Hund seinem Herrn.

Guram hörte das Wasser der Toilettenspülung rauschen, dann

wurde eine Tür entriegelt, und schließlich vernahm er das Brummen eines Händetrockners. Er drückte sich an die Wand neben dem Herrenklo. Die Frau kam heraus, zog sich den knappen Rock ihres Kostüms zurecht und beachtete Guram nicht. Er trat hinter sie und hielt ihr, noch bevor sie den Mund zu einem Schrei öffnen konnte, mit einer seiner Pranken Mund und Nase zu. Sie zappelte und versuchte ihre Arme loszumachen, aber Guram drückte sie brutal an sich. Nach einer Minute erschlaffte ihr Körper. Sofort gab er Mund und Nase frei und vergewisserte sich, dass sie noch atmete. Dann holte er die Spritze heraus und schob einen ihrer Jackenärmel hoch. Er quetschte ihren Oberarm mit seinen Riesenhänden, bis ihre Vene hervortrat und setzte ihr die Spritze. Sie zuckte zusammen, als die Nadel ihre Haut durchbohrte, und öffnete benommen die Augen. Guram verlor keine Zeit. Er packte sie um die Hüfte, hob sie hoch, schleppte sie in eine Kabine der Herrentoilette und setzte sie auf dem Toilettensitz ab. Das Zeug wirkte schnell. Mittlerweile schaute sie ihn scheinbar interessiert an und wiegte den Kopf hin und her. Sie erfasste nicht mehr, was mit ihr passierte. Guram nahm ihr das Halstuch ab und band ihr die Beine zusammen. Iris Meier ließ es über sich ergehen, ohne zu protestieren.

»Du bleibst jetzt schön hier sitzen«, flüsterte er ihr ins Ohr. »Tust du's nicht, drehe ich dir den Hals um.«

Er schaute sie prüfend an, aber selbst jetzt zeigte sie keine Reaktion. Schnell verließ er die Kabine, zog eine Münze aus seiner Jacke und verriegelte damit die Tür. Dann stellte er sich wieder in den Gang und wartete. Er gab dem Mann maximal eine Viertelstunde, spätestens dann würde er ungeduldig werden und auf den Toiletten nachsehen, wo seine Freundin blieb.

Guram griff in die Oberschenkeltasche seiner Hose, zog den Totschläger heraus, den er immer bei sich trug, und schob ihn mit dem Griff nach unten in seinen Ärmel. Ein Schlag würde ausreichen. Der Typ würde ihm bestimmt keine großen Schwierigkeiten bereiten. Einige Gäste kamen und gingen, Guram hielt sein Handy griffbereit. Wann immer sich die Tür öffnete, tat er so, als würde er telefonieren. Nachdem sich zwanzig Minuten später der Mann immer noch nicht hatte blicken lassen, wurde Guram unruhig. Als er allein war, sah er nach Iris Meier, aber die saß noch immer ruhig auf dem Toilettensitz und schlief. Er ging den Flur zurück und öffnete die Tür zum Lokal einen Spaltbreit. Der Tisch, an dem die beiden gesessen waren, war leer. Der Mann war verschwunden.

Auch recht, dachte Guram, dann würde er sich eben mit der Blondine beschäftigen. Das Zeug sollte etwa eine Stunde lang wirken. Er ging zurück in die Kabine, löste das Halstuch von Iris Meiers Beinen und schlang es ihr um den Kopf, wie muslimische Frauen es tun. Die blonden Haarsträhnen, die noch hervorschauten, verbarg er darunter. Sie wehrte sich selbst dann nicht, als er sie auf die Beine stellte. Er hängte ihr ihre Tasche um, legte ihren Arm um seinen Nacken und fasste sie um die Taille, dann dirigierte er sie mit leichtem Druck aus dem Restaurant. Als sie die Halle durchquerten, knickten ihre Beine immer wieder ein, aber da sie ein Leichtgewicht war, war es für Guram nicht schwer, sie unauffällig weiterzuschleppen. Kein Mensch würdigte sie eines Blickes. Für die Passanten waren sie nur ein ausländisches Paar, das durch die Flughafenhalle wankte.

Ein paar Minuten später erreichten sie den Parkplatz. Guram lehnte Iris Meier an eine Säule neben seinem Wagen und suchte in den Taschen seiner Jacke nach dem Autoschlüssel. Noch immer zeigte die Frau kein Interesse an ihrer Umwelt, auch als ihr die Tasche von der Schulter rutschte, nahm sie keinerlei Notiz davon. Guram hatte den Schlüssel gefunden, entriegelte die Wagentür, packte die Benommene fluchend unter den Armen, stieß sie auf den Beifahrersitz, legte ihr den Sicherheitsgurt an und fuhr los.

Er lag gut in der Zeit. Bis zu der Stelle, die er ausgesucht hatte, würde er eine halbe bis dreiviertel Stunde brauchen, je nach Verkehr. Hoffentlich würde das Mittel so lange wirken. Immerhin war so früh im Frühling an der Mur mit Sicherheit kein Mensch unterwegs. Einen besseren Platz für sein Vorhaben gab es schlichtweg nicht. Guram hielt sich auf der Flughafenstraße Richtung Süden. Als er auf den Kalvariengürtel einbog, begann Iris Meier leise zu stöhnen. Er warf einen Blick auf die Uhr am Armaturenbrett, die Wirkung der Spritze begann nachzulassen, aber sie waren beinahe am Ziel. Er lenkte den Wagen von der Körösistraße in die Markartgasse, fuhr noch einige Meter die Gustav-Scherbaum-Promenade entlang, passierte eine Fotovoltaikanlage und hielt schließlich in einem Wäldchen.

Er sprang aus dem Wagen, öffnete den Kofferraum und holte eine Plastiktüte hervor, dann löste er den Gurt um Iris Meier, fasste sie unter den Knien und am Nacken, zog sie aus dem Auto und schleppte sie ins Unterholz. Zwar unternahm sie den kraftlosen Versuch, ihn wegzudrücken, war jedoch noch zu benommen, um sich ernsthaft gegen ihn zu wehren. An einer von der Straße uneinsehbaren Stelle setzte er sie ab. Die Frau kippte sofort zur Seite und stammelte irgendetwas Unverständliches vor sich hin. Guram entnahm dem Plastikbeutel drei Kunststoffsäckchen, die aus Industrievakuumfolie zusammengeschweißt waren. Er hatte sie von einem Bekannten, der im Schlachthof arbeitete. Die zwei kleineren stülpte er Iris Meier über die Hände und fixierte sie mit Kabelbindern um die Gelenke, während er darauf achtete, dass die Manschetten ihrer Bluse darunter waren, damit die Kabelbinder keine Druckspuren auf der Haut hinterließen. Sollte sie später den Versuch machen, ihn zu kratzen, würde sie zudem keine Chance haben, ihn zu verletzen.

»Bist du wach?«, herrschte er sie an. Als keine Reaktion folgte, fasste er sie am Kinn und rammte ihr seinen Daumen in den Unterkiefer an die Stelle, wo sich die Speicheldrüse befand.

Sie schrie auf. Sofort hielt Guram ihr den Mund zu und sah sich nervös um. Aber da war nur das Verkehrsrauschen, das von der nahe gelegenen Straße herüberschallte.

»Wenn du schreist, bist du tot«, zischte er. »Wirst du also ruhig sein?«

Iris Meier starrte ihn entsetzt an und nickte.

»Muss nur mit dir reden«, log Guram und lockerte den Griff.

»Was wollen Sie von mir? Ich –«

»Sei still! Ich frage, du antwortest«, fuhr er sie an. »Also, was willst du von diesem Professor? Du weißt, wen ich meine.«

»Deshalb haben Sie mich entführt? Aber das hätte ich Ihnen doch auch so erzählt«, sagte Iris Meier mit weinerlicher Stimme.

»Red schon!«

»Ich arbeite für einen Schweizer Pharmakonzern, der sich für seine Forschungen interessiert.«

»Die Schweizer? Du willst mir weismachen, dass die Schweizer sich für einen biologischen Kampfstoff interessieren?« Guram schaute sie ungläubig an.

»Ich verstehe nicht«, stieß Iris Meier aus. »Gessner forscht doch an einem Mittel gegen Krebs. Ich soll ihn überreden, dass meine Firma das Medikament auf den Markt bringen darf, wenn er so weit ist. Von einem Kampfstoff weiß ich nichts.«

Guram grinste. »Du gerissenes Luder, du hast wirklich Mut, mir so eine Räuberpistole aufzutischen. Leider wird dir dein Mut nichts nützen. Jetzt rück schon raus: Woher weißt du von Gessners Forschungen?«

»Aber wenn ich es Ihnen doch sage. Mir geht es nur um das Krebsmittel.«

Guram holte Lederhandschuhe aus seiner Jackentasche und streifte sie sich über.

»Silvia, Silvia, du hast gerade einen großen Fehler begangen. Wenn du mir nicht erzählst, was ich wissen will, bist du sehr bald tot.«

»Silvia? Aber ich heiße Iris, Iris Meier. Ich arbeite –«

Im selben Moment flog ihr Kopf zur Seite. Guram hatte ihr mit dem Handrücken so stark ins Gesicht geschlagen, dass sie aus ihrer hockenden Haltung nach hinten geworfen wurde und hart auf dem Waldboden aufschlug. Eine Sekunde später war er über ihr, umklammerte ihren Hals und drückte zu.

»Du wirst mir jetzt die Wahrheit sagen. Ist das klar?«

»Aber das ist die Wahrheit«, krächzte sie. »Sie verwechseln mich. Ich bin nicht die Silvia, die Sie meinen. Mein Name ist Iris Meier.«

»Jetzt reicht's!« Mit der einen Hand packte Guram sie an den Haaren, mit der anderen tastete er nach der dritten, großen Vakuumplastiktüte, stülpte sie ihr über den Kopf und raffte sie in ihrem Nacken zusammen. Iris Meier atmete schwer. Wo die Folie an ihrem Mund klebte, bildete sich ein feiner Nebel. Verzweifelt klammerte sie sich an seine Hände und versuchte, die Tüte herunterzureißen, aber Guram war zu kräftig.

Er beobachtete sie emotionslos, wie er einen Frosch im Gurkenglas beobachtet hätte. Als sie die Augen nach oben verdrehte und ihr Widerstand nachließ, zog er ihr die Tüte rasch vom Kopf.

»Hast du es dir jetzt anders überlegt?«, fragte er beinahe freundlich.

Iris Meier schnappte nach Luft und keuchte. »Aber ich weiß nicht, was ich sagen soll. Ich weiß doch von nichts.«

»Wie du willst.« Wieder zog ihr Guram die Tüte über den Kopf und fixierte sie demonstrativ mit einem langen Kabelbinder um den Hals. Er zog ihn nicht allzu fest zu, damit er ihn leicht wieder entfernen konnte.

Iris Meiers Qual begann von Neuem. Sie japste nach Luft, ließ ihre Hände sinken und sackte in sich zusammen. Guram beugte sich über sie und wollte ihr gerade die Tüte vom Kopf reißen, als sie sich plötzlich mit den Armen abstützte, ihr rechtes Bein anwinkelte und es blitzschnell nach vorn schnellen ließ. Guram stieß einen dunklen Schrei aus. Sie hatte ihm ihren Fuß in den Schritt gerammt.

Er griff nach unten und bekam ihr Bein zu fassen. Als er im Fallen nach ihr trat, erwischte sie sein schwerer Militärstiefel an der Schläfe. Guram wand sich am Boden, der Schmerz brannte wie Feuer. Er wälzte sich, atmete schwer und kämpfte gegen die drohende Ohnmacht an. Erst nach einigen Minuten konnte er wieder klar denken.

Er drehte sich auf den Rücken und tastete mit geschlossenen Augen den feuchten Waldboden ab, bis er etwas Weiches, Warmes spürte. Sie war noch da. Guram biss die Zähne zusammen und setzte sich auf. An der Stelle, wo Iris Meier ihn mit ihren hochhackigen Schuhen erwischt hatte, hatte sich ein dunkler Fleck gebildet. Ihr spitzer Absatz hatte seine Hose durchbohrt und eine tiefe Wunde in das Fleisch seines Oberschenkels gerissen. Er stieß ein paar wüste Verwünschungen aus.

Die Frau lag auf der Seite, den Plastikbeutel über dem Kopf, und bewegte sich nicht. Hastig zog ihr Guram die Tüte herunter, entledigte sich eines Handschuhs und tastete nach ihrer Halsschlagader. Kein Puls. Scheiße! Meladze würde ihn umbringen, wenn sie tot war und er nicht aus ihr herausgebracht hatte, von wem sie von dem Kampfstoff erfahren hatte.

Er riss ihre Bluse auf und presste seine Hände hektisch gegen ihr Brustbein. Ein Mal, zwei Mal, drei Mal … dreißig Mal. Dann bog er ihren Hals nach hinten, hielt ihr die Nase zu und blies über ihren Mund Luft in ihre Lungen. Er presste seine bartstoppelige Wange an ihre Brust und lauschte.

»Verdammt, fang an zu schlagen«, fluchte er halblaut auf Georgisch, bevor er ihren Brustkorb wieder rhythmisch niederdrückte.

Nach fünf Minuten ließ er erschöpft von ihr ab. Keine Veränderung. Er stand auf und wischte sich den Schweiß von der Stirn. Der beißende Schmerz in seinem Bein und den Hoden, den er während des Reanimationsversuchs verdrängt hatte, trieb ihm jetzt wieder die Tränen in die Augen. In einem Wutanfall versetzte er Iris Meiers leblosem Körper einen Tritt in die Seite, spuckte dann aus und wischte sich die Reste ihres Lippenstifts vom Mund. Er mochte keine Toten, auch wenn er in seinem Leben genug von ihnen gesehen hatte.

Er hockte sich neben die Leiche und lauschte dem Rauschen des Verkehrs, der vom anderen Ufer zu ihm herüberdrang. Als er nichts Ungewöhnliches vernahm, löste er die Plastikbeutel von ihren Händen, schnitt die Kabelbinder mit seinem Springmesser durch und verstaute alles wieder in der mitgebrachten Tüte.

Er hob die Leiche an und warf sie sich über die Schulter. Mit einer Hand hielt er den Jackenärmel fest, mit der anderen den Plastikbeutel. Vorsichtig trat er an den Rand des Wäldchens und vergewisserte sich, dass niemand in der Nähe war. Ein paar Sperlinge, die in den sprießenden Stauden am Ufer saßen, flogen auf, aber die Mur floss unbeeindruckt ruhig dahin, kein Mensch war auf dem gegenüberliegenden Uferdamm zu sehen. Guram kletterte die Steinquader zum Fluss hinunter und spürte, wie Iris Meiers Kopf im Rhythmus seiner Schritte gegen seine Brust schlug. Er musste sie so schnell wie möglich loswerden und dann überlegen, was er Meladze erzählen sollte. Er schaute aufs Wasser. Bei näherer Betrachtung zog der Fluss überhaupt nicht ruhig dahin. Der Pegelstand war jetzt im Frühjahr ziemlich hoch, und die Äste, die von den schmutzig braunen Wellen immer wieder unter Wasser gedrückt wurden, verschwanden schnell aus seinem Blickfeld. Wenn er es schaffte, die Leiche ein paar Meter vom Ufer ins Wasser gleiten zu lassen, würde sie sicher von der Strömung in die Mitte gezogen werden und dann erst weiter stromabwärts auftauchen.

Er legte den Körper von Iris Meier auf dem schmalen Schotterstreifen neben dem Wasser ab und tastete nach seiner Verletzung. Sein Bein schien aufgehört haben zu bluten. Die Wunde tat zwar noch weh, aber darum würde er sich später kümmern. Noch immer war niemand zu sehen. Er fasste die Frau an den Fesseln und begann sich um seine eigene Achse zu drehen. Ihr Kopf schlug ein paarmal auf den Steinen auf, dann schwebte sie kurzzeitig mit ausgestreckten Armen in der Luft, und als sie sich über dem Wasser befand, ließ Guram los. In einer sanften Kurve flog der Körper in die aufwallenden braunen Fluten und versank mit einem Platschen. Guram wusch sich das Blut von den Händen, kletterte die Böschung hinauf und gelangte unbemerkt zu seinem Wagen. Erschöpft ließ er sich auf den Fahrersitz fallen.

Als er den Zündschlüssel einsteckte, fiel sein Blick auf den Boden der Beifahrerseite. Mist, ihre Tasche! Er stellte sie sich auf die Knie und begann darin herumzukramen. Schminkzeug, eine Bürste, eine Magnetkarte, wahrscheinlich aus einem Hotel, und eine rote Geldtasche. Er öffnete sie. In einem Fach steckten Kreditkarten und ein Personalausweis. Guram öffnete das Handschuhfach, um seine Lesebrille herauszuholen, und zog die Karten aus der Börse.

Verdammte Scheiße! Alle Karten waren auf Iris Meier ausgestellt und sahen echt aus. Im Innenfach steckten einige Visitenkarten, auf denen neben einem Foto der Frau ebenfalls die Worte »Iris Meier, Pharmaprodukte, Zürich« prangten. Guram stopfte alles wieder in die Handtasche, zog den Reißverschluss zu und warf sie auf den Beifahrersitz. Dann startete er den Wagen und holperte kopfschüttelnd den schmalen Fahrweg bis zur Hauptstraße zurück.

ZEHN

Robert Tomaschek stellte den Motor ab, nahm seine Tasche vom Beifahrersitz und stieg lustlos aus. Er wartete, bis sich das automatische Garagentor wieder geschlossen hatte, und öffnete die Tür zum Gang, der ins Haus führte. Augenblicklich flammten Neonröhren auf und tauchten die weißen Fliesen in gleißendes Licht. Alexandras Vater hatte die unterirdische Verbindung zwischen dem Garagenbau und dem imposanten Bürgerhaus in den achtziger Jahren in Auftrag gegeben und dabei seiner Leidenschaft, alles hygienisch und automatisch zu gestalten, freien Lauf gelassen. Damals waren für Leute wie ihn Baugenehmigungen im denkmalgeschützten Altstadtgebiet von Graz kein Problem gewesen. Der Boden des Garagenganges und sogar der Bürgersteig vor dem Haus waren elektrisch beheizbar. Die Investition verschlang Unsummen von Geld, aber Alexandra bestand darauf, dass dieser Irrsinn an Energieverschwendung Winter für Winter fortbestand. Vielleicht dachte sie dabei in liebevoller Erinnerung an ihren Herrn Papa, oder, was wahrscheinlicher war, sie wertete es als äußeres Zeichen des historischen Reichtums ihrer Familie.

Alexandra schien zu Hause zu sein, ihr kleiner Sportwagen stand in der Garage. Vielleicht war sie aber auch mit einer ihrer Freundinnen in der Stadt und war abgeholt worden. Und wenn es so wäre, hatte sie es ihm sicher gesagt, und er hatte es vergessen oder nicht zugehört. Bei ihren Telefonaten fiel es ihm zusehends schwerer, Informationen von Vorwürfen zu trennen.

Kurz bevor er die Eingangstür zum Haus erreichte, erlosch das Licht, und er musste die letzten Meter im Dunkeln zurücklegen. Sein Schwiegervater hatte damals die Zeitschaltung auf seinen forschen Schritt einstellen lassen, aber Tomaschek hatte keine Eile, sein Heim zu betreten, und wäre am liebsten noch ein wenig stehen geblieben. Hier war es wenigstens angenehm ruhig. Er holte tief Luft und öffnete die Tür. Das Licht brannte, Alexandra war daheim.

»Ich bin wieder da!«, rief er verhalten in Richtung Wohnzimmer. Er erwartete keine Antwort und wollte gerade in sein Arbeitszimmer gehen, um die Tasche abzulegen, als Alexandra mit einem Glas Wein in der Hand in der Tür erschien.

»Die Polizei hat angerufen. Man hat dich im Institut und auf dem Handy nicht erreicht.«

»Ich war den ganzen Tag über in Besprechungen und hatte es ausgeschaltet. Die Polizei? Was wollten die von mir?«

»Die Wink ist tot«, sagte sie trocken.

»Wie, tot?« Tomaschek starrte sie entgeistert an.

»Na, tot eben. Sie ist über die Straße gelaufen, und irgendjemand hat sie wohl über den Haufen gefahren.«

»Um Himmels willen!«

Alexandra zuckte mit den Achseln. »Wirklich tragisch. Wahrscheinlich war sie genauso geistig abwesend wie du immer. Jedenfalls haben die hier angerufen, weil sie sonst niemanden verständigen konnten. Angeblich hatte die Wink niemanden. War wahrscheinlich auch besser so. Ihr Wissenschaftler kümmert euch ja eh nur um euch selbst und eure Ideen.«

»Sie war heute Vormittag noch bei mir.« Tomaschek ließ sich verstört auf den Hocker an der Garderobe nieder. »Hat die Polizei eine Nummer hinterlassen, die ich zurückrufen kann?«

»Nein.« Alexandra nippte gelassen an ihrem Glas.

»Von welchem Revier kam denn der Anruf?«

»Weiß ich nicht. Ich habe aber auch gar nicht danach gefragt.«

Tomaschek platzte der Kragen. »Also wirklich, Alexandra, ist dir das wirklich so egal, wie du tust? Meine langjährige Mitarbeiterin ist tot, und du verhältst dich, als ob nichts geschehen wäre!«

»Was erwartest du denn, soll ich vielleicht in Tränen ausbrechen? Natürlich ist es tragisch, wenn jemand stirbt, aber ich mochte diese Frau nicht besonders.«

Tomaschek schaute sie verständnislos an und schüttelte den Kopf.

»Du wirst sicher einen Ersatz für sie finden. Vielleicht kommt dann ja auch mal was Richtiges bei deinen wichtigen Forschungen heraus.«

»Darum geht es doch gar nicht. Du denkst also wirklich, dass jeder ersetzbar ist?«

»Natürlich. Und so ist es auch, ob es dir passt oder nicht.«

»Du bist einfach –«

»Ich bin nur realistisch, und du bist nicht unschuldig daran, dass ich so geworden bin. Als ich dich geheiratet habe, habe ich mir mein Leben auch anders vorgestellt. Doch anstatt die Beziehungen meines Vaters zu nutzen, musstest du dich ja mit deinem sogenannten Institut selbstständig machen.«

Tomaschek sprang auf und funkelte sie an. Alexandra lehnte lässig im Türrahmen und hielt seinem Blick stand. Sie trug perfektes Make-up, ihre Top-Figur steckte in den teuersten Klamotten, jedes ihrer langen blonden Haare lag am richtigen Platz, und trotzdem war sie so herzlos wie ein Stück Holz. Jedes seiner Worte war vergebens, aber heute würde er nicht klein beigeben.

»Du warst noch nie anders!«, brüllte er. »Ich muss blind gewesen sein, als wir uns kennenlernten. Du hattest es doch nur darauf abgesehen, einen vorzeigbaren Schwiegersohn für deinen Vater anzuschleppen. Da ist dir meine akademische Laufbahn gerade recht gekommen. Glaubst du etwa, ich habe noch nie mitbekommen, dass du vor deinen Freundinnen mit meinem Institut angibst, wenn du denkst, ich höre es nicht? Aber die Prahlerei kannst du dir für die Zukunft abschminken, weil es bald kein Institut mehr geben wird.«

»Was soll das heißen?«, fragte Alexandra verunsichert.

»Es hat dich zwar nie wirklich interessiert, was ich mache, aber ich habe dir letztens erzählt, dass ich nur weiterforschen kann, wenn die Ethikkommission ihre Zustimmung erteilt. Und stell dir vor, sie hat es nicht getan. Damit kann ich einpacken.«

»Das gibt's doch nicht«, stammelte sie.

»Doch, das gibt es. Und weißt du, wer der Vorsitzende dieser feinen Kommission ist? Der Gatte deiner Busenfreundin Eva.«

»Der Gessner?« Alexandra war blass geworden.

»Genau der.«

»Aber du musst das Institut doch nicht wirklich schließen, oder?«

»Hörst du mir überhaupt irgendwann mal zu? Ich bekomme keinen einzigen Cent mehr an Fördergeldern.«

»Aber ihr habt doch auch noch an anderen Entwicklungen gearbeitet. Dann müsst ihr euch von nun an eben auf die konzentrieren.«

»Als wir gemerkt haben, wie nah wir am Durchbruch waren, haben wir alles andere zurückgestellt«, sagte Tomaschek leise.

Alexandra schüttelte den Kopf und fuchtelte theatralisch mit den Händen. »Und wie, denkst du dir, sollen wir jetzt das Haus halten? Wovon willst du leben? In deinem Institut steckt ein großer Teil meines Erbes.«

»Ich habe mir nichts vorzuwerfen, Alexandra. Ich werde eben ein wenig kürzertreten müssen.«

Sie stampfte mit dem Fuß auf. »Du vielleicht, aber ich will nicht kürzertreten!«

Tomaschek zuckte mit den Achseln. »Niemand zwingt dich dazu. Soviel ich weiß, ist noch genug von dem Geld deines Vater übrig, um deinen luxuriösen Lebensstil unbeschwert weiterführen zu können.«

Alexandra warf ihrem Mann einen verächtlichen Blick zu. »Natürlich kann ich mir das alles hier leisten, aber ich sage dir was, das ist eigentlich deine Aufgabe als Ehemann. Wie stehe ich denn außerdem da, wenn ich allen meinen Freunden erklären muss, dass der große Wissenschaftler in Wirklichkeit ein totaler Versager ist?« Sie betrachtete ihn mit einem seltsam sturen Gesichtsausdruck. »Ich werde mit Eva reden. Sie soll bei Gessner ein gutes Wort für dich einlegen.«

»Danke, aber das wird auch nicht mehr helfen«, seufzte Tomaschek und verschwand geknickt in seinem Arbeitszimmer.

Eine Stunde später klopfte es an seiner Tür. Alexandra kam in einem hautengen Hausanzug herein, ihre Haare hatte sie hochgesteckt.

»Na, schon fertig mit deinen Yoga-Übungen?«, fragte Tomaschek gleichgültig.

»Nein. Ich habe mit Eva und dann mit ihrem Mann telefoniert.«

»Mit Professor Gessner?«, fragte Tomaschek erstaunt.

»Es gibt einen Ausweg, wie du dein Institut erhalten kannst und dabei auch endlich Geld verdienst.«

»Soll ich ihm etwa die Einrichtung verhökern?«

»Üb du dich nur in Sarkasmus, während ich versuche, deinen Arsch zu retten. Der Herr Professor lässt dir jedenfalls ausrichten, dass er dir lukrative Industrieaufträge zukommen lassen wird, wenn du ihm deine Forschungsergebnisse überlässt.«

»Der spinnt doch!«, stieß Tomaschek aus. »Seit Jahren forscht er in die falsche Richtung und verhindert jetzt sogar, dass ich weitermachen kann, nur damit er sich im Gegenzug auch noch meine Arbeit unter den Nagel reißen kann.«

»Quatsch. Er will uns nur helfen. Er klang nicht sehr begeistert, als er von deinen Forschungen sprach.«

»Natürlich nicht.« Tomaschek lachte auf. »Dann müsste er ja zugeben, dass ich im Gegenteil zu ihm erfolgreich war.«

Alexandra trat so dicht an ihren Mann heran, dass er ihr teures Parfum riechen konnte, und legte ihm die Hand auf die Schulter.

»Wir brauchen das Geld, Robert. Aber wenn du von nun an für die Pharmaindustrie arbeiten und dich dabei klug anstellen würdest, hätten wir ausgesorgt. Sei doch vernünftig.«

Tomaschek sprang auf. »Das kommt überhaupt nicht in Frage. Eher verbrenne ich alle meine Unterlagen, bevor ich sie Gessner überlasse!«

Alexandra wich zurück und sah ihn wütend an. »Du bist wirklich ein Versager, wie er im Buche steht. Du bist nicht einmal fähig, nach dem Strohhalm zu greifen, den man dir hinhält. Ich wusste schon, warum ich keine Kinder von dir wollte. Du könntest gar keine Familie ernähren, selbst wenn du dich noch so anstrengen würdest. Weil es immer nur um dich und deine blöde Wissenschaftlerehre geht. Gut, dass mein Vater das nicht mehr erleben musste.«

»Klar, dein lieber Herr Vater. Vielleicht sollte ich auch etwas entwickeln, womit man Ungeziefer kaltmachen kann? Oder verdient man mit dem Vertilgen von Menschen vielleicht noch mehr Geld? Würde dir das gefallen? Da käme bestimmt richtig viel Asche rein. Würde ich dann die Familientradition angemessen fortführen?«, brüllte Tomaschek.

»Lass meinen Vater aus dem Spiel.« Alexandra warf ihren Kopf in den Nacken und stürmte aus dem Arbeitszimmer.

»Hau bloß ab!« Tomaschek knallte die Tür hinter ihr zu, sodass der Rahmen bebte.

Er setzte sich wieder an seinen Schreibtisch und stützte den Kopf in die Hände. Katharina Wink war tot. Unfassbar. So viele Jahre hatten sie gemeinsam geschuftet, und gerade jetzt musste sie sterben. Vielleicht hätte er ja doch noch einen Weg gefunden, die Forschungen fortzusetzen?

Aber jetzt konnte ihm ohnehin alles egal sein. Vermutlich hatte Alexandra sogar recht, und die Zukunft gehörte den großen Konzernen. Die kleinen Institute könnten dann nur überleben, wenn sie im Dienst der Industrie stünden. Dann hätten sie auch sicher kein Problem damit, eine Genehmigung für weiterführende Versuche zu bekommen.

Tomaschek holte seine Aktentasche unter dem Tisch hervor, öffnete sie und zog einen dicken Ordner heraus. Er enthielt die ausgedruckten Versuchsprotokolle und acht Computerdiscs mit allen Aufzeichnungen und Versuchsreihen der letzten Jahre. Er nahm die CD mit dem jüngsten Datum aus der Hülle. Katharina Wink hatte sie mit Monat, Jahreszahl und einem roten Ausrufezeichen gekennzeichnet. Er drehte sie in seinen Händen und beobachtete, wie sich das Licht auf der spiegelnden Oberfläche brach. Natürlich war der Selbstversuch seiner Assistentin völliger Wahnsinn gewesen, aber offensichtlich hatte das Mittel bei ihr gewirkt, wenngleich er nun nicht mehr erfahren würde, ob eventuell doch noch negative Nebenwirkungen aufgetreten wären. Nachdem sie ihn eingeweiht hatte, hatte er sofort die Labortiere der letzten Versuchsreihe untersucht. Sie waren gesund, und nichts ließ darauf schließen, dass sie es nicht bleiben würden. Gessner würde von ihm jedenfalls nicht die geringste Information bekommen.

Tomaschek schob die Disc zurück, sah sich kurz um, stand auf und öffnete eine Türe des altdeutschen Einbauschranks, den wohl schon der Vater seines Schwiegervaters hatte einbauen lassen. In ihm suchte er nach der Pappschachtel, in der er seine alten Fotos aufbewahrte. Er nahm die Bilder heraus und stapelte sie auf dem Schreibtisch. Der Ordner mit seinen Aufzeichnungen passte haarscharf in die leere Schachtel hinein. Er verteilte die Fotos darauf und verstaute die Box wieder im Schrank. Hier würde sie niemand vermuten, und ein gutes Versteck war nicht zu unterschätzen. Verfiel Alexandra erst einmal in Panik, was, wenn es um Geld ging, nicht auszuschließen war, dann traute er ihr sogar zu, dass sie seine Forschungsergebnisse im Alleingang an den Bestbietenden verhökerte.

***

»Schau mal, Michael, da, das ist der Uhrturm. Das Wahrzeichen von Graz«, sagte Silvia entzückt, als sie den Kaiser-Franz-Josephs-Kai entlangfuhren. Das Taxi wechselte immer wieder ruckartig die Fahrspur, Schröck klammerte sich an die Haltegriffe und wartete nur darauf, dass es krachte. Silvia schien sich davon nicht irritieren zu lassen. »Da unten, schau hin! Als Graz 2003 europäische Kulturhauptstadt war, wurde die Murinsel als Objekt von einem amerikanischen Künstler designt. Eigentlich sollte sie nur ein temporäres Kunstwerk sein, aber dann hat man sie einfach dort gelassen. Sie ist mit Stegen verbunden, ist quasi eine Brücke. Im geschlossenen Teil befindet sich ein Café.«

»Aha«, sagte Schröck erstaunt, »und woher weißt du das alles?«

»Ich habe an einem Infostand am Wiener Flughafen einen Folder über die Sehenswürdigkeiten mitgehen lassen. Ach, Graz ist wirklich schön, findest du nicht auch?« Aufgeregt quetschte sie seine Hand.

»Freut mich, wenn's dir gefällt«, sagte er lächelnd und quetschte zurück. Er war erleichtert, dass sie bester Laune war, aber was hatte sie in Zürich gemacht, zum Teufel?

Das Taxi bog in die Mariahilferstraße ein, fuhr ein paar Haken, rollte durch die Fußgängerzone und langsam an den Fußgängern vorbei, bis es schließlich direkt vor dem Hotel hielt. Schröck bezahlte den Fahrer, der den Kofferraum öffnete und lächelnd neben dem Wagen stehen blieb, während Schröck Silvias Koffer aus dem Wagen hob. Als er auf dem Bürgersteig stand, machte der Taxifahrer einen Diener und wünschte: »Einen wunderschönen Aufenthalt in Graz!«

Gleich gegenüber dem Hotel ragten die barocken Türme der Mariahilferkirche in den hellblauen Frühlingshimmel. Ein leichter Luftzug trug den Duft von Zwiebel und Knoblauch aus einem kroatischen Restaurant über den Platz.

Silvia war begeistert, Schröck verwirrt. So hatte er sie noch nie erlebt. Die sonst so nüchterne Biologin schien wie verwandelt zu sein.

»Können wir dann?«, fragte Schröck.

Sie riss sich los und betrat gemessenen Schrittes die in Braun gehaltene Hotelhalle. Während Schröck dem Mädchen an der

Rezeption erklärte, dass er und Silvia sich sein Zimmer teilen würden, sammelte sie die ausliegenden Prospekte über Sehenswürdigkeiten, Einkaufsmöglichkeiten und Veranstaltungen ein. Als alle Formalitäten erledigt waren, schleifte Schröck Silvias Koffer in Richtung Aufzug.

»Tut mir furchtbar leid«, rief ihnen die Hotelangestellte nach, »da Lift geht heut net wegen Wartungsarbeiten. Is eh nur amol im Jahr.« Sie zuckte bedauernd mit den Schultern.

Schröck seufzte und hob den Koffer an. »Wunderbar. Also über die Treppe.«

»Soll ich dir helfen?«, fragte Silvia besorgt.

»Nein, danke, das schaff ich schon noch. Ist ja nur ein Koffer«, brummte Schröck.

»In welchem Stock ist denn unser Zimmer?«

»Gleich im zweiten.«

Schröck sperrte die Türe auf und wischte sich verstohlen den Schweiß von der Stirn. Silvia ging vor, setzte sich auf das schlichte Holzbett und grinste.

»Was ist?«, fragte Schröck.

»Es quietscht.«

Er nickte, sie hatte recht. Das Zimmer war einfach eingerichtet, zwei Nachtkästchen, brauner Teppichboden, blassblaue Vorhänge, alles zweckmäßig und pflegeleicht.

»Es ist keine Luxussuite, aber es liegt zentral«, sagte er entschuldigend. »Ich habe es nicht selbst ausgesucht. Etwas Besseres kann sich mein neuer Arbeitgeber wohl nicht leisten.«

Silvia legte sich zur Probe aufs Bett und streckte sich aus. »Die Matratzen sind zur Mitte hin durchgelegen«, bemerkte sie.

»Dann rutscht man wenigstens zusammen«, meinte Schröck.

»Aha«, sagte Silvia und stand auf, »und das von einem Mann, der mich noch nicht einmal richtig begrüßt hat.«

Schröck trat zu ihr, nahm sie an den Hüften, zog sie an sich und küsste sie.

Sie erwiderte seinen Kuss, lehnte sich an seine Brust und seufzte. »Ich bin froh, dass du da bist. Ich habe von allem so die Nase voll.«

Schröck streichelte ihr übers Haar. »Jetzt bist du ja hier. Und heute Abend gehen wir schön essen.«

»Ja, schon, aber dieser ganze Mist, den man mit sich herumträgt ...«

»Was meinst du? Die Arbeit in der Rechtsmedizin?«

»Nein, die ist okay.« Sie streichelte seine Wange, machte sich dann von ihm frei und zog ihren Mantel aus. »Kannst du mir helfen? Ich möchte ein paar Sachen in den Schrank hängen, damit sie nicht noch mehr verknittern.«

Schröck schob die Decke zur Seite und hob den schweren Koffer aufs Bett. Silvia verteilte ihre Sachen auf den wenigen Kleiderbügeln und lief zwischen Bett und Schrank hin und her. Stumm schaute er ihr dabei zu. Die Frage, was sie in Zürich getan hatte, lag ihm auf der Zunge. Sie war so anders als sonst, jedenfalls anders als vor ihrer Abreise, als er noch dachte, sie würde in den Schwarzwald fahren. Wenn er manchmal bei Professor Streinz in der Rechtsmedizin zu tun hatte und er sie bei der Gelegenheit besuchte, wirkte sie zwar auch stets ein wenig abwesend, aber das hatte er verstanden: Sie war eben ganz auf ihre Arbeit konzentriert. So wie jetzt hatte er sie jedenfalls noch nie erlebt. In einem Moment himmelhoch jauchzend, im anderen zu Tode betrübt. Schröck hatte den Drang, sie wieder in den Arm zu nehmen, aber das gezwungene Lächeln, das sie ihm zuwarf, wann immer sie aus dem kleinen Vorraum zurückkam, hielt ihn davon ab.

»Den Rest kannst du doch auch später auspacken. Lass uns was trinken gehen und dann ein schönes Restaurant für heute Abend aussuchen. Es ist schon fast zwei.«

Sie gingen hinunter in die Lobby und setzten sich an einen Tisch am Fenster, von dem aus man den Mariahilferplatz überblicken konnte. Schröck bestellte zwei Wein. Sie tranken und plauderten, wobei Schröck es vermied, die Sache mit Zürich anzusprechen, und war froh, als Silvia vorschlug, einen Bummel zu machen. Erst schlenderten sie über die Murbrücke, dann folgten sie dem Strom der Touristen in die Altstadt. Silvia war begeistert von den schönen Fassaden und den weitläufigen Hinterhöfen mit ihren kunstvoll geschwungenen Treppenaufgängen. Als sie an einem Kleidergeschäft vorbeikamen, zog sie Schröck hinein. In der Dessousabteilung wurde sie fündig. Schröck wartete geduldig vor der Umkleidekabine, bis sie fertig war, wagte aber keinen Blick hineinzuwerfen.

Anschließend gingen sie wieder zurück ins Hotel. Während Silvia im Bad war, setzte sich Schröck aufs Bett und blätterte die Hotelmappe durch.

»Worauf hast du Appetit?«, rief Schröck. »Steirische Hausmannskost oder Italienisch?«

»Keine Ahnung«, sagte Silvia abwesend, als sie aus dem Badezimmer kam. »Was, schon so spät?« Sie warf einen Blick auf ihre Uhr, packte hektisch ihre Unterwäsche aus dem Plastikbeutel und verstaute sie im Schrank. »Ich muss noch einmal weg, aber ich rufe dich gleich an, wenn ich fertig bin. Sei mir bitte nicht böse. Hast du nicht auch gesagt, dass du noch etwas zu tun hättest?«, rief sie ihm aus dem Flur zu.

»Das hat sich erübrigt. Ging schneller, als ich dachte. Aber was meinst du mit weg?«

»Ich habe noch einen wichtigen Termin, aber anschließend habe ich alle Zeit der Welt, dann können wir uns Graz bei Nacht ansehen und alles machen, wozu wir Lust haben.«

»Du hast heute noch einen Termin?«, wiederholte Schröck und verzog das Gesicht.

Silvia trat zu ihm und streichelte ihm über die Wange. »Sei bitte nicht eingeschnappt, aber es muss sein.« Dann verschwand sie mit ihrem Kulturbeutel im Badezimmer.

»Ich frage ja auch schon gar nicht mehr, mit wem oder wo«, murmelte Schröck.

Nach wenigen Minuten kam Silvia aus dem Bad und warf sich den Mantel über. »Ich muss dann. Ich rufe dich an, wenn ich fertig bin.« Sie drückte ihm einen Kuss auf den Mund, und weg war sie.

Na, wunderbar, dachte Schröck. Er durfte nicht vergessen, Heinrich zu fragen, ob er vielleicht noch eine Agentin bräuchte. Silvia hätte sicher das Zeug dazu. Sie war ein Naturtalent. Bei ihr waren Geheimnisse gut aufgehoben. Er schlüpfte aus den Schuhen, drehte sich das Polster zu einer Nackenrolle und streckte sich aus. Na gut, dann würde er eben warten. Schröck rekelte sich und wollte es sich eben bequem machen, als ihn etwas am Oberschenkel drückte. Er streckte sich, angelte seine Geldbörse aus seiner rechten Gesäßtasche und legte sie auf das Nachtkästchen. Dann suchte er nach seinem Handy. Es war nicht da.

»Also wieder raus«, seufzte er, hechtete aus dem Bett und holte sein Mobiltelefon aus seiner Jacke. Der kleine Schreibtisch war voll von Silvias Sachen. Schröck schaute sich um und entdeckte unter dem Fernseher ein Fach, aus dem ein Stück einer Illustrierten hervorstand, die Silvia anscheinend dort hineingequetscht hatte.

Schröck schob sein Telefon halb hinein und stieß auf Widerstand. Er zog die Zeitschrift heraus und mit ihr einen Gegenstand, der zu Boden fiel. Silvias Handy. Na, super. Das kam davon, wenn sie es so eilig hatte. Zum Glück hatte er in Graz bereits ein paar Telefonzellen gesehen. Hoffentlich wusste sie seine Nummer auch auswendig!

Er würde sich jetzt jedenfalls ein wenig ausruhen, das passte gut. Er legte Silvias Telefon zurück ins Fach und ließ sich wieder aufs Bett fallen. Nur eine halbe Stunde so daliegen, dachte er und war kurz darauf eingeschlafen.

ELF

Wenn es ums Geschäft ging, war Gessner normalerweise kalt und skrupellos, aber die Sache mit Katharina Wink ging ihm doch an die Nieren. Natürlich würde kein Mensch auf die Idee kommen, dass ein angesehener Wissenschaftler mitten in der Stadt, noch dazu am helllichten Tag, mit einem gestohlenen Malerwagen erst eine Frau totgefahren und dann Fahrerflucht begangen hatte. Aber wenn er die Augen schloss, sah er immer wieder ihren fassungslosen Blick und wie sie kurz darauf durch die Luft flog.

Er schenkte sich einen Cognac ein, es war nicht der erste des Tages, und trank das Glas in einem Zug leer. Gessner zwang sich zur Ruhe. Was, wenn sie jemandem davon erzählt hatte, dass sie zu ihm wollte? Dann würde bald die Polizei bei ihm auftauchen. Egal. Er würde bereitwillig Auskunft geben. Sie hätte ihn wegen der Entscheidung der Ethikkommission zur Rede gestellt, er hätte sie zu beruhigen versucht, aber sie sei außer sich gewesen und wie von der Tarantel gestochen aus dem Büro gelaufen. Er würde ihnen erzählen, dass er sich Sorgen um sie gemacht hätte und ihr deshalb gefolgt sei. Seine Sekretärin konnte das sogar bezeugen. Dann aber hätte er sie aus den Augen verloren und sei wieder ins Büro zurückgegangen. Länger als eine halbe Stunde sei er nicht fort gewesen.

An der Geschichte würde niemand zweifeln, und dass jemand in so einem Gemütszustand vor ein Auto lief, war auch vorstellbar. Das war vielleicht ein Scheißtag. Seufzend begann er die Papiere auf seinem Schreibtisch zu ordnen, als ihm plötzlich durch den Kopf schoss, dass er bei alldem Silvia Reuter vergessen hatte. Sie waren für sechs verabredet, und es war bereits kurz davor. Womöglich hatte Meladze seine Förderin nicht ausfindig machen können, denn er hatte sich nicht noch einmal gemeldet. Gessner angelte aus der Brusttasche seines Sakkos einen kleinen Zettel, den ihm Meladze für den Fall der Fälle gegeben hatte, und tippte die Nummer ins Telefon. Meladze würde sicher wieder stinksauer sein, wenn er ihn jetzt anrief, aber es musste sein.

Bevor Gessner noch die ersten Zahlen eintippen konnte, wurde er selbst angerufen. Erst wollte er den Anruf wegdrücken, dann entschied er sich jedoch anders. Es war Alexandra Tomaschek. Sie fragte ihn geradeweg heraus, ob er Interesse an den Forschungsergebnissen ihres Mannes hätte und was sie ihm wert wären. Gessner war misstrauisch. Womöglich hatte sie ihr Mann dazu angestiftet und wollte sie dazu benutzen, ihn zu einer Aussage zu bewegen, die ihn in der Öffentlichkeit diskreditieren könnte. Erst lehnte die Ethikkommission Tomascheks Arbeit ab, und dann kaufte er ihm seine Forschungsergebnisse ab? Wie passte das zum Bild eines seriösen Wissenschaftlers? Bevor er noch antworten konnte, war Alexandra Tomaschek aber schon mittendrin, ihm ihr Leid zu klagen. Nach der Ablehnung der Forschungen ihres Mannes würde er das Institut schließen müssen, die Schande würde sie nicht überleben. Sie bitte ihn, bei der Freundschaft mit Eva, seiner Frau, um Hilfe. Gessner kannte Alexandra Tomaschek nur flüchtig. Er hatte bei irgendwelchen Anlässen ein paarmal Gelegenheit gehabt, mit ihr zu sprechen, und war überzeugt davon, dass sie keine besondere Leuchte war. Er hatte sich ernsthaft gefragt, warum sich seine Frau überhaupt mit ihr abgab. Als sie ihn beschwor, ihr zu helfen, sagte er schließlich zu, sich die Sache zu überlegen. Es wäre natürlich möglich, im Fall des Falles, seine Beziehungen spielen zu lassen und Tomascheks Labor ein paar lukrative Industrieaufträge zukommen zu lassen. Alexandra Tomaschek schien ehrlich erleichtert zu sein und versprach, sofort mit ihrem Mann darüber zu sprechen.

Nachdem das Telefonat beendet war, saß Gessner da und überlegte. Wenn er wirklich an Tomascheks Unterlagen herankäme, könnte er sehr bald respektable Ergebnisse vorweisen. Dann sollte es ihm auch nicht schwerfallen, seine Investoren davon zu überzeugen, weiterhin Geld in seine Forschungen zu stecken. Bevor er sich noch ausmalen konnte, was das für die Deckung seiner Schulden bedeutete, klingelte abermals das Telefon.

Es war wieder Alexandra Tomaschek. Sie weinte hysterisch. »Ich habe meinem Mann gesagt, dass Sie uns unterstützen würden, aber er weigert sich«, presste sie zwischen Heulkrämpfen hervor. »Bevor er Ihnen seine Forschungsergebnisse überlässt, würde er sie eher verbrennen, hat er gesagt. Ich verstehe das nicht. Es tut mir ja so leid.«

»Mir auch«, murmelte Gessner. »Mir auch.« Dann fand er ein paar aufmunternde Worte, entschuldigte sich, er müsse noch einen Anruf tätigen und legte auf.

»Wäre auch zu schön gewesen«, sagte er und wählte Meladzes Nummer.

»Ich bin es«, flüsterte Gessner.

»Wer ist ich?«, knurrte Meladze.

»Na, ich, der Professor.«

Meladze hatte ihm eingebläut, dass er, wenn er mit ihm telefonierte, keine Namen nennen sollte. Man wisse nie, wer mithörte. Gessner fand das zu übertrieben, hielt sich aber an die Anweisung.

»Oh, der Herr Professor. Wie geht es dir? Bist du bei der Arbeit? Du weißt ja, du hast nicht viel Zeit.«

Gessner atmete auf, Meladze war offenbar gut gelaunt. »Ja, ja, ich weiß. Aber deshalb rufe ich nicht an … Ich erwarte doch Besuch und wollte nachfragen, ob ich damit rechnen muss, dass der noch auftaucht?«

»Was weiß ich denn von deinen Verabredungen? Hast du vielleicht ein Mädchen in deine Hexenküche gelockt?« Meladze lachte auf.

»Sehr witzig. Kommt die Dame jetzt?«

»Du kannst beruhigt sein, heute besucht dich niemand mehr. Das habe ich erledigt.«

Gessner atmete erleichtert auf. »Wunderbar. Haben Sie denn auch herausgefunden, woher sie ihre Informationen hatte?«, fragte Gessner.

»Darüber spreche ich nicht am Telefon«, knurrte Meladze. Seine anfängliche gute Laune schien verflogen zu sein.

»Na gut, dann mache ich mich jetzt also wieder an meine Arbeit«, erwiderte Gessner und verabschiedete sich rasch, um Meladze nicht noch stärker zu verärgern.

Er lehnte sich in seinem gepolsterten Schreibtischsessel zurück und atmete durch. Eine Sorge weniger. Das Geld, das Silvia Reuter überwiesen hatte, würde also wie geplant in den nächsten Tagen auf seinem Konto verbucht werden. Damit war sein Auskommen für die nächsten Monate gesichert. Er triumphierte. Er hatte den cleveren Mafiaboss für sich arbeiten lassen. Mit dem Sessel vor und zurück wippend schenkte er sich ein weiteres Glas Cognac ein und stieß damit an die Flasche.

»Auf mich! Man muss die Leute eben nur zu nehmen wissen.« Gessner war in bester Stimmung. Die Wink kümmerte ihn nicht mehr, und Tomaschek, dieser Tölpel, konnte ihm gar nichts. Er hatte die Entscheidung der Kommission zu akzeptieren. Gessner war klar, dass er mit der Richtung seiner Forschungen aufs falsche Pferd gesetzt hatte. Um mit seinem Institut bestehen zu können, musste er jetzt schleunigst Ergebnisse liefern, sonst war seine Reputation im Eimer. Wenn Katharina Wink die Wahrheit gesagt hatte, dann hatte Tomaschek den Stein der Weisen bereits gefunden. Verlockend. Natürlich würde sein Kollege seine Forschungsergebnisse niemals freiwillig an ihn abtreten, also musste er sich etwas einfallen lassen.

ZWÖLF

Meladze fläzte lässig auf einer rot gepolsterten Lederbank in seinem Lokal und nickte den eintreffenden Gästen wohlwollend zu. Es waren allesamt Geschäftsleute oder reiche Privatiers. Drei der Gäste, darunter ein Politiker, waren sofort im schmalen Gang neben der Theke verschwunden. Ihr Ziel waren nicht die Toiletten, sondern eine Tür mit der Aufschrift »Privat – Eintritt verboten!«. Dahinter verbargen sich ein kleines Büro und ein weiterer Raum, in dem die regelmäßigen Pokerrunden von Meladzes besonderen Gästen stattfanden. Absolut diskret und genauso illegal. Obwohl die Bar nur einen Steinwurf von der Alten Universität entfernt lag, also in einem Viertel, auf das die Polizei schon wegen seiner touristischen Bedeutung achtgab, schien es, als würde Meladzes Bar einen besonders eifrigen Schutzengel haben. Kein Uniformierter hatte jemals einen Fuß über die Schwelle gesetzt, und sogar die Beamten der Feuerpolizei machten einen großen Bogen um das Lokal.

Meladze wirkte nach außen hin ruhig, er lächelte und grüßte, aber innerlich kochte er vor Wut. Gessner hatte ihn schmerzlich daran erinnert, dass dieser Dummkopf Guram die Frau kaltgemacht hatte, bevor er in Erfahrung bringen konnte, wer ihr den Tipp mit dem Gift für die Nordkoreaner gegeben hatte. Meladze hatte keine Angst, dass man ihm etwas nachweisen könnte, aber die alten kommunistischen Freunde in Asien zahlten gut, und wenn er rechtzeitig lieferte, stand weiteren lukrativen Geschäften nichts im Weg. Es durfte einfach nichts schiefgehen, Gessner sollte sich bloß ranhalten. Ein Wissenschaftler mit eigenem Labor mitten in Graz, über alle Zweifel erhaben und in den höchsten Gesellschaftskreisen verankert, der war nicht mit Gold aufzuwiegen. Aber Guram war ein Idiot! Blöd genug, dass die Frau die Braut eines Polizisten gewesen war, aber jetzt hatte sein Assi die Chance verspielt, herauszufinden, wo die undichte Quelle war. Meladze war beunruhigt. Stellte sich Guram noch einmal so dämlich an, musste er sich seiner annehmen. Und zwar persönlich, das war er dem alten Armeekameraden schuldig.

Meladze erhob sich und machte seine Runde durchs Lokal. Guram stand wie immer gerade und regungslos wie ein Gardeoffizier in der Nähe des Eingangs. Im spärlichen Licht konnte Meladze seinen Gesichtsausdruck nicht richtig erkennen, aber als er ihm einen strengen Blick zuwarf, zuckte Guram zusammen. Richtig so, sollte er nur ein schlechtes Gewissen haben. Meladze wandte den Kopf in die Richtung der kleinen Bühne, auf der sich eine junge Frau mit rhythmischen Bewegungen zur Musik auszog, und lächelte leicht.

***

Gessner verschloss die halb leere Cognacflasche im Schreibtisch, nahm seinen dunkelblauen Kaschmirmantel vom Kleiderbügel und klopfte ein paar Haare vom Kragen, als das Telefon klingelte.

»Bin nicht mehr da«, brummte er, aber als das Läuten nicht verstummen wollte, ging er zum Schreibtisch zurück und warf einen Blick auf das Display des Hausapparates. Die Nummer vom Empfang. Um diese Zeit waren die angestellten Portiers schon im Feierabend und hatten an den privaten Wachdienst übergeben. Gessner hob den Hörer ab, horchte und wurde blass.

»Das gibt es doch nicht«, murmelte er, dann fasste er sich wieder. »Schicken Sie Frau Dr. Reuter bitte zu mir rauf.« Er ging durch das Vorzimmer und öffnete die Tür. Als er den Aufzug hörte, spürte er Übelkeit in sich aufsteigen. Ein paar Sekunden später kam ihm über den Gang eine attraktive dunkelhaarige Frau entgegen.

»Herr Professor Gessner? Entschuldigen Sie bitte die Verspätung, aber ich habe das Institut nicht gleich gefunden.« Sie bemerkte, dass Gessner seinen Mantel über den Arm trug. »Tut mir wirklich leid. Ich hätte Sie auch angerufen, aber mein Handy –«

»Das macht doch nichts, gnädige Frau«, unterbrach sie Gessner, »kommen Sie doch bitte herein.«

Er ließ ihr den Vortritt und atmete tief durch. Mein Gott, was sollte er jetzt nur tun? Er half ihr aus dem Mantel und hängte ihn an die Garderobe.

»Nehmen Sie doch Platz. Darf ich Ihnen etwas anbieten, ein Glas Wasser vielleicht? Meine Sekretärin ist nicht mehr da, mit einem Kaffee ist es etwas schwierig –«

»Ich nehme gern ein Glas Wasser.«

Als sie sich an den großen Besprechungstisch setzten, lächelte Gessner gezwungen. »Ich hoffe, Sie hatten eine angenehme Reise?«

»Danke. Leider gab es keinen Direktflug, sodass ich in Wien umsteigen musste, und dann hatten wir noch eine ordentliche Verspätung. Aber jetzt bin ich ja hier.«

Während sie sprach, hatte sie ihn ausführlich gemustert, aber Gessner ließ sich nicht anmerken, ob es ihm unangenehm war. »Das tut mir leid. Und dann haben Sie sich jetzt auch noch so gehetzt. Wir hätten das Treffen auch auf morgen verschieben können.«

»Das ist schon okay«, sagte Silvia bestimmt.

»Also gut, was kann ich Ihnen über uns erzählen? Wo sollen wir anfangen? Ich könnte Ihnen das Institut zeigen, oder wollen Sie vorher die Laborräumlichkeiten besichtigen?«

»Wenn es Ihnen recht ist, würde ich Ihnen zuvor gern noch ein paar Fragen stellen.« Silvia zog einen Plastikhefter aus ihrer Handtasche und blätterte durch die Seiten. »Ich habe mir ein paar Stellen angestrichen, die mir noch unklar sind.«

Gessner erkannte in den Papieren seinen letzten Bericht, den er ihr geschickt hatte. Einige Zeilen waren gelb markiert. »Fragen Sie nur. Ohne Ihre großzügige Unterstützung wären wir sicher nicht da mit unseren Forschungen, wo wir jetzt sind.«

Silvia nahm einen Schluck Wasser und räusperte sich. »Sie schreiben hier, dass Sie sich bei Ihren Untersuchungen nicht nur auf Stammzellen beschränken und damit auf die Wiederherstellung der von der Strahlentherapie zerstörten Zellen, sondern den Ansatz verfolgen, körpereigene Zellen des Immunsystems genetisch so zu verändern, dass die gebildeten Peptidhormone ihre Wirksamkeit vervielfachen. Sie erwähnen Interleukin-12«, Silvia blätterte ein paar Seiten weiter und runzelte die Stirn, »aber aus Ihren Unterlagen geht nicht hervor, wie Sie es schaffen wollen, dass dieses Steuerungsprotein alle bösartigen Anomalien von Zellen erkennt und in der Folge vernichtet. Mir ist schon klar, dass die Botenstoffe in der Lage sind, die Möglichkeiten von Thymus-Killerzellen zu fördern, aber wie soll eine Abweichung von der Erbsubstanz erkannt werden?« Sie schüttelte ungläubig den Kopf. »Und was ist, wenn die Erbsubstanz bereits den Ansatz von krankhafter Zellentwicklung enthält?«

Verdammt!, stöhnte Gessner innerlich auf. Die Frau wusste, wovon sie sprach. Genau das war der Punkt, an dem er gescheitert war. Er riss sich zusammen. »Sie haben vollkommen recht, Frau Kollegin. Das Problem haben wir natürlich auch erkannt und sind auf wertvolle Erkenntnisse gestoßen. Wir beschäftigen uns momentan damit, den von Ihnen angesprochenen T-Zellen sozusagen genetische Intelligenz einzuhauchen, damit die Killerzellen wissen, wie der korrekte genetische Plan der Zellen ausgesehen hat. Und zwar egal, ob bereits bei der Entstehung des Bauplanes des Organismus Fehler passiert sind oder nicht.«

Silvia schaute ihn ungläubig an. »Und wie soll das geschehen? Erklären Sie mir das.«

»Es funktioniert bereits«, log ihr Gessner ins Gesicht.

»Aber wie?«

Gessner berichtete von seinen Testreihen, von den endlosen Versuchen, aus embryonalem und adultem Stammzellenmaterial den perfekten Bauplan zu entschlüsseln, von genetischen Sequenzen, die sie ausgelesen hatten, aber die konkrete Antwort auf Silvias Frage blieb er schuldig.

Als er seinen Vortrag beendet hatte, klatschte er in die Hände. »Nun, Frau Dr. Reuter, wenn es für Sie noch nicht zu spät ist, lade ich Sie ein, sich vor Ort von meinen Ergebnissen zu überzeugen.«

»Natürlich nicht. Deshalb bin ich ja hier.« Silvia stand auf und hängte sich ihre Tasche um.

»Bitte sehr.« Gessner öffnete die Tür und ließ ihr galant den Vortritt.

Mit dem Lift fuhren sie ins Untergeschoss und gingen einen sterilen Kellergang entlang, während Gessner die Sicherheitseinrichtungen, Luftschleusen und die Absaugtechnik erklärte. Alles war vom Feinsten und hypermodern.

»Das war sicher nicht billig«, sagte Silvia beeindruckt.

»Da haben Sie was Wahres gesagt. Aber Sie wissen ja, wie streng die Vorschriften für ein Labor wie das unsere sind. Trotzdem kann ich Sie beruhigen: Ihr Geld ist bei uns gut angelegt.«

Gessner sperrte eine Tür auf und führte Silvia durch eine Schleuse in einen Laborraum, in dem Glaskästen mit weißen Ratten standen. Als das Licht aufflammte, liefen einige der Tiere aufgeschreckt herum, während andere lethargisch am Boden kauerten und nur träge den Kopf hoben.

»Das ist unser Versuchslabor.« Gessner machte eine ausladende Handbewegung und bat sie, näher an die Käfige heranzutreten. »Bei allen Tieren wurden unterschiedliche Tumorarten provoziert. Die Ratten im linken Behältnis wurden mit den von uns veränderten Zellen behandelt, die anderen nicht. Wir warten noch etwas ab, dann können wir unser Mittel in den unterschiedlichen Krankheitsstadien testen.«

Silvia zeigte sich noch immer nicht beeindruckt, und Gessner fühlte sich zunehmend unwohler in seiner Haut. Hätte Meladze seine Arbeit richtig gemacht, müsste er jetzt nicht den Hanswurst spielen. Wenn er die Biologin nicht bald davon überzeugen konnte, dass sie ihr Geld richtig investierte, würde sie vielleicht doch noch ernst machen und die Zahlung zurückziehen.

»Bitte, kommen Sie, ich will Ihnen noch etwas zeigen.« Er führte sie vor ein Gerät, das wie ein riesiger weißer Kopierer aussah, aus dem an der linken hinteren Seite ein großer Flachbildschirm herauswuchs. »Das ist unsere neueste Erwerbung: ein Genom-Sequenzer, der nach der dritten Generation der DNA-Sequenzierungsmethode arbeitet.« Stolz tätschelte er die glänzende Kunststoffoberfläche des Gerätes.

»Sehr interessant«, seufzte Silvia. »Viele Leute würden sich wünschen, auch so eine moderne Ausstattung zu haben, damit sie die Farbstoffmarkierungen nicht in Handarbeit an die DNA anbringen müssten. Aber können Sie auch Studien vorweisen, die Ihre Methode untermauern? Oder Aufzeichnungen von Testreihen, die Ihren Ansatz bestätigen?«

Gessners Lächeln war verflogen, stattdessen hatten sich zwei tiefe Falten an seiner Nasenwurzel gebildet. Dieses Weib ließ einfach nicht locker! Langsam wurde er wütend.

Silvia setzte nach. »Ich sehe, dass Ihr Institut technisch auf dem letzten Stand ist, aber wenn Sie nicht wenigstens ein Versuchsprotokoll oder eine Schnittstudie von der Rückentwicklung der Tumore der Versuchstiere vorlegen können –«

»Ich fürchte, damit kann ich Ihnen heute nicht mehr dienen«, sagte Gessner. Seine Stimme klang wie die eines trotzigen Kindes.

»Sie sehen ja, dass niemand mehr hier ist. Wenn ich Ihnen vielleicht in ein paar Tagen –«

»In ein paar Tagen?« Sie schüttelte den Kopf. »Nein, das ist zu spät.«

»Ich muss ganz ehrlich sagen, Frau Dr. Reuter, dass ich über Ihre Forderungen doch etwas erstaunt bin. Misstrauen Sie mir etwa?«

»Ich will ehrlich mit Ihnen sein, Herr Professor Gessner. Über verschiedene Quellen ist mir vor ein paar Tagen zu Ohren gekommen, dass sich der BND für Ihr Institut interessiert. Vielleicht ist ja nichts dran an dem Gerücht, aber ein wenig stutzig hat es mich schon gemacht. Bevor ich also weiteres Geld in Ihre Forschungen stecke, hätte ich gern gewusst, ob Sie mir etwas dazu zu sagen haben.«

»Der BND?«, fragte Gessner scheinheilig.

»Der Bundesnachrichtendienst, der deutsche Geheimdienst.«

»Aber was sollte der denn von mir wollen?«

»Das frage ich Sie.«

»Ich habe keine Ahnung, wovon Sie sprechen. Ich habe nichts mit Geheimdiensten oder dergleichen zu schaffen. Ich bin nur Wissenschaftler«, gab er sich entrüstet. Verdammt, sie wusste wirklich Bescheid! Gessner lief es kalt den Rücken herunter. Jetzt ging es nicht mehr nur ums schnöde Geld, sondern um seine Existenz. Der BND! Er verfiel in Panik.

»Ich denke, ich habe genug gesehen und doch viel zu wenig. Sie können mir die Unterlagen mit den Testergebnissen und detaillierten Beschreibungen zusenden, wenn Sie Ihnen vorliegen, aber unter diesen Umständen kann ich Ihnen das in Aussicht gestellte Geld nicht überweisen. Ich werde meine Unterstützung bis auf Weiteres stoppen und die aktuelle Überweisung zurückziehen. Und jetzt muss ich leider gehen. Ich habe noch einen Termin.« Silvia wandte sich zur Tür.

»Du wirst nirgendwohin gehen!«, schrie Gessner unvermittelt, packte sie an den Schultern und riss sie zurück.

Silvia taumelte, fing sich wieder und rannte zur Schleuse. Aber Gessner war mit einem Sprung bei ihr, fasste sie an beiden Händen und hielt sie zurück.

»Du machst mir nicht mein Leben kaputt, du dummes Luder, du nicht!«, brüllte er mit hochrotem Kopf.

»Lassen Sie mich los!« Silvia grub ihre Fingernägel in seinen Handrücken, sodass er den Griff lockern musste. Sie befreite eine Hand und schlug ihm damit ins Gesicht.

Gessner zuckte zusammen. Sie hatte ihn mit ihrem Ring am linken Auge erwischt. Er spürte, wie das Blut über seine Wange lief, stieß einen Fluch aus und versetzte ihr im nächsten Moment einen kräftigen Schlag gegen die Schläfe. Sie verlor das Gleichgewicht, prallte mit dem Hinterkopf auf einen Labortisch und blieb regungslos liegen. Schwer atmend holte Gessner ein Taschentuch hervor und drückte es auf seine blutende Wunde.

»Das hast du jetzt davon«, herrschte er die Bewusstlose an, zog sein Jackett zurecht und ging zur Schleuse. Er öffnete die Tür, bückte sich, um die Flusenmatte an einem Ende hochzubiegen, damit die Tür nicht zuklappte, solange er im Labor war, und drückte dann auf den roten Kontaminierungsknopf. Als er hinauslief, ließ er die Matte wieder nach unten gleiten, die Tür ging zu und wurde augenblicklich elektronisch verriegelt. Nur er allein kannte den Code, mit dem sie wieder zu öffnen war.

***

Schröck öffnete die Augen. Es war dunkel, also konnte er ja weiterschlafen. Er drehte sich zur Seite und suchte nach der Bettdecke. Er fand einen Zipfel und zog daran, aber als er die Decke nicht zu fassen bekam, wurde er sauer und wachte vollends auf.

Er entsann sich, wo er war und dass er sich eigentlich nur kurz hatte hinlegen wollen, während Silvia ihren seltsamen Geschäften nachging. Der Gedanke daran, dass sie vor ihm Geheimnisse hatte, beschleunigte seinen Pulsschlag. Er setzte sich auf und suchte nach dem Schalter für die Lampe. Als er im matten Licht erkannte, dass es bereits null Uhr dreißig war, sprang er wie von einer Tarantel gestochen aus dem Bett.

»Verdammte Scheiße!«, fluchte er. »Ich habe total verschlafen. Wo ist nur das verdammte Handy?« Schröck fand es, löste hektisch die Tastensperre und überprüfte die Anrufe in Abwesenheit.

Nichts. Hatte er hier vielleicht keinen Empfang? Aber das Display zeigte bestes Netz. Schröck setzte sich auf die Bettkante und versuchte seine Gedanken zu ordnen.

Silvia hatte doch gesagt, dass ihr Termin nicht lange dauern würde und sie sich sofort melden wollte, wenn sie fertig sei. Oder hatte er das nur geträumt? Dann fiel ihm wieder ein, dass er Silvias Handy im Fach unter dem Fernseher gefunden hatte, bevor er sich hingelegt hatte. Vielleicht hatte sie ja seine Nummer nicht auswendig gewusst und ihr eigenes Telefon in der Hoffnung angerufen, dass er es hören würde?

Das Handy war noch eingeschaltet, aber auch diese Hoffnung entpuppte sich als Enttäuschung. Schröck suchte nach dem Haustelefon und fand es unter dem Schreibtisch. Silvia hatte es beim Auspacken kurzerhand auf den Boden gestellt, um Platz für ihre Sachen zu schaffen. Die Mappe mit den Hotelinformationen lag daneben.

Hastig blätterte Schröck die Seiten durch, bis er die Nummer der Rezeption gefunden hatte. Er drückte die Neun, unter der sich nach einer Minute der Portier meldete.

»Zimmer 223, Schröck hier. Sagen Sie, hat in den letzten Stunden jemand für mich angerufen? Ich bin eingenickt und habe vielleicht das Klingeln überhört.«

»Wos, bei Ihnen im Zimma?« Der Mann räusperte sich und wurde gleich darauf von einem Hustenanfall gebeutelt, sodass Schröck sich den Hörer vom Ohr weghielt.

»War da jetzt ein Anruf für mich? Für Zimmer 223?«, fragte Schröck ungeduldig.

»I was davon nix«, krächzte der Portier. »Oba i bin no gor net so lang do. Do miassat i mei Kollegin frogn.«

»Könnten Sie das bitte machen? Vielleicht hat die Anruferin ja auch eine Nachricht für mich hinterlassen.«

»Na, des geht net.«

»Warum nicht?«

»Nau, weul mei Kollegin schon daham is. Glauben Sie, ich ruaf de daham aun? De tat ma scheen wos dazön, waunn i sie noch Feierobend mitten in da Nacht nau aunruafn tat.«

»Können Sie dann wenigstens nachsehen, ob sie einen Zettel

in mein Schlüsselfach gelegt oder etwas für mich in Ihr Mitteilungsbuch geschrieben hat? So etwas wird es bei Ihnen ja geben.«

»Jo, söbstverständlich, der Herr, oba ungeholtn miassen S' deswegn net sein. I kaunn a nix dafier.«

»Ist mir klar, nichts für ungut«, entschuldigte sich Schröck. »Sie melden sich, wenn Sie was gefunden haben?« Er legte auf. Warum hatte Silvia nicht versucht ihn zu erreichen? Und warum war sie noch nicht ins Hotel zurückgekehrt? Sie hatte doch gesagt, dass ihr Termin nicht lange dauern würde, und das war vor bald acht Stunden gewesen. Vielleicht war sie ja noch zum Essen eingeladen worden und hatte sich verquatscht? Aber auch unter diesen Umständen hätte sie sich melden können. Jeder Mensch hatte doch heutzutage ein Handy.

Schröck stieß einen Seufzer aus. Der Kloß in seinem Magen wurde immer größer. Hoffentlich war ihr nichts passiert. Er begann im Zimmer herumzulaufen. Am Fenster schob er den Vorhang zur Seite, als von draußen ein Scheppern zu hören war. Aber es waren nur zwei Spätheimkehrer, die sich an der Eingangstür zu schaffen machten. Er machte sich ja nur immer verrückter. Sicher würde sie in der nächsten halben Stunde hereinspazieren und sich tausendmal entschuldigen. Vielleicht war bei diesem Treffen ja auch eine Kollegin vom Fach gewesen oder jemand, den sie kannte. Silvia konnte gut auf sich selbst aufpassen, nur manchmal vergaß sie eben die Zeit.

Schröck legte sich wieder hin und verschränkte die Arme hinter dem Kopf. Er musste sich ablenken. Was sollte er nun mit diesem Gessner machen? Der Typ hatte Dreck am Stecken, das war unübersehbar. Von einer Sekunde auf die andere hatte er sein Verhalten geändert, als er vermutete, dass Schröck von seinen Auftraggebern geschickt worden war. Er war richtiggehend blass geworden, als er ihm auf den Zahn gefühlt hatte. Schröck schmunzelte. Wie aber sollte er ihm etwas nachweisen? Er konnte ja schlecht in das Labor einbrechen und nach Beweisen suchen. Selbst wenn er unentdeckt hineinkommen würde, hätte er doch keine Ahnung, wonach er suchen sollte. Ganz sicher lagen die Informationen zu dem biologischen Kampfstoff nicht auf dem Schreibtisch herum. Der Schlüssel musste dieser Meladze sein.

Heinrichs Leute hörten zwar seine Gespräche ab, aber richtig wichtige Dinge besprach er bestimmt nicht am Telefon. Schröck kannte von Meladze nichts außer dessen Namen, aber er konnte sich vorstellen, dass jemand, von dem die Behörden zwar wussten, dass er der Chef der georgischen Mafia in Graz war, ihm aber bislang nichts nachweisen konnten, sich in diesen Dingen nicht gerade dumm anstellte. Es half alles nichts, man musste sich Meladze stärker widmen, er würde Heinrich gleich am Morgen anrufen. Schröck atmete tief durch und schaute auf die Uhr. Es war drei Uhr, und Silvia war noch immer nicht zurück.

***

Gessner riss sich die Krawatte vom Hals und knöpfte den Kragenknopf auf. Sofort, nachdem er Silvia Reuter im Labor eingeschlossen hatte, war er in sein Büro hinaufgerannt. Vier Mal hatte er bereits versucht, Meladze auf dem Handy zu erreichen, doch ohne Erfolg. Es war seine Schuld, dass sie bei ihm aufgetaucht war, also musste er das auch wieder in Ordnung bringen, sonst war Gessner geliefert. Am liebsten wäre er sofort zu ihm ins Lokal gefahren, er wusste, dass er um diese Zeit fast immer dort anzutreffen war. Die Pokerrunden begannen frühestens um zehn, jetzt war es nach eins. Die heiße Phase. Um diese Zeit lagen die Nerven bereits blank. Für die Verlierer war der Kampf um die letzten Euros im vollen Gange, und nicht alle waren gute Verlierer. Meladze musste oft genug einschreiten, wenn jemand, der pleite war, durchzudrehen drohte. Kurz nach zwei war das Spiel normalerweise vorbei. Keine Revanche mehr, Gessner hatte das schon oft genug miterlebt.

Der Wachmann!, fiel es ihm plötzlich siedend heiß ein. Er durfte nicht ins Labor! Aber Gessner hatte Glück, der Mann von der Wachgesellschaft hatte eben erst seine Bürorunde beendet, und Gessner erwischte ihn per Telefon im Aufenthaltsraum hinter dem Empfang.

»Herr Professor!«, sagte der Mann erstaunt.

»Ich bin noch hier und wollte Sie nur informieren, dass Sie das Untergeschoss heute nicht zu kontrollieren brauchen. Sie waren doch noch nicht unten, oder?«

»Nein, ich habe gerade die Verwaltungsräume überprüft. Alles in Ordnung. Das Untergeschoss wäre als Nächstes dran gewesen. Was ist denn los? Ist etwas passiert?«

»Im Versuchslabor wurde Kontaminationsalarm ausgelöst. Es ist bis auf Weiteres verriegelt.«

»Kontaminationsalarm?« Als das Telefon geklingelt hatte, hatte der Wachmann gerade zu jausnen begonnen. Jetzt hätte er sich beinahe an dem Bissen verschluckt, den er sich in die Backe geschoben hatte.

»Wie gesagt, es besteht keine Gefahr, wir arbeiten in diesem Labor ja mit keinen gefährlichen Stoffen. Trotzdem sollten Sie das Untergeschoss meiden, bis der Alarm aufgehoben ist. Blinkt bei Ihnen denn kein Licht auf der Anzeige?«

Der Wachmann bekam einen roten Kopf. Das war es also. Der Tagdienst hatte ihm bei seiner Einweisung nur den Feueralarm und die Eingangssicherungskontrolle erklärt. Mögliche Kontaminationen hatte er nicht erwähnt. Eins war sicher: Er würde sich nie mehr in einem Forschungslabor zum Dienst einteilen lassen, dann schon lieber im Regen rumlaufen und die Eingangstüren von Geschäften überprüfen. »Geht in Ordnung, ich werde da bestimmt nicht runtergehen.«

Gessner trennte die Verbindung. Wenigstens dieses Problem war gelöst. Die ersten Labormitarbeiter würden erst um sieben kommen, bis dahin musste die Frau verschwunden sein – wenn er nur endlich Meladze erreichen würde. Er wählte wieder dessen Nummer, und dieses Mal hatte er mehr Glück.

»Was willst du schon wieder? Solltest du um diese Zeit nicht zu Hause bei deiner Frau im warmen Bett liegen?«, meldete sich Meladze.

»Das wäre mir auch lieber, aber ich habe Besuch von der Frau gehabt, die Sie angeblich aus dem Verkehr gezogen haben. Ich habe sie im Keller eingeschlossen.«

Für einen Moment wurde es still in der Leitung.

»Sind Sie noch da?«, fragte Gessner.

»Natürlich. Sprechen wir von derselben Frau?«

»Es ist die, von der ich Ihnen erzählt habe.«

»Das gibt es doch gar nicht! Verdammte Scheiße!«, fluchte

Meladze. »Wen hat Gur…?« Er beherrschte sich und sagte wieder ruhiger: »Nicht am Telefon. Ich werde mich um die Sache kümmern, und du bleibst am besten, wo du bist.«

Gessner hörte Meladze schwer atmen.

»Ich rufe dich an«, sagte der Georgier noch, dann war die Verbindung unterbrochen.

***

Lado Meladze kochte vor Wut. Äußerlich war ihm nichts anzumerken, aber die Adern an seiner Schläfe traten wie die Wurzeln eines Baumes hervor. Guram stand wie immer am Durchgang zum Pokerzimmer und achtete darauf, dass alle Gäste ruhig das Lokal verließen. Meladze winkte ihn zu sich.

»Ins Büro«, sagte er, ohne eine Gefühlsregung zu zeigen.

Sie verließen das Lokal, gingen in den Hinterhof des Nebenhauses und stiegen die Treppe hinauf in den ersten Stock. Meladze ging voraus, Guram folgte ihm. Meladze sperrte die Tür auf, Guram nahm Aufstellung und beobachtete das Stiegenhaus. Das Büro war eine geräumige Altbauwohnung, voll ausgestattet mit Küche und Bad. Von hier gab es keine direkte Verbindung zum Lokal. Plötzlich packte Meladze Guram an den Schultern und stieß ihn in den Vorraum. Guram krachte gegen den Garderobenschrank und stürzte zu Boden. Bevor er sich aufrappeln konnte, war Meladze schon über ihm, zog ihn am Kragen seiner Lederjacke hoch und schlug ihm mit dem Handrücken ins Gesicht, sodass seine Lippe aufplatzte.

»Du verdammter Idiot! Kannst du denn in letzter Zeit gar nichts richtig machen?«, brüllte er und trieb Guram vor sich her in den Salon.

»Was habe ich denn getan?«, schrie Guram zurück.

»Was du getan hast, willst du wissen? Du hast die falsche Frau umgebracht, du Versager!«

»Aber du hast doch gesagt, dass es die Frau mit dem Mann von dem Bild in der Zeitung ist«, stammelte Guram und wischte sich das Blut von der Lippe.

»Was weiß ich? Ich war nicht da, aber du, der du vor Ort warst, hast dich nicht vergewissert, dass sie auch wirklich seine Freundin war. Das hätte man erkennen können, wenn man hingesehen hätte. Du bist ein ausgemachter Tölpel! Hast du daran gedacht, sie vorher zu belauschen? Die Wortwahl spricht Bände darüber, wie Leute zueinander stehen.«

»Lado, es tut mir leid. Aber ich verstehe die Leute hier sowieso nicht so gut. Der Dialekt, du weißt.«

»Die beiden sind aus Deutschland. Im Moment weiß ich nur, dass du dumm wie Stroh bist.« Meladze lief fluchend im Zimmer auf und ab. »Ich sollte dich erschießen und deinen Kadaver in die Mur schmeißen, wie du es mit der anderen Frau getan hast.«

»Lado, bitte …«

Meladze ließ sich auf einen Hocker fallen und schüttelte den Kopf.

»Die, die du beseitigen solltest, ist beim Professor im Labor aufgetaucht. Zum Glück ist der nicht so blöd wie du und hat sie sofort eingesperrt.« Langsam beruhigte er sich wieder. Die Frau war also noch am Leben, ein Geschenk des Himmels. Er würde aus ihr herausbringen, wie viel sie über den Kampfstoff wusste und von wem sie davon erfahren hatte. Und zwar persönlich. »Das ist deine letzte Chance. Wenn du die vermasselst, bist du tot, klar?«

Guram kannte seinen Boss lange genug, um zu wissen, dass er das Ärgste überstanden hatte. Er atmete auf. »Was soll ich machen, Lado?«

»Bring die Frau ins Lager in der Ziegelstraße und warte dort auf mich.«

»Mach ich, Lado«, sagte Guram unterwürfig und wandte sich zur Tür.

»Ach, und Guram? Achte darauf, dass dich niemand dabei sieht. Krümm ihr kein Härchen, verstanden? Und jetzt hau ab!«

Guram zog den Kopf ein und verließ die Wohnung.

»Ich bin nur von Idioten umgeben«, brummte Meladze und wählte die Nummer seines Lokals. »Ninotschka? – Ja, ich bin es. Schick mir die Neue rauf ins Büro, ich brauche ein wenig Entspannung.« Er wartete die Antwort nicht ab, legte auf und schaltete das Handy aus. Für heute war es genug. Er zog sich das Hemd über den Kopf und verschwand im Badezimmer.

DREIZEHN

Schröck hielt es im Hotelzimmer nicht länger aus. Nachdem er wach geworden war und realisiert hatte, dass Silvia noch immer nicht zurückgekehrt war, zog er sich hastig an, ging in die Lobby und fragte den Portier noch einmal nach eventuellen Nachrichten. Nichts. Er verzichtete auf das Frühstück, ging mit seinem Automatenkaffee in der Hand ein Stück die Straße hinauf und überlegte, was er tun sollte. Wenn er sich an die Polizei wandte, würde sie ihn wegschicken. Nach Vermissten wurde frühestens nach vierundzwanzig Stunden gefahndet. Schröck kannte niemanden in Graz, und würde er sich an Heinrich wenden, so würde der ihm sicher raten, einfach abzuwarten. Aber sein Gefühl sagte ihm, dass hier etwas faul war. Er musste handeln.

Eine Gruppe uniformierter Polizisten kam ihm entgegen, dann ein paar junge Männer mit Sporttaschen, alle groß und kräftig gebaut. Aus der Art, wie sie sich bewegten, schloss Schröck, dass es sich bei ihnen wohl ebenfalls um Beamte handeln musste, die aus dem Dienst kamen.

Er schaute sich um und bemerkte erst jetzt, dass er vor einem Palais stand, das eine wunderschön renovierte Barockfassade zierte. Der stattliche Baukörper mit seiner aufwendig verzierten Front kam ihm bekannt vor, und als er näher trat, wurde ihm klar, dass er hier schon einmal gewesen war. Das war vor sechs oder sieben Jahren gewesen. Obermeier hatte ihn damals überredet, an einem deutsch-österreichischen Erfahrungsaustausch teilzunehmen. Die Fachvorträge waren sehr interessant gewesen, die Grazer Kollegen ausgesprochen nett, aber am meisten hatte ihn fasziniert, mit welch Gleichmut sie ans Werk gingen und dennoch ihr Ziel erreichten. Das Gebäude war das Palais Wildenstein und diente schon seit 1926 als Sitz der Bundespolizeidirektion Graz. Davor war es das Allgemeine Krankenhaus der Stadt gewesen, das nach einem vollständigen Innenumbau schließlich der Polizei übergeben worden war.

Schröck erinnerte sich noch daran, was ihnen die Polizistin während der Führung erzählt hatte. Eine Eigenheit Schröcks war, dass er nie etwas vergaß – wie lange auch immer es zurücklag.

Seinen Münchner Kollegen war er mit seinem nahezu perfekten Gedächtnis immer ein wenig unheimlich gewesen, der Polizeipsychologe hatte gar ein hyperthymestisches Syndrom bei ihm vermutet und wollte ihn eingehend untersuchen. Schröck hatte dankend abgelehnt, nachdem er nachgelesen hatte, dass es sich bei dem Syndrom nicht um eine ansteckende Krankheit, sondern schlichtweg um die Fähigkeit handelte, aus bloßer Erinnerung Gespräche und scheinbar belanglose Ereignisse wiedergeben zu können.

Bei ihrem Besuch damals hatten sie auch die Zentrale der Cobra-Süd über der Mur besichtigt, während die Vorträge in den historischen Räumlichkeiten der Polizeidirektion stattgefunden hatten. Das Einsatzkommando Cobra war damals wie heute die wichtigste polizeiliche Sondereinheit Österreichs, besaß Stützpunkte in ausgesuchten Städten und agierte im In- und Ausland.

Jetzt war Schröck auch klar, dass ihn der BND wohl aus alter Gewohnheit in diesem Hotel einquartiert hatte. Die österreichischen Kollegen waren von hier nur einen Katzensprung entfernt.

Aber das alles half ihm jetzt auch nicht weiter. Wenn Silvia schwer verletzt und bewusstlos in irgendeinem Krankenhaus lag, würde man zwar ihre Tasche durchsuchen, aber sicherlich nicht ihn anrufen. Wie denn auch? Selbst wenn sie einen Hinweis auf ihn fanden, deutete doch nichts darauf hin, dass sie mehr als Arbeitskollegen waren. Schröck entschied sich dafür, die Sache selbst in die Hand zu nehmen. Er drehte auf dem Absatz um und ging ins Hotel zurück.

An der Rezeption bat er um ein Telefonbuch, aber die junge Frau am Empfang bedauerte, so etwas gäbe es hier schon seit Jahren nicht mehr.

»Wir habn olles, was wir brauchen, im Computer. Was hätten S' denn g'sucht?«

»Ich bräuchte die Nummern aller Krankenhäuser in Graz«, sagte Schröck.

»Um Hümmis wün, san S' denn krank?«

»Das nicht, aber ich arbeite in der Pharmabranche. Ich müsste die Kliniken anrufen, um Termine zu vereinbaren.«

»Gott sei Daunk. Ich hätt schon docht –«

»Nein, nein, es ist alles gut«, beruhigte sie Schröck.

»Wissen S' wos? Waunn S' solaung wortn wolln, geh i hintari ins Büro und druckat Ihna a Listn mit den Nummern aus«, sagte sie und fuhr sich durch ihr langes brünettes Haar.

»Das wäre wirklich phantastisch, wenn Sie das für mich machen würden.« Schröck stützte sich auf den Tresen und lächelte liebenswürdig.

»Bin glei wieder do!«, rief sie aufgedreht und verschwand im Zimmer hinter der Portierloge.

Wenige Minuten später war sie zurück und legte die Seiten vor Schröck auf die Theke.

»So, bittschön.«

»Das ist aber nett«, sagte Schröck. »Wie kann ich mich denn bei Ihnen erkenntlich zeigen?«

»Aber des is doch selbstverständlich. Sie sind jo unser Gast, und für Gäste machen wir alles.« Sie errötete. »Fast alles jedenfalls.«

Schröck zwinkerte ihr zu, verabschiedete sich und lief die Treppe hinauf in sein Zimmer.

Nach einer Stunde hatte er alle Krankenhäuser durchtelefoniert, aber eine Silvia Reuter war in keines davon eingeliefert worden. Genauso wenig wie eine Frau ohne Papiere. Schröck war ratlos. Er kannte niemanden in Graz, an den er sich wenden konnte. Er ging in den Vorraum und öffnete den Schrank. Silvia hatte ihre Sachen auf sämtliche Fächer verteilt: Blusen, Unterwäsche, Strümpfe. Zwei Blazer hatte sie auf Kleiderhaken gehängt. Schröck griff in die Jackentaschen, aber sie waren leer. Er setzte sich an den Schreibtisch und sah ihre Kosmetika durch, Cremes und Wimperntusche, eine Schachtel Aspirin und das Parfüm, das nur bei ihr so anziehend roch. Aber auch hier fand er nichts, das ihn weiterbrachte.

Ihr Handy! Er holte es aus dem Ablagefach, drückte eine Taste und wurde zum Eingeben des Passworts aufgefordert. »Mist!«, schimpfte er.

Er musste unbedingt ihre Anrufliste checken, bestimmt hatte sie die Person, die sie treffen wollte, vorher bereits kontaktiert. Das Nummernfeld war vierstellig. Was könnte sie als Passwort gewählt haben? Hatte sie die Nummer, die der Anbieter beim Kauf vorgab, belassen, dann war er chancenlos. Aber wie er sie kannte, hatte sie die PIN bestimmt geändert. Schröck tippte Tag und Monat ihres Geburtsdatums ein und erhielt prompt eine Fehlermeldung. Dann eben Monat und die letzten beiden Jahreszahlen. Nichts. Er überlegte, ob er das Jahr, in dem sie sich kennengelernt hatten, seine Hausnummer zusammen mit ihrer oder gar viermal die Null eingeben sollte, legte das Telefon aber dann beiseite. Er hatte keine Lust mehr. Bei dreimaliger falscher Eingabe hätte er seine Chance sowieso verspielt gehabt. Schröck ging ins Badezimmer und wusch sich das Gesicht.

»Du kannst mir auch nicht sagen, welche Zahl sie gewählt hat, oder?«, fragte er sein triefendes Spiegelbild. Was würde Silvia selbst ihm raten, wenn er sie fragen könnte? Wahrscheinlich würde sie lachen, mit den Schultern zucken und sagen: »Gib irgendeine Nullachtfünfzehn-Zahl ein, du wirst meine PIN sowieso nie erraten.«

Schröck trocknete sich das Gesicht ab und ging ins Zimmer zurück. In seinem Kopf klang Silvias Stimme nach: »Du hast kein Spülmittel mehr, Liba hat dir das doch schon vor Tagen gesagt.« Und als er gefragt hatte, welches er kaufen solle, hatte sie geantwortet, dass ein Nullachtfünfzehn-Produkt genauso gut sei wie ein teures. Und wenn er sie am Abend nach der Arbeit fragte, ob der Tag anstrengend gewesen sei, antwortete sie ihm oft, dass sie nur Nullachtfünfzehn-Analysen gemacht habe und es halb so wild gewesen sei. Sie besaß kein Smartphone, denn Silvia war der Meinung, es reiche vollkommen, wenn man mit einem Handy telefonieren und vielleicht manchmal eine SMS verschicken konnte. Sie hatte ein Nullachtfünfzehn-Gerät.

Mehr als sperren konnte sich das Ding ja nicht. Schröck atmete tief durch und gab 0815 ein. Die Anzeige blinkte kurz auf, dann erschien der Startbildschirm. Erleichterung machte sich in ihm breit. Hoffentlich brachte ihn das weiter. Er wechselte zur Rubrik Anrufe und scrollte die Liste hinunter und dann wieder hinauf. Silvia hatte offensichtlich noch nie Nummern gelöscht. Schröck erkannte seine eigene und viele andere mit deutscher Vorwahl. Nur eine einzige, die Silvia gestern gewählt hatte, gehörte zu einem österreichischen Anschluss. Während er sie notierte, kam sie ihm vage bekannt vor. Er überprüfte auch den SMS-Speicher, aber dieser war leer.

Schröck griff nach seinem Handy, stellte die Anruferkennung auf anonym um, tippte die österreichische Nummer ein und wartete gespannt, wer sich melden würde. Nach einer Weile erklang der Rufton. Sekunden vergingen, sodass er schon dachte, dass er auch zufrieden wäre, wenn sich wenigstens die Mobilbox mit einer persönlichen Ansage melden würde, als der Anruf schließlich doch von jemandem entgegengenommen wurde.

»Gessner.«

Schröck hielt den Atem an. Deshalb war ihm die Nummer also bekannt vorgekommen.

»Hallo? Wer spricht da?«

Schröck hielt den Hörer noch einige Zeit, nachdem die Verbindung längst getrennt war, fest ans Ohr gepresst. Er konnte nicht glauben, was sich eben ereignet hatte. Was, zum Teufel, hat Silvia mit Gessner zu schaffen? Der Professor hatte doch mit seinem Auftrag zu tun! Er war ratlos. War Silvia etwa auch für den BND rekrutiert worden und hatte es vor ihm geheim gehalten? Das wäre ja mal wieder typisch.

Wenn es so wäre, müsste er sich jedenfalls sehr wahrscheinlich keine Sorgen machen. Dann hatte sie vielleicht einfach nur einen weiteren Auftrag erhalten und schlicht und einfach keine Gelegenheit gehabt, ihn anzurufen. Aber was hätte sie davon abgehalten, ihn darin einzuweihen, wo er doch offen zu ihr gewesen war? Der Einzige, der Licht ins Dunkel bringen konnte, war Heinrich. Und wenn er mit der Wahrheit nicht herausrücken wollte, würde Schröck ihn vor die Alternative stellen: Entweder würde er reden oder in Zukunft auf seine Mitarbeit verzichten. Schröck stellte die Anruferkennung wieder zurück, damit Heinrich auch ans Telefon ging, dann wählte er dessen Nummer. Nach dreimaligem Läuten war er dran.

***

»Wie geht es jetzt weiter?« Gessner warf Meladze einen besorgten Blick zu. Nachdem er sich mit seiner Neuen entspannt hatte, hatte er ein kurzes Nickerchen gemacht und war dann schnurstracks zu ihm ins Büro gefahren.

»Wie schon? Guram hat sie an einen sicheren Ort gebracht, ich kümmere mich später persönlich um sie. Keine Sorge, sie wird mir erzählen, was sie weiß.«

»Mir ist nur wichtig, dass kein Verdacht auf mich fällt.«

»Mach dir nicht in die Hosen, Professor. Du hast mit der Frau doch nichts zu schaffen«, entgegnete Meladze.

Du hast ja keine Ahnung, dachte Gessner.

Irgendwann würde er ihm sagen müssen, dass Silvia Reuter seine Geldgeberin war. Aber bis dahin mussten noch zwei Tage vergehen, sodass sie das Geld nicht mehr zurückrufen konnte. Das allein zählte.

Meladze stand auf und wanderte in Gessners Büro herum.

»Du hast hier eine ganz schöne Sammlung. Viel Jugendstil, ich liebe diese Epoche. Alle Achtung.«

»Danke«, sagte Gessner ehrlich erstaunt. »Ich wusste gar nicht, dass Sie auch Kunstkenner sind.«

»Du weißt vieles nicht.« Meladze nahm eine Vase von der schwarzen messingbeschlagenen Anrichte und hielt sie gegen das Licht. Zwei Schwäne reckten auf dem weißen Glas grazil ihre Hälse, die sich in gelben und orangefarbenen Emaille-Ornamenten auflösten. Das keulenförmige Gefäß war äußerst fragil. Gessner sah besorgt zu, wie Meladze die Vase prüfend drehte, auf den Kopf stellte und mit dem Finger an den Boden klopfte.

»Sie ist sehr zerbrechlich«, warnte Gessner.

»Was du nicht sagst«, herrschte ihn Meladze an. »Sie war auch sehr teuer, nicht wahr?«

»Na ja, ich habe sie von einem Sammler günstig –«

»Quatsch nicht rum, sie ist ziemlich wertvoll«, unterbrach ihn Meladze. »Legras & Cie, Saint Denis, Paris. Der Onkel und sein Neffe, die Legras, haben in ihren zwei Glasfabriken um Neunzehnhundert wahre Schätze geschaffen. Sie haben etwas aus eigener Kraft aus sich gemacht, haben unvergleichliche Kunstwerke hervorgebracht. Bewundernswert.«

Gessner saß da und starrte Meladze an.

»Was glotzt du so?«

»Ich dachte nur, dass sich Männer in Ihrer Position … Nun, ich meine, dass Sie sich für so etwas nicht interessieren würden.«

»Siehst du, und schon wieder hast du dich geirrt. Du unterschätzt die Leute um dich herum. Ich liebe wunderschöne Dinge, und diese Vase gefällt mir ganz besonders. Sie wird einen Ehrenplatz bei mir zu Hause bekommen.«

Gessner schnappte nach Luft. »Aber –«

Meladze brachte ihn mit einer lässigen Handbewegung zum Schweigen. »Sei ruhig, du schuldest mir nicht gerade wenig Geld, und ich verhalte mich dir gegenüber grade äußerst großzügig. Sieh die Vase als Leihzinsen an. Und jetzt kein Wort mehr.« Meladze schaute sich im Raum um. »Hast du etwas zum Einwickeln hier? Es wäre schade, wenn dein Geschenk an mich beim Transport beschädigt werden würde.«

Während Gessner widerwillig in seinem Schrank nach etwas suchte, das als Verpackungsmaterial herhalten konnte, läutete Meladzes Handy.

Gessner horchte auf. Meladzes Tonfall hatte sich verändert. Er sprach höflich, fast unterwürfig mit dem Anrufer, antwortete nur kurz mit »Ja«, »Selbstverständlich« und »Natürlich können Sie sich auf mich verlassen«. Zum Abschied flötete er »Dann wünsche ich Ihnen noch einen schönen Tag, Madame« ins Telefon.

Meladze räusperte sich und riss dem verwirrten Gessner das Papier, das er mittlerweile gefunden hatte, aus der Hand. »Gib schon her! Ich habe nicht vor, hier anzuwachsen.« Er begann die Vase einzuwickeln. »Und vergiss nicht: Du hast nicht mehr viel Zeit. Wenn du nicht bald erste Ergebnisse präsentieren kannst, bist du geliefert.«

Gessner nickte. »Natürlich. Aber vielleicht könnten Sie mir in einer Sache noch helfen?«

»Ich? Sehe ich etwa aus wie eine Laborratte? Das ist dein Metier.«

»Das ist mir schon klar. Ich meine ja auch nur, dass die Entwicklung des Kampfstoffes sehr viel schneller vonstattengehen würde, wenn ich im Besitz gewisser Unterlagen wäre.«

Meladze zog die Augenbrauen hoch. »Was für Unterlagen?«

»Nun ja, ein Kollege von mir hat sich schon intensiv mit der Veränderung von DNA-Stämmen gewisser Viren beschäftigt.«

»Dann ruf ihn an und sag ihm, er soll die Informationen herüberwachsen lassen.«

»Das würde er freiwillig niemals tun. Er forscht an der Entwicklung eines Mittels gegen Krebs, aber seine Erkenntnisse wären auch für die Erzeugung unseres virologischen Kampfstoffes sehr wertvoll.«

»Und wie stellst du dir vor, dass ich dir helfen soll? Soll ich bei ihm einbrechen und die Unterlagen stehlen?«

»Nein, das wäre vermutlich sowieso nicht erfolgreich. Sachen wie diese bewahrt man nicht in einer Schreibtischschublade auf. Aber mit etwas Geschick könnte man wahrscheinlich schon an sie rankommen.«

Meladze setzte sich in Gessners Schreibtischsessel und legte die Füße auf den Tisch. »Und du bist dir sicher, dass du die Aufzeichnungen unbedingt brauchst?«

»Natürlich kann ich mich auch selbst damit auseinandersetzen, aber das würde die Sache unnötig verlangsamen.«

»Wo lebt der Forscher?«, fragte Meladze genervt.

»Hier in Graz, er hat ein kleines Institut in Eggenberg.«

»Also gut, aber ich warne dich: Überspanne den Bogen nicht.« Meladze sprang auf. »Du bist nicht der Einzige, der den Stoff entwickeln kann. In den ehemaligen Sowjetstaaten stehen die Wissenschaftler Schlange. Du schuldest mir Geld, aber wenn du noch mehr Schwierigkeiten machst … Du bist nicht unersetzlich.«

»Das ist mir bewusst, aber wie werden Ihre Auftraggeber reagieren, wenn Sie einen renommierten österreichischen Forscher gegen einen abgehalfterten Russen austauschen? Und wer garantiert, dass der Ihnen genau das liefern kann, was Sie brauchen? Vermutlich verfügt der nur über ein Labor in einer Hinterhofgarage.« Gessner grinste Meladze frech ins Gesicht.

Der Georgier schaute ihn erstaunt an. Woher nahm Gessner plötzlich nur die Chuzpe, in einem solchen Ton mit ihm zu reden? »Ich warne dich«, zischte er.

Aber Gessner ließ sich nicht beirren. »Ach, ich habe ganz vergessen, ich hatte Besuch von …« Er hielt inne. »Weißt du eigentlich, dass es mir schon die ganze Zeit stinkt, dass du mich duzt? Wenn wir schon zusammenarbeiten, sollten wir das doch auf gleicher Ebene tun, nicht wahr?«

Meladze bekam einen roten Kopf. Er war sprachlos, sein Mund stand offen.

Gessner setzte sich lässig an den Konferenztisch und fuhr fort: »Also, wie gesagt, ich hatte Besuch eines Vertreters deiner, Pardon, unserer Auftraggeber.«

Meladzes Mund klappte wieder zu. »Wer war bei dir?«

»Sagte ich doch eben. Ein Mann, der sich nach den Einrichtungen meines Instituts erkundigt hat. Er hat sich als Schröder vorgestellt, wirkte sehr interessiert. Es war nur eine Stippvisite, aber er will sich in den nächsten Tagen alles noch einmal genauer ansehen, um unseren asiatischen Auftraggebern aus erster Hand berichten zu können.«

Meladze zuckte zusammen.

Gessner war die Reaktion nicht entgangen. »Und was, denkst du, würde Herr Schröder davon halten, wenn du ihm erzähltest, dass du deine Viren jetzt in einem sibirischen Hinterhof herstellen lässt?«

»Das ist mir egal! Was glaubst du eigentlich, wer du bist? Ich lasse mich von dir nicht –«

»Ganz ruhig, ich liefere dir, was du brauchst. Du und die Asiaten, ihr werdet zufrieden mit meiner Arbeit sein.« Gessner erhob sich und holte die Cognacflasche und zwei Gläser aus dem Schreibtisch. »Auch einen?«

Meladze nickte, Gessner füllte die Gläser und prostete ihm zu. Meladze knurrte *»Gagimardschos!«,* dann leerte er sein Glas in einem Zug. »Und wie sollen wir nun an die Unterlagen deines Kollegen kommen? Wie heißt der Mann?«

Gessner schwenkte seinen Cognac und beobachtete, wie die Alkoholschlieren langsam am Glas nach unten zogen. »Robert Tomaschek.«

»Und hast du eine Vorstellung, wie wir an das Zeug von diesem Tomaschek rankommen?«

»Ich denke schon«, sagte Gessner. »Wenn du jemanden an der Hand hast, der sich mit Frauen auskennt?«

»Was soll das nun wieder heißen? Denkst du, ich –?«

»Ich meine jemanden, den du auf Tomascheks Frau ansetzen könntest?«

»Was hat denn seine Frau jetzt wieder damit zu schaffen? Red endlich Klartext, verdammt noch mal.« Meladze kratzte sich am Kopf und seufzte.

»Die Tomaschek kommt aus einer sehr reichen Familie. Sie war es auch, die ihrem Mann das Labor finanziert hat. Davor war er zwar ein brillanter Wissenschaftler, das muss man ihm lassen, aber eben ein armer Schlucker. Er lebt für seine Forschung, und wahrscheinlich hat seine Frau ihn auch nur wegen seines zu erwartenden Erfolges geheiratet. Aber ihre Rechnung ist nicht aufgegangen. Sie dachte wohl, dass sie mit ihm angeben kann, aber er scheut die Öffentlichkeit, zeigt sich nie mit ihr bei gesellschaftlichen Ereignissen. Das stinkt ihr gewaltig. Und im Bett läuft zwischen ihnen auch nichts mehr. Sie ist knapp über vierzig und fühlt sich in jeder Hinsicht vernachlässigt, ihre biologische Uhr tickt ziemlich laut. Das sollte man ausnutzen.«

»Und woher weißt du das alles?«

»Von meiner Frau. Sie und Alexandra Tomaschek sind gute Freundinnen. Die Arme schüttet ihr von Zeit zu Zeit ihr Herz aus.«

»Und das erzählt sie dir weiter?«

»Frauen verhalten sich nicht immer loyal, wie du weißt, und wenn es einer schlechter geht als der anderen, dann –«

»Okay, deine Frau erzählt dir also die Geschichten von Tomascheks Frau. Und was soll daran so interessant sein?«

»Bei dir klingelt es wohl immer noch nicht, oder? Wenn du einen Typen kennen würdest, mit dem sich Alexandra Tomaschek einließe, könnte der uns die Unterlagen beschaffen.«

»Du spinnst doch!«

»Ganz und gar nicht. Der Professor lebt praktisch in seinem Labor, und am Abend arbeitet er von zu Hause aus weiter. Und jetzt wird's interessant: Meine Frau hat mir erzählt, dass sich Alexandra darüber aufgeregt haben soll, dass er aus Angst davor, dass sein Institut in Flammen aufgehen könnte, alles doppelt lagert: im Institut und in seinem Arbeitszimmer. Er stopft das ganze Haus mit seinen Papieren voll, und sie langweilt sich zu Tode. Ich denke, die Aussicht auf ein wenig Abwechslung könnte sie durchaus dazu bringen, jemanden ins Haus zu lassen, der sich hier und da ein bisschen umsieht. Vielleicht spielt sie uns die Unterlagen ja sogar selbst in die Hände.«

Meladze schüttelte den Kopf. »Das funktioniert doch nie.«

»Einen Versuch wäre es wert.«

»Ich weiß nicht. Darüber muss ich erst einmal nachdenken. Ich kümmere mich jetzt als Erstes um die Frau, die Guram weggeschafft hat. Ich muss erfahren, woher sie über uns Bescheid weiß.«

»Wie du meinst. Bis dahin macht es sowieso keinen Sinn weiterzumachen, also warte ich.«

Meladze begann im Zimmer herumzulaufen und hielt sich den Kopf mit beiden Händen. »Verdammt, mir brummt der Schädel!«, stöhnte er. »Hat dieser Schröder, der bei dir war, denn gesagt, wann er wiederkommen wollte?«

»Nein, nur dass wir uns demnächst wiedersehen würden.« Gessner zuckte mit den Schultern.

»Nun gut. Ich gehe jetzt und werde dich anrufen, wenn es etwas Neues gibt. Wie soll ich eigentlich wissen, wie diese Alexandra Tomaschek aussieht? Hast du ein Bild?«

»Natürlich.« Gessner stand auf und holte ein Foto aus einer Schreibtischlade. Es zeigte eine attraktive Blondine, die den Arm um die Schulter einer kleineren korpulenten Frau mittleren Alters gelegt hatte und gewinnend in die Kamera lächelte.

»Welche?«

»Die große Blonde.«

»Sie sieht ausgesprochen gut aus.« Meladze nickte anerkennend. »Und wer ist die kleine Dicke?«

»Das ist meine Frau«, seufzte Gessner.

»Deine?« Meladze lachte auf. »Du hast Geschmack, das muss man dir lassen. Kein Wunder, dass du dich nächtelang bei mir in der Bar herumgetrieben hast.«

»Lassen wir das. Eva hat andere Qualitäten. Was hältst du jetzt von meiner Idee?«

»Wenn es wirklich so ist, wie du sagst, und sie sich vernachlässigt fühlt, könnte dein Plan vielleicht sogar klappen. So eine Frau will nicht allein sein und ignoriert werden. Bist du dir sicher, dass sie nicht schon einen Lover hat?«

»Das hätte sie meiner Frau sicher erzählt oder wenigstens angedeutet. Aber nichts davon ist der Fall.«

»Ich werde sehen, was sich machen lässt. Ich hau jetzt jedenfalls ab.« Er warf Gessner einen spöttischen Blick zu. »Und die Vase nehme ich mit.«

»Wie der Herr belieben.« Gessner machte eine leichte Verbeugung, und Meladze verließ mit dem Paket unter dem Arm das Büro.

VIERZEHN

Was nun? Schröck hatte Heinrich ohne Umschweife nach Silvias Beziehungen zum Nachrichtendienst gefragt, aber sein Kollege hatte nur gelacht und ihm versichert, dass Biologinnen beim BND ausschließlich in Labors beschäftigt wurden. Als Schröck ihm erzählte, dass Silvia verschwunden sei, hatte Heinrich ihn zu beruhigen versucht, hatte sich dann aber doch besorgt gezeigt, als Schröck Gessners Telefonnummer auf Silvias Handy erwähnte. Er wollte sich umhören.

Heinrich sprach es zwar nicht aus, aber wahrscheinlich dachte er dasselbe, was Schröck selbst in den letzten Stunden immer wieder in den Sinn gekommen war: Was, wenn sie ihn enttarnt hatten und Silvia benutzen wollten, um ihn kaltzustellen? Er hatte Heinrich darauf angesprochen, der aber geantwortet hatte, dass dies sehr unwahrscheinlich sei. Schröck selbst hätte doch bis gestern nicht einmal davon gewusst, dass Silvia nach Graz kommen würde. Heinrich versprach ihm, seine Beziehungen zur Grazer Polizei spielen zu lassen, um mehr herauszufinden. Schröck sollte sich solange ruhig verhalten und Silvia nicht als vermisst melden.

Aber er konnte doch hier nicht rumsitzen und so tun, als wäre nichts passiert! Schröck ging unruhig im Hotelzimmer auf und ab. Würde er bei Gessner reinplatzen und ihn nach Silvia fragen, so würde seine Tarnung auffliegen, würde er nichts machen, ginge er vor die Hunde.

Schröck schnappte seinen Mantel und lief die Treppe hinunter. Dichte Wolken hingen am Himmel, der gestrige laue Frühlingswind war einer kühlen Brise gewichen. Er überquerte die Mur und lief ziellos über den Hauptplatz die Sporgasse entlang bis zur Hofgasse. Heute stand ihm der Sinn nicht nach historischen Gebäuden der Altstadt. Er war in Gedanken versunken, als es plötzlich wie aus Kübeln zu schütten begann. Schröck schaute sich um und entdeckte ein paar Meter weiter eine Bäckerei mit einer prunkvoll geschnitzten Eichenholzfassade. Über dem Eingang schwebte ein großer goldener K.u.k-Doppeladler.

Schröck ging hinein, schüttelte das Wasser ab und bat die Frau an der Theke um einen Kaffee.

»Sehr gern. Bei diesem Wetter jagt man ja nicht einmal einen Hund vor die Tür. Darf ich Ihnen vielleicht auch eine Mehlspeise anbieten?«, fragte sie und deutete auf die Vitrine, in der die süßen Köstlichkeiten lagen: Teegebäck, Windgebäck, steirische Pantherherzen und Torten. Es duftete nach frischem Brot und altem Holz.

Schröck lehnte dankend ab und betrachtete die alten Urkunden, Fotografien und Bilder an den Wänden. Durch Zufall war er in der ältesten Bäckerei von Graz gelandet. Die Geschichte des Backhauses reichte bis in das fünfzehnte Jahrhundert zurück. Im Jahre 1888 hatte der »Luxus- und Zwiebackbäcker« das Dekret zur Verleihung des Titels eines K.u.k-Hofbäckers und damit die Berechtigung erhalten, das Wappen Österreich-Ungarns zu führen.

»So, hier ist Ihr Kaffee. Einen wunderbaren Apfelstrudel hätt ich heut auch noch, nach original altösterreichischem Rezept gemacht. Wollen S' nicht doch ein Stück?«, fragte die Frau freundlich.

»Danke, nein.« Schröck war nicht nach Essen zumute. Als er die mit Puderzucker beschneite Köstlichkeit in der Vitrine entdeckte, musste er unwillkürlich an Liba denken, die sich rühmte, in aller Bescheidenheit, versteht sich, eine der wenigen aus ihrem Heimatort Příbor zu sein, die das geheime Rezept des besten Apfelstrudels der Welt besaß.

Die Liba. Was würde sie wohl sagen, wenn sie erfuhr, dass Silvia in Graz vermisst wurde und er keine Ahnung hatte, wie er sie finden sollte? Da fiel ihm ein, dass seine Haushälterin einmal einen Neffen erwähnt hatte, der als Immobilienmakler in Graz arbeitete. Er sei ein lieber und gescheiter Bub, aber ein Hans Dampf in allen Gassen. Immerhin würde er für seine Tante Libuša alles tun. Sie hatten ein inniges Verhältnis zueinander und telefonierten häufig, aber da Jiří schon ein paarmal mit dem Gesetz in Konflikt geraten war, machte Liba sich große Sorgen um ihn. Schröck seufzte. Einen wie Jiří könnte er jetzt brauchen. Jemanden mit Ortskenntnissen und vielleicht auch mit Beziehungen zu Leuten, an die man sonst nicht rankam. »Hilft nichts, da muss ich wohl jetzt durch«, murmelte Schröck.

»Wie bitte?«, tönte es von der Kassa im breiten steirischen Dialekt.

»Nichts. Danke fürs Unterstellen und den Kaffee«, sagte Schröck, bezahlte und ging wieder auf die Straße hinaus.

Der Regen hatte nachgelassen. Er zog seinen Mantelkragen hoch und lief zurück zum Hotel. Im Zimmer frottierte er sich die Haare trocken und ließ sich aufs Bett fallen.

Na, dann würde er das mal in Angriff nehmen. Seufzend wählte er seine eigene Festnetznummer in Schönbergmoos.

Um diese Zeit kümmerte sich Liba für gewöhnlich um seine Katze. Das Tier war ein Monstrum von einem Kater, getigert, gut genährt und mit einem Ego gesegnet wie ein Löwe. Es war Schröck vor Jahren zugelaufen und hatte ihn zum Herrchen erwählt. Jeder Widerstand war zwecklos gewesen, nach kurzer Zeit hatte der Kater Haus und Garten in Besitz genommen. Schröck nannte ihn einfach nur Kater, aber Liba fand immer neue tschechische Koseworte für ihn. Beides schien das Tier nicht im Geringsten zu interessieren. War die Futterschüssel leer, machte es sich so lange lautstark bemerkbar, bis sich jemand seiner erbarmte oder es nicht mehr aushielt und einfach nur seine Ruhe haben wollte.

»Bei Schröck«, ertönte Libas Stimme lautstark wie immer, wenn sie telefonierte, so als müsse sie die Distanz zum Anrufer ohne elektronische Hilfe überbrücken.

»Hallo, Liba, ich bin es«, sagte Schröck leise.

»Ein Glück! Ich habe mir schon große Sorgen um Sie gemacht. Sie wollten doch nur einen Tag wegbleiben, und jetzt sind es schon zwei. Ich habe bei Ihnen auf der Arbeit angerufen, die haben mir gesagt, Sie seien krank. Wie geht es Ihnen? Sind Sie im Krankenhaus?«

»Nein, nein, ich bin gesund und munter. Machen Sie sich keine Sorgen.«

»*Chvála bohu!* Sie bringen mich mit Ihren Geschichten noch ins Grab.«

Schröck überlegte kurz, ob er Liba überhaupt von Silvias Verschwinden erzählen sollte, entschied sich dann jedoch dafür. Was blieb ihm auch anderes übrig?

»Liba, ich habe da ein Problem und bräuchte Ihre Hilfe.«

»Jesses Maria und Josef! Habe ich es mir doch gedacht, dass da etwas nicht stimmt. Was ist passiert? Wo ist Frau Silvia, ist sie bei Ihnen?«

»Sie war bei mir«, sagte Schröck und erzählte seiner Haushälterin von Silvias überraschendem Auftauchen in Graz und davon, dass sie abends zu einem geschäftlichen Treffen gewollt hätte und nicht zurückgekehrt war, obwohl sie sich zum Essen verabredet hatten. Gessner erwähnte er mit keinem Wort. Liba sollte sich nicht noch mehr aufregen.

»Das ist ja eine scheene Bescherung! Wenn man einem Mann ein Ei gibt, auf das er achtgeben soll, rennt das Küken davon«, schimpfte Liba los. »No, haben Sie wenigstens gleich bei der Polizei angerufen?«

»Ach, Liba, bis die sich in Bewegung setzen …«

»Sie müssen es ja wissen. Aber irgendwas muss doch jetzt geschehen. Nicht auszudenken, was passiert sein könnte. Ich mach mir solche Sorgen«, jammerte Liba.

»Natürlich muss etwas geschehen. Aber ich dachte, weil ich mich doch in Graz nicht so gut auskenne, dass Sie mir dabei behilflich sein könnten.«

»Ich? Wie stellen Sie sich das denn vor? Ich kann doch nicht nach Graz kommen und Ihnen suchen helfen, so gern ich auch möchte. Ich war schon seit Jahren nicht mehr dort. Wenn ich zwanzig Jahre jünger wäre –«

»So habe ich das ja auch nicht gemeint«, unterbrach sie Schröck. »Aber Ihr Neffe Jiří wohnt doch hier. Denken Sie, dass er mir helfen würde?«

»Der Jiří! Warum bin ich denn nicht gleich von selbst auf ihn gekommen? Natürlich, er muss Ihnen einfach helfen! Ich rufe ihn gleich an und melde mich dann wieder bei Ihnen.«

»Und Sie meinen wirklich, dass er das machen würde?«, fragte Schröck zweifelnd.

»Aber natürlich! Wo kann er Sie erreichen?«

Schröck nannte ihr Namen und Anschrift des Hotels und wollte sich noch bei ihr bedanken, aber Liba hatte in wilder Aufregung bereits die Verbindung getrennt.

Wenige Minuten später läutete sein Handy.

»Jiří fährt gleich morgen früh los und meldet sich bei Ihnen.

Er ist grad nicht in der Stadt«, schrie sie in den Hörer, nachdem Schröck angenommen hatte.

»Ich danke Ihnen, Liba. Das ging ja wirklich schnell.«

»Sie müssen mir nicht danken. Bringen Sie mir nur das Fräulein Silvia wieder heil nach Hause. Und melden Sie sich, wenn es Neuigkeiten gibt. Ich sterbe hier sonst vor Angst.«

»Das mache ich, versprochen.«

»Dass ich so was noch erleben muss«, jammerte Liba weiter, dann verfiel sie ins Tschechische, ihre Stimme wurde immer leiser und Schröck bewusst, dass sie den Hörer einfach auf den Tisch gelegt hatte und aufgeregt in der Küche herumlief. Er legte auf und starrte auf die Wand. Es gab nichts für ihn zu tun, als zu warten, bis Libas Neffe sich bei ihm meldete.

FÜNFZEHN

»Es tut mir so leid, ich war noch ein bisserl einkaufen und hab dabei total die Zeit vergessen. Ich hoff, du bist mir nicht bös.« Die groß gewachsene Blondine stellte ihre drei Einkaufstüten ab, die die Schriftzüge und Logos namhafter Modelabels zierten, und ließ sich erschöpft am Kaffeehaustisch nieder. Sie warf einen flüchtigen Blick auf die anderen Gäste im Lokal und beugte sich dann zu der Frau hinunter, die ihr gegenübersaß.

»Das macht doch nichts«, sagte diese und deutete zwei Küsschen an, eins auf die rechte, eins auf die linke Wange ihrer Freundin, ohne sie jedoch mit ihren Lippen zu berühren. »Grüß dich, meine Liebe. Ich bin auch grad erst gekommen. Hatte noch einiges zu erledigen. Wenn ich nicht im Geschäft bin, geht es dort immer drunter und drüber.«

»Ich kann mir gar nicht vorstellen, wie du das alles schaffst, Eva. Ich könnte das nicht.«

»Na ja, es ist schon viel zu tun«, gab die Brünette zu, die etwas kleiner als ihr Gegenüber und eher molliger war. »Aber wie es aussieht, läuft es alles in allem doch sehr gut.«

»Und das nur, weil du so tüchtig bist. Neben dir komme ich mir manchmal richtig nutzlos vor.«

»Jetzt hör aber auf, Alexandra. Wie du das mit dem österreichischen Handelsattaché hingekriegt hast, das war doch einsame Spitze. Ohne deine Verbindungen hätte ich die Ausfuhrgenehmigungen nie bekommen.«

»Vielleicht, aber du hast auch alles einfach genial eingefädelt. Und dass dir dein ehemaliger Studienkollege noch nach Jahren so uneingeschränkt vertraut, obwohl er doch so weit entfernt wohnt, das ist ein absoluter Glücksfall.« Sie grinste sie unverschämt an.

»Wie darf ich das denn bitte verstehen?«, gab sich Eva gespielt entrüstet. »Wo denkst du hin? Ich hatte nie etwas mit ihm.« Die zwei Frauen brachen in teeniehaftes Gekicher aus.

Der Kellner kam an den Tisch, machte einen Diener, richtete seine Fliege und begrüßte die beiden Damen, die er als langjährige Stammkundinnen kannte. »Wie schön, dass uns die Damen

Doktorinnen wieder einmal die Ehre geben. Kompliment, die Damen. Zwei Cappuccinos – wie immer?«

»Guten Tag, Herr Franz. Bei der aufmerksamen Bedienung immer gern, nicht wahr, Alexandra? Und bringen Sie mir dazu noch ein Stück von der köstlichen Kürbiskernroulade«, sagte Eva.

»Darf ich der Frau Doktor auch etwas bringen?«, wandte sich der Kellner an Alexandra.

»Nein, danke, Franz, sehr lieb, aber ich habe keinen Appetit.« Sie zog die Augenbrauen hoch und seufzte.

»Wie belieben«, sagte der Ober, wiederholte die Bestellung und zog sich zurück.

Keine der beiden mondänen Damen hatte in Wirklichkeit promoviert. Alexandra war zwar durch ihr Medizinstudium bis in die zweite Hälfte mehr schlecht als recht durchgerutscht, hatte sich aber, als sie ihren späteren Mann kennenlernte, leichten Herzens von der Universität verabschiedet und auf ihre gesellschaftlichen Verpflichtungen konzentriert. Eva hingegen war als Tochter eines angesehenen Managers in der verstaatlichten Industrie zum Pharmaziestudium angehalten worden. Sie war eine gute Studentin gewesen und hatte so schnell wie möglich ihren Magister gemacht. Bevor sie sich noch Gedanken darüber hatte machen können, wo sie später arbeiten würde, waren ihr Onkel, der Bruder ihrer Mutter, und seine Frau einem Verkehrsunfall zum Opfer gefallen. Zu Lebzeiten hatten sie eine Apotheke in der Innenstadt von Graz geführt, und nachdem sie kinderlos geblieben waren und auch sonst keine nahen Verwandten hatten, hatte Eva kurzerhand das Geschäft übernommen.

Ihrem späteren Ehemann, Maximilian Gessner, war sie anlässlich der Einladung eines Arzneimittelgroßhändlers begegnet. Er forschte nach neuen Heilmitteln, sie war Pharmazeutin, die Kombination schien ihr perfekt. Die Frauen liebten den Max, weil er zwar höflich und integer wirkte, es aber gleichzeitig faustdick hinter den Ohren hatte. Die Kombination hatte auch Eva gereizt. Und wie sie an allem, was sie sich in den Kopf gesetzt hatte, so lange festhielt, bis sie ihr Ziel erreicht hatte, so hatte sie es auch mit ihrer Partnerwahl gehalten. Kurz darauf waren sie und Max verheiratet. Aber das Glück der beiden währte nicht sehr lange.

Gessner ging nach kurzer Zeit wieder seinem gewohnten Lebensstil nach. Tagsüber arbeitete er im Institut, die Nächte verbrachte er in zweifelhaften Etablissements, spielte Karten und vergnügte sich dort mit Mädchen.

Aber auch Eva ging bald darauf eigene Wege. Sie erweiterte ihre Apotheke um einen Online-Versand, der in kurzer Zeit so florierte, dass sie den Straßenverkauf ganz einstellte und sich nur mehr auf diesen Geschäftszweig konzentrierte. Sie baute das Lager aus, stellte weitere Mitarbeiter ein und hatte inzwischen einen Kundenstamm, der bis ins weit entfernte Ausland reichte. Sie sah es als göttliche Fügung an, dass sie irgendwann Alexandra Tomaschek kennengelernt hatte. Alexandra hatte zwar keine besonders große Ahnung vom Arzneimittelgeschäft, stammte aber aus einer gesellschaftlich hoch angesehenen Grazer Familie und war so klug gewesen, die Verbindungen, die bereits ihr Vater von seinen ungeziefervertilgenden Eltern übernommen hatte, weiterhin zu pflegen. Sie hatte Eva schon viele potente Käufer zugeführt.

Zudem fühlten sich die Frauen voneinander verstanden und bedauerten sich wegen ihres gemeinsamen Schicksals, das darin bestand, dass ihre Männer nicht dem entsprachen, was sie sich bei ihrer Hochzeit vorgestellt hatten. Eine Scheidung kam natürlich auf beiden Seiten nicht in Frage, dafür waren die gesellschaftlichen Verflechtungen zu stark. Die Blöße, dass sie ihre Angetrauten nicht im Griff hatten, wollten sie sich vor den anderen weiblichen Mitgliedern der sogenannten Bussi-Bussi-Gesellschaft nicht geben.

Eva und Alexandra waren im Lokal Stammgäste. Sie trafen sich hier zwei Mal die Woche und schütteten sich gegenseitig das Herz aus. Ihre Zusammenkünfte hatten jedoch einen weiteren, neuen Reiz erfahren, seitdem sie an ihren gemeinsamen Projekten arbeiteten. Eva entwarf die Strategien, und Alexandra brachte ihre Beziehungen ein. Alles war streng geheim, selbst in Evas Firma war niemand eingeweiht. Und obwohl es um viel Geld ging, war das nicht der eigentliche Beweggrund, warum Alexandra Tomaschek mitmachte. Sie empfand das Leben mit ihrem Gatten als Korsett. Damals hatte sie gedacht, wenn sie mit einem vielversprechenden Wissenschaftler verheiratet wäre, könnte sie auch weiterhin in den gewohnten gesellschaftlichen Kreisen, die ihrer Herkunft entsprachen, bestehen. Aber die Rechnung war nicht aufgegangen. Robert hatte kein Interesse an ihren Freunden und kümmerte sich nicht im Entferntesten um seine Karriere. Alexandra langweilte sich zu Tode. Dass die Geschäfte, die sie zusammen mit Eva machte, illegal waren, störte sie nicht im Geringsten. Ganz im Gegenteil, das verschaffte ihr ein abenteuerliches Prickeln.

»Und, wie schaut's aus?«, fragte Alexandra und nippte an ihrem Cappuccino.

»Alles läuft wie geplant«, erwiderte Eva und schob einen Löffel Schlagsahne mit Roulade in den Mund.

»Dass du das essen kannst?«

»Ich weiß, ich kann einfach nicht widerstehen, aber nächste Woche beginne ich so eine Säure-Basen-Diät. Da werde ich mich mehr als genug kasteien, also brauch ich nicht heute schon damit anzufangen. Dabei komme ich mir jetzt bereits so übersäuert vor«, sagte Eva und strich ihr Kleid über dem gewölbten Bauch glatt. »Aber reden wir doch über etwas anderes, zum Beispiel darüber, warum ich dich angerufen habe: Heute Abend gehe ich zu einer Vernissage in der Galerie Wolkerstorfer. Kommst du auch?«

»Ich weiß nicht. Was soll ich denn dort? Mein Mann geht sowieso nicht mit«, seufzte Alexandra.

»Meiner leider schon, aber er bringt jemanden mit, der stinkreich sein soll. Einen Griechen, der geschäftlich hier ist. Sein Vater hat ihm erst vor Kurzem die Firma übergeben, angeblich die größte Reederei am Mittelmeer.«

»Und warum erzählst du mir das alles?«, fragte Alexandra wenig interessiert.

»Na, du könntest ihn dir doch unter den Nagel reißen«, sagte Eva verschwörerisch.

»Der wird grade auf mich gewartet haben. Außerdem kenne ich ihn gar nicht.« Alexandra schüttelte den Kopf.

»Du musst ihn ja nicht gleich heiraten. Aber bei dir läuft doch auch nichts mehr daheim, oder?«

»Schon, aber –«

»Weißt du was? Wir gehen da heute Abend gemeinsam hin, und du schaust dir den Adonis mal mit eigenen Augen an. Dann kannst du dir immer noch überlegen, ob du nicht vielleicht doch dein Netz auswerfen willst«, sagte Eva und gab dem Ober ein Zeichen, das dieser sofort bemerkte und mit einem Kopfnicken beantwortete.

»Ich hab aber keine Lust, und außerdem –«

»Nix da, komm bei uns gegen sieben vorbei, dann fahren wir hin, trinken ein Gläschen Schampus und sehen schon, ob sich etwas tut«, unterbrach sie Eva.

»Na gut. Was wird denn ausgestellt?« Alexandra zog sich verstohlen den Lipgloss nach.

»Keine Ahnung, ist aber ja auch egal, oder?«

Die beiden kicherten wie zwei Schulmädchen. Sie zahlten, nahmen huldvoll ein paar weitere Komplimente vom Ober Franz entgegen und machten sich auf den Weg zu ihren Autos.

***

Der Bürgersteig vor der Galerie Wolkerstorfer war für das gemeine Volk gesperrt worden. Die weißen Stretchhussen verliehen den Stehtischen ein laszives Aussehen, das durch rotes Scheinwerferlicht noch verstärkt wurde. Der Galerist, ein Mann Mitte fünfzig, ganz in Schwarz mit rotem Batikschal, lief aufgeregt umher, begrüßte die Gäste und drückte jedem Neuankömmling ein Glas orangen Aperol-Sprizz in die Hand. Am Tag hatte es geregnet, und jetzt, es war kurz vor neunzehn Uhr, wehte ein kühler Wind durch die Gassen der Grazer Altstadt. Eine gute Gelegenheit für die Damen, ihre Pelzstolen auszuführen, auch wenn sie an den Füßen empfindlich froren, weil High Heels ohne dicke Strümpfe eben doch bedeutend besser aussehen.

Die Frauen begutachteten sich gegenseitig aus den Augenwinkeln und registrierten jedes neu aufgetauchte oder verschwundene Fältchen. Die meisten von ihnen waren Expertinnen und erkannten sofort den Unterschied zwischen einer ordentlichen Portion Botox und dem Werk eines Schönheitschirurgen. Die neuen Entwicklungen waren stets Thema ihrer Small Talks.

Kurz vor halb acht trafen auch die Gessners in Begleitung von Alexandra Tomaschek ein. Küssend und Hände schüttelnd gingen sie durch die Tischreihen. Das war der Preis, den man dafür zahlte, wenn man erst kurz vor Beginn einer solchen Veranstaltung erschien. Andererseits wurde man, sozusagen als Entschädigung, von allen gesehen, was Alexandra und Eva ungleich wichtiger war.

»Wo ist er?«, zischte Alexandra Tomaschek ihrer Freundin zu.

»Keine Ahnung, vielleicht hat er sich verspätet«, gab Eva leise zurück. »Wo ist denn jetzt der Märchenprinz, den du uns versprochen hast?«, pflaumte sie wieder lauter ihren Mann an.

»Der wird schon kommen. Wäre auch eine Überraschung, wenn du mal irgendetwas abwarten könntest«, antwortete Gessner unfreundlich, während er weiterhin seine blütenweißen Jacketkronen bleckte, als gelte es, ein Wettlächeln zu gewinnen. Kurz vor acht, der Galerist wollte eben die Gäste in die Ausstellungsräume bitten, fuhr ein weißer Maserati Gran Turismo Sport mit italienischem Kennzeichen vor und parkte vor dem gesperrten Bürgersteig. Ein Mann um die dreißig in blauem Blazer sprang behände aus dem Wagen, zupfte sein Halstuch zurecht und steuerte auf Gessner zu.

Der Professor verdrehte die Augen, Meladze hatte ziemlich dick aufgetragen. Der junge Mann, den er schon einige Male in der Bar des georgischen Mafioso gesehen hatte, wirkte auf ihn, als wäre er einer billigen Seifenoper entsprungen – und der Maserati war völlig übertrieben. Vermutlich dachten die herumstehenden Frauen ebenso. Er schaute sich um, aber der Ausdruck in ihren Gesichtern belehrte ihn schnell eines Besseren: Sie verschlangen den Neuankömmling mit ihren Blicken. Als er vor Gessner stand und ihn wie einen guten Freund begrüßte, waren die Damen vor Neugier kaum mehr zu halten. Der Galerist klatschte in die Hände, um die Aufmerksamkeit wieder auf sich zu lenken, hatte aber keine Chance.

Gessner musterte den jungen Mann und musste einräumen, dass sich Meladze wirklich Mühe gegeben hatte. Der schwarzhaarige Jüngling war perfekt gekleidet. Der Georgier wurde ihm langsam unheimlich. Er hatte den Gigolo nicht, wie man hätte erwarten können, mit irgendeinem Uhrenimitat ausgestattet, sondern mit einer Rolex Audemars Piguet Royal Oak. Und das, obwohl sich Gessner sicher war, dass nur wenige der Vernissage-Besucher den Wert dieses Präzisionschronometers kannten. Alexandra Tomaschek jedoch würde eine von denen sein, die erkannten, welch teures Juwel Schweizer Uhrmacherkunst der junge Mann da an seinem Handgelenk mit sich herumtrug. Hoffentlich hatte ihm Meladze nicht gesagt, dass das Teil um die achtzigtausend Euro wert war, sonst würde er sich damit noch vom Acker machen.

»Meine Damen, darf ich euch einen lieben Freund und Geschäftspartner vorstellen?«

Seine Frau und Alexandra Tomaschek lächelten erwartungsvoll.

Meladzes Mann zeigte blütenweiße Zähne, beugte sich zu Eva Gessner vor und deutete einen Handkuss an.

»Spiro Galanis. Ich freue mich, Ihre Bekanntschaft zu machen. Max hat mir schon viel Gutes von Ihnen erzählt«, sagte er mit tiefer, leicht akzentuierter Stimme.

»Ah ja?«, sagte Eva mit einem Seitenblick auf ihren Gatten. »Es freut mich sehr, Herr Galanis.«

»Spiro, bitte.«

»Und das hier ist Alexandra Tomaschek, eine gute Freundin der Familie.«

Alexandra streckte Spiro, der eigentlich Kiro hieß und sich normalerweise um Meladzes Mädchen kümmerte, die Hand entgegen. Er küsste sie galant, schaute ihr, als er wieder den Kopf hob, einen Augenblick länger in die Augen als nötig und hielt ihre Hand in der seinen. Er spürte, wie sie leicht zusammenzuckte, ließ die Hand los, drehte sich auf dem Absatz um und sagte: »Ich denke, wir sollten uns hineinbegeben, die Ausstellung scheint eröffnet zu werden.«

Nach der Begrüßung durch den Galeristen und der Vorstellung der Künstlerin wurden die Gäste mit Champagner und Brötchen versorgt und wanderten von Bild zu Bild. Spiro ging an Evas Seite und würdigte Alexandra keines Blickes. Sie wurde von Minute zu Minute genervter und war knapp davor, sich wegen einer plötzlichen Migräne zu entschuldigen, als Spiro mit zwei Gläsern in der Hand zu ihr kam.

»Ich sehe, Sie haben nichts mehr zu trinken, Alexandra.« Er reichte ihr den Champagner. »Wie gefallen Ihnen die Gemälde?«, fragte er und prostete ihr zu.

»Nun ja, ich finde sie etwas zu …«

»Frivol?«, ergänzte Spiro. »Aber der weibliche Körper ist doch etwas Wundervolles.«

Die Künstlerin hatte sich einen Namen mit erotischen Bildern gemacht, die großen Leinwände zeigten nackte Frauen in verschiedenen Posen.

»Schon, aber irgendwie sind die Darstellungen nicht ganz mein Geschmack«, erwiderte Alexandra.

»Verstehe«, sagte Spiro. »Rauchen Sie?«

»Ja.«

»Wollen wir ein wenig an die frische Luft gehen?«

»Ich weiß nicht …«

»Ach, kommen Sie, ich brauche jetzt eine Zigarette, leisten Sie mir doch Gesellschaft – bitte.«

»Na gut, warum nicht.«

Spiro öffnete Alexandra die Tür und ließ ihr galant den Vortritt. Sie stellten sich an einen der Stehtische, Spiro zog ein goldenes Etui aus seiner Jackentasche und bot Alexandra eine Zigarette an. Sie nahm eine, bedankte sich, und er gab ihr Feuer. Sie lächelte. Spiro schaute sie fragend an.

»Es ist nichts, ich musste nur lachen. Der Wagen, Ihr schönes Zigarettenetui und dann dieses alte Feuerzeug.«

Spiro machte ein trauriges Gesicht. »Das Feuerzeug habe ich von meinem Vater. Als er noch ein junger Mann war, hat es ihn über die Meere begleitet. Damals war er ein einfacher Matrose. Letztes Jahr ist er verstorben.«

»Entschuldigen Sie, ich wollte nicht indiskret sein.«

»Nein, ist schon gut, das macht nichts. Er fehlt mir, er war ein wunderbarer Mensch. Leider hatte ich keine Zeit für Trauer, ich musste die Firma sofort übernehmen. Ich bin der Einzige unserer Familie, der noch lebt.«

»Das tut mir leid«, sagte Alexandra ehrlich betroffen.

»Muss es nicht. Es ist nur so: Bisher habe ich mit niemandem darüber gesprochen.«

»Mit niemandem? Auch nicht mit Ihrer Frau oder Ihrer Freundin?«

»Ich bin nicht verheiratet. Wissen Sie, mein Vater hat sich um alles allein gekümmert, und jetzt liegt die Last auf mir. Die Frau, mit der ich viele Jahre befreundet war, ertrug es nicht, dass ich immer auf Reisen bin. Sie hat mich vor ein paar Monaten verlassen.«

Alexandra nickte und seufzte: »Ich weiß, wie man sich fühlt, wenn man allein ist.«

»Sie sind es also auch? Das kann ich mir bei Ihnen gar nicht vorstellen.«

»Ich bin verheiratet, aber für meinen Mann existiere ich nicht. Er lebt nur für seine Forschungen und sein Institut.«

»Unvorstellbar.«

»Wie meinen Sie das?«, fragte Alexandra.

Spiro räusperte sich und senkte verlegen den Blick. »Jemanden wie Sie, den kann man doch gar nicht ignorieren.«

Sie schwiegen eine Weile, dann griff Spiro nach seinem Glas. »*Jámas!* Auf uns zwei einsame Seelen.«

Sie stießen an und tranken.

»Wieso müssen Sie eigentlich so viel reisen?«, fragte Alexandra.

»Ich besuche unsere Kunden, schließe Verträge mit den Lieferanten für unsere Schiffe ab und repräsentiere die Firma. Der persönliche Kontakt ist in unserer Branche sehr wichtig«, sagte Spiro und bot Alexandra noch eine Zigarette an.

»Schiffe?«

»Ja. Praktisch über Nacht musste ich die größte Reederei Griechenlands übernehmen. Das war nicht einfach für mich, das können Sie mir glauben.«

»Und was führt Sie zu Professor Gessner?«

»Der Besuch ist rein privater Natur. Der Professor sucht nach einem Mittel gegen Krebs, und ich unterstütze seine Forschungen. So etwas ist mir sehr wichtig. Der kleine Sohn eines Freundes ist an Krebs verstorben.« Der falsche Spiro war ein guter Schauspieler. Er brachte es tatsächlich fertig, feuchte Augen zu bekommen. »Ich mag Graz und dachte, wenn ich mir hier eine Wohnung kaufe, könnte ich mich hier von Zeit zu Zeit vielleicht verkriechen, auftanken. Ich fühle mich ständig gehetzt, immer muss ich den starken Geschäftsmann geben, dabei würde ich mich so gern einfach fallen lassen.« Er machte eine Pause und schaute Alexandra tief in die Augen. »Aber ich belästige Sie mit meinen Problemen.

Es ist nur so, als würde ich Sie schon sehr lange kennen. Tut mir leid.«

»Ach, das macht doch nichts. Mir geht es genauso«, flüsterte Alexandra.

Sie tranken noch einen Schluck, dann fragte sie, ob er bereits eine geeignete Immobilie gefunden hätte.

»Ja, und ich habe sofort zugegriffen. Die Wohnung ist zwar noch nicht zur Gänze eingerichtet, aber seit ein paar Tagen muss ich nicht mehr im Hotel schlafen. Ein gutes Gefühl.«

»Und wo liegt Ihr neues Domizil?«, fragte Alexandra neugierig.

»Nicht sehr weit von hier, am Südtiroler Platz.«

Alexandra war beeindruckt ob der zentralen Lage. »Es war sicher nicht leicht, die Wohnung zu finden.«

»Ja, da haben Sie recht. Ich habe lange gesucht, bis ich endlich Glück hatte. Es ist ein Penthaus, von der Terrasse aus sieht man das ›Friendly Alien‹.«

Alexandra war entzückt. Damals, als das so bezeichnete Kunsthaus gebaut worden war, war sie eine brennende Verfechterin des modernen Gebäudes gewesen, während sich viele gegen die moderne Acrylglaskonstruktion ausgesprochen hatten, die sich wie eine blaue Seegurke zwischen den barocken Dächern der Altstadt hindurchschlängelte.

Spiro und Alexandra plauderten noch eine Weile, dann drang aus der Galerie laute Musik zu ihnen heraus, die Tür wurde aufgestoßen, und ein paar Gäste kamen lachend und plaudernd heraus und steckten sich Zigaretten an.

Alexandra warf Spiro einen Blick zu und verdrehte die Augen.

»Jetzt wird es laut hier«, sagte er. »Ich wage kaum, Sie zu fragen, aber möchten Sie sich meine Wohnung vielleicht ansehen?«

Alexandra wollte sofort ablehnen, sie konnte doch nicht mit einem fremden Mann in seine Wohnung gehen, aber als sie Spiro in seine traurigen dunkelbraunen Augen sah, brach ihr Widerstand zusammen.

Wenig später bogen sie in den Innenhof des Gebäudes ein, in dem sich der wohnungseigene Parkplatz befand, und fuhren mit dem Lift direkt ins Apartment. Spiro bot Alexandra einen Drink an, führte sie durch die Räume und zum Schluss auf die Terrasse, von der man die Innenstadt überblicken konnte. Es wehte ein leichter Wind. Schweigend betrachteten sie das Lichtermeer.

»Mein Gott!«, rief Alexandra. »Das Kunsthaus ist ja fast zum Greifen nahe.«

»Gefällt es Ihnen wirklich?«, fragte Spiro und legte seinen Arm um ihre Hüften.

Alexandra blickte zu ihm auf und nickte.

Spiro streichelte ihr Haar, drehte sie zu sich und küsste sie sanft auf den Mund. Alexandra erwiderte den Kuss, dann lagen sie sich in den Armen und wenig später im riesigen Bett des Apartments.

Ein russischer Diplomat, der in Meladzes Schuld stand und sich gerade nicht in Graz aufhielt, hatte ihm Wohnung und Wagen überlassen. Fragen hatte er keine gestellt.

Spiro lümmelte mit einem Glas Wodka in einem viel zu großen Seidenmorgenmantel auf der blütenweißen Ledercouch im Wohnzimmer, als Alexandra quietschvergnügt und frisch gestylt aus dem Badezimmer kam. Sie setzte sich zu ihm und legte ihren Kopf auf seine Schulter.

»Sag mal, Spiro, könnte es sein, dass du ein gewisses Faible für Russland hast?«

»Wie meinst du das?«, wunderte er sich.

»Deine Sachen im Badezimmer, das Rasierwasser und auch die anderen Kosmetikartikel, sie stammen alle von dort. Und als ich mir vorhin Mineralwasser aus dem Kühlschrank genommen habe, standen daneben russischer Sekt, Lachs und Kaviar.«

»Ach so, deshalb.« Spiro lachte. »Nein, das Zeug hat dem Vorbesitzer gehört. Hat es einfach hiergelassen.«

Alexandra fuhr ihm mit der Hand unter den Morgenmantel und streichelte seine behaarte Brust. »Und den Bademantel hast du wohl auch übernommen?«

»Ganz richtig«, sagte Spiro und hielt ihre Hand fest. »Aber du bist ja schon fertig angezogen und geschminkt. Willst du mich wieder verlassen?«

»Leider, was bleibt mir denn anderes übrig?« Alexandra zog einen Schmollmund. »Ich bin zwar meinem Mann egal, aber wenn ich nicht nach Hause käme, würde sogar er fragen, wo ich gewesen bin. Außerdem tratschen die Leute.«

»Verstehe. Aber wir können uns schon wiedertreffen, oder? Natürlich nur, wenn du willst.«

»Wenn du meinst«, sagte Alexandra und kuschelte sich an ihn.

»Natürlich. Wir könnten essen gehen, reden und anschließend … Aber ich will nicht, dass du wegen mir Schwierigkeiten mit deinem Mann bekommst.«

»Ach, der!« Alexandra setzte sich aufrecht hin.

»Dein Mann ist Wissenschaftler, oder? Professor Gessner hat es erwähnt. Womit beschäftigt er sich?«

»Er sucht wie Gessner nach einem Krebsmittel. Momentan ist er allerdings stinksauer, weil ihm die Ethikkommission weitere Versuche untersagt hat.«

»War er nicht erfolgreich?«, gab sich Spiro ahnungslos.

»Ganz im Gegenteil. Er sagt, er habe den Stein der Weisen gefunden. Ich habe ihn mehrmals mit seiner Assistentin telefonieren gehört und glaube ihm. Aber jetzt ist wohl Schluss mit den Forschungen. Er wird sogar das Institut zusperren müssen.«

»Aber womit verdient er dann sein Geld? Und was bedeutet das für dich?«, fragte Spiro besorgt.

»Ehrlich gesagt, ist mir das ganz egal. Ich habe zwar ein Vermögen in dieses Labor gesteckt, aber ich habe noch Rücklagen. Ich brauche ihn nicht.«

Alexandra erzählte Spiro von ihrem Großvater und seiner Fabrik, ihrem Erbe und dem Ansehen, das ihre Familie in der Stadt genoss. Er hörte ihr aufmerksam zu und schwieg.

»Was ist? Du siehst auf einmal so nachdenklich aus«, fragte Alexandra, als Spiro, lange nachdem sie geendet hatte, immer noch kein Wort sagte.

»Ich muss daran denken, was du erzählt hast. Dass dein Mann angeblich bereits ein Mittel gegen Krebs gefunden hat.«

»Er ist davon jedenfalls überzeugt. Und?« Alexandra zuckte mit den Achseln.

»Nun ja, wenn er selbst schon nicht weitermachen darf, sollte er doch zumindest seine Ergebnisse zur Verfügung stellen, damit das Wissen nicht verloren geht«, sagte Spiro ernst.

»Ich denke nicht, dass er etwas in der Art tun wird. Ich hatte es ihm schon vorgeschlagen, aber er ist vor Wut an die Decke gegangen.«

»Du glaubst nicht, dass er seine Forschungsunterlagen verkaufen würde?«

»Kann ich mir nicht vorstellen. Mit Geld hat er nichts am Hut.«

Spiro stand auf und ging zur Hausbar, die wie die anderen Möbel aus feinsten exotischen Hölzern gefertigt war. Er schenkte sich einen weiteren doppelten Wodka ein und zog die Stirn in Falten.

»Aber es muss doch einen Weg geben, seine Erkenntnisse zu nutzen. Wenn nur die geringste Chance bestünde, dass dein Mann ein Gegenmittel gefunden hat, dann darf das doch nicht in einer Schublade verstauben.«

»Mir egal. Der soll machen, was er will«, platzte Alexandra heraus. Als sie Spiros betroffenen Blick bemerkte, lenkte sie sofort ein. »Entschuldige, ich vergaß, welch großes Anliegen dir der Kampf gegen Krebs ist. Du bist ein guter Mensch.« Sie ging zu ihm und umarmte ihn. »Vielleicht kann ich dir ja helfen. Ich kann nichts versprechen, aber ich werde sehen, was sich machen lässt.«

»Wie meinst du das?«, tat Spiro erstaunt.

»Nun ja, weitermachen kann mein Mann nicht, und an einen Verkauf der Ergebnisse denkt er sicher auch nicht. Aber was sollte es schaden, wenn jemand, der sich damit auskennt, mal einen Blick auf die Unterlagen wirft?«

»Das würdest du wirklich für mich tun?«

»Ich versuche es«, sagte Alexandra und fuhr ihm mit den Fingern durch sein dichtes schwarzes Haar. »Aber jetzt muss ich gehen. Kannst du mir ein Taxi rufen?«

»Treffen wir uns morgen? Zum Essen?«, fragte Spiro.

»Morgen schon?«, kicherte Alexandra. »Schreib mir eine SMS, dann können wir uns vielleicht kurz auf einen Kaffee treffen. Meine Nummer hab ich dir ja gegeben.«

Spiro bestellte ein Taxi, und als wenig später die Türglocke anschlug, fuhr Alexandra Kusshändchen werfend, bis sich die Aufzugtür geschlossen hatte, und mit einem seligen Lächeln auf den Lippen nach unten.

Spiro wartete ein paar Minuten, dann wählte er Meladzes Nummer. »Kiro hier. Ich denke, sie hat angebissen. Sie ist gerade gegangen und wird versuchen, bis morgen an die Unterlagen ranzukommen.« Er grinste. »Danke, danke, du weißt ja, ich habe da so meine speziellen Methoden. Ich melde mich wieder, wenn ich was Neues hab.«

Meladze hatte zufrieden geklungen. Wenn alles glattlief, würde die Sache einen schönen Bonus abwerfen. Kiro warf den Morgenmantel achtlos auf den Boden und ging zu Bett.

SECHZEHN

Schröck hatte sich die halbe Nacht schlaflos im Bett herumgewälzt. Der alte Radiowecker auf dem Nachtkästchen zeigte sieben Uhr morgens an. Er schob sich das Kissen unter den Kopf und starrte an die Zimmerdecke. Liba hatte gesagt, dass Jiří gleich heute Morgen kommen würde. Hoffentlich hatte sie ihm auch die richtige Adresse durchgegeben. Aber wenn nicht, würde sich Jiří sicher telefonisch bei ihm melden, seine Nummer hatte er bestimmt von seiner Tante bekommen. Aber konnte er sicher sein? Libuša hatte es nicht so mit deutschen Zahlen und verdrehte sie gern. Andererseits hatten die beiden bestimmt Tschechisch miteinander gesprochen. Es würde schon klappen. Hoffentlich konnte ihm Jiří überhaupt helfen, eigentlich wusste Schröck ja gar nichts über ihn, außer dass er hier wohnte und Libas Neffe war. Was vertat er eigentlich seine Zeit damit, sich den Kopf zu zerbrechen? Er schwang sich aus dem Bett und stellte sich unter die Dusche.

Eine halbe Stunde später saß Schröck im spartanisch eingerichteten Frühstücksraum und trank Kaffee. Er hatte einen Blick in die Lobby geworfen, aber nur ein paar gut gelaunte Japaner gesehen, die wohl auf ihren Bus und darauf warteten, alles, was ihnen vor die Linse kam, zu fotografieren. Schröck hatte keine Ahnung, wie Jiří aussah. Bisher war es ihm immer noch gelungen, sich vor Libas Fotoalbum zu drücken. Offenbar ein Fehler, wie sich jetzt herausstellte. »Er ist ein lieber und gescheiter Bub«, sagte sie immer, wenn sie von ihm sprach. Aber wie sahen liebe Buben mit ungefähr fünfundvierzig aus?

Nach zwei weiteren Tassen Kaffee ging Schröck vor die Tür und steckte sich eine Zigarette an. Er hatte sich gestern ein neues Päckchen gekauft. Es war fast neun, die Vögel zwitscherten, und der Tag versprach, frühlingshaft warm zu werden. Er sog den Rauch tief ein. Vor einem Jahr hatte er nach fast fünfzehnjähriger Abstinenz wieder zu rauchen begonnen. Eigentlich hatte es keinen Grund dafür gegeben, aber als die Anti-Raucher-Kampagnen immer aggressiver geworden waren, hatte er aus Protest wieder zur Zigarette gegriffen. Natürlich, Rauchen war ungesund und

Passivrauchen offenbar noch schädlicher, aber es gab so vieles auf der Welt, das anderen Menschen schadete, etwa das minderwertige Zeug, mit dem die Leute ihre Kinder fütterten. Aber darum kümmerte sich natürlich niemand.

Schröck schnippte den Zigarettenstummel auf die Straße. Die Sache mit Silvia ging ihm langsam an die Nieren. Und wo blieb nur dieser Jiří?

Ein Kleinbus hielt vor dem Eingang. Die Japaner trippelten aus dem Hotel, fotografierten den Fahrer, den Bus und die Buchsbäume, die an beiden Seiten des Eingangs standen. Als sie keine Anstalten machten einzusteigen, ertönte erst ein lautes Hupen, dann fuhr ein weißer Diesel-Mercedes älteren Baujahrs vor und stellte sich genau vor den Reisebus.

Der Busfahrer ließ die Seitenscheibe hinunter und streckte den Kopf aus dem Fenster. »So können Sie hier nicht stehen bleiben, das ist Fußgängerzone, und außerdem muss ich gleich los!«, rief er aufgebracht. Er öffnete die Beifahrertür und bedeutete seinen Fahrgästen einzusteigen.

Der Mercedes-Fahrer machte eine wegwerfende Handbewegung und streckte sich. Kein Wunder, dass ihm das Kreuz weh tat. Schröck grinste. Der Mann war an die zwei Meter groß und nicht gerade schmal gebaut. Der musste sich sogar in diesem Wagen wie eine Sardine in der sprichwörtlichen Büchse fühlen.

Der Hüne mit den blonden Naturlocken warf einen Blick auf das Hotelschild und sperrte den Wagen ab.

»Sie sind Jiří, nicht wahr?«, sprach Schröck ihn an.

»Ja, und Sie sind Michael Schröck?«

»Der bin ich.«

Jiří schüttelte ihm die Hand, dass es schmerzte.

»Das freut mich, meine Tante hat mir viel von Ihnen erzählt.«

»Freut mich auch«, sagte Schröck und befreite seine Hand aus Jiřís Pranke. »Danke, dass Sie so schnell kommen konnten.«

»Kein Problem. Liba hat gesagt, dass Sie Hilfe bräuchten, weil Ihre Freundin verschwunden ist. Aber sie war am Telefon ziemlich aufgeregt, ich habe nicht alles verstanden.«

»Wenn es Ihnen recht ist, erzähle ich Ihnen bei einem Kaffee, was geschehen ist.«

Jiří warf einen Blick auf die Uhr und verzog den Mund. »Es ist schon gleich zehn, da trinke ich eigentlich lieber Bier.«

Schröck schlug ein Lokal ein Stück weiter unten an der Straße vor, das er gestern gesehen hatte. Jiří war einverstanden.

Fünf Minuten später saßen sie an einem Tisch am Fenster, und Jiří nahm einen großen Schluck aus seinem Krügel. Als er es wieder abstellte, war es nur mehr halb voll. Er wischte sich mit dem Handrücken den Schaum von den Lippen und grinste. »Das war gut und nötig. Heute ist es ziemlich warm.«

Schröck nickte und betrachtete den großen Mann, dessen fleischige Wangen noch eine Spur röter geworden waren.

»Wo waren Sie, als Liba Sie angerufen hat?«

»In Teplice-Šanov, einem Kurort. Ich hab's ein bisserl am Kreuz. Haben Sie gewusst, dass sich 1812 schon Goethe und Beethoven dort getroffen haben?«

»Tatsächlich?«, sagte Schröck beeindruckt.

»Ich hab das auch nur aus einem Prospekt.«

»Ist Teplice-Šanov weit von Graz entfernt?«, fragte Schröck.

»Man braucht etwa zwei Stunden bis nach Wien und dann noch fast genauso lange bis hierher. Ich bin so schnell gekommen, wie es ging, nachdem mich Tante Libuša angerufen hat. Ich war nicht nur zum Vergnügen in Teplice-Šanov, sondern habe das Angenehme mit dem Nützlichen verbunden.«

»Geschäfte?«

»Kann man so sagen.« Jiří kniff die Augen zusammen und musterte Schröck. »Sie sind bei der Polizei, hat mir Tante Liba erzählt?«

»Stimmt.«

Jiří leerte sein Glas und schaute sich nach dem Kellner um. »Bei der deutschen Polizei, oder?«

»Wieder richtig.«

»Machen Sie Urlaub hier?«

Schröck überlegte, was er dem Mann sagen sollte. Aber wenn er wollte, dass ihm Jiří half, sollte er ihm wohl besser die Wahrheit sagen – oder zumindest einen Teil davon. »Nein, ich arbeite hier für den Bundesnachrichtendienst.«

Jiří pfiff durch die Zähne. »No, sauber! Ich sitz mit einem

Geheimdienstler im Wirtshaus und trinke Bier. Aber warum holen Sie dann nicht die Artillerie, wenn das Fräulein Freundin verschwunden ist?«

»Das kann ich nicht. Ich arbeite allein und habe nicht die blasseste Ahnung, ob das Verschwinden von Silvia in Zusammenhang mit meinem Auftrag steht. Außerdem bin ich noch nicht lange dabei. Genau genommen ist das mein erster Auftrag«, fügte er etwas kleinlaut hinzu.

»Das ist blöd«, schätzte Jiří die Situation ganz richtig ein und trank von dem frischen Bier, das ihm der Kellner hingestellt hatte.

»Das kann man wohl sagen.«

»Dann legen Sie mal los. Ich bin ganz Ohr.«

Schröck erzählte von Gessner und seinen Forschungen, von Silvias überraschendem Besuch in Graz und den Umständen ihres Verschwindens. Er habe Gessners Telefonnummer in Silvias Handyspeicher gefunden, könne aber dem Professor unmöglich selbst auf den Zahn fühlen, weil er ihn unter anderem Namen schon einmal aufgesucht habe. Den wahren Grund seines Auftrags verschwieg Schröck, erwähnte aber, dass Gessner in Verbindung mit einem gewissen Lado Meladze stand, der anscheinend in der Grazer Unterwelt eine maßgebliche Rolle spielte. Jiří hatte, während Schröck sprach, seine Löckchen, die er im Stil der siebziger Jahre vorne kurz und hinten lang trug, zwischen Daumen und Zeigefinger gedreht. Jetzt hielt er in der Bewegung inne.

»Lado Meladze?«, wiederholte Jiří erstaunt.

»Ja, kennen Sie ihn?«

Jiří lachte auf. »Das ist doch der Kopf der Georgiermafia in Graz.«

»Ja, das habe ich auch gehört, aber nachdem ich mich hier bei Weitem nicht so auskenne wie Einheimische, brauche ich Sie. Allerdings will ich nicht, dass Sie wegen mir in Schwierigkeiten geraten. Ich möchte nur wissen, welche Verbindung zwischen Gessner und meiner Freundin besteht. Das ist der einzige Anhaltspunkt, den ich habe, um sie wiederzufinden.«

»Das schaffen wir schon. Und um mich machen Sie sich mal keine Sorgen. Ich habe schon ganz andere Probleme gelöst«, sagte Jiří und leerte sein zweites Bier. »Was soll ich also machen?«

Warum auch immer, Schröck fand Jiří sympathisch, und so reichte er ihm die Hand, selbst auf die Gefahr hin, dass sie erneut zerquetscht werden würde.

»Ich bin Michael, wenn wir schon zusammenarbeiten …«

»Freut mich. Jiří, Jiří Macek. Durch Liba sind wir ja fast verwandt«, grinste er. Dann wurde er ernst. »Also, Michael, was machen wir jetzt als Nächstes?«

»Wir müssen Gessner auf den Zahn fühlen, und wenn ich sage wir, dann meine ich eigentlich dich.«

»Und wie hast du dir das vorgestellt?« Jiří lehnte sich vor.

»Du wirst ihn anrufen und ihn nach Silvia fragen. Deine Stimme kennt er noch nicht.«

»Okay. Hast du seine Handynummer?«

»Klar, aber ich würde ihn lieber auf einer seiner Festnetznummern erreichen. Dann wissen wir, dass er in seinem Institut oder zu Hause ist. Wenn uns seine Reaktion komisch vorkommt, können wir uns direkt an ihn dranhängen.«

»Keine schlechte Idee«, sagte Jiří, »aber die Sache hat einen Haken.«

»Und der wäre?«

»Wenn dieser Wissenschaftler wirklich etwas mit dem Verschwinden deiner Silvia zu tun hat und nicht ganz blöd ist, wird er den persönlichen Kontakt zu den Drahtziehern sicherlich meiden. Der hat doch auch einen Fernseher zu Hause und kann in jedem Krimi sehen, wie so was funktioniert.«

»Da hast du auch wieder recht«, seufzte Schröck.

»Wenn wir also mehr über den Professor wissen wollen, müssen wir seine Gespräche abhören«, fuhr Jiří fort.

»Vom BND ist leider keine Hilfe zu erwarten, und die Polizei wird den Teufel tun, einem angesehenen Forscher wegen eines vagen Verdachts das Telefon anzuzapfen.«

»An die Polizei habe ich auch gar nicht gedacht. Nix für ungut, aber die sind sowieso nicht meine besten Freunde.«

»Wie sollen wir das dann anstellen? Denkst du vielleicht, ich bin James Bond, und der BND hat mich mit einem Koffer voller technischer Spielereien ausgestattet? Ich habe nicht die geringste Ahnung von Abhörgeräten, und selbst wenn ich sie hätte, wüsste ich nicht, wo und wie ich eins organisieren sollte«, sagte Schröck mit einem Stirnrunzeln.

»Aber ich, und mein Plan ist gut. Gib mir zwei Stunden, dann habe ich alles, was wir brauchen«, sagte Jiří entschlossen.

»Also gut. Das hört sich zwar illegal an, aber was soll's.« Schröck zuckte mit den Achseln.

Jiří rief den Kellner und zog seine Brieftasche aus der Hose, aber Schröck schüttelte den Kopf. »Lass mal, das übernehme ich. Außerdem müssen wir noch über dein Honorar reden.«

»Das Bier kannst du gern bezahlen, aber alles andere ist Ehrensache. Du bist ein netter Mann, du kümmerst dich um meine Tante. Ich denke, sie mag dich wirklich«, sagte Jiří und stand auf.

»Na ja, eigentlich kümmert sie sich ja mehr um mich«, entgegnete Schröck.

»Ist doch egal, dann kümmert ihr euch eben gegenseitig um euch. Bis nachher dann. Ich komm bei dir vorbei.«

Als Jiří gegangen war, schlenderte Schröck zurück in sein Hotel.

Drei Stunden später war Jiří noch immer nicht zurück. Schröck lief ungeduldig in seinem Zimmer auf und ab und hielt zwischendurch immer wieder am Fenster Ausschau nach Jiřís weißem Mercedes. Er ärgerte sich, dass er vergessen hatte, ihn nach seiner Handynummer zu fragen. Dann hörte er, wie vor dem Hotel zwei Männer lautstark diskutierten. Schröck schaute hinaus und sah Jiří und den Hotelportier.

»Zum letzten Mal«, rief der Hotelangestellte aufgebracht, »wenn Sie mit Ihrer Rostlaube nicht sofort wegfahren, lasse ich Sie abschleppen! Hier herrscht striktes Parkverbot. Wir befinden uns in einer Fußgängerzone. Nur unsere Hotelgäste dürfen hier ein- und aussteigen.«

»Jetzt hab dich doch nicht so. Ich bleibe ja nicht lange. Du weißt doch auch, dass es hier weit und breit keinen freien Parkplatz gibt. Ich werde von einem deiner Hotelgäste erwartet«, versuchte Jiří den Mann zu überzeugen.

»Das ist mir völlig egal. Entweder fahren Sie den Wagen sofort weg oder ich rufe die Polizei.«

Schröck überlegte, ob er nach unten laufen sollte, um vermittelnd einzugreifen, dann aber sah er, wie Jiří den Arm um den schmächtigen Mann legte, ihn am Nacken packte und ihm, noch immer freundlich lächelnd, etwas ins Ohr flüsterte. Der Portier wollte sich aus seinem Griff befreien und setzte an, etwas zu entgegnen, aber Jiří zog ihn näher zu sich heran und redete leise weiter. Dann ließ er ihn los und klopfte ihm auf die Schulter. Plötzlich hatte es der Angestellte ziemlich eilig, ins Hotel zu kommen. Jiří vergewisserte sich mit einem Blick, dass ihn niemand beobachtet hatte, dann folgte er dem Mann.

Schröck öffnete die Tür, noch bevor Jiří angeklopft hatte. »Das hat aber lange gedauert. Ich dachte schon, du hättest es dir anders überlegt.«

Jiří trat ein, legte seine Aktentasche auf das Bett und klopfte sich leicht auf den Bauch. »Entschuldige, aber ich musste noch unbedingt etwas essen. Ein leerer Sack steht nicht.«

»Was war denn das da gerade?«

»Was meinst du?«, fragte Jiří mit Unschuldsmiene.

»Na, dein Geplänkel mit dem Portier.«

»Ach, der Mann hat mich wegen des Parkplatzes genervt, aber wir haben uns geeinigt.«

»Und was hast du ihm erzählt, dass er dich jetzt doch vor dem Hotel parken lässt?«

»Erzählt? Nichts. Ich habe ihm nur gesagt, dass ich ihn ordentlich verprügle, wenn er mir mit seinem Parkverbot weiter auf den Geist geht. Ich kenne die Sorte Mensch, die braucht klare Ansagen, die bettelt förmlich darum.«

Schröck schüttelte den Kopf. »Was soll's. Hast du alles bekommen?«

Jiří setzte zur Antwort an, aber Schröck ließ ihn nicht zu Wort kommen. »Egal, ich will es gar nicht hören. Wer weiß, welche Quellen du dafür angezapft hast.«

»Ich war bloß in einem Handyladen. Daran ist nichts Verwerfliches.«

»Du hast ein Mobiltelefon gekauft?«

»Zwei.«

Schröck verdrehte die Augen. »Und was machen wir damit? Willst du Gessner vielleicht ein Handy schenken?«

»Natürlich nicht. Damit überwachen wir sein Büro in Bild und Ton«, sagte Jiří und lächelte verschmitzt.

»Und wie?«

»Wir haben einen Laptop und zwei Mobiltelefone. Beide Handys haben eine Prepaidkarte. Eines stelle ich so ein, dass man es als Internetverbindung verwenden kann. Das andere Gerät müssen wir nur in sein Büro hineinschmuggeln. Ich habe schon eine App runtergeladen, mit der man das Mobiltelefon zu einer Wireless-LAN-Kamera umfunktionieren kann. Wenn ich dann das zweite Gerät mit demselben Hotspot verbinde, kannst du auf dem Laptop alles mit ansehen, was im Büro passiert. In Farbe und Stereo.«

»Und das funktioniert?«

»Warte, ich zeige es dir.« Stolz öffnete Jiří seine Tasche, nahm sein Notebook und die beiden Handys heraus, schaltete die Geräte ein, definierte den Zugangspunkt auf einem Handy und verband damit den Laptop und das zweite Telefon. Gleich darauf erschienen Schröck und Jiří auf dem Bildschirm des Computers.

»Was sagst du jetzt?«, strahlte Jiří.

»Toll. Aber hören kann ich uns nicht.«

»Moment.« Jiří klickte ein Menü an, und mit einer kurzen Zeitverzögerung hörte Schröck sich selbst reden, bis die Lautsprecher ohrenbetäubend zu pfeifen begannen.

Jiří stellte schnell den Ton aus. »Das passiert beim Professor natürlich nicht. Das war nur eine Rückkopplung. Wir können also seelenruhig im Auto vor seinem Büro sitzen und alles mitverfolgen.«

»Du bist ein echtes Genie«, sagte Schröck anerkennend.

»Danke.« Jiří grinste breit und warf sich aufs Bett.

»So weit, so gut, aber wie kriegen wir das Handy in Gessners Büro?«

Jiří setzte sich auf und machte ein betretenes Gesicht. »Das weiß ich auch noch nicht.«

»Egal. Pack die Sachen zusammen, wir fahren jetzt zu Gessner. Vielleicht fällt uns ja auf der Fahrt noch etwas ein.«

Jiří verstaute den Laptop und die beiden Handys in seiner Tasche, während Schröck schon ungeduldig an der Tür wartete.

Sie liefen die Treppe hinunter und stießen an der Rezeption auf den Portier von vorhin, der zusammenzuckte, als er den blonden Riesen auf sich zulaufen sah.

Jiří grinste ihn freundlich an. »Ich hoffe, du hast gut auf meinen Wagen achtgegeben!«, rief er ihm im Laufen zu.

»Fahr langsam«, ermahnte Schröck Jiří, der im halsbrecherischen Tempo um zwei Ecken bog und über die Tegetthoffbrücke raste. »Wir wollen doch nicht auffallen. Erst einmal in aller Ruhe das Terrain sondieren.«

Jiří nickte, wechselte knapp vor einem Kleinwagen die Spur und fuhr mit quietschenden Reifen auf den Marburger Kai zu. Wenige Minuten später näherten sie sich ihrem Ziel.

»Fahr langsam, wir sind gleich da«, sagte Schröck und ließ den Haltegriff los, an den er sich die letzten Minuten über geklammert hatte.

»Das helle Gebäude da drüben müsste es sein, oder?« Jiří lehnte sich über das Lenkrad und hielt Ausschau nach einem freien Parkplatz.

»Genau. Jetzt müssen wir nur mehr irgendwie da hineinkommen.«

Jiří bremste unvermittelt und setzte zurück. Mit zwei Lenkraddrehungen stand er in der Parklücke.

Schröck atmete tief durch.

»Sag mal, bist du mal Fluchtautos gefahren?«

»Wieso?« Jiří schaute ihn scheinheilig an.

»Nur so.«

»Ich gehe da jetzt mal rein. Den Schlüssel lass ich stecken, hier ist normalerweise Parkverbot.«

»Was auch sonst«, murmelte Schröck.

***

Jiří schlenderte auf die andere Straßenseite, stieß die Glastür auf und steuerte auf die junge Frau am Empfang zu. Sie schaute von ihrem Monitor auf und musterte ihn.

»Sie wünschen?«, fragte sie und zog ihre perfekt zu einem Strich zurechtgezupfte rechte Augenbraue hoch.

Jiří ignorierte ihren arroganten Unterton, lehnte sich an den Tresen und grinste.

»Kann ich Ihnen behilflich sein?«

»No, da bin ich mir ganz sicher, dass Sie das kennten. Aber vielleicht sogen Sie mir zuerst: Ist das hier das Labor von dem Professor Gessner?«, fragte er mit übertriebenem böhmischen Akzent.

»Natürlich«, antwortete die Frau ungeduldig. »Zu wem wollen Sie?«

»Ich muss zu Stani.«

»Hier gibt's keinen Stani, tut mir leid.«

»Keinen Stani? Das kann nicht sein.«

»Doch«, sagte sie genervt und machte Anstalten, ihn hinauszukomplimentieren, als ein Lächeln über ihr Gesicht huschte. »Suchen Sie vielleicht die Maler? Die arbeiten oben im dritten Stock und sind hoffentlich bald mit dem Treppenhaus fertig.«

Jiří sah sie mit großen Augen an und nickte. »Genau, Stani ist Maler. Darf ich dann mal zu ihm rauf?«

Sie seufzte. »Natürlich, gehen Sie schon.«

»Bin schon weg.« Grinsend eilte Jiří die Treppe hoch. Als er schwer atmend den dritten Stock erreichte, waren die Handwerker damit beschäftigt, die Abdeckstreifen vom Boden abzuziehen. Der Kapo, ein untersetzter Mann mit Glatze, lehnte am Stiegengeländer und überwachte die Arbeit.

»Hallo«, keuchte Jiří und stützte sich auf seinen Oberschenkeln.

Der Vorarbeiter grinste und begrüßte ihn mit einer Kopfbewegung.

»Wie läuft's?«, fragte Jiří, als er wieder zu Atem gekommen war.

»Geht so«, antwortet der Glatzkopf.

»Seid ihr hier bald fertig?«

»Wir müssen oben noch spachteln und können dann morgen streichen.«

»Und wo der Chef sein Büro hat, habt ihr da schon alles gemacht?«

»Im ersten Stock? Das haben wir gleich zu Beginn erledigt.«

»Schade«, sagte Jiří und machte ein zerknirschtes Gesicht.

»Warum?«, fragte der Vorarbeiter und steckte sich eine Zigarette an.

»Na weil … Sag mal, herrscht hier nicht Rauchverbot?«

»Mir egal. Wenn es jemandem nicht passt, soll der uns doch rausschmeißen. Vor einem Monat kriegen die jedenfalls keine neue Malerpartie. Was willst du eigentlich von uns?«

»Ich weiß nicht, wie ich es sagen soll, aber ich möchte dich um einen Gefallen bitten«, druckste Jiří herum.

»Wenn du wen brauchst, der deine Bude ausmalt: Weder ich noch meine Kollegen haben Termine frei. Sogar an den Wochenenden bin ich schon ausgebucht. Meine Alte zu Hause macht mir die Hölle heiß, weil ich nie da bin.«

»Ich brauche keinen Maler.« Jiří lehnte sich neben den Mann ans Geländer. »Ich müsste nur mal schnell ins Büro vom Professor. Kannst du mir dabei helfen?«

»Warum ich? Wende dich doch an ihn direkt oder an seine Sekretärin.«

»Aber um die geht's ja gerade.«

»Um den Vorzimmerdrachen?«

»Das habe ich mal nicht gehört. Sie ist meine Verlobte und hat heute Geburtstag. Ich möchte sie überraschen und ihr etwas ins Zimmer legen.«

»Der Sekretärin vom Professor?«, fragte der Vorarbeiter verdutzt und lachte. Auch die beiden Arbeiter drehten sich um und grinsten breit.

»Ist da was dabei?«

»Nein, nein. Jeder nach seinem Geschmack. Wenn du auf ältere Damen stehst … Mir kann es ja egal sein.«

»Du musst mir helfen, bitte.«

»Ich wüsste nicht, wie.«

»Ist meine Liebste im Büro?«, fragte Jiří.

»Denke schon. Ich habe sie jedenfalls vorhin gesehen.«

»Und ihr Chef?«

»Der ist gleich nach dem Mittagessen wieder hier aufgetaucht.«

Mist. Jiří kratzte sich am Kopf. Dann musste der eben auch abgelenkt werden.

»Kannst du die beiden nicht unter einem Vorwand rauslocken? Du könntest ihnen sagen, dass du noch eine fehlerhafte Stelle in seinem Stockwerk gefunden hast, die ihr unbedingt ausbessern müsst.«

»Bist du deppert? Wenn wir mit einer Wand fertig sind, dann gibt es keine Fehler mehr.«

»Ich gebe dir auch einen Fünfziger«, sagte Jiří und zog sein Portemonnaie heraus.

Der Glatzkopf fixierte den Geldbeutel und verzog das Gesicht. »Hundert.«

»Achtzig.«

»Hundert.« Der Mann blieb hart, und so drückte ihm Jiří schließlich einen grünen Schein in die Hand.

»Du wartest in der ersten Etage, und ich laufe schnell zum Auto und hole das Geschenk. Okay?«

Jiří polterte die Treppe hinunter, lief über die Straße zum Auto, riss die hintere Wagentür auf und holte seine Aktentasche hervor. Dem erstaunten Schröck rief er über die Schulter zu, alles sei im grünen Bereich, er käme sofort wieder. Dann eilte er zurück ins Institut, wortlos an der Empfangsdame vorbei, die genervt wegschaute, und hinauf in den ersten Stock. Der Vorarbeiter stand bereits vor der Glastür, die zum inneren Wartebereich führte.

»Hast du noch so einen Overall für mich?«, fragte Jiří.

»Denkst du etwa, wir haben Klamotten zum Wechseln mit?«

»Dann sag deinem großen Arbeiter da oben, er soll mir seinen leihen. Ich gebe ihm zwanzig extra, und er bekommt ihn in ein paar Minuten zurück.«

»Von mir aus. Aber langsam gehst du mir echt auf den Wecker.«

Jiří lächelte und machte einen Diener.

Wenig später kam der Mann zurück und reichte Jiří den Overall, den er hastig überzog.

»Der ist dir mindestens zwei Nummern zu klein.«

»Für die paar Minuten langt er leicht.« Jiří stieß die Tür zum Wartebereich auf. »Ist das die Tür zum Büro des Chefs?«, fragte er und vergewisserte sich, dass außer ihnen niemand sonst im Raum war.

»Sicher. Hast du deine Verlobte noch nie hier besucht?«

Jiří ignorierte die Frage, ging zurück ins Treppenhaus, hob den dort montierten Feuerlöscher aus der Halterung und kehrte damit in den Empfangsbereich zurück.

»Was soll das denn werden?«

Aber anstatt ihm zu antworten, ging Jiří in den hintersten Winkel des Raumes und knallte die dicke rote Stahlflasche mit Karacho gegen die Wand, sodass der Putz von der Mauer bröckelte.

»Jetzt hast du einen unübersehbaren Fehler, den du ausbessern kannst. Geh ins Büro und hol den Chef und meine Liebste aus dem Zimmer. Ich warte vor der Tür und schleich mich dann an dir vorbei. Sie darf mich nicht sehen, sonst ist es keine Überraschung mehr.«

Der Vorarbeiter wollte protestieren, aber etwas an Jiří hielt ihn davon ab. Er wartete, bis Jiří wieder hinausgegangen war, und klopfte dann zaghaft an die Tür der Vorzimmerdame, der er das Malheur schilderte. Kurz darauf hatte sie den Professor darüber informiert und beide sahen sich den Schaden an.

Jiří nutzte die Chance und schlüpfte unbemerkt in Gessners Büro. Er hörte den Professor laut schimpfen, dann die Beteuerungen des Malers, nicht zu wissen, wer sein Werk zerstört hatte. Jiří hatte alle Zeit der Welt, die beiden Handys in Betrieb zu nehmen und sie mit dem Netzwerk zu verbinden. Das Sendehandy richtete er auf dem schwarzen Jugendstilschrank zwischen zwei alten Büchern so ein, dass die Kamera den gesamten Raum erfasste. Dann schlich er sich wieder hinaus, zog im Treppenhaus den Overall aus, hing ihn übers Geländer und verließ seelenruhig das Institutsgebäude.

***

Er ließ sich auf den Autositz fallen und rieb sich die Hände.

»Erledigt.« Er holte seinen Laptop aus der Tasche, fuhr ihn hoch, startete den Browser und gab die Netzwerkadresse vom Empfangshandy ein. Kurz darauf erschien Gessners Büro auf dem Bildschirm.

»So mag ich das!«, rief Jiří und hielt Schröck den PC hin.

»Phantastisch«, lobte ihn Schröck. »Schau mal, jetzt kommt Gessner ins Zimmer. Und das ist seine Sekretärin. Aber ich höre nichts.«

»Vermutlich reden sie auch nichts«, sagte Jiří trocken.

In dem Moment ertönte Gessners Stimme laut und deutlich aus den Lautsprechern des Laptops.

»Ich möchte wissen, wer das getan hat? Sie müssen doch etwas davon mitbekommen haben. So ein Riesenloch in der Wand entsteht ja nicht von selbst.«

Gessner hatte sich hinter den Schreibtisch gesetzt, die Sekretärin stand vor ihm und beteuerte betreten, keine Ahnung zu haben, wer die Wand beschädigt hätte.

»Ein Loch in der Wand?« Schröck schaute Jiří fragend an.

»Kollateralschaden«, sagte der schulterzuckend.

»Du bist mir einer«, grinste Schröck. »Und jetzt rufen wir Gessner an. Wenn wir auf den Busch klopfen und er etwas mit Silvias Verschwinden zu tun hat, wird er nach dem Telefonat hoffentlich nicht mehr still rumsitzen.«

»Hast du seine Nummer?«, fragte Jiří und holte sein Mobiltelefon aus der Jacke.

Schröck diktierte sie ihm, und Jiří tippte sie ein. Dann stockte er. »Was soll ich eigentlich sagen?«

»Lass dir etwas einfallen. Dass du für Silvia arbeitest und weißt, dass sie vor ihrem Verschwinden bei ihm war.«

»Okay.« Jiří drückte die Verbindungstaste. Es klingelte drei Mal, dann meldete sich Gessner persönlich.

»Guten Tag«, sagte Jiří, »spreche ich mit Herrn Professor Gessner?«

Schröck hatte den Laptop auf den Knien und beobachtete die Szene.

»Was kann ich für Sie tun?«, fragte Gessner kurz angebunden.

»Ich bin der Chauffeur von Frau Dr. Reuter. Sie wissen schon, die Dame, die vor zwei Tagen bei Ihnen war?«

»Natürlich.«

Schröck legte den Kopf schief. Gessners Ton hatte sich verändert, er griff sich an die Stirn.

»Ich sollte sie heute von ihrem Hotel abholen, um sie nach Hause zu fahren, aber sie ist nicht da. Die Angestellten konnten mir auch nicht weiterhelfen, und da dachte ich, ich wende mich an Sie, weil Frau Dr. Reuter doch gesagt hat, dass Sie zu Ihnen wollte«, plapperte Jiří drauflos.

»Da kann ich Ihnen leider nicht helfen. Sie war hier, das ist schon richtig. Aber wir haben uns nur eine gute Stunde lang unterhalten, dann ist sie wieder gegangen. Keine Ahnung, was sie anschließend vorhatte.«

»Wie dumm. Ich befürchte, dass ihr etwas zugestoßen ist. Vielleicht sollte man lieber die Polizei einschalten?«

Gessner schaute zur Decke, Schröck nickte Jiří anerkennend zu. Das hatte er glänzend gemacht.

»Das kann ich mir nicht vorstellen. Ich meine, dass ihr etwas passiert ist«, sagte Gessner beschwichtigend. »Vielleicht hatte sie außerhalb von Graz noch etwas zu erledigen, oder sie hat sich mit ihrem Freund getroffen und einfach vergessen, Sie darüber zu benachrichtigen. Sie wird sich bestimmt wieder bei Ihnen melden.«

»Leider geht an ihr Handy auch niemand ran, aber wenn Sie das sagen, Herr Professor, dann warte ich eben noch ein bisschen ab, bevor ich die Polizei informiere. Ich entschuldige mich für die Störung.«

»Aber das macht doch nichts. Tut mir leid, dass ich nicht weiterhelfen konnte.«

Jiří trennte die Verbindung. »Bin ich gut, oder bin ich gut?«

Aber Schröck starrte nur nachdenklich auf den Bildschirm.

»Passt was nicht?«, fragte Jiří, als er keine Antwort erhielt.

»Nein, du warst gut, sehr gut sogar«, sagte er abwesend. »Aber woher weiß Gessner, dass ich hier bin?«

Jiří wollte antworten, aber Schröck brachte ihn mit einer Handbewegung zum Schweigen und deutete auf den Monitor. Gessner lief unruhig im Zimmer herum, setzte sich dann wieder und wählte mit seinem Handy eine Nummer.

»Ich bin es. – Ich weiß, aber es ist dringend. Bei mir hat eben ihr Fahrer angerufen und sich nach ihr erkundigt. Er vermisst sie. – Wie, ich sollte das wissen? Ich hatte keine Ahnung, dass sie einen eigenen Chauffeur beschäftigt. Ich habe dem Mann gesagt, dass sie nach einer Stunde wieder gegangen ist und ich keine Ahnung hätte, wo sie ist.«

Gessner nickte mehrmals, sagte »Ja« und »Hoffentlich«. Dann erhob er sich, bewegte sich aus dem Blickfeld der Kamera und redete weiter. Seine Worte drangen nun noch klarer und lauter als zuvor aus den Laptop-Lautsprechern. Offensichtlich stand er direkt neben dem versteckten Handy.

»Natürlich ist es wichtig, dass wir erfahren, woher sie von unserem Projekt weiß, aber warte bitte damit nicht zu lange. Sie muss verschwinden und darf nie wieder auftauchen. Wenn der Chauffeur wie angekündigt zur Polizei geht, wird ihr erster Weg zu mir führen. Wenn ich hier in Ruhe für dich weiterarbeiten soll, muss ich über jeden Verdacht erhaben sein.« Gessner erschien wieder im Bild und setzte sich mit dem Handy in der Hand an den Schreibtisch.

»Also gut«, sagte er schließlich. »Dann herrscht bis auf Weiteres Funkstille zwischen uns. Aber denk daran, Lado, ich brauche so schnell wie möglich Tomascheks Unterlagen. Das würde die Sache immens beschleunigen.« Gessner trennte die Verbindung.

Jiří seufzte. »Lado Meladze, tatsächlich. Das ist eine harte Nuss.«

»Ja«, murmelte Schröck geistesabwesend. Silvia wusste also bestimmt von dem Biokampfstoff, und Heinrich hatte ihm nicht die Wahrheit gesagt. Von wem sonst hätte sie die Informationen bekommen sollen? Und dass sie sich als reich vorgestellt hatte, war sicher nur Tarnung gewesen. Als Angestellte in der KTU wurde man genauso selten Millionär wie bei der Polizei.

»Michael, was ist los?«, drang Jiřís Stimme zu ihm durch. »Mach dir keine Sorgen. Hast du nicht gehört? Gessner hat gesagt, dass sie noch was von ihr wollen. So wissen wir wenigstens, dass Meladze sie in seinen Händen hat und sie noch lebt. Wir werden sie schon finden.«

»Hoffentlich.« Schröck klappte den Laptop zu und reichte ihn Jiří. »Was ist eigentlich, wenn Gessner das Handy bemerkt?«

»Keine Sorge, als ich vorhin das Netzwerk getrennt habe, hat sich das Telefon sofort gesperrt. Die Nummer ist nicht registriert. Außerdem hat deine Silvia es dort liegen lassen.«

»Ich versteh nicht, was du meinst.«

»Auf dem Schreibtisch der Sekretärin lag ein Folienschreiber. Den habe ich mir kurz ausgeborgt und ein großes S-R auf die Rückseite der Handys geschrieben.« Jiří zog aus seiner Jackentasche lachend den Stift heraus. »Ups, hab ganz vergessen, ihn zurückzulegen.« Er machte ein Gesicht wie ein Zauberer, der eben ein

Kaninchen aus dem Hut gezogen hatte. Aber Schröck war nicht zum Lachen zumute.

»Wir müssen etwas unternehmen, und zwar sofort.«

»Das müssen wir wirklich«, sagte Jiří ernst und ließ den Motor an.

»Wir könnten Gessner unter Druck setzen«, überlegte Schröck laut. »Damit würden wir zwei Fliegen mit einer Klappe schlagen: Er müsste uns sagen, wo Silvia ist und wer seine Auftraggeber sind.« Schröck runzelte die Stirn. »Was aber, wenn er gar nicht weiß, wer die Auftraggeber sind, weil Meladze das für sich behalten hat?«

Jiří schaltete das Licht ein, rangierte den Wagen aus der Parklücke und zwängte sich zwischen zwei vorbeifahrende Autos. Der Berufsverkehr wälzte sich die Mariahilferstraße hinunter.

»Wohin fahren wir?«, fragte Schröck.

»Weißt du, ich würde diesem feinen Herrn Professor ja beide Arme brechen, um herauszubekommen, wo deine Freundin ist, aber ich glaube nicht, dass das was bringt. Besser fahren wir zu Meladzes Lokal in der Innenstadt. Er scheint der Schlüssel zu allem zu sein.«

»Das denke ich auch, aber wir können dort doch nicht einfach hineinstürmen und ihn nach Silvia fragen«, entgegnete Schröck.

»Richtig«, räumte Jiří ein. »Ich vermute außerdem, dass er sie nicht mitten in der Stadt gefangen hält. Graz hat überall Augen: Hausbesorgerinnen, alte Leute. Meladze weiß das. Er wird sie an einen sicheren Ort gebracht haben. Wenn wir Glück haben, erwischen wir ihn noch in seiner Kneipe und er führt uns selbst zu Silvia.«

Schröck rückte sich auf dem Beifahrersitz zurecht und stemmte die Beine fest gegen den Boden. Der Stau hatte sich am Getreidemarkt aufgelöst, und Jiří war wieder seiner gewohnt rasanten Fahrweise verfallen.

***

»Denkst du das wirklich?«, schluchzte Alexandra Tomaschek und schnäuzte sich lautstark.

»Wenn man eins und eins zusammenzählt …« Eva Gessner warf ihr einen mitleidigen Blick zu.

»Aber er hat doch gesagt, dass er mich liebt. Es war doch so schön mit ihm.«

»Männer«, fauchte Eva. »Denk lieber mal nach. Du lernst jemanden kennen, der gut aussieht und vorgibt, alles zu besitzen, was frau sich nur wünschen kann. Er hat nur Augen für dich, obwohl er jede haben könnte. Nichts gegen dich persönlich, Alexandra, aber so taufrisch bist du nun auch nicht mehr. Und sofort nach der ersten Nacht macht er dir Liebesgeständnisse und will, dass du für ihn die Forschungsunterlagen deines Mannes klaust.«

»Aber er hat doch gesagt, dass der Sohn eines Freundes an Krebs gestorben ist und er seitdem die Forschungen deines Mannes unterstützt.«

»Von Max? Na, wunderbar! Sag mal, verwendest du deinen Kopf auch mal zum Denken? Mein Mann lügt doch schon, wenn er den Mund aufmacht. Das ist kein Beweis. Wahrscheinlich hat er den Spiro sogar selbst engagiert.«

»Ich weiß, aber …« Alexandra schmollte und verschränkte die Arme vor der Brust. »Bin ich wirklich so dumm?«

»Deine Dummheit ist jetzt nebensächlich, aber wenn mein sauberer Herr Gatte denkt, er könnte über dich seine festgefahrenen Forschungen wieder ankurbeln, dann werden wir ihm einen dicken Strich durch die Rechnung machen.«

Eva erhob sich und ging zur Bar. Sie hatte damals, nachdem sie die Apotheke von ihrem verstorbenen Onkel übernommen hatte, dessen Wohnung im Stock darüber behalten. Es war praktisch, ein eigenes Reich zu besitzen. Sie übernachtete oft dort, wenn es nach der Arbeit zu spät geworden war oder sie sich ungestört mit jemandem treffen wollte.

Alexandra hatte am Vormittag angerufen und euphorisch von ihrer Liebesnacht und den Forschungsdokumenten erzählt, die sie besorgen sollte. Eva war sofort misstrauisch geworden, schließlich war es ihr Mann gewesen, der ihnen diesen Spiro vorgestellt hatte. Auf die Autonummer hatte Alexandra natürlich nicht geachtet, aber die Adresse des Penthauses und ein wenig Recherche im Internet hatten genügt, um den angeblichen Reeder als Hochstapler zu entlarven.

Eva stellte eine Flasche Sherry und zwei Gläser auf den Tisch und schenkte ein. »Da muss mehr dahinterstecken, wenn Robert zu solchen Mitteln greift.«

»Wie meinst du das?«, fragte Alexandra und steckte sich eine Zigarette an.

»Keine Ahnung, ist nur so ein Bauchgefühl. Trink einen Schluck, das wird dir guttun.«

Sie prosteten sich zu, und Eva lehnte sich in ihrem Sessel zurück. »Du musst dich weiter mit ihm treffen.«

Alexandra starrte sie an. »Auf keinen Fall!«, rief sie. »Ich will ihn nie wiedersehen.«

»Aber dann erfahren wir nicht, wer ihn angeheuert hat.«

»Das mache ich ganz bestimmt nicht, nicht noch mal!« Alexandra schüttelte zur Bekräftigung ihrer Worte den Kopf, sodass sie beinahe ihr künstliches Haarteil verloren hätte.

»Doch, das tust du, meine Liebe! Du hängst schließlich voll mit drin. Ich vermute nämlich, dass es jemand auf unser Geschäft abgesehen hat. Und wenn wir nicht rausbekommen, wer es ist, finden die bestimmt andere Wege, um uns zu ruinieren, und du kannst dir das viele Geld abschminken.«

»Glaubst du wirklich?« Alexandra machte große Augen.

»Darauf kannst du Gift nehmen.«

»Also gut, dann muss es wohl sein. Spiro sagte, er würde sich heute bei mir melden.« Alexandra holte ihr Schminkzeug aus der Handtasche und ging ins Bad. »Wie ich aussehe, kann ich ja nicht unter die Leute gehen.«

»Mach nur«, sagte Eva und nahm noch einen Schluck Sherry. »Ich rufe jetzt unseren Mittelsmann an und fühle ihm ein wenig auf den Zahn. Er soll sich ranhalten, sonst können wir das Geschäft vergessen.«

Nachdem Alexandra im Badezimmer verschwunden war, öffnete Eva eine asiatische Holzschatulle, die kunstvoll mit Leder überzogen und mit Schriftzeichen verziert war. Sie nahm ein Handy heraus, tippte eine Nummer ein und wartete auf die vertraute Stimme.

»Wie kommen Sie voran?«, fragte sie, ohne sich vorzustellen, und ließ den Mann reden. Als er geendet hatte, sagte sie: »Wir rechnen in spätestens vier Wochen mit der Lieferung. Uns ist übrigens zu Ohren gekommen, dass es Mitbewerber gibt. Sind Sie sicher, dass die Konkurrenz nichts von uns erfahren hat?« Sie nickte. »Gut, dann erwarte ich Ihren Anruf. Es wäre wirklich schade, wenn wir nicht ins Geschäft kämen.« Eva verabschiedete sich, schaltete das Telefon aus und legte es zurück in die Schatulle. Nach einigen Minuten kam Alexandra aus dem Badezimmer zurück. Sie hatte ihr Make-up neu aufgetragen und ihre Wimpern frisch getuscht, ihre Augen waren jedoch geschwollen und rot gerändert. Sie setzte sich und ließ den Kopf hängen.

»Es tut mir so leid, Eva.«

»Ach was, jetzt krieg dich mal wieder ein.«

»Und was soll ich Spiro sagen, wenn er mich wegen Roberts Unterlagen anspricht?«

»Dass du sie ihm beschaffst.«

»Du meinst …?«

»Genau«, sagte Eva. »Aber vorher bringst du sie hierher. Ein wenig verstehe ich auch von der Materie. Ich wüsste zu gern, was da Wichtiges drinsteht, das eine solche Komödie rechtfertigt. Aber zuerst musst du die Aufzeichnungen finden.«

»Das habe ich schon.«

»Wirklich?«

»Robert hat vor ein paar Tagen einen dicken Ordner in seinem Arbeitszimmer versteckt. Als ich am Morgen sein Zimmer gelüftet habe, lag auf seinem Schreibtisch ein Stapel alter Bilder. Auf einigen davon war ich drauf, als ich noch jünger war. Ich habe mich darüber gewundert und zuerst gedacht, es läge ihm wohl doch noch etwas an mir. Aber als ich sie zurück in die Schachtel legen wollte, habe ich gesehen, dass er nur Platz für diesen Ordner gemacht hatte. Er hat ihn zu den alten Fotos gepackt, und einige haben dann nicht mehr reingepasst. Natürlich habe ich einen Blick in die Unterlagen geworfen. Es handelt sich ganz sicher um seine Forschungsergebnisse. CDs lagen auch dabei. Er dachte wohl, er wäre sehr schlau, als er das Versteck gewählt hat.«

»Das ist ja phantastisch!«, rief Eva. »Wo ist dein Mann jetzt?«

»In seinem Institut, wie immer. Trotz der Absage der Ethikkommission kommt er noch immer erst spätnachts nach Hause«, antwortete Alexandra.

»Sehr gut. Dann fährst du jetzt zu euch, schnappst dir die Unterlagen und kommst gleich wieder her. Wir kopieren alles, dann kannst du den Ordner wieder zurücklegen, und niemand hat was gemerkt.«

»Okay«, sagte Alexandra und zog sich den Lippenstift nach.

»Los jetzt! Worauf wartest du noch?«

»Bin ja schon weg.« Alexandra stand auf, ging zur Tür, drehte sich aber noch einmal um. »Und wenn sich Spiro gleich meldet?«

»Dann sagst du ihm, dass du dich erst nach neun mit ihm treffen kannst. Bis dahin ist alles erledigt, und du hast sogar noch Zeit, dich für ihn schick zu machen.«

»Du denkst aber auch wirklich an alles«, sagte Alexandra und deutete einen Kuss an, bevor sie Evas Wohnung verließ.

SIEBZEHN

Silvia kauerte mit angezogenen Beinen auf der verschlissenen Couch und starrte vor sich hin. Es war dunkel. Der etwa siebzig Quadratmeter große Raum stank nach Maschinenöl und Schimmel, die Fensterläden waren zugezogen, und nur durch ein paar Ritzen drang spärliches Licht herein.

Der Mann, der sie hergebracht hatte, war nicht zimperlich gewesen. Er hatte ihr einen Sack über den Kopf gestülpt und sie an Händen und Füßen gefesselt. Als sie um Hilfe gerufen hatte, hatte er ihr einen Schlag in den Magen versetzt, dass sie beinahe das Bewusstsein verlor. Dann, Silvia wusste nicht mehr, wie lange die Fahrt gedauert hatte, hatte er sie auf dieses mottenzerfressene Möbel geworfen und einfach liegen gelassen. Er hatte sie davor gewarnt zu schreien, er wäre sonst gezwungen, ihr den Mund zuzukleben. Irgendwann hatte sie ihr Zeitgefühl verloren und wusste nicht mehr, ob es Tag oder Nacht war. Nach ein paar Stunden war der Mann wiedergekommen, hatte ihr den Sack vom Kopf gerissen, die Plastikbänder, mit denen ihre Hände gefesselt waren, gelöst und eine Tüte mit Brötchen und einer PET-Flasche hingestellt. Er hatte ihr befohlen zu essen. Sie hatte ihn gefragt, was er von ihr wolle, und als sie keine Antwort bekam, hatte sie ihn angebrüllt. Der bullige Mann, der ekelerregend nach Tabak und Schnaps stank, hatte sie geohrfeigt, sie am Hals gepackt und sie angeherrscht, still zu sein, sie würde bald schon Gelegenheit zum Plaudern haben. Außer der Couch standen noch ein wackliger Tisch und zwei Stühle im Raum, dazu in einer Ecke eine alte Kredenz und ein Regal mit Farbdosen und irgendwelchen Chemikalien. Silvia hatte sich geweigert, den Eimer zu benutzen, den er ihr hingestellt hatte. Erst als sie den Mann anflehte, sie ins Freie zu lassen, um sich dort zu erleichtern, hatte er unter der Bedingung zugestimmt, dass er ihr die Augen wieder verband. Ein Mal schaffte sie es, unbemerkt ihre Augenbinde zu verschieben, und konnte sich rasch umsehen. Sie musste auf einem Lagerplatz sein. Es gab Baracken, allerlei Schrott lag herum. Zwischen den Steinplatten wucherte Gras und Unkraut. In der Ferne hörte sie das Rauschen des Verkehrs, im Umkreis von zweihundert Metern standen einige größere Hallen, aber kein Mensch war weit und breit zu sehen.

Seitdem war sie schon drei Mal draußen gewesen, wenn der Mann in ihr Gefängnis kam. Er hatte sie jedes Mal so brutal an den Oberarmen gepackt, dass sie jetzt chronisch schmerzten. Silvia hatte geweint, sich den Kopf darüber zerbrochen, was man von ihr wollte und wie sie ihrem Gefängnis entkommen könnte. Jetzt hatte sie keine Tränen mehr.

In der Nacht war es kalt gewesen. Als sie ihren Peiniger um eine Decke bat, zuckte er nur mit den Schultern und warf ihr, nachdem er alle Taschen geleert hatte, ihren eigenen dünnen Frühjahrsmantel zu. Dann hatte er sie sich selbst überlassen. Silvia war eben eingeschlafen, als die Tür aufgestoßen worden und ihr Entführer grölend in die Hütte gestürmt war. Sternhagelvoll und mit einer Flasche in der Hand hatte er sich zu ihr auf die Bank gesetzt und sie angefasst. Als sie vor ihm zurückgewichen war, hatte er gebrüllt, sie gehöre ohnehin ihm. Wenn sein Chef mit ihr fertig sei, könne er mit ihr machen, was er wolle. Silvia hatte ihn weggestoßen, woraufhin er ihr mit der Faust ins Gesicht geschlagen hatte, bis ihr die Sinne schwanden. Als sie wieder zu sich kam, war er weg. Seitdem zuckte sie jedes Mal zusammen, wenn sie von draußen ein Geräusch hörte.

Silvia strich sich mit den gefesselten Armen die Haare aus dem Gesicht, so gut es ging. Jede Berührung ihrer Wangen schmerzte. Ihre Lippen waren blutverkrustet, und wenn sie den Mund öffnete, tat ihr der Kiefer höllisch weh.

Die Tür ging auf, und ein breiter Lichtstrahl fiel in den Raum. Silvia blinzelte und sah die Silhouetten zweier Männer. In einem erkannte sie ihren Bewacher, der andere war ihr fremd. Er war gut gekleidet, trug eine weich aussehende Raulederjacke und wirkte sehr gepflegt. Er gab ihrem Entführer Anweisungen in einer Sprache, die sie nicht kannte, woraufhin sie hochgerissen, zum Tisch gezerrt und auf einen Stuhl gedrückt wurde.

Der andere Mann setzte sich ihr gegenüber und musterte sie eine Weile. »Ich sehe, Sie haben sich bereits mit Guram angefreundet«, sagte er. »Ich werde Ihnen jetzt ein paar Fragen stellen. Wenn Sie die richtigen Antworten geben, sind wir schnell mit Ihnen fertig und Sie können gehen. Sollten Sie nicht mit uns kooperieren wollen, werden Sie es bereuen. Seien Sie versichert, ich weiß, wie man jemanden zum Reden bringt. Bei jedem Menschen gibt es einen Punkt, an dem die Schmerzen so unerträglich werden, dass er mir alles erzählt, was ich hören will. Ich hoffe, Sie werden mich nicht zwingen, bei Ihnen so weit zu gehen.«

Silvia schaute ihn schweigend an.

»Haben Sie mich verstanden?«, herrschte er sie an.

Sie nickte.

»Gut. Dann lassen Sie uns mal loslegen. Woher wissen Sie von Gessner und unserem gemeinsamen Projekt?«

»Wollen Sie Geld?«, fragte Silvia leise.

»Beantworten Sie meine Frage!«

»Ich habe von Gessners Forschungen in einer Wissenschaftszeitschrift gelesen. Es hieß damals, dass das Institut einen vielversprechenden Forschungsansatz im Kampf gegen den Krebs verfolge, aber auf private Unterstützung angewiesen sei. Ich habe mich mit Professor Gessner in Verbindung gesetzt, er hat mir seine Unterlagen geschickt, und seitdem finanziere ich ihn.«

»Das interessiert mich nicht«, sagte der Mann und zündete sich eine Zigarette an.

»Was dann? Ansonsten weiß ich nichts!«

»Sie wissen ganz genau, wovon ich rede. Wer hat Ihnen von mir erzählt?«

»Aber ich kenne Sie doch gar nicht.«

»Oh, entschuldigen Sie bitte, natürlich. Ich habe mich Ihnen noch gar nicht vorgestellt. Mein Name ist Lado Meladze, und wenn Sie meine Geduld noch länger strapazieren, werden Sie erleben, wozu ich fähig bin.«

»Ich höre Ihren Namen zum ersten Mal«, sagte Silvia.

»Wie Sie meinen.« Meladze blickte seinen Assi an. »Guram, ihre Hand.«

Guram packte sie und hielt ihr Handgelenk fest.

»Sie wollen mir wirklich nichts sagen?«

»Ich habe keine Ahnung, was Sie von mir wollen«, flehte Silvia.

Meladze nickte, hielt ihren Zeigefinger fest und drückte ihr eine glühende Zigarette aufs Nagelbett. Silvia schrie auf. Tränen schossen ihr in die Augen.

»Packen Sie aus. Wer hat Ihnen von dem Kampfstoff erzählt?«

Silvia schluchzte. »Welcher Kampfstoff? Ich habe keine Ahnung.«

»Sie haben es so gewollt.« Meladze stand auf und nickte Guram kurz zu.

Der nahm den Plastikeimer, der in einer Ecke stand, und verließ den Raum. Kurz darauf war er wieder zurück und stellte den Eimer auf den Boden. Er war bis zur Kante mit Wasser gefüllt. Silvia starrte ihn angsterfüllt an. Guram trat hinter sie, hielt ihre Handgelenke fest, fixierte sie mit Plastikkabelbindern an den Stuhlbeinen und verfuhr mit ihren Füßen ebenso. Dann kippte er den Stuhl, sodass Silvia auf ihrem Rücken zu liegen kam. Sie stöhnte auf, die hölzerne Lehne bohrte sich in ihr Schulterblatt.

Meladze stellte sich breitbeinig über sie, kniff seine Lippen zusammen und hockte sich schließlich zu ihr hinunter. »Seien Sie doch vernünftig«, sagte er leise. »Ersparen Sie uns das. Sagen Sie mir nur, wer außer Ihnen noch von dem Biokampfstoff weiß und von wem Sie Ihre Informationen haben.«

Silvia schloss die Augen und drehte den Kopf weg. »Bitte, lassen Sie mich in Ruhe.«

Meladze erhob sich seufzend.

Guram nahm den Eimer. »Soll ich …?«

»Stell ihn wieder hin, du Tölpel!«, fuhr Meladze ihn an. »Das muss ich selbst machen.«

Er hängte seine Jacke sorgfältig über den zweiten Stuhl und krempelte die Ärmel auf. »Bring mir den Sack, den du ihr über den Kopf gezogen hast.«

Guram reichte ihn ihm, und Meladze legte ihn sorgfältig zusammen. Dann beugte er sich wieder zu Silvia hinunter und legte ihr den Stoff über Nase und Mund. Sie wehrte sich und wollte ihn abschütteln, aber er hielt ihn an den Enden fest.

»Komm her!«, rief er Guram zu sich. »Halte das für mich.«

Guram kniete sich hinter Silvia und übernahm von Meladze.

Silvia zerrte an ihren Fesseln, das Plastikband schnitt in ihre Haut.

»Ich mag die Amerikaner nicht, das können Sie mir glauben, aber die alten Verhörtechniken haben sie wirklich drauf. Wussten

Sie, dass diese Methode bereits während der Spanischen Inquisition angewendet wurde? Auch die Japaner und die Franzosen im Algerienkrieg waren gut darin. Aber, was quatsch ich so lange? Wir sollten jetzt anfangen.« Meladze nahm den Eimer und ließ ihn über Silvias Kopf schweben. »Laut Statistik halten die meisten weniger als eine Minute durch«, dozierte er. Er kippte den Eimer. »Man nennt die Methode übrigens Waterboarding.«

Meladze schüttete einen armdicken Strahl Wasser auf das Tuch, das auf Silvias Gesicht lag. Sie bäumte sich auf und versuchte ihren Kopf zu drehen, aber Guram hielt ihn zusammen mit dem Tuch mit eisernem Griff fest.

Meladze schüttete ungerührt weiter. »Weg mit dem Ding!«, rief er nach vierzig Sekunden.

Guram zog das Tuch weg, und Silvia hustete und spuckte Wasser.

»Und? Werden Sie jetzt reden?«

Sie rang nach Luft. »Ich weiß nichts«, keuchte sie.

»Gut, dann machen wir eben weiter.«

Nachdem er die Prozedur drei Mal wiederholt hatte und sie noch immer nicht reden wollte, schleudert er den Eimer mit einem Fluch in eine Ecke.

»Sie weiß nichts! Sie weiß überhaupt nichts, verdammt! Was hat mir dieser Idiot von Professor nur erzählt? Den Gessner knöpfe ich mir noch vor. Kein Mensch hält so eine Prozedur aus, ohne zu singen, wenn er etwas weiß.«

Silvia bewegte sich nicht mehr.

»Sieh nach, ob sie noch lebt«, fauchte er Guram an.

Der tastete nach ihrer Halsschlagader und nickte.

»Sie gehört dir. Mach sie los und leg sie aufs Sofa, aber binde sie wieder an. Anschließend räumst du hier auf. Und vergiss bloß nicht die Reste der Fesseln. An denen ist ihr Blut. Du wartest, bis es dunkel wird, dann erledigst du sie und bringst sie rüber ins Ziegelwerk. Ruf den Schichtleiter an, der ist schon eingeweiht. Er soll sie mit der nächsten Charge in den Tunnelofen fahren und ja darauf achten, dass nichts von ihr übrig bleibt.« Meladze rollte die Ärmel wieder runter und zog sich die Jacke an.

»Was sollte da noch von ihr übrig bleiben – außer Staub? Im

Ofen hat es über neunhundert Grad. Ich hab mal dabei zugesehen, die Ziegel bleiben fast dreißig Stunden drin.«

»Zahnfüllungen oder irgendwelche Metallimplantate, was weiß denn ich? Er soll alles überprüfen. Sie ist die Braut von einem Polizisten, vergiss das nicht. Vermutlich wird er alles daransetzen, sie zu finden. Auf uns darf kein Verdacht fallen, wenn aber doch, gilt: ohne Leiche keine Anklage. Mach bloß keinen Fehler, Guram. Die Sache mit dieser falschen Frau, die du kaltgemacht hast, ist noch nicht verziehen.«

Guram senkte den Blick. »Ja, Lado«, murmelte er. »Ich werde dich nicht noch einmal enttäuschen.«

»Das hoffe ich. Und morgen Abend kommst du rauf ins Büro. Zieh dir aber was Ordentliches an, ich erwarte hohen Besuch, zwei Kollegen aus dem innersten Führungszirkel. Die Prüfung des Obschak steht an.«

Meladze warf Silvia, die noch immer unbeweglich am Boden lag, einen letzten Blick zu und verließ die Baracke.

Guram zog sein Klappmesser, durchschnitt Silvas Fesseln, hob sie hoch, trug sie zum Sofa und band sie daran wieder fest. Dann räumte er alles auf.

***

»Also«, sagte Jiří, »da drüben ist der Hauptplatz.« Er deutete aus dem Seitenfenster. »Da darf man leider nicht parken.«

»Das hat dich doch bis jetzt auch noch nie gestört«, bemerkte Schröck. Langsam ließ seine Spannung nach.

Jiří ließ den Wagen im Schritttempo durch die enge Gasse rollen. Immer wieder musste er den Trauben von Touristen ausweichen, die das herannahende Auto entweder nicht wahrnahmen oder es einfach ignorierten.

»Siehst du dort drüben? Das ist das Robert-Stolz-Geburtshaus.« Jiří deutete aus dem Fenster.

»Und wer ist Robert Stolz?«

»Banause! Ein großer Sohn von Graz. Natürlich ein Operettenkomponist. Er hat über sechzig Operetten geschrieben und war fünf Mal verheiratet.« Jiří zwinkerte Schröck zu.

Schröck schüttelte den Kopf. »Kenne ich nicht.«

»›Im Prater blühn wieder die Bäume, in Severing grünt schon der Wein. Da kommen die seligen Träume, es muss wieder Frühlingszeit sein‹«, begann Jiří zu singen.

»Wirklich beeindruckend, aber könntest du dich wieder auf die Straße konzentrieren? Überhaupt: Was hat ein Grazer mit Wien zu schaffen?«

»Keine Ahnung, privat stehe ich eher auf Reggae.«

»Und warum ziehst du mit mir eine Sightseeing-Tour ab?«

»Mach ich doch gar nicht.« Jiří hupte ein Pärchen an, das mit seinem Stadtplan mitten auf der Fahrbahn stand. Ein paar Meter weiter fuhr er mit Schwung auf die Bordsteinkante und hielt an. »Siehst du das Schild? Das ist Meladzes Bar. Bist du bei irgendwem von seinen Leuten schon bekannt?«

»Nicht dass ich wüsste«, antwortete Schröck und spähte aus dem Fenster. »Hier kannst du aber auch nicht stehen bleiben.«

»Doch, das kann ich. Entschuldige.« Jiří beugte sich auf die Beifahrerseite, öffnete das Handschuhfach und holte einen Stapel von unterschiedlich großen Schildern heraus. Er blätterte sie durch, nickte, nahm eines heraus und warf die anderen zurück ins Fach. Das ausgewählte legte er vor die Windschutzscheibe. »So, jetzt können wir.«

Schröck beugte sich vor und griff danach. »Arzt im Dienst, Notfall!« Darüber prangte das Wappen von Graz mit einem verwischten Stempel und einer unleserlichen Unterschrift. Er schüttelte den Kopf.

»No, nicht schlecht?«, grinste Jiří.

»Ich geb's auf mit dir«, sagte Schröck und stieg aus dem Auto.

Nach wenigen Metern standen sie vor Meladzes Bar. Die hohen, kunstvoll mit Kalkstein eingefassten Rundfenster waren zu zwei Dritteln mit Spiegelfolie verklebt, sodass selbst der groß gewachsene Jiří keinen Blick ins Innere werfen konnte.

»Wir sind zu früh.« Schröck tippte mit dem Finger auf das Messingschild mit den Öffnungszeiten. »Zehn bis vier Uhr morgens.«

»Macht nichts«, sagte Jiří, »ich muss sowieso dringend etwas essen und trinken. Da drüben ist ein Kaffeehaus.«

»Dann warten wir eben dort. Und den Wagen willst du wirklich hier stehen lassen?«

»Klar, wir sind doch im Dienst«, entgegnete Jiří lächelnd und steuerte das Kaffeehaus an.

Eine Stunde, zwei Krügel Bier und ein großes Gulasch später warf Jiří einen Blick auf die Uhr.

»Gleich zehn. Lange kann es nicht mehr dauern. Wir sollten bezahlen.«

Schröck winkte dem Kellner, der zu seinem Erstaunen sofort an den Tisch kam und ihm die Rechnung überreichte. Der Großteil war von Jiří konsumiert worden, er selbst hatte nur zwei Kaffee getrunken. Er bezahlte

»Das ging ja mal ausnahmsweise schnell«, sagte er, als der Kellner wieder weg war.

»Kein Wunder, die machen ja auch gleich zu.« Jiří sprang auf. »Komm jetzt, lass uns gehen.«

»Warum hast du es plötzlich so eilig?«

Als sich Schröck zwischen Sitzbank und Tisch herausgefädelt hatte, war Jiří bereits an den Tür.

»Was hast du vor?«, fragte Schröck erneut, während er mit Jiří Schritt zu halten versuchte.

Sein Begleiter eilte den Bürgersteig hinunter und blieb vor einem Hauseingang gegenüber Meladzes Bar stehen.

»Hier warten wir.«

Schröck zuckte mit den Schultern und lehnte sich an die Wand.

Jiří beobachtete die Straße und schaute von Zeit zu Zeit auf seine Armbanduhr.

Als es kurz nach zehn war, wurde Schröck ungeduldig.

»Jetzt müssten sie offiziell geöffnet haben. Auf wen wartest du noch? Sollen wir uns hier etwa die Füße in den Bauch stehen, bis wir anwach–«

»Da ist sie ja«, unterbrach ihn Jiří.

»Was? Wer ist die Frau?«

»Keine Ahnung.« Er grinste.

Eine junge Frau mit mörderisch hohen Stöckelschuhen stakste über das Kopfsteinpflaster. Ihre Fesseln wackelten bedenklich, aber wann immer sie umzuknicken drohte, stellte sie ihre Balance geschickt wieder her. Sie klopfte drei Mal an die Eingangstür der Bar, woraufhin ein menschlicher Kleiderschrank mit Stoppelglatze öffnete und sie eintreten ließ.

»Ah«, sagte Schröck, »wegen des Klopfzeichens? Drei Mal kurz?«

Jiří sah ihn verständnislos an. »Wieso? Welches Zeichen? Komm, wir gehen jetzt rein.«

Er drückte den Klingelknopf neben der Tür. Sie wurde geöffnet, und die beiden wurden ohne jedes weitere Wort eingelassen. Der Türsteher deutete eine Verneigung an, als Schröck an ihm vorbeiging. Sie passierten einen schmalen Durchgang, gingen an der Garderobe vorbei und gelangten in das abgedunkelte Lokal.

Die roten Plüschinseln waren bereits zur Hälfte von Männern besetzt, die sich allein oder zu zweit mit jungen, spärlich bekleideten Frauen unterhielten. Sie lachten und prosteten sich zu. Auf der Bühne tanzte eine dralle Schwarzhaarige, die schon allein, seit Jiří und Schröck in der Bar waren, zwei Mal den Versuch gemacht hatte, ihr Bein um die glänzende Tanzstange zu legen und sich zu drehen, dabei aber immer abgerutscht war. Die Anwesenden schien das nicht zu stören. Sie applaudierten begeistert, als sich die Frau, die mit ihren Bewegungen mit Hingabe gegen den Rhythmus der Rockmusik ankämpfte, ihren Büstenhalter vom Leib riss.

Die beiden Männer gingen an die Bar. Schröck bestellte eine Bacardi Cola, Jiří blieb beim Bier. Eine Zeit lang lehnten sie an der Theke und beobachteten den Eingang. Schröck fiel auf, dass einige der Neuankömmlinge, gleich nachdem sie den Gastraum betreten hatten, ohne nach links oder rechts zu schauen, zielstrebig durch das Lokal eilten und in einem Gang verschwanden, der mit dem Schild »Zu den Toiletten« gekennzeichnet war.

»Möchte wissen, was da hinten ist?«, brüllte Schröck Jiří ins Ohr. Die Musik war mittlerweile so laut, dass man sein eigenes Wort nicht mehr verstand.

»Werden wir schon noch erfahren«, plärrte Jiří zurück und schaute sich suchend um. »Da ist sie ja wieder!«

Er winkte dem Mädchen zu, das sie zuvor ins Lokal hatten gehen sehen. Sofort kam sie zu ihm herüber.

»Na, mein Großer, brauchst du ein wenig Gesellschaft?«, fragte sie mit verführerischem Lächeln.

»Klar, immer doch. Du bist heute spät dran gewesen. Hoffentlich hat dein Boss nichts mitgekriegt«, sagte Jiří. Und als er ihren erschrockenen Blick bemerkte: »Mach dir nicht ins Hemd, von mir erfährt er jedenfalls nichts.« Er tat so, als würde er nach jemandem Ausschau halten. »Wo ist er eigentlich, der Chef? Wir wollten uns um halb elf hier treffen.«

Die junge Frau blickte verängstigt zu Jiří hoch. »Ich habe ihn heute Abend noch gar nicht gesehen. Keine Ahnung, wo er steckt.«

»Verdammt! Ich habe meine Zeit auch nicht gestohlen.« Jiří funkelte sie an. »Wo könnte er denn sein, wenn er nicht hier ist. Da hinten vielleicht?« Er deutete zu dem Toilettengang.

»Nein, da hinten sind nur die Spieler. Wäre er da hineingegangen, hätte ich ihn gesehen. Richtig geht es bei denen sowieso nicht vor elf los. Davor ist nur Geplänkel.«

»Aber du bist ja gerade eben erst gekommen, von daher hast du nicht alles mitgekriegt«, sagte Jiří abschätzig.

»Es war Viertel nach zehn, ich war nur ein paar Minuten zu spät. Bitte sag ihm nichts davon«, beschwor sie ihn.

»Dann sag du mir im Gegenzug, wo er sonst sein könnte.«

»Vielleicht ist er unterwegs. Guram ist auch nicht da, was dazu passen würde. Der ist dann fast immer bei ihm. Er könnte aber auch im Büro sein.«

»Im Büro?«

»Ja, alle nennen es so. Eigentlich ist es Meladzes Zweitwohnung, sie liegt im Haus nebenan im ersten Stock.«

»Okay, du kannst gehen. Ich ruf ihn an und schau dann mal rüber. Und keine Angst, ich kenne dich nicht, wir haben noch nie miteinander gesprochen, und ich hab dich noch nie zuvor gesehen«, sagte Jiří.

»Danke«, sagte das Mädchen hörbar erleichtert. »Er versteht keinen Spaß, wenn man zu spät zur Arbeit kommt, und wird leicht jähzornig.« Sie mischte sich schnell unter die Gäste.

»Na, was sagst du jetzt?«, wandte sich Jiří Schröck zu.

»Wir wissen jetzt zwar, dass Meladze eine illegale Spielhölle betreibt, eine Wohnung im Nebenhaus hat und bei jeder Kleinigkeit ausrastet, aber wir haben noch immer keine Ahnung, wo Silvia steckt.«

»Das finden wir auch noch raus.«

»Dann lass uns jetzt das Etablissement hier verlassen«, sagte Schröck und legte einen Fünfzig-Euro-Schein auf die Theke.

»Und wohin willst du jetzt so plötzlich?«

»Na, raus. Angenommen, wir glauben dem Mädchen, und Meladze ist nicht hier, dann kann er, wenn er zurückkommt, ins Lokal oder gleich in die Wohnung gehen. Wir dürfen ihn nicht verfehlen.«

Sie gingen hinaus.

»Weißt du eigentlich, wie dieser Typ aussieht?«, fragte Schröck.

»Ja, ich hatte geschäftlich schon mal mit ihm zu tun.«

»Du?«

»Nicht so, wie du denkst. Ich mache doch in Immobilien. Vor ein paar Jahren hatte ich ein Haus in der Nähe von Maribor, in Slowenien, an der Hand. Das ist nicht weit von hier, nur eine Stunde mit dem Auto. Dort habe ich mich mit Meladze getroffen. Er hat über den Preis nicht einmal verhandeln wollen. War kein schlechtes Geschäft für mich. Aber wahrscheinlich waren es für ihn sowieso nur Peanuts, und er hat mit dem Haus schon einen ordentlichen Gewinn eingefahren.«

»Warum?«, fragte Schröck. »Sind die Grundstückspreise dort so gestiegen?«

»Das nicht«, lachte Jiří, »aber das Haus liegt günstig, und die Mädchen, die er dort untergebracht hat, verdienen gutes Geld. Bei dem Fernverkehr, der da jeden Tag durchrollt.«

»Verstehe«, sagte Schröck. »Ich hoffe nur, du erkennst ihn wieder.«

»Keine Sorge, ich habe ein gutes Gedächtnis, was Gesichter betrifft.«

Eine halbe Stunde später fuhr eine schwarze Limousine vor. Ein unscheinbares Rolltor neben der Bar öffnete sich, der Fahrer des Wagens, ein mittelgroßer Mann mit dunkelblondem Haar und beiger Raulederjacke, sprang aus dem Wagen, klappte die Seitenspiegel ein, fuhr das Auto in die Garage und zwängte sich wieder heraus. Als er einen Code in ein Zahlenschloss tippte, glitt das Garagentor wieder herunter. Der Mann schaute sich um, aber

Schröck und Jiří, die im Schatten eines Hauseingangs auf der anderen Straßenseite standen, bemerkte er nicht.

Meladze sperrte die verwitterte Tür neben seinem Lokal auf und verschwand im Haus. Das Licht im Treppenhaus flammte auf, und sie konnten von draußen beobachten, wie Meladze die Stufen hinauflief und bald danach im ersten Stock die Lichter angingen.

»Für mich sieht es nicht so aus, als würde er heute noch weggehen«, sagte Schröck und schnaubte enttäuscht. »Und nun? Wenn er hierbleibt, kann er uns schlecht zu Silvia führen. Du hast doch selbst gehört, was Gessner gesagt hat. Meladze wollte Silvia befragen und dann beseitigen. Womöglich ist es schon zu spät. Ich darf gar nicht daran denken.«

Jiří überlegte einen Augenblick. »Dann müssen wir handeln.«

»Was hast du vor?«

»Meladze ist allein gekommen, also gehe ich mal davon aus, dass außer ihm niemand in der Wohnung ist. Licht war vorher auch keins an. Wir gehen jetzt zu ihm und fragen ihn, wo er deine Freundin versteckt hält«, sagte Jiří entschlossen.

»Ein super Plan! Du willst dich also wirklich mit der georgischen Mafia anlegen?«

»Was bleibt mir denn anderes übrig? Ich habe die Wahl, mich mit einem Verbrechersyndikat anzulegen oder mir Ärger mit Tante Liba einzuhandeln. Ich wähle das geringere Übel«, sagte Jiří mit einem Grinsen. »Außerdem hoffe ich, dass uns dein Geheimdienst wenigstens später ein wenig behilflich sein wird, wenn es darum geht, Spuren zu verwischen. Ich werde Meladze auch nach seinen Auftraggebern befragen. Wenn wir erfahren, für wen er diesen Biokampfstoff besorgen soll, zeigt sich der BND hoffentlich erkenntlich.«

»Es ist dir aber schon klar, dass die Typen von der Mafia sehr nachtragend sind? Wenn du einen von ihren Bossen zusammenschlägst, werden sie nicht eher Ruhe geben, bis sie dich erwischt haben. Und Meladze kennt dich auch noch persönlich.«

Jiří zuckte mit den Schultern. »Wenn ich mit ihm fertig bin, kann er niemandem mehr was erzählen.«

»Du willst ihn umbringen?«, fragte Schröck entsetzt.

»Wenn es sein muss.«

Schröck wollte noch etwas sagen, aber Jiří stapfte schon auf die Haustür zu. Er klingelte wahllos an einem der Klingelschilder, der Türöffner surrte sofort und gab das Schloss frei. Jiří trat ein und winkte Schröck, ihm rasch zu folgen. Leise zog er die Tür zu, dann schlichen sie die Stiege hinauf. Im ersten Stock blieb Jiří stehen und lauschte ins Dunkle. Er griff in die Tasche, zog sein Handy heraus, und kurz darauf verbreitete das Display einen schwachen Schimmer. Er reichte, um sich orientieren zu können. Sie gingen weiter den Gang entlang, vorbei an einer Reihe heruntergekommener Wohnungstüren.

»Und woher sollen wir wissen, welche seine Bude ist?«

»Das ist nicht schwer. Hörst du was?«, fragte Schröck mit gedämpfter Stimme.

»Nein, nichts.«

»Eben. Ich gehe davon aus, dass hier außer Meladze niemand zu Hause ist.«

»Wir müssen nur die Wohnung finden, aus deren Tür ein Lichtschein dringt, dann haben wir ihn.«

Sie schlichen weiter, bis zu einer gut drei Meter hohen, glänzenden Eichentür. Sie war mit fein gearbeiteten Kassetten verziert, in denen im oberen Drittel geätztes Glas eingesetzt worden war, durch das Licht in den Gang fiel.

»Das war nicht besonders schwer«, sagte Schröck leise.

Jiří leuchtete das Türblatt ab und deutete auf den in eine Messingscheibe eingebetteten Klingelknopf. In das polierte Metall waren die Initialen »LM« eingraviert.

»Also«, sagte Jiří, »du läutest. Stell dich nicht direkt vor die Tür, damit er einen Schritt heraus machen muss, um zu sehen, wer im Flur steht. Ich packe ihn dann von hinten und halte ihm den Mund zu. Er ist kleiner als ich, hat also keine Chance. Dann rein in die Wohnung und Tür zu.«

»Geht klar«, flüsterte Schröck.

Jiří postierte sich links neben der Tür und gab das Zeichen. Als Schröck gerade im Begriff war, die Klingel zu drücken, schrillte die Türglocke in der Wohnung. Jiří warf Schröck einen erschrockenen Blick zu, der den Kopf schüttelte und mit den Schultern zuckte. In der Wohnung wurde eine Tür aufgestoßen, dann hörten sie, wie Meladze etwas sagte und kurz darauf der Öffner summte. Die Türkette wurde zur Seite geschoben.

»Weg!«, zischte Schröck Jiří zu, fasste ihn am Arm und zog ihn mit sich ins Treppenhaus ein halbes Stockwerk höher. Von unten waren Stimmen zu hören, die lauter wurden, dann erschienen vier Männer in Anzügen und bogen in den Flur. Meladze begrüßte sie laut in einer Sprache, die Schröck nicht verstand. Die Tür wurde geschlossen, danach herrschte Totenstille.

»Na, wunderbar. Unseren Plan können wir uns jetzt abschminken«, sagte Schröck.

»Verdammte Scheiße! Lass uns zusehen, dass wir hier rauskommen«, zischte Jiří.

Sie gingen Schritt für Schritt die Stiege hinunter. Vor der Eingangstür gab Schröck Jiří ein Zeichen.

»Warte mal«, flüsterte er. »Ich sehe nach, ob die Luft rein ist.« Vorsichtig öffnete er die Tür einen Spaltbreit und schaute hinaus. »Alles okay, kein Mensch zu sehen.«

Jiří ging an ihm vorbei, und Schröck schloss vorsichtig die Tür.

Gemächlich schlenderten sie die Straße hinunter, um nicht aufzufallen. Jiří steckte die Hände in die Hosentasche und hielt den Kopf gesenkt, aber niemand kam ihnen entgegen.

»So ein Mist«, zischte er. »Was sollen wir jetzt bloß machen?«

»Wenn ich das nur wüsste.« Schröck seufzte. »Mir sollte wirklich schnell etwas einfallen.«

Als sie ihre Köpfe hoben, beobachteten sie, wie jemand im Schutz der Dunkelheit um den Mercedes schlich, sich bückte und wieder aufrichtete. Jiří wollte sofort umdrehen, aber Schröck, der gesehen hatte, dass der Mann sie bemerkt hatte und zu ihnen hinüberschaute, raunte ihm zu: »Ruhig weitergehen.«

Als sie näher kamen, sahen sie, dass es ein Polizeibeamter war.

»Guten Abend«, grüßte er und tippte an seine Kappe. »Ist einer von Ihnen der Fahrzeughalter?«

»Guten Abend, Herr Inspektor. Der Wagen gehört mir«, sagte Jiří ohne einen Anflug von Unsicherheit in der Stimme.

Der Polizist musterte ihn. »Sie sind Arzt?«

»Das bin ich«, erwiderte Jiří und baute sich vor ihm auf. »Ich komme eben von einem Hausbesuch und muss schon wieder zum nächsten Patienten. Alles Notfälle.«

»Und wo haben Sie Ihre Tasche?«

»Die habe ich vorhin schon ins Auto gebracht. Ich musste nur noch einmal hinauf, weil ich meinen Rezeptblock vergessen hatte.« Jiří griff in die Innentasche seiner Jacke und tat so, als würde er sich versichern, dass der Block auch da war.

»Schon recht, Herr Doktor, aber Ihre Reifen … Da müssen S' dringend was machen. Die sind schon mehr als am Limit.«

»Ich weiß«, seufzte Jiří. »Aber ich bin so beschäftigt, ich komme einfach nicht dazu, den Wagen in die Werkstatt zu bringen. Jedenfalls danke für den Hinweis, dann werde ich den Werkstattbesuch wohl irgendwie einschieben müssen. Jetzt muss ich mich aber beeilen. Die Ehefrau dieses Herrn hier liegt in den Wehen, und wenn ich nicht sofort mit ihm nach Hause fahre, bringt sie das Kind allein zur Welt.«

»Sie machen noch Hausgeburten?«, fragte der Beamte erstaunt.

»Ich bin sogar spezialisiert darauf. Die sind momentan wieder sehr im Kommen.«

»Können wir jetzt fahren?«, fragte Schröck verzweifelt. »Ich bin schon ganz nervös. Meine Frau ist mit meiner Schwiegermutter allein zu Hause. Sie wartet bestimmt schon auf uns.«

Der Beamte runzelte die Stirn. »Warum sind Sie dann hier und nicht bei Ihrer Frau zu Hause?«

»Als ich den Anruf erhielt, dass es so weit ist, war ich noch im Büro. Eine Sitzung, die erst um fünf begonnen und sich ewig hingezogen hat. Ich bin sofort zum Herrn Doktor gelaufen, er ist so nett und nimmt mich mit. Können wir jetzt fahren?«

»Selbstverständlich. Soll ich über Funk die Rettung verständigen?«

»Danke, aber das sollte nicht nötig sein«, entgegnete Jiří und sperrte die Autotür auf.

Schröck und er ließen sich auf die Sitze fallen, der Polizeibeamte hielt ein herannahendes Auto an und winkte sie vom Bürgersteig auf die Straße. Schröck sah noch im Seitenspiegel, wie er salutierte, dann gab Jiří Vollgas.

ACHTZEHN

»Ich bin es, lass mich rein!«, rief Alexandra Tomaschek hektisch in die Gegensprechanlage.

»Bin oben«, krächzte es aus dem Lautsprecher, ein leises Klicken, die Tür sprang auf.

»Hallo«, sagte Eva und hauchte Alexandra zwei angedeutete Küsschen auf die Wangen. »Hat alles geklappt?«

»Ja.« Schwer atmend ging Alexandra ins Wohnzimmer durch. Sie setzte sich auf die grau gemusterte Wohnlandschaft, stellte ihre Plastiktüte auf den niedrigen Glastisch und holte umständlich einen dicken Ordner und acht CDs heraus.

»Dann lass mal sehen«, sagte Eva und setzte sich ihr gegenüber auf einen Hocker. »Möchtest du in der Zwischenzeit einen Tee oder ein Wasser?«, fragte sie, während sie schon in den Unterlagen blätterte.

»Nein, danke, aber hast du ein Glas Wein?«

»Natürlich. Nimmst du ihn dir bitte selbst, Liebes? In der Küche steht eine Flasche, die ich erst vor einer Stunde geöffnet habe. Und wo die Gläser sind, weißt du ja. Ich muss mir das hier sofort ansehen, damit wir wissen, woran wir sind.«

Alexandra streifte ihre Schuhe ab und massierte sich die Zehen. »Diese Dinger bringen mich noch um, dabei waren sie sauteuer. Es ist so schade, sie passen wunderbar zu diesem Kostüm, aber wenn ich sie auch nur eine Stunde trage, bekomme ich Blasen«, plapperte Alexandra vor sich hin.

»Liebes, bitte, ich versuche mich hier zu konzentrieren. Hol dir dein Glas Wein und nimm dir eine Zeitschrift.«

»Bin ja schon still.« Alexandra schlich sich in die Küche. »Ach, Lachs hast du auch da? Könnte ich mir davon ein wenig nehmen?«

»Nimm, was du willst, aber störe mich jetzt bitte für ein paar Minuten nicht«, gab Eva genervt zurück.

Sie überflog Seite für Seite, blätterte vor und zurück und machte sich Notizen. Dann holte sie ihren Laptop von der Anrichte, fuhr ihn hoch und tippte ein paar Fachbegriffe ein. Immer wieder schüttelte sie den Kopf und murmelte: »Das gibt's ja gar nicht.« Schließlich legte sie eine CD nach der anderen ein.

Die erste enthielt Diagramme, Tabellen und nach Datum sortierte Versuchsanordnungen, die nächste war ebenfalls voll mit gleichartigen Dateien. Sie scrollte nach unten und fand ein Dokument mit der Bezeichnung »Ansuchen_Ethikkommission«. Als sie es gelesen hatte, nahm sie ihre Brille ab und lehnte sich zurück.

»Wahnsinn«, murmelte sie.

Alexandra ließ die Modezeitschrift sinken.

»Hast du was gesagt?«

»Das musst du dir unbedingt anschauen.«

Alexandra rutschte näher.

»Dein Mann hat offenbar wirklich eine universelle Methode gegen Krebs entwickelt«, sagte Eva und drehte den Laptop zu ihr hin.

»Aber warum hat ihm die Kommission dann seine Versuche nicht weiter genehmigt? Das verstehe ich nicht.«

»Ich schon. Mein lieber Mann ist der Vorsitzende des Gremiums und arbeitet schon seit längerer Zeit fieberhaft am selben Thema. Mit dem Veto wollte er die Konkurrenz in Form deines Mannes ausschalten. Und wie es aussieht, ist ihm das auch gelungen. Ganz schön gerissen, das muss man ihm lassen. Wenn wir beide unser Geschäft durchziehen, können wir unsere sauberen Ehemänner locker auf die Straße setzen. Da fällt mir gerade noch was ein: Diese Meier von dem Schweizer Pharmakonzern hat sich nicht mehr bei mir gemeldet. Sie wollte anrufen, wenn sie in Graz eingetroffen ist, aber ich habe bis heute nichts mehr von ihr gehört. Bei Max ist sie auch noch nicht aufgetaucht. Mit so etwas hätte er sicher vor mir angegeben.«

»Aber Eva, ich dachte, dein Mann kommt mit seinen Forschungen ohnehin nicht voran?«

»Das wusste ich aber noch nicht, als ich denen den Tipp gegeben habe, ihn aufzusuchen. Max hat immer mit seinen Fortschritten geprahlt, und da dachte ich, ich hole mir zusätzlich zu unserem Auslandsgeschäft ein kleines Schmerzensgeld und informiere die Auftraggeber von der Meier. Die großen Pharmakonzerne zeigen sich für Informationen dieser Art überaus erkenntlich, wenn sie dadurch früher als die Konkurrenz an neue Produkte herankommen.«

»Und was willst du der Meier sagen, wenn sie doch noch anruft?«

»Na, nichts. Soll sie sich doch selbst ein Bild machen. Kann er sie bluffen, dann bekomme ich eine Provision, wenn nicht, auch egal. Wir sind an einer viel größeren Sache dran.«

»Da hast du recht«, grinste Alexandra.

»Aber weißt du, was mir keine Ruhe lässt? Wer hat so großes Interesse an den Forschungen deines Mannes, dass er die Schau mit diesem griechischen Liebhaber abzieht? Und vor allem: Woher weiß dieser Jemand Bescheid darüber? Soweit ich die Aufzeichnungen beurteilen kann, hat dein Göttergatte nicht nur eine Behandlungsmethode entwickelt, sondern es auch geschafft, Mikroorganismen zu manipulieren. Du hast ein Genie geheiratet, Alexandra. Und meinem lieben Mann traue ich alles zu, sogar, dass er diesen Spiro engagiert hat.«

»Denkst du wirklich? Mir ist das ganz egal. Und wenn schon, meinetwegen soll Robert ein Genie sein, als Geschäftsmann und Lover ist er jedenfalls ein absoluter Versager«, sagte sie und zog eine Grimasse.

»Vielleicht, aber meiner ist darüber hinaus auch noch ein Lügner und Zocker. Trotzdem hilft uns das alles nicht weiter: Wir müssen uns auf Spiro konzentrieren und herausfinden, wer ihn beauftragt hat. Es steht zu viel auf dem Spiel. Was, wenn es nicht Max war?«

»Und wie willst du das anstellen?« Alexandra massierte schon wieder ihre Zehen.

»Wie gesagt, du triffst dich mit deinem Verehrer, gehst mit ihm ins Penthaus und rufst mich dann an. Gemeinsam werden wir ihn schon dazu zwingen, uns zu sagen, wer seine Auftraggeber sind.«

»Klar. Ich lege ihn mit einem Jiu-Jitsu-Wurf aufs Kreuz, binde ihn fest, und dann lassen wir ihn an den Beinen vom Balkon hängen, bis er uns alles verrät.« Alexandra schüttelte den Kopf. »Oder willst du etwa auf die Schnelle einen Profi engagieren? Uns erzählt Spiro jedenfalls nie freiwillig, wer ihn geschickt hat.«

»Keine Bange, ich habe da schon eine Idee.« Mit einem geheimnisvollen Lächeln ging Eva ins Schlafzimmer. Als sie wieder zurückkam, warf sie Alexandra ein schwarzes Samtsäckchen zu.

»Was ist das?«

»Siehst du doch. Handschellen. Sind sie nicht hübsch? Das Leopardenfell ist aus Plüsch. Sie sind zwar weich gepolstert, erfüllen aber trotzdem ihren Zweck.«

»Eva! Das hätte ich gar nicht von dir gedacht. Du hast mir nie von jemandem erzählt.«

»Da ist auch niemand. Die habe ich heute extra für Spiro besorgt. Du musst ihn nur dazu bringen, dass er sie sich anlegen lässt, aber das wirst du wohl schaffen, oder nicht?«

»Na ja«, sagte Alexandra und fuhr sich durch ihr langes blondes Haar, »ich denke schon. Und was willst du dann mit ihm machen?

»Ich bin Pharmazeutin, und ich habe einen Arzneimittelversand.«

»Und?«

»Ich beliefere Krankenhäuser und Tageskliniken mit Anästhetika.«

»Willst du ihn etwa einschläfern?«

»Natürlich nicht, aber ich werde ihm Thiopental geben. Das verwendet man normalerweise zur Einleitung der Narkose vor Operationen. Es ist ein schnell wirksames Barbiturat und wird ihn sehr gesprächig machen. Außerdem senkt es den Hirndruck und beeinträchtigt das Urteilsvermögen. Spiro wird uns liebend gern erzählen, was wir von ihm wissen wollen, auch wenn die Senkung des Hirndrucks bei ihm nicht viel bewirken wird.«

»So dumm ist er mir gar nicht vorgekommen«, sagte Alexandra.

»Ist ja auch egal. Hat er denn schon angerufen?«

»Ja, wir treffen uns um halb neun.«

»In welchem Restaurant?«

»Spiro meinte, es wäre netter, wenn wir uns etwas in die Wohnung bestellen würden. Wir wären dann ungestört.«

»Sehr gut, dann sieht euch auch niemand zusammen. Und wenn du ihn ans Bett gefesselt hast, rufst du mich sofort an. Ich warte unten im Wagen.« Eva zog den Laptop näher ran und setzte sich die Lesebrille wieder auf. »In der Zwischenzeit spiele ich die Dateien der CDs auf meinen Computer und kopiere unten im Büro die Unterlagen deines Mannes. Ich bringe sie dir nachher mit, damit du sie wieder zurücklegen kannst. Um das alles vor eurem Treffen zu machen, ist die Zeit doch zu knapp. Jetzt geh nach Hause und hübsch dich auf.«

Alexandra schlüpfte in die Schuhe und zog den engen Rock gerade. »Hoffentlich schaff ich das alles«, sagte sie mit weinerlicher Kleinmädchenstimme.

»Aber natürlich. Denk immer daran, was für uns auf dem Spiel steht.«

Alexandra verabschiedete sich, und Eva widmete sich wieder ihrem Laptop.

***

Seit über einer Stunde wartete Eva Gessner in ihrem Auto gegenüber dem Penthaus. Es regnete in Strömen. Von Zeit zu Zeit drehte sie den Zündschlüssel und betätigte den Scheibenwischer, um besser sehen zu können. Sie massierte ihren Nacken, der vom Hinaufstarren steif zu werden drohte. Allmählich zweifelte sie daran, ob es eine gute Idee gewesen war, sich bei ihrem Plan auf Alexandra zu verlassen. Sie schaltete das Autoradio ein und zappte durch die Sender. Rockmusik, ein Brahms-Konzert und eine politische Diskussion. Sie schaltete das Radio wieder aus und überprüfte ihr Handy. Die Netzverbindung war gut – der Klingelton auf laut gestellt. Sie hätte das wirklich selbst in die Hand nehmen sollen. Sie musste unbedingt wissen, wer diesen Spiro auf Tomaschek angesetzt und ob das Ganze etwas mit dem Geschäft zu tun hatte, das sie durchziehen wollten. Wenn ihre Geschäftspartner in Übersee Wind davon bekamen, war der Deal geplatzt und das viele Geld dahin. Unruhig rutschte sie auf dem Autositz herum. Dann kam endlich der erlösende Anruf. Der Regen prasselte auf das Autodach, und Eva presste das Handy ans Ohr, um besser verstehen zu können.

»Er tobt wie ein Wilder. Du musst sofort raufkommen und mir helfen, sonst zerlegt er noch das Bett.«

»Du hast es also doch geschafft«, atmete Eva auf. »Halt dich von ihm fern, verstehst du? Ich bin in einer Minute da.«

Sie schnappte ihre Tasche vom Rücksitz und sprang aus dem Auto. Den Regen ignorierend rannte sie mit zusammengekniffenen Augen über die Straße und in den Hinterhof. Wie wild drückte sie auf den Rufknopf des Aufzugs, aber auf der Anzeige leuchtete nur eine rote Schrift auf: »Schlüsselfahrt«. Eva stieß einen leisen Fluch aus und wählte Alexandras Nummer.

»Ich komm nicht rauf. Du musst mir den Lift schicken«, rief sie. Das Wasser lief ihr mittlerweile unter Jacke und Bluse den Rücken hinunter.

»Aber ich habe keine Ahnung, wie«, gab Alexandra kleinlaut zurück.

»Du musst!«

Nach ein paar Sekunden hörte Eva, wie sich der Lift in Bewegung setzte, und wenig später öffnete sich vor ihr die Tür. Sie sprang in die Kabine, schüttelte sich, ihre Haare waren triefnass, und fuhr hinauf in die Wohnung. Alexandra erwartete sie schon. Sie war gerade dabei, ihre Bluse zuzuknöpfen.

»Gut, dass du da bist«, sagte sie und wollte auf sie zustürzen, um sie zu umarmen.

Aber Eva winkte ab. »Dafür ist jetzt keine Zeit. Wo ist er?«

»Im Schlafzimmer. Ich habe seine Hände am Kopfteil festgemacht, wie du gesagt hast. Aber wenn er so weitertobt, fürchte ich noch, dass er sich losreißt.«

Gemeinsam betraten sie das Zimmer. Spiro warf sich im Bett von einer Seite auf die andere und zerrte an seinen Fesseln.

Eva nickte Alexandra anerkennend zu, musste sich aber zugleich beherrschen, um beim Anblick von Spiro im Tanga mit Leopardenfellhandschellen nicht loszulachen. Als Spiro bemerkte, dass Alexandra nicht allein zurückgekommen war, hielt er inne und starrte Eva an.

»Wird wohl nichts aus deiner geplanten Liebesnacht mit Alexandra, was? Aber mach dir nichts draus, dafür darfst du jetzt gleich mit zwei Frauen den Abend verbringen. Ist doch viel besser, nicht wahr?«

Sofort begann Spiro wieder zu toben und zu fluchen.

»Spricht man plötzlich Bulgarisch in Griechenland, oder sagst du uns jetzt, wer dich geschickt hat, um an die Unterlagen von Tomaschek ranzukommen? Raus mit der Sprache!«

»Macht mich sofort los«, brüllte Spiro.

»Wenn du uns alles gesagt hast, spricht nichts gegen deinen Wunsch«, antwortete Eva.

»Gar nichts werde ich euch sagen. Macht diese blöden Handschellen ab, dann lasse ich euch vielleicht leben! Überlegt euch gut, was ihr tut. Mein Auftraggeber kennt kein Pardon.«

Alexandra griff sich an die Brust. »Also hat man dich tatsächlich auf uns angesetzt? Mein Gott, wie naiv ich war.«

Spiro beruhigte sich und schaute sie triumphierend an. »Es ist nichts Persönliches, musst du wissen. Dir sollte niemals etwas geschehen. Und jetzt mach mich los und gib mir die Unterlagen von deinem Mann. Ich verschwinde, und kein Mensch wird je hiervon erfahren.«

Eva drehte sich zu Alexandra. »Was meinst du? Denkst du, wir können ihm trauen und er wird uns nichts tun, wenn wir ihn losmachen?«

Alexandra schaute sie panisch an, blieb aber stumm.

»Also gut, wir vertrauen dir«, sagte Eva zu Spiro. Sie näherte sich ihm, ohne ihn aus den Augen zu lassen, und zog dabei langsam den Reißverschluss ihrer Handtasche auf.

»Beeil dich«, fuhr Spiro sie an. »Mir wird langsam kalt hier.«

»Und du tust uns auch wirklich nichts?«

»Nein, hab ich doch gesagt«, beruhigte er sie.

Eva kramte in der Tasche. »Ich glaube dir sogar«, sagte sie, zog eine Spritze heraus, rammte ihm die Nadel in seinen Unterarm und drückte ihm die Flüssigkeit in eine vor Anstrengung hervorgetretene Vene.

»Was hast du gemacht?«, schrie Spiro. »Ich bringe dich um!«

»Das wirst du mit Sicherheit nicht tun. Stattdessen wirst du uns in ein paar Minuten alles erzählen, was wir von dir wissen wollen.«

»Was war das? Was hast du mir gespritzt?« Spiro stand der Schweiß auf der Stirn.

»Du würdest mit dem pharmakologischen Ausdruck sowieso nichts anfangen können, du Dummkopf. Aber die Bezeichnung Wahrheitsdroge wird dir sicher ein Begriff sein. Ich sag's mal so: Du hast dich mit den Falschen angelegt.«

»Ihr blufft doch nur. Ihr traut euch ja gar nicht, mich umzubringen, dazu seid ihr viel zu feige. Aber ihr beiden, ihr könnt jetzt schon euer Testament machen«, zischte Spiro.

»Mit einer Sache hast du nicht unrecht, wir lassen dich am

Leben. Tote sind nicht unser Stil, aber wenn wir mit dir fertig sind, wirst du uns mehr erzählt haben, als dir lieb ist. Ich habe da noch was.« Wieder kramte Eva in ihrer Handtasche und zog eine kleine Videokamera hervor. »Alles, was du uns erzählst, wird aufgenommen. Mein Notar bekommt sofort anschließend eine Kopie von der Aufnahme. Das dazugehörige Schreiben habe ich auch schon vorbereitet.« Sie hielt Spiro ein Blatt Papier vor die Nase. »Wenn einer von uns beiden etwas zustößt, wird mein Anwalt die Aufnahme der Polizei übergeben. Und du kannst sicher sein, dass sich darauf dann dein allumfassendes Geständnis befindet.«

»Du denkst aber auch einfach an alles«, sagte Alexandra bewundernd.

Eva ignorierte sie. »Hast du das kapiert?«, herrschte sie Spiro an. Sie stellte die Kamera auf die Kommode neben dem Bett, richtete sie auf Spiros Gesicht und startete die Aufnahme.

Spiro war in den letzten Momenten auffallend ruhig geworden. Er schaute die beiden Frauen interessiert an, lächelte ihnen zu und wiegte den Kopf hin und her.

»Es fängt an zu wirken«, raunte Eva Alexandra zu, die noch immer wie angewurzelt in einigem Abstand zum Bett stand.

»Also, mein Lieber. Geht es dir gut, liegst du auch weich?«, fragte Eva.

Spiro nickte mit einem seligen Lächeln.

»Wunderbar, dann sei so nett und verrate uns deinen Namen.«

»Ich heiße Kiro Litschev und bin aus Stanchev. Das liegt am Meer. Ach, ich wäre so gern am Meer.«

»Das verstehe ich«, sagte Eva in mütterlichem Ton. »Du kannst bald wieder dorthin zurück, aber vorher musst du uns sagen, wer dich zu uns geschickt hat. Wirst du das tun?«

»Das darf ich nicht«, antwortete Spiro alias Kiro und drehte den Kopf in das Kissen.

»Mir kannst du es doch erzählen. Ich sag's auch nicht weiter. Großes Ehrenwort.«

»Aber Lado wird furchtbar böse mit mir sein.«

»Das kann ich mir nicht vorstellen. Lado mag dich doch.«

»Natürlich tut er das. Ich habe ihn noch nie enttäuscht.«

»Muss ein feiner Mann sein, dieser Lado. Wie heißt er noch weiter?«, fragte Eva beunruhigt.

»Lado Meladze. Er ist sehr gebildet. Er war sogar auf der Universität.«

»Meladze«, murmelte Eva entgeistert.

»Kennst du ihn?«, flüsterte Alexandra, die den entsetzten Gesichtsausdruck ihrer Freundin bemerkt hatte.

Wieder ignorierte sie Eva und wandte sich Kiro zu: »Sag mir sofort, wofür er die Unterlagen braucht!« Sie stand kurz davor, ihre Beherrschung zu verlieren. Ihre Stimme war lauter geworden.

Kiro schmollte und schüttelte den Kopf.

»Rück raus damit!«, schrie sie. »Sofort!«

Kiro schloss die Augen und tat, als würde er sie nicht hören.

»Das muss an der Dosis liegen. Ich habe ihm zu wenig gegeben.« Eva nestelte eine zweite Spritze aus der Tasche, verabreichte ihm eine weitere Injektion und setzte sich auf einen Stuhl. Ihr Bein zuckte unruhig. »Meladze also. Aber was will der mit den Unterlagen?«, murmelte sie.

Alexandra schaute sie ratlos an, wagte jedoch nicht, sie anzusprechen.

»Willst du mir jetzt sagen, was Meladze mit den Forschungsergebnissen von Tomaschek vorhat?«, machte Eva einen neuen Versuch.

Kiro öffnete die Augen. »Ich habe keine Ahnung. Ich soll sie ihm nur bringen. Er hat mir nicht verraten, was er damit will. Könnte ich vielleicht etwas zu trinken haben?« Er begann nach Luft zu schnappen. »Mir ist kalt«, röchelte er. »So kalt.«

»Was ist los mit ihm?«, fragte Alexandra besorgt.

»Keine Ahnung. Vielleicht habe ich diesmal zu viel von dem Zeug erwischt.«

Kiro japste und starrte sie mit aufgerissenen Augen an.

»So unternimm doch was!«, rief Alexandra hysterisch.

»Was denn?« Eva rührte sich nicht vom Fleck.

Kiro machte einen tiefen Atemzug und schloss die Augen. Eine Weile betrachteten ihn die beiden Frauen ratlos.

»Er bewegt sich nicht mehr«, sagte Alexandra.

»Logisch. Wenn er bewusstlos ist, kann er sich auch nicht bewegen«, bemerkte Eva gereizt.

»Ich meinte eigentlich, dass sich sein Brustkorb nicht mehr bewegt. Er atmet nicht mehr.«

Eva holte ihren Schminkspiegel aus der Tasche und hielt ihn Kiro vor Mund und Nase. Als sie keinen Niederschlag von Atemluft erkennen konnte, fühlte sie seinen Puls.

»Tot«, bemerkte sie trocken.

»Du hast ihn umgebracht«, murmelte Alexandra.

»Und? Wäre es dir umgekehrt lieber gewesen?«

»Und jetzt?«

»Nichts. Wir machen ihn los, räumen hier ein wenig auf und hauen ab. Sieh zu, dass du nichts vergisst.«

»Aber wenn sie ihn hier so finden?«

»Dann ist ein bulgarischer Ganove im Bett eines russischen Diplomaten gestorben. Kein Mensch wird uns damit in Verbindung bringen. Wir beide haben in meiner Wohnung über der Apotheke den Abend verbracht. So, und jetzt beeil dich, damit wir hier schnell rauskommen.«

Nachdem sie noch einmal überprüft hatten, dass sie nichts Verdächtiges in der Wohnung vergessen hatten, verließen die beiden Frauen eine Viertelstunde später unbemerkt das Penthaus.

NEUNZEHN

»Was nun?«, fragte Schröck und schaute aus dem Seitenfenster.

»Keine Ahnung.« Jiří überholte die Kolonne und reihte sich wieder auf dem rechten Fahrstreifen ein. »Bin ich der Geheimagent oder du?«

»Die Aktion mit Meladze ist voll in die Hose gegangen. War eigentlich sowieso eine Schnapsidee«, sagte Schröck betreten.

Jiří hupte wie ein Verrückter, weil ihm der blaue Kleinwagen vor ihnen den Weg versperrte. Er fluchte unverständlich und blinkte ihn an.

»Jetzt mach mal halblang und beruhige dich«, fuhr ihn Schröck an. »Der fährt schon siebzig, und wir sind im Ortsgebiet. Außerdem kann er nichts für unsere Schlappe.«

»Wenn nur diese Typen nicht gekommen wären, wüssten wir jetzt, wo deine Silvia ist.«

»Das ist trotzdem kein Grund, uns mit deiner Fahrerei umzubringen. Wo willst du eigentlich so schnell hin?«

»Keine Ahnung«, sagte Jiří.

Es hatte zu regnen begonnen. Der Scheibenwischer des alten Mercedes quietschte über das Fenster und zog Schlieren.

»Wenn Gessner für Meladze arbeitet, könnte es doch sein, dass er auch weiß, wo Silvia gefangen gehalten wird«, überlegte Schröck.

»Da könnte was dran sein.« Jiří bog in eine Seitenstraße.

»Um diese Zeit ist er sicher nicht mehr in seinem Büro. Lass uns herausfinden, wo er wohnt. Du hast doch noch deinen Laptop hinten drin. Halt mal an«, forderte Schröck Jiří auf.

»Nicht nötig, wozu gibt es Smartphones?« Jiří zog sein Handy hervor und begann zu tippen.

»Willst du nicht lieber anhalten?«, fragte Schröck entsetzt.

»Quatsch, ich hab's gleich.« Wenig später ertönte die Stimme einer Frau aus dem Lautsprecher.

»Siehst du. Nach meinem Navi sind wir in fünf Minuten bei ihm.«

»Wie hast du das denn gemacht?«

»Sag mal, in welchem Jahrhundert lebst du eigentlich? Ich habe seine Adresse gegoogelt und ins Navi kopiert. Was sonst?«

»Okay, okay, ich wusste ja nicht, dass ich mit einem Technikfreak durch Graz rase.«

Sie umfuhren die Innenstadt und erreichten kurze Zeit später die Burggasse. Das Navi führte sie vor ein Stadthaus mit einer beeindruckenden Barockfassade, das in einer ruhigen Seitenstraße lag. Jiří hielt den Wagen an und schaltete die Scheinwerfer aus.

»Vornehm geht die Welt zugrunde«, sagte er und pfiff durch die Zähne.

»Tja, hättest du mal was Anständiges gelernt«, grinste Schröck und ließ die Scheibe hinunter. »Siehst du das da?« Er deutete aus dem Seitenfenster. »Gessner hat gleich zwei Überwachungskameras, eine vor der Einfahrt und eine neben dem Haupteingang. So kann er alles sehen, was hier auf der Straße passiert.«

»Ist doch egal, er wird uns sowieso nicht erkennen.«

»Und wie willst du das anstellen? Sollen wir uns vielleicht Plastiktüten über den Kopf ziehen?«

»Quatsch.« Jiří begann unter seinem Sitz herumzukramen und tauchte mit hochrotem Kopf wieder auf. »Verdammt, ich komm nicht ran«, keuchte er.

»Was suchst du eigentlich da unten?«, fragte Schröck, aber Jiří war bereits wieder abgetaucht und scharrte unter seinem Sitz herum.

Dann endlich saß er wieder aufrecht neben Schröck, hielt zwei große Steine in der Hand und grinste triumphierend.

»Du bist mir echt ein Rätsel. Hightech und Steinzeit, eine außergewöhnliche und doch effektive Mischung. Aber bist du dir sicher, dass wir die Kameras mit einem Wurf treffen und außer Gefecht setzen können?«, fragte Schröck zweifelnd.

»Wieso denn das? Wir brauchen nur einen Stein fürs Fenster.«

»Und die Überwachungskameras?«

Jiří grinste. »Hast du schon mal was von Überbelichtung gehört?«

»Was meinst du?«

»Du wirfst das Fenster ein, in dem Licht brennt. Währenddessen bringe ich den Wagen so in Position, dass die Scheinwerfer auf die Kameras zeigen, und schalte das Fernlicht ein. Wenn Gessner dann auf den Monitor schaut, sieht er nur den Stern von Bethlehem. Und wenn er rauskommt, um nachzuschauen, was Sache ist, schnappen wir ihn uns und schleppen ihn als schwarze Schatten wieder ins Haus.«

Schröck schüttelte den Kopf. »Ich will gar nicht wissen, woher du das alles hast, Jiří, aber es ist genial.«

»Dann los. Siehst du das Fenster im ersten Stock? Da habe ich vorhin jemanden gesehen. Das musst du treffen. Du hast zwei Steine, ergo zwei Versuche. Und hol weit aus, wahrscheinlich ist das eine Dreischeibenverglasung.«

»Okay, aber sag mir noch eins: Warum hast du zwei Felsbrocken unter deinem Autositz?«

»Seit einiger Zeit ist die Handbremse kaputt. Wenn ich auf einer abschüssigen Straße parken muss, lege ich die Steine immer unter die Reifen.«

Schröck stieg aus, und Jiří reichte ihm die Steine. Dann startete er den Wagen und rollte ihn mit aufgeblendeten Scheinwerfern vor das Haus.

Schröck schaute sich um, aber in den angrenzenden Villen war alles ruhig. Er positionierte sich, zielte und warf den ersten Stein mit aller Kraft gegen das Fenster.

Ein Knall wie von einer Pistole ertönte. Schröck duckte sich, aber als der erwartete Scherbenregen ausblieb, schaute er nach oben. Von der Stelle aus, auf die der Stein geknallt war, verliefen spinnwebartige Sprünge nach außen. Wenn das nur gut ging. Er selbst würde jedenfalls nicht auf die Straße laufen, wenn jemand versuchen würde, mit Steinbrocken sein Fenster einzuschlagen. Blöder Plan. Doch im selben Moment wurde die Eingangstür aufgerissen und Gessner kam heraus. Sofort stürmte Jiří an Schröck vorbei auf den Professor zu und schlang die Arme um ihn. Er hob Gessner an und trug ihn ins Haus, bevor der noch begriff, was mit ihm passierte.

»Komm schon!«, rief Jiří Schröck zu, der wie angewachsen im Scheinwerferlicht stand.

Als Schröck hinterherlief und Gessner ihn erblickte, riss er überrascht die Augen auf.

»Wenn ich die Hand von deinem Mund nehme und du schreist, drehe ich dir den Hals um«, zischte ihm Jiří ins Ohr. »Ist das klar?« Er schüttelte den Professor wie eine Stoffpuppe.

Gessner nickte, und Jiří ließ ihn frei.

»Was machen Sie hier?«, stammelte Gessner.

»Wir haben nur ein paar Fragen an Sie«, sagte Schröck so ruhig wie möglich.

»Setz dich!«, herrschte Jiří Gessner an und stieß ihn zur Treppe.

»Was wollen Sie von mir? Ich arbeite doch bereits an dem Auftrag, aber es geht nicht schneller. Hat Ihnen Meladze denn nichts gesagt?« Gessner hockte sich auf die Stiege.

Schröck warf Jiří einen Blick zu und baute sich vor Gessner auf. Natürlich musste der Professor denken, dass ihn seine Auftraggeber schickten. Schröck beschloss, die fälschliche Annahme für seine Zwecke zu nutzen.

»Schluss mit Entschuldigungen. Ich brauche einen definitiven Termin. Wann wirst du mit dem Kampfstoff fertig sein?«

»Ich warte nur noch auf die Unterlagen von Tomaschek. Meladze besorgt sie mir.«

»Und warum?«, fragte Schröck unbeirrt weiter.

»Tomaschek hat eine Methode entwickelt, mit der man adenoassoziierte Viren einbringen kann, außerdem eine Art Bio-Baukasten, um die Reaktionen der befallenen Zellen zu steuern. Wenn ich die Unterlagen habe, müsste ich in ein bis zwei Wochen fertig sein.«

»Gut«, sagte Schröck. »Und jetzt die nächste Frage: Was hat dir Meladze über uns erzählt?«

»Nichts. Nur dass der Auftraggeber aus Asien stammt. Aber das haben Sie mir bei Ihrem Besuch ja auch bestätigt.«

»Was hat Meladze noch über uns gesagt?«, beharrte Schröck.

»Nichts, ehrlich. Über so etwas reden wir gar nicht. Ich weiß nur, dass ich an ihn liefern soll«, jammerte Gessner und starrte Jiří ängstlich an, der mit grimmiger Miene neben ihm stand.

»Ich hoffe für dich, dass du die Wahrheit sagst«, sagte Schröck. »Was ist eigentlich mit der Frau, die Meladze gekidnappt hat?«, fragte er dann möglichst beiläufig.

Gessner blickte ihn erstaunt an.

»Raus mit der Sprache! Wohin hat er sie gebracht? Und warum?«

Unruhig rutschte Gessner auf dem Treppenabsatz herum. »Sie weiß zu viel. Sie hat von unserem Vorhaben erfahren. Aber machen

Sie sich keine Sorgen, Meladze bringt das wieder in Ordnung. Er hat alles unter Kontrolle.«

»Weißt du, wo sie ist? Ich will selbst mit ihr reden.«

Gessner schaute Schröck misstrauisch an. »Warum fragen Sie Meladze nicht einfach selbst?«

»Weil ich es von dir wissen will.«

Jiří, der die ganze Zeit über ruhig dagestanden hatte, hob jetzt drohend die Hand.

»Ich sage Ihnen gar nichts mehr. Fragen Sie lieber gleich Meladze. Ich werd den Teufel tun und irgendetwas ausplaudern.« Gessner verschränkte die Hände vor der Brust.

»Du sollst jetzt reden!« Schröck explodierte und packte ihn am Kragen seiner Jacke.

»Kein Wort sag ich mehr!«, brüllte Gessner zurück.

Schröck ließ ihn los, zog Mantel und Jacke aus und wollte eben damit beginnen, seine Hemdsärmel hochzukrempeln, als Jiří ihm auf die Schulter klopfte.

»Entschuldige, aber bevor du dem Kerl alle Knochen brichst, könntest du bitte rausgehen und die Scheinwerfer ausmachen? Die Batterie ist nicht mehr die jüngste.« Jiří hielt Schröck die Autoschlüssel hin. »Und inzwischen mache ich unserem Freund hier deutlich, was es für ihn bedeutet, wenn er weiterhin schweigt.« Zu Gessner gewandt sagte er: »Ich sag dir, das kommt in keinem Film vor.«

Schröck machte ein grimmiges Gesicht, zog sich aber wieder an. »Bin sofort zurück«, sagte er und ging hinaus.

Die Scheinwerfer des Mercedes waren noch immer auf das Haus gerichtet und tauchten die blütenweiße Fassade in ein grelles Licht. Ein Wunder, dass noch niemand die Polizei verständigt hatte. Als Schröck sich umsah, entdeckte er, dass neben Gessners Haus eine teure Limousine parkte. Zwei Männer standen davor und unterhielten sich. Schröck erschrak. Gleich würden sie herüberkommen und ihn zur Rede stellen. Aber als ihr Blick ihn traf, blieb er nicht an ihm hängen, sondern glitt über ihn hinweg, so als hätten sie ihn nicht bemerkt. Sie redeten einfach weiter. Schröck seufzte. In dieser vornehmen Gegend kümmerte man sich offenbar ausschließlich um seinen eigenen Kram. Er stieg in den Wagen, startete, setzte ein Stück zurück, stellte das Auto am Straßenrand ab und löschte die Lichter. Dann ging er zu Gessners Haus zurück. Als er die Hand hob, um an die Tür zu klopfen, ertönte aus dem Inneren des Hauses ein markerschütternder Schrei. Beunruhigt schaute Schröck zu den beiden Männern hinüber, aber nicht einmal jetzt kümmerten sie sich darum, was im Nebenhaus vorging.

Im selben Augenblick öffnete sich die Tür, und Jiří kam aus dem Haus gestürmt. »Wir müssen uns beeilen!«

Schröck gab ihm die Autoschlüssel, Jiří warf sich in den Autositz, ließ den Motor aufheulen und fuhr, als Schröck eingestiegen war, mit quietschenden Reifen davon.

»Was ist passiert?«, wollte Schröck wissen.

»Ich weiß jetzt, wo sie Silvia versteckt halten«, erwiderte Jiří. »Aber bevor wir hinfahren, müssen wir noch was besorgen.«

»Sollen wir nicht besser die Polizei verständigen?«

»Klar, du hast vollkommen recht. Wir fahren jetzt zum nächsten Revier und erklären dem Diensthabenden mitten in der Nacht, dass deine Freundin von einem georgischen Mafiaboss entführt worden ist und du eine kleine Befreiungsaktion planst. Bis der seine Vorgesetzten am Telefon und die Einsatzgruppe alarmiert hat, ist es mindestens morgen Mittag. Wenn er dir überhaupt glaubt. Das sei mal noch dahingestellt. Wir haben schon viel zu viel Zeit verplempert. Wir besorgen uns jetzt zwei Kanonen und holen Silvia auf eigene Faust da raus. Oder hast du eine Dienstwaffe?«

Schröck schüttelte den Kopf. Heinrich hatte gemeint, er würde keine Waffe brauchen, wenn doch, sollte er ihn anrufen. Aber Schröck hatte nicht vor, Heinrich in seine Aktivitäten einzuweihen. Andererseits würde er nur zu gern wissen, ob Heinrich ihn belogen hatte, als er gesagt hatte, er habe keine Ahnung davon, was Silvia mit Gessner zu tun hatte. Außerdem hatte er ihm versprochen, sich wegen Silvia mit der Grazer Polizei in Verbindung zu setzen, hatte aber seit Tagen nichts von sich hören lassen. Irgendetwas stank hier gewaltig zum Himmel.

»Jetzt sag schon: Wo haben sie sie hingebracht?«, wandte er sich an Jiří.

»Raus nach Andritz, Meladze hat dort ein Lagerhaus.«

»Ist das weit von hier entfernt?«

»Nur eine Viertelstunde, aber zuerst müssen wir noch mal zu mir.«

Sie fuhren die Straße hinunter, vorbei an einer neugotischen Kirche, die von unsichtbaren Scheinwerfern angestrahlt wurde. Jiří trat grinsend aufs Gaspedal.

Schröck musste an Silvia denken. Sein Bauchgefühl besagte nichts Gutes. »Wie hast du Gessner eigentlich zum Reden gebracht?«

»Ich habe damit gedroht, ihm die Finger zu brechen, wenn er nicht auspackt«, antwortete Jiří.

»Und dann hat er geredet?«

»Noch nicht«, sagte Jiří und bog in die Triester Straße ein. »Erst als ich es getan hab.«

»Du hast ihm seine Finger gebrochen?«, fragte Schröck entsetzt.

»Nur einen, den kleinen. Den braucht er sowieso nicht«, versuchte Jiří ihn zu beschwichtigen. »Und die Knochen wachsen schon wieder zusammen.«

»Spinnst du jetzt total? Er hat doch unsere Gesichter gesehen.«

»Ist doch egal.« Jiří konzentrierte sich auf die Straße.

»Und wenn er gleich zu Meladze läuft und ihm alles erzählt?«

»Warum machst du dir eigentlich so in die Hosen? Du bist beim BND, dir werden sie schon nichts tun. Und ich habe auch meine Verbindungen, also lass den Rest meine Sorge sein.«

»Wie du meinst.« Schröck lehnte sich im Sitz zurück und versuchte, sich zu entspannen.

Wenig später hielten sie vor einem heruntergekommenen Gebäude aus dem ausgehenden achtzehnten Jahrhundert. Jiří fuhr durch eine enge Durchfahrt in den Garten und stellte den alten Mercedes auf einem gepflasterten Parkplatz ab.

»Komm«, sagte er und sperrte die Hintertür des Hauses auf.

Schröck folgte Jiří über eine ausladende Treppe in den ersten Stock. Die feinen Einlegearbeiten auf den Stufen wirkten, als wären sie erst vor Kurzem verlegt worden. Bei näherem Betrachten sah man, dass die Fliesen alt, aber mit viel Aufwand restauriert worden waren. Im ersten Stock hingen Ölgemälde an den Wänden.

»Sind die echt?«, fragte Schröck beeindruckt.

Jiří nickte, schob eine dicke Glastür auf und ging ins Wohnzimmer.

»Respekt«, sagte Schröck und lief Jiří hinterher, der mit Riesenschritten den großen Raum durchmaß, einen Salon, der, wie Schröck schätzte, etwa sechzig Quadratmeter groß sein musste. In einer Ecke prangte ein riesiger weißer Kachelofen.

»Komm rein und mach die Tür zu.«

Schröck folgte ihm ins Arbeitszimmer. Auch hier war vom Eichenholz-Parkettboden, der im Fischgrätmuster verlegt worden war, bis zu der hohen Stuckdecke alles in tadellosem Zustand. Jiří zog eine Schreibtischlade auf und ging mit einem Schlüssel in der Hand zurück ins Wohnzimmer.

Das Mobiliar sah aus wie aus der Kaiserzeit. Es erinnerte Schröck an Filme, die er als Junge im Fernsehen gesehen hatte. Trotzdem wirkten die Möbel, als hätte der Schreiner sie erst gestern geliefert. Alles war neu. Jiří ging zielstrebig auf ein großes Gemälde zu, das eine Jagdgesellschaft auf der Sauhatz zeigte, und klappte es zur Seite. Ein in die Wand eingebauter Tresor kam zum Vorschein. Jiří hielt den Kopf schief und überlegte.

»Hast du das Schloss hier gemietet«, fragte Schröck bewundernd.

»Was?«, fragte Jiří abwesend.

»Ich meine die Wohnung.«

»Nein, die Wohnung gehört mir.«

»Wow! Und das Haus?«

Jiří tippte ein paar Zahlen auf dem Tastenfeld ein, woraufhin ein langer Pfeifton ertönte. »Verdammt, diese Tasten sind so klein. Ich erwische immer zwei auf einmal. Entschuldige, was hast du gesagt?«

»Ich habe gefragt, wem das Haus gehört?«

»Auch mir.«

»Aha«, sagte Schröck interessiert.

Jiří lachte. »Keine Angst, Herr Kommissar, alles ganz legal. Ich habe es vor ein paar Jahren gekauft und renovieren lassen.« Er steckte den Schlüssel ins Schloss und drehte ihn um. »Endlich!« Er schob die dicke Stahltür zur Seite, entnahm dem Tresor zwei Pistolen und vier gefüllte Magazine, prüfte bei jedem, ob die Feder beweglich war, und drückte Schröck eine Waffe und zwei der Magazine in die Hand. »Bitte sehr, der Herr, jetzt sind wir wenigstens nicht mehr nackt. Ich muss nur noch schnell einen Geschäftsfreund anrufen. Die Aktion hier kostet eine Menge Geld. Ich muss mich zwischendurch auch mal um meine Kunden kümmern«, sagte Jiří und ging ins Nebenzimmer.

Eine Minute später war er wieder zurück.

»Alles in bester Ordnung. Und jetzt Beeilung.«

»Warte mal«, rief ihm Schröck nach und rührte sich nicht von der Stelle.

Jiří, der schon im Flur war, streckte den Kopf wieder zur Tür herein. »Jetzt komm schon, wir müssen uns ranhalten.«

»Hat dir Gessner noch was gesagt?«

»Nein, nichts, und jetzt komm.«

»Bevor du mir nicht erzählst, warum du plötzlich so panisch bist, gehe ich hier nicht raus. Irgendetwas ist doch da drinnen passiert.«

»Also gut.« Der Riese gab klein bei. »Einer von Meladzes Leibwächtern hat Silvia aus Gessners Büro abgeholt. Sie wollen sie so lange befragen, bis sie ihnen sagt, was sie wissen wollen, dann wollen sie sie umbringen. Ist dir jetzt leichter?«

Schröcks Magen zog sich zusammen. »Also gut, dann Beeilung. Weißt du, wo genau sich dieses Lagerhaus befindet?«

»Nein, ich kenn nur die ungefähre Lage. Aber Gessner hat mir das Auto von Meladzes Gehilfen beschrieben. Es dürfte nicht zu übersehen sein. Er fährt einen protzigen amerikanischen Geländewagen, noch dazu in Gelb. Sehen wir ihn, dann wissen wir auch, wo Silvia ist.«

»Okay, dann los.« Schröck stürmte an Jiří vorbei aus der Wohnung, der sorgfältig abschloss und ihm hinterherhetzte.

ZWANZIG

»Haben Sie einen Termin?« Die blonde Sekretärin lächelte den mittelgroßen Mann um die fünfzig unverbindlich an.

»Nein, habe ich nicht, aber ich denke, sie wird mich dennoch empfangen. Mein Besuch ist privater Natur.«

Die Frau klemmte sich den Telefonhörer zwischen Kopf und Schulter und tippte mit einem Bleistift geschickt auf der Vermittlungsanlage herum. »Wie, haben Sie gesagt, war Ihr werter Name?«

»Sagen Sie ihr nur, ich käme von unseren asiatischen Freunden, das reicht.«

Die Sekretärin runzelte die Stirn und wartete darauf, dass sich ihre Chefin meldete. Sie gab weiter, was ihr Gast gesagt hatte, drehte sich zwei Mal zur Seite, flüsterte etwas in die Muschel und legte auf.

»Die Chefin erwartet Sie. Den Gang entlang, zweite Tür rechts. Sie können sie nicht verfehlen.«

Der Besucher nickte und schlenderte durch den Flur. Er fand auf Anhieb die richtige Tür, klopfte und trat ein, ohne auf Antwort zu warten.

»Guten Tag. Danke, dass Sie Zeit für mich haben.«

Eva Gessner saß hinter ihrem Glasschreibtisch und blickte den Ankömmling forschend an. Sie trug eine weiße Bluse, an der die obersten zwei Knöpfe offen standen und so einen großzügigen Einblick in ihr ausladendes Dekolleté gaben.

»Mit wem habe ich das Vergnügen? Sie sagten, wir hätten gemeinsame Freunde?«, fragte sie argwöhnisch.

»Mein Name ist Heinrich. Das mit den Freunden war ein wenig geschwindelt«, er lächelte sie an, »aber sonst hätten Sie sich womöglich verleugnen lassen. Ich muss unbedingt mit Ihnen reden.«

Heinrich entledigte sich seines Mantels und hängte ihn auf den Kleiderständer an der Tür.

An Eva Gessners Nasenwurzel hatte sich eine tiefe Furche gebildet. »Worum geht es? Ich bin sehr beschäftigt«, sagte sie kühl.

»Wenn Sie in Eile sind, werde ich mich kurz fassen. Es geht um einen angeblichen Studienkollegen, der Ihnen Ansichtskarten aus Nordkorea schreibt, Ihre Verbindung zu einem amtsbekannten georgischen Mafiaboss und Ihre Geschäfte im Allgemeinen. Ich darf mich doch setzen?« Er ließ sich auf den Besucherstuhl nieder und knöpfte seine Jacke auf. »Das tut gut, wenn man so viel auf den Beinen ist wie ich.«

Eva Gessner saß wie zur Eisstatue erstarrt da. Nur ihr rechter Daumen knipste unablässig auf ihrem Kugelschreiber herum. »Wer schickt Sie?«, fragte sie.

»Niemand. Ich möchte mich aus eigenem Interesse mit Ihnen über Ihre, sagen wir mal, nicht ganz standesgemäßen Beziehungen unterhalten. Allgemein bekannt ist, dass Sie und Ihr Mann angesehene Mitglieder der Grazer Gesellschaft sind«, sagte Heinrich in freundlichem Plauderton.

Eva Gessner funkelte ihn an. »Ich habe keine Ahnung, wovon Sie sprechen. Sie sollten jetzt besser gehen. Wenn Sie mich erpressen wollen –«

»Nicht doch. Ich will Sie keineswegs erpressen. Wie ich schon sagte, ich will mich nur mit Ihnen unterhalten.« Heinrich holte eine Zigarette hervor und steckte sie sich an.

»Hier wird nicht geraucht!«, fauchte sie.

»Ich denke, Sie werden für mich eine Ausnahme machen. Ich versuche mir dieses Laster seit einiger Zeit abzugewöhnen, aber es will mir einfach nicht gelingen. Haben Sie einen Aschenbecher für mich?«

»Ich fordere Sie jetzt noch einmal auf zu gehen. Sonst sehe ich mich gezwungen –«

»Die Polizei zu rufen?«, ergänzte Heinrich. »Davon würde ich an Ihrer Stelle Abstand nehmen. Dann müsste ich den Beamten nämlich erzählen, dass Sie gegen die Nordkorea-Embargo-Verordnung der Vereinten Nationen verstoßen.«

»Sie meinen wegen meiner Arzneimittelspenden? Da sind Sie auf dem völlig falschen Dampfer. Heutzutage nennt man das humanitäres Engagement. Ich verdiene keinen Cent daran«, fuhr sie ihn an.

Heinrich schlug gelassen die Beine übereinander. »Ich weiß, das kann man alles von der Steuer abschreiben. Aber darum geht es auch nicht.« Er griff in die Innentasche seines Jacketts, zog ein paar zusammengefaltete A4-Blätter heraus und glättete sie auf seinem Oberschenkel.

»Entschuldigung, ich wollte deshalb keinen Aktenkoffer mit mir herumschleppen. Also. Seit dem Jahr 2009 versorgen Sie ein Krankenhaus in der Provinz Chagang-do mit Medikamenten. Das wäre sehr nobel, hätte der Zoll in Hamburg nicht vor einiger Zeit bei einer Routinekontrolle festgestellt, dass sich unter den harmlosen Pillen auch eine große Menge an Chemikalien und Labormaterial befand. Seitdem nehmen wir Ihre sogenannten Spenden regelmäßig unter die Lupe und haben uns doch sehr gewundert, als sich vor knapp drei Monaten nur mehr stinknormale Tabletten und harmlose Infusionsbeutel im Container befanden.«

»Was wollen Sie dann noch von mir?«, fragte Eva angriffslustig.

Heinrich schaute sich um und hielt dabei seine Hand unter die Zigarette. »Haben Sie jetzt einen Aschenbecher für mich? Ich möchte den teuren Teppich nicht dreckig machen. Ich verspreche Ihnen auch, dass ich meine Geschichte fertig erzähle.«

»Bin gar nicht neugierig darauf«, murmelte sie, griff aber in die Schreibtischlade und schob ihm einen Glasascher hin.

»Verbindlichsten Dank. Wo war ich stehen geblieben? Ah ja, fast zeitgleich begann Ihr Briefwechsel mit Ihrem alten Studienkollegen, der wieder zurück in die Demokratische Volksrepublik Korea gegangen sein soll, um dort eine der wenigen Pillenfabriken zu leiten.«

Eva Gessner presste die Lippen zusammen und schwieg.

»Die Ansichtskarten! Ich wusste ja gar nicht, dass die da so etwas haben. Aber egal, wir haben uns Ihre Korrespondenz näher angesehen und festgestellt, dass der Text nur ein verschlüsselter Verweis auf wechselnde Homepages war, über die Sie sich dann wirklich ausgetauscht haben. Unser Mann hat Ihrem Gatten auf den Zahn gefühlt. Ein äußerst gekonnter Schachzug übrigens, Ihren Mann in Korea beziehungsweise seinen Verbindungsmann auf Ihren Ehemann anzusetzen, gnädige Frau. Sie konnten ja schlecht zu Ihrem eigenen Gatten gehen und ihn bitten, einen biologischen Kampfstoff zu entwickeln, den Sie dann in Eigenregie verhökern würden.«

Eva Gessner schüttelte den Kopf. »Biologischer Kampfstoff? Was reden Sie da? Niemand wird Ihnen diese Geschichte abkaufen, Sie können mich damit nicht erpressen. Und jetzt verlassen Sie bitte mein Büro.«

»Möchten Sie meine Geschichte nicht zu Ende hören? Dauert auch nicht mehr lange. Ich kann Sie natürlich auch gleich den österreichischen Behörden übergeben.« Heinrich stand auf und stützte sich mit beiden Händen auf den Schreibtisch. »Wir haben übrigens auch Meladzes Telefon überwacht. Sie haben mehr als nur ein Mal mit ihm gesprochen, um ihm ziemlich eindeutige Anweisungen zu geben.«

Eva Gessner wollte Heinrich unterbrechen, aber er ließ sie nicht zu Wort kommen.

»Denken Sie wirklich, dass man nicht feststellen kann, wer von wo anruft, wenn man ein Prepaid-Handy benutzt? Sie halten sich wohl für sehr schlau, aber ich sag Ihnen was: Da haben Sie sich getäuscht.«

»Wissen Sie was? Tun Sie einfach, was Sie für richtig halten. Ich jedenfalls werde jetzt meinen Anwalt anrufen und dann die Polizei.« Sie griff nach dem Hörer.

Heinrich fing ihre Hand ab und hielt sie am Gelenk fest. »Das werden Sie nicht tun. Sie haben ja keine Ahnung, mit wem Sie sich eingelassen haben«, sagte er mit drohender Stimme.

Eva Gessner starrte ihn fassungslos an.

»Wollten Sie sich nach einem weiteren Abnehmer umsehen, als Sie im Penthaus des zwielichtigen russischen Diplomaten waren?«

Heinrich spürte, wie Evas Hand in seiner erschlaffte und ließ sie los. »Ich habe also recht. Und warum auch nicht, wenn man denn schon über eine tödliche Massenvernichtungswaffe verfügt, nicht wahr?«

»Das ist doch alles nicht wahr!«, rief Eva Gessner. »Lassen Sie mich in Ruhe.«

Heinrich nickte nachdenklich und nahm seinen Mantel. »Wie Sie wollen. Sie scheinen eine intelligente Frau zu sein, aber ich gewinne langsam den Eindruck, dass Sie die Lage, in die Sie sich hineinmanövriert haben, gar nicht erfassen. Wahrscheinlich haben Sie bereits genauestens geplant, wie Sie Ihr Geld anlegen, aber haben Sie auch daran gedacht, was Meladze tun wird, wenn er Ihnen auf die Schliche kommt? Er braucht nur zwei und zwei zusammenzuzählen. Rein hypothetisch: Professor Gessner züchtet diese Viren und übergibt sie Meladze. Der lässt sie Ihnen zukommen, Sie liefern sie an Ihren Studienkollegen, kassieren und zahlen Meladze aus. Danach ist alles in Butter. Aber Ihr kleiner feiner Plan hat einen großen Haken, denn Sie haben die Psyche Ihres georgischen Mafioso nicht berücksichtigt. Sie haben keine Ahnung davon, dass die Mafia wie ein Firmenimperium aufgebaut ist, mit Aufsichtsrat, Controllern und Fußvolk, nicht wahr? Und Imperien sind auf Gewinnmaximierung und feindliche Übernahmen aus. Sie, Frau Gessner, sind in diesem Spiel der Feind, und Meladze wird nichts unversucht lassen, Ihre Geschäfte so schnell wie möglich zu übernehmen, damit er das große Geld machen kann. Todesopfer sind dabei nur Kollateralschäden.«

Heinrich zog den Mantel an und steckte die Hände in die Taschen. »Ich gebe Ihnen einen Tipp. Machen Sie dem ein Ende, sonst wandern Sie ins Gefängnis, wo man feine Partys und teure Kleider nur vom Hörensagen kennt. Wir sind ausschließlich daran interessiert, dass es zu keinen internationalen Verwicklungen kommt. Wenn Sie mir in Zukunft nicht mehr in die Quere kommen, werde ich Sie bald vergessen haben. Sie haben die Wahl. Ich wünsche Ihnen noch einen guten Tag. Auf Wiedersehen, Frau Gessner.« Heinrich lächelte sie charmant an und trat auf den Flur hinaus.

***

Eva Gessner verharrte noch immer regungslos auf ihrem Stuhl. Tausend Gedanken schossen ihr durch den Kopf. Wer war der Mann, woher wusste er das alles? Anfangs hatte sie gedacht, er wolle sie erpressen, aber sein Auftreten ließ darauf schließen, dass er von der Polizei war. Allerdings war er kein Österreicher. Vielleicht von irgendeinem Geheimdienst?

Sie griff in eine Schreibtischlade, holte ein Fläschchen Eau de Parfum heraus und nebelte ihre Bluse ein. Während Heinrichs Vortrag war ihr mehrmals der Schweiß ausgebrochen. Sie ahnte, dass er recht hatte. Sie hatte sich zu große Schuhe angezogen. Sie musste da raus. Vielleicht, wenn alles gut lief, kam sie ja noch mit einem blauen Auge davon.

Eva Gessner stand auf und wollte schon zur Tür laufen, um

ihr Handy, das sie ausschließlich für das Projekt benutzte, aus der Schatulle in der Wohnung zu holen, als ihr einfiel, dass der Mann gesagt hatte, dass es abgehört wurde. Aber sie musste ihn doch dringend anrufen! Ihr Herz raste. Sie griff nach ihrer Handtasche und schüttete den Inhalt, als sie das Gesuchte nicht sofort fand, auf dem Schreibtisch aus. Schließlich hatte sie ihren Make-up-Spiegel gefunden, öffnete ihn und nahm ein Stück Papier heraus, auf dem eine Nummer notiert war. Sie tippte die Zahlen in ihr Festnetztelefon. Nach drei Rufzeichen meldete sich Meladze.

»Ich muss Sie davon in Kenntnis setzen, dass wir Ihre Dienste nicht mehr in Anspruch nehmen werden«, sagte Eva beherrscht. »Nein, mit der Lieferzeit hat das nichts zu tun. Meine Vorgesetzten haben sich anders entschieden. Über ihre Gründe wurde ich nicht informiert.« Eva runzelte die Stirn. »Mit mir treffen? Aber Sie wissen doch, ich bin nicht in Graz. – Wieso von einer Grazer Nummer?«

Im selben Augenblick wurde ihr speiübel. In ihrer Panik hatte sie völlig vergessen, dass sie erst vor ein paar Tagen angeordnet hatte, auf ihrem persönlichen Büroanschluss die Rufnummernunterdrückung zu deaktivieren. Ihre Freundinnen hatten darüber gesprochen, dass sie Anrufe mit der Anzeige »privat« ignorierten.

»Es tut mir leid«, sagte sie hastig und trennte die Verbindung. »Gott«, stöhnte sie laut auf. »Jetzt ist es aus. Ich muss sofort verschwinden.« Sie wischte ihre Sachen vom Schreibtisch zurück in die Handtasche und rannte aus dem Büro.

EINUNDZWANZIG

Meladze saß in der Wohnung neben seinem Lokal und starrte auf die Nummer auf dem Handydisplay. Er war ratlos.

Warum machten die jetzt plötzlich einen Rückzieher? Hatten die Nordkoreaner kalte Füße bekommen, oder gab es einen anderen, besseren Anbieter? Vielleicht hatte die Frau im Lagerhaus doch etwas gewusst und war zäher gewesen, als er gedacht hatte? Hatte Gessner nicht gesagt, dass sie ihn auf den Kampfstoff angesprochen hatte? Und wenn sie darüber Bescheid wusste, wer wusste noch davon?

Aber Meladze war nicht gewillt, auf das Geschäft und die Verbindungen, die damit entstehen würden, so einfach zu verzichten. Er hatte sich alles so schön ausgemalt, dieser Auftrag sollte sein Sprungbrett ins richtig große Geschäft werden. Und jetzt zerrann ihm alles wie Sand zwischen den Fingern?

»Nein, so schnell gebe ich nicht auf«, murmelte er und fuhr den PC hoch. In die Suchmaschine gab er die Nummer der Anruferin ein, und einige Sekundenbruchteile später erschienen fein säuberlich aufgelistet alle Verlinkungen zu der Telefonnummer. Der erste Eintrag verwies auf die Homepage der Apotheke und den Online-Versand von einer gewissen Eva Gessner.

Meladze sprang auf und trat mit dem Fuß gegen den Schreibtisch, dass der Bildschirm bedenklich wackelte, und begann fluchend im Zimmer herumzulaufen. »Gessner! Dieser verdammte Hurensohn will das Geschäft auf eigene Faust durchziehen. Ich werde ihn umbringen, aber vorher breche ich ihm noch jeden Knochen im Leib.« Meladze tobte, hielt dann aber plötzlich inne. Er setzte sich wieder und überlegte.

Als die Frau ihn damals am Telefon kontaktiert hatte, war noch keine Rede davon gewesen, dass Gessner den Kampfstoff entwickeln sollte. Meladze hatte ihn anschließend regelrecht dazu zwingen müssen. Vielleicht hatte seine Frau ja spitzgekriegt, dass er sein Geld verspielte, statt es nach Hause zu tragen, und wollte sich rächen? Immerhin verkaufte sie Medikamente und verfügte bestimmt über gute Beziehungen. Was, wenn sie ihn und Gessner gelinkt hätte? Aber Meladze würde nicht aufgeben. Noch nicht.

Er brauchte ihre Verbindungen, und er war sich sicher, dass sie ihm die verraten würde. Dann würde er das Ding eben allein durchziehen.

Er wählte Eva Gessners Nummer, aber es war ihre Sekretärin, die sich meldete.

»Guten Tag, Frau Gessner hat mich eben angerufen«, begann er ohne Umschweife. »Würden Sie mich bitte noch einmal zu ihr durchstellen?«

»Das tut mir leid, aber sie hat soeben die Firma verlassen. Kann ich etwas ausrichten?«

»Das ist nett von Ihnen, aber ich muss sie persönlich sprechen. Wissen Sie vielleicht, wohin sie gefahren ist?«, fragte er liebenswürdig.

»Ich glaube, sie wollte nach Hause. Und bevor Sie fragen: Ich darf ihre Privatnummer nicht weitergeben.«

»Das macht nichts. Sie haben mir schon sehr geholfen. Ich weiß, wo ich sie finde.« Meladze verabschiedete sich und legte auf.

Dann stand er auf, ging ins Bad, frisierte sich, wusch sich Gesicht und Hände und öffnete den Badezimmerschrank. Er nahm einen Stoß Handtücher aus dem Kasten, legte ihn behutsam auf einen Hocker, griff hinter den im Schrank verbliebenen Stapel und angelte einen Schlagring und eine Pistole hervor. Als er beides eingesteckt hatte, legte er die Wäsche wieder zurück und verließ mit einem entschlossenen Lächeln auf den Lippen die Wohnung.

***

»Und du bist sicher, dass du weißt, wo dieses Lagerhaus ist?«, fragte Schröck, als sie wieder in Jiřís Wagen saßen.

»Wozu habe ich denn das Navi?«, antwortete er und tippte auf den Bildschirm des Gerätes. »Sogar die schnellste Strecke gibt mir dieses Ding an, hat nämlich Verbindung zum Verkehrsfunk.«

Jiří fuhr durch die Hofeinfahrt. Auf der Hauptstraße war der Verkehr noch stärker geworden, aber der Himmel klarte auf, sodass die Fahrbahn stellenweise bereits trocken war.

»Würdest du bitte das Handy weglegen und dich auf die Straße konzentrieren? Was machst du da eigentlich?«, fragte Schröck und versuchte, einen Blick auf das Display des Telefons zu erhaschen.

»Ich habe nur schnell eine SMS geschrieben«, brummte Jiří und schob das Handy hastig in die Tasche.

Wie gewöhnlich raste Jiří durch die Siedlung, während er einen Dialog mit der Frau im Navigationsgerät führte. Schröck war in Gedanken versunken und versuchte sich einzureden, dass alles gut werden würde. Er schaute aus dem Fenster. Am Kalvariengürtel überquerten sie die Mur. Der Fluss war aufgewühlt vom Schmelzwasser und rauschte im Licht der Scheinwerfer Gischt spritzend über die Felsen. Einfamilienhäuser und unbebaute Flächen waren zu erkennen, ein altes Kloster auf einer Anhöhe, dann wieder Wald und freie Wiesenflächen. Sie fuhren an Firmengebäuden, Einkaufsmärkten und Siedlungshäusern aus den Sechzigern vorbei, bis die Straße schmäler wurde und frei stehende Hallen in Sicht kamen. Jiří verlangsamte das Tempo und klopfte gegen das Navi.

»Jetzt sag schon was«, forderte er es auf, aber die Frauenstimme schwieg beharrlich. Nur ein dicker blauer Pfeil zeigte an, dass es weiter geradeaus ging. Die Straße wurde schlechter, der Wagen rollte von Spurrinne zu Spurrinne. Schon seit ein paar Minuten war ihnen kein weiteres Fahrzeug mehr entgegengekommen. Die Firmen hatten bereits geschlossen, die Arbeiter waren längst im Feierabend.

»Es kann nicht mehr weit sein«, sagte Jiří.

Schröck wollte ihm gerade raten, doch etwas vorsichtiger zu fahren, da läutete sein Handy. Er warf einen Blick auf die Anzeige, aber er kannte die Nummer nicht. Er meldete sich.

»Herr Kommissar?« Eine weibliche Stimme.

»Ja, Schröck hier. Wer spricht da?«

»Ich bin es. Wo sind Sie?«

»Wer ist ich?«, fragte Schröck genervt. In seinem Hörer rauschte es, als würde die Anruferin neben einem D-Zug stehen.

»No, ich, die Liba.«

»Von wo aus rufen Sie an? Ich verstehe Sie kaum.«

Jiří warf Schröck einen überraschten Blick zu, aber der deutete wieder auf die Straße. Jiří sollte sich aufs Fahren konzentrieren.

»Ich stehe an der Bushaltestelle und fahre gleich zurück nach Schönbergmoos!«, rief Libuša in das Telefon.

»Und die Nummer?«

»Ich habe jetzt ein Handy.« Dass sie darauf stolz war, war nicht zu überhören.

»Ist nicht wahr?«

»Doch, und der Mann im Laden war so nett und hat mir alle Nummern, die ich ihm angesagt hab, hineingeschrieben. Aber deswegen rufe ich nicht an. Wissen Sie schon was von unserer Frau Silvia?«

»Nein, leider noch nicht.«

»Jesses Maria und Josef, ich mach mir solche Vorwürfe. Ich habe Ihnen doch gesagt, dass der Bub Ihnen helfen wird, das Fräulein Silvia zu suchen, und jetzt hat er in Teplice-Šanov ins Krankenhaus müssen.«

»Wieso? Das verstehe ich nicht.«

»Er hat mich gestern angerufen. Zuerst wollte er es gar nicht sagen, aber dann hat er doch mit der Sprache rausgerückt. Überfallen worden ist er, der Jiří. Wehren konnte er sich nicht, der Bub ist doch so schlecht gewachsen und nur ein Strich in der Landschaft.« Sie war den Tränen nahe. »Und das Auto haben sie ihm auch total demoliert. Sogar die Kabel vom Motor haben sie gestohlen.«

»Sagen Sie das noch einmal«, forderte Schröck sie entgeistert auf.

»Er wird nicht kommen können, jedenfalls nicht auf die Schnelle«, jammerte Liba.

»Langsam, langsam. Sind Sie ganz sicher?«

»Jo, er ist in Teplice-Šanov, das hab ich doch schon gesagt. Er hat einen Gips bekommen. Seine Hand haben sie ihm gebrochen. Wahrscheinlich hat er mir noch nicht einmal alles erzählt. Bestimmt hat er auch innere Verletzungen. Ich hab da mal so eine Sendung im Fernsehen gesehen, da hat sich einer verletzt, und erst nach Tagen sind die Ärzte darauf gekommen, dass er inwendig krank war. Aber morgen kommt er zu mir, damit ich mich um ihn kümmere.«

»Machen Sie sich keine Sorgen, das wird schon wieder. Ich bin bald wieder zurück. Jetzt muss ich aber Schluss machen. Ich melde mich morgen.« Schröck trennte rasch die Verbindung und schaute zu Jiří.

»Schlechte Nachrichten?«, fragte der, ohne den Blick von der Straße zu nehmen.

»Na ja, die Nachbarin deiner Tante Liba war dran. Sie ist krank.«

»Oh, ist es schlimm?«

»Nur eine Grippe, aber du weißt ja, sie ist eine zarte Person, da trifft es sie natürlich noch härter. Sie wird für einige Tage das Bett hüten müssen.«

»Tante Libuša war schon früher ein wenig anfällig. Wenn das alles hier vorbei ist, werde ich sie sofort anrufen.«

Schröck wurde heiß und kalt. Liba war das genaue Gegenteil einer zarten Person, und sie war stolz darauf, noch nie in ihrem Leben richtig krank gewesen zu sein. Wer immer da am Steuer saß, er hatte Libuša noch nie gesehen.

»Sag mal, Jiří, ist Liba eigentlich die Schwester deines Vaters oder deiner Mutter?«, fragte Schröck.

»Lass uns lieber nachher plaudern, jetzt müssen wir uns darauf konzentrieren, den gelben Geländewagen zu finden«, gab Jiří zurück.

Schröck griff in seine Jackentasche und entsicherte vorsichtig die Pistole, die ihm Jiří zuvor gegeben hatte.

»Sag halt schnell, Mutter oder Vater?«, fragte er noch einmal so locker wie möglich.

Jiří grinste, ließ das Auto ausrollen, lenkte es an den Straßenrand und hielt an einer Baumgruppe. Schröcks Griff um die Waffe in seiner Tasche wurde fester.

»Das war deine Haushälterin, nicht wahr?«

»Ja.« Schröck zog die Pistole hervor und richtete sie auf den Mann, der sich für Jiří ausgab.

Ungerührt stellte dieser den Motor ab und drehte sich zu Schröck um.

»Wenn du auch nur eine falsche Bewegung machst, zwingst du mich zu schießen. Aussteigen!«, herrschte Schröck ihn an.

Der blonde Riese hob beschwichtigend die Hände und öffnete die Tür. Die beiden Männer stiegen aus und standen sich gegenüber. Schröck ließ ihn nicht aus den Augen.

»Wer bist du?«, fragte er wütend.

»Na, jedenfalls nicht Jiří, wie du gerade gemerkt hast.« Der andere lehnte lässig am Auto. »Du kennst mich nicht, aber ich kenne dich schon seit vielen Jahren. Du wirst es nicht glauben, aber wir sind uns fast schon einmal begegnet. In München bei einer Razzia, aber ich bin hinten raus.« Jiří, oder wer auch immer er war, lachte. »Ihr dummen Bullen habt mal wieder nur das Fußvolk erwischt.«

»Wer du bist, habe ich dich gefragt. Gehörst du zu Meladzes Leuten? Meine Geduld ist nicht ewig. Wo ist Silvia?«

»Schön der Reihe nach. Ich werde dir alles erzählen, wenn du mich nicht erschießt«, sagte der falsche Jiří mit gespielt ängstlicher Miene.

»Wenn du nicht sofort redest, gehst du am Stock.« Schröck zielte auf seine Kniescheibe.

»Mein Name ist Jemal. Ich bin kein Tscheche, auch wenn ich lange Zeit dort gelebt habe. Und nicht Meladze schickt mich«, seine Augen funkelten, »sondern ich schicke Meladze, und zwar bald zum Teufel. Dieser kleine Möchtegern-Boss hat mehr als ein Mal schon gegen unsere Gesetze verstoßen. Wenn ich ihn ablöse, werden mir alle dankbar sein. Die Schauenden, unsere Wächter, beobachten ihn schon seit Langem. Seine Zeit ist abgelaufen.«

»Also bist du auch von der georgischen Mafia«, sagte Schröck ungerührt. »Wo ist Silvia?«

»Ich habe nicht gelogen, Meladze hat sie in ein Lagerhaus bringen lassen. Ich wollte wirklich mit dir dorthin fahren.«

»Wie bist du überhaupt auf mich gekommen?«

»Purer Zufall. Ich war in Teplice-Šanov, um mit einem Weißrussen einen Deal zu machen. Dort ist mir ein kleiner Gauner aufgefallen. Wenn er betrunken war, hat er damit geprahlt, er würde ab und an mit der georgischen Mafia Geschäfte machen. Als ich mich mit ihm unterhalten habe, sagte er, er würde am nächsten Tag abreisen, um in Graz zu helfen, eine verschwundene Frau zu finden. Dann hat er erwähnt, der Freund der Frau sei Polizist, und hat deinen Namen genannt. Guram, Meladzes Leibwächter, versorgt mich schon seit geraumer Zeit mit Informationen über jeden Schritt, den sein Chef macht. Deshalb wusste ich über den

Kampfstoff Bescheid, und dass sich deine Silva bei ihm deswegen schlaumachen wollte und er sie geschnappt hat. Als Guram sie am Flughafen abfangen wollte, hatte er keine Ahnung, wie sie aussieht, wusste aber, dass du ihr Freund bist. Er hat einen Zeitungsartikel mit Fotos von euch beiden, den er von Meladze bekommen hat, an mich geschickt. Ich habe dich sofort erkannt. Der Rest war ein Kinderspiel. Ich habe den Neffen von deiner Haushälterin außer Gefecht gesetzt, und wie erhofft hast du mich zu Gessner geführt. Übrigens war er ausgesprochen gesprächig, als du draußen beim Wagen warst, um das Licht auszumachen und ihn umzuparken. Weißt du, mein Freund, man muss vorsichtig sein, wenn man eine Stadt übernehmen will. Meladze hat sich ein beachtliches Netzwerk aufgebaut. Ich kann ihn nicht einfach umlegen, das würden mir viele übel nehmen. Deshalb habe ich gedacht, dass du das für mich übernehmen könntest.«

»Ich denke nicht, dass daraus etwas werden wird«, sagte Schröck.

»Sei doch nicht so zögerlich, natürlich wirst du es tun.« Jemal grinste breit. »Eigentlich musst du es auch nicht selbst machen, es genügt, wenn alle anderen denken, du hättest ihn erledigt. Vielleicht kriegst du sogar noch einen Orden dafür, posthum sozusagen. Denn überleben wirst du das Ganze natürlich nicht.«

»Ich werde dir jetzt sagen, was wir machen. Erstens: Du wirst mich zu Silvia bringen. Und zweitens: Ich übergebe dich der Polizei, die dich für lange Zeit wegsperren wird.«

»Guter Plan, aber leider keine Chance. Ich habe mich kurzfristig umentschieden. Ich werde dir einfach hier und jetzt den Hals umdrehen, so wie ich es schon mit Gessner gemacht habe.«

»Du hast ihn umgebracht?«

»Was denn sonst? Er hatte Schulden bei Meladze und hat sie nicht rechtzeitig beglichen. Übernehme ich Meladzes Geschäfte, so hat Gessner dadurch auch meine Ehre befleckt.«

»Du bist doch verrückt!«

»Nicht im Geringsten, so ist unser Gesetz. Außerdem hat Meladze Gessner Dinge erzählt, die nur uns etwas angehen. Nennt man das nicht Kollateralschaden? Ach nein, die Frau, die Guram umgebracht hat, die war ein Kollateralschaden.« Jemal zuckte mit den Schultern. »Diese Fachausdrücke machen mich noch ganz wirr im Kopf.«

»Welche Frau? Silvia?«, brüllte ihn Schröck an und hob wieder die Waffe.

»Beruhige dich doch, deine Silvia lebt. Nein, es war irgendeine andere Frau. Sie haben sie mit dir am Flughafen gesehen und für deine Freundin gehalten. Guram hat sich ihr gewidmet, war dabei aber wohl ein wenig zu eifrig.«

»Ihr habt Iris Meier ermordet?« Schröck war fassungslos.

»Hieß sie so? Nun, ich gebe zu, das war ein bedauerliches Versehen, aber Reue macht sie jetzt auch nicht mehr lebendig.«

»Mir reicht es. Du bringst mich jetzt zu Silvia. Und wenn du denkst, ich würde dich, nur weil ich Polizist bin, nicht abknallen, dann irrst du dich gewaltig«, zischte Schröck.

Es war ihm ernst mit seiner Drohung. Sollten sie ihn doch einsperren, aber er würde es sich niemals verzeihen, stieße Silvia etwas zu – oder eben noch mehr als das, wovor er sie schon nicht hatte bewahren können.

»Hm, du würdest also wirklich nicht davor zurückschrecken, mich abzuknallen? Glaub mir, ich verstehe dich, schließlich ist es auch etwas Privates. Obwohl, eines musst du mir noch sagen: Was hat deine Freundin mit diesem Kampfstoff zu schaffen? Arbeitet sie auch für deinen Verein?«

»Das würde ich genauso gern wissen wie du«, sagte Schröck leise. »Jetzt steig ein, du fährst. Und wenn du eine falsche Bewegung machst, drücke ich ab.«

Jemal lachte. »Du weißt es nicht? Das soll ich dir abnehmen? Habt ihr also Geheimnisse voreinander, was?«, spöttelte er.

»Rein ins Auto!«, sagte Schröck.

Jemal schüttelte den Kopf und machte, anstatt zur Fahrerseite zu gehen, einen Schritt auf Schröck zu.

»Bleib sofort stehen!«

Jemal ging einfach weiter.

Schröck wich zurück. »Keinen Schritt mehr.«

Jemal breitete die Arme aus und lächelte. Er kam immer näher, dann verfinsterte sich sein Blick, und er machte einen Satz auf ihn zu. Schröck senkte die Waffe, zielte auf Jemals Bein und drückte ab, bevor er sich zur Seite warf.

Der schwere Mann strauchelte, und Schröck wollte schon aufatmen, als sich Jemal plötzlich wie ein schwarzer Schatten vor den blendenden Scheinwerfern aufrichtete. Sein Lachen hallte durch die Dunkelheit.

»Schieß nur auf mich, so oft du willst! Du bringst mich nicht um, du nicht! Zuerst bist du dran und dann deine Freundin!«

Er griff in seine Jacke, holte einen Schlagring hervor, steckte ihn auf seine Hand und ruderte wild mit den Armen. Machte er noch einen Schritt, dann würde er bei Schröck sein. Er riss die Pistole hoch und zielte auf seine Brust. Dann schoss er, ein Mal und noch ein weiteres Mal.

Er hielt die Pistole im Anschlag und atmete schwer. Warum hatte ihn dieser Idiot bloß gezwungen abzudrücken? Er sicherte die Waffe und ging zu Jemal hinüber. Der lag regungslos neben dem Auto, seine Augen waren geschlossen. Schröck beugte sich zu ihm hinunter und tastete nach seiner Halsschlagader. Sein Puls war schwach, aber da. Doch wie lange noch?, fragte sich Schröck. Er hatte zwei Schüsse aus nächster Nähe abgefeuert und dabei auf Jemals Brust gezielt. Er zog sein Handy aus der Jacke und überlegte noch, ob die deutsche Notrufnummer wohl auch in Österreich galt, als Jemal die Augen aufschlug.

»Du hast mich erschossen«, sagte er ruhig.

»Du hast mir keine andere Wahl gelassen«, seufzte Schröck. »Hast du Schmerzen?«

Jemal schüttelte den Kopf.

»Bleib ruhig liegen. Ich rufe den Notarzt.«

»Das wird nicht nötig sein.«

»Sie werden dich wieder zusammenflicken.«

»Das müssen sie nicht«, sagte Jemal mit einem Lächeln.

Schröck hatte keine Ahnung, worüber man mit einem Schwerverletzten redete. Es hieß immer nur, dass man dafür sorgen sollte, dass er bei Bewusstsein blieb. Vielleicht war es ja doch noch nicht zu spät. Er sollte nach Jemals Verletzungen sehen. Er begann ihn an der Hüfte beginnend abzutasten. Schröck wünschte sich, er hätte mehr Licht, aber die Scheinwerfer erhellten nur schwach Jemals Gesicht, sein Körper lag im Dunkeln. Seine Hüften schienen unverletzt. Schröck rieb Daumen und Zeigefinger aneinander, aber seine Finger waren trocken, kein Blut. Seltsam. Als er seitlich gegen seinen Brustkorb drückte, rollte sich Jemal plötzlich zur Seite.

»Das geht jetzt aber wirklich zu weit«, lachte er. »Ich bin doch kitzlig!« Im nächsten Augenblick stand er schon wieder auf den Beinen und grinste Schröck triumphierend an. »Du hattest ja keine Ahnung, dass ich unverwundbar bin. Siehst du? Alles noch dran«, sagte Jemal mit tiefer Stimme und bewegte sein linkes Bein.

Scheiße, trug der Arsch etwa eine schusssichere Weste? Wahrscheinlich hätte er doch höher, auf den Kopf zielen sollen. Schröck tastete nach seiner Pistole in der Jacke.

Jemal hatte die Bewegung bemerkt und machte eine wegwerfende Handbewegung. »Die kannst du getrost stecken lassen. Sie wird dir nicht helfen. Hast du nicht gemerkt, dass sie nur mit Platzpatronen geladen ist? Was für ein Bulle bist du eigentlich? Und hast du wirklich gedacht, ich drücke dir eine echte Knarre in die Hand, wenn ich dich um die Ecke bringen will? Als Superagent hättest du tatsächlich nicht getaugt. Der BND kann froh sein, dass ich ihn von dir befreie.«

Schröck seufzte. Damit hatte Jemal vermutlich recht, wie weh diese Einsicht auch tat. Welcher Teufel hatte Heinrich nur geritten, ihn zu engagieren?

»Wo waren wir vorhin stehen geblieben? Ach, jetzt fällt's mir wieder ein: Ich wollte dir den Hals umdrehen.«

Jemal schob seinen Schlagring in die richtige Position, machte unvermittelt einen Satz nach vorn und schlug zu. Aber Schröck wich geschickt aus. Jemal wurde vom Schwung um die eigene Achse gedreht und stolperte über seine eigenen Beine. Fluchend rappelte er sich hoch und stürzte sich erneut auf Schröck, der ruhig stehen blieb und keine Anstalten machte, sich zu wehren. Im allerletzten Moment drehte er sich allerdings blitzschnell zur Seite und versetzte seinem Angreifer einen Tritt gegen das Knie. Jemal stieß einen tierischen Schrei aus, ging zu Boden, setzte sich aber gleich darauf mit schmerzverzerrtem Gesicht auf und fasste in seine Tasche. Bevor er noch seine Waffe ziehen konnte, war Schröck schon bei ihm und versetzte ihm mit beiden Händen einen Schlag gegen den Halsansatz.

Jemal fiel wie ein Stein auf den Rücken und blieb regungslos liegen. Jetzt wusste er wenigstens, dass sich sein Training gelohnt hatte. Schröck musste schmunzeln. Jedes Mal hatte er sich überwinden müssen, nach Dienstende nicht nach Hause, sondern zum Jiu-Jitsu zu fahren, aber jetzt war er dankbar dafür.

Er fasste Jemal an den Kniekehlen, winkelte seine Beine an, trat dann hinter ihn, setzte ihn auf und zog ihm den Gürtel aus der Hose. Seine schlaffen Arme zog er nach hinten und wickelte den Gürtel um seine Handgelenke. Nachdem er sich vergewissert hatte, dass die Fesseln hielten, durchsuchte er seine Taschen, nahm Pistole und Magazin an sich und löste den Schlagring von seiner Hand.

Jemals Kinn ruhte auf seiner Brust, sein massiger Oberkörper war in sich zusammengesunken, er atmete ruhig und gleichmäßig. Schröck hatte diesen Schlag noch nie richtig ausgeführt, immer nur simuliert. Er war ehrlich verwundert, dass er tatsächlich die zwei Akupunkturpunkte am Hals getroffen hatte, die einen neurologischen Knock-out auslösten. Hoffentlich würde er auch die Stelle am Nacken finden, die die Lähmung wieder rückgängig machte.

Schröck ging zum Wagen, öffnete den Kofferraum, fand einen Abschleppgurt und zog ihn aus der Rolle. Mit ihm bewaffnet ging er zurück zu Jemal, der sich noch immer nicht bewegte, schnitt den Gurt von der Rolle und band ihm Knie- und Fußgelenke zusammen. Nachdenklich betrachtete er das verbliebene Stück Gurt in seiner Hand. Es waren noch etwa eineinhalb Meter übrig, aber sicher war sicher. Er warf es über Jemals Oberkörper, zog es fest und machte einen Knoten. Dann fuhr er mit dem Daumen an Jemals Nacken bis zu den Nackenwirbeln nach unten und drückte fest zu. Nichts geschah. Er atmete tief durch und versuchte es ein paar Zentimeter weiter unten erneut. Wieder keine Reaktion. Immer hektischer versuchte er es noch ein paarmal an verschiedenen Stellen, aber Jemal saß da wie eine Puppe und rührte sich nicht. Verdammt, würde er diesen blöden Punkt nicht bald finden, konnte es passieren, dass die Lähmungserscheinungen nie mehr verschwanden.

Schröck drückte panisch weiter an Jemals Nacken herum. »Wach auf!«, schrie er ihn an und schlug ihm mit der flachen

Hand ins Genick. Mit einem Mal japste Jemal nach Luft und warf den Kopf nach hinten.

»Was hast du getan?«, brüllte er und wollte schon wieder auf ihn losgehen, als er bemerkte, dass er wie ein Paket verschnürt war.

»Das war's, mein Freund«, sagte Schröck und hockte sich neben ihn. »Ich werde dich der Polizei übergeben, aber vorher sagst du mir noch, wo Silvia ist. Könnte gut sein, dass sich das bei deiner Gerichtsverhandlung positiv auswirkt.«

»Gar nichts sage ich dir, verstehst du? Du kannst nach ihr suchen, bis du schwarz wirst. Und währenddessen kann sich ihr Bewacher ja noch ein paar schöne Stunden mit ihr machen.«

Schröck fühlte unbändige Wut in sich aufsteigen. Er riss die Pistole, die er Jemal abgenommen hatte, aus der Tasche und drückte den Lauf gegen seine Stirn.

»Red!«

Jemal lachte auf. »Aus mir bringst du kein Wort heraus. Mit diesem Kinderspielzeug kannst du mir bestenfalls die Augenbrauen versengen.«

»Du irrst dich. Das ist deine Waffe, und die ist sehr wahrscheinlich nicht mit Platzpatronen geladen.«

Für einen kurzen Augenblick hatte Jemal seine Augenbrauen hochgezogen. Schröck wusste, dass er recht hatte. Er nahm die Waffe von Jemals Kopf und zielte mit ihr auf seinen Oberschenkel.

»Hier fange ich an. Ziemlich riskant, denn wenn ich zufällig deine Oberschenkelschlagader erwische, bist du in wenigen Minuten verblutet.« Schröck schob mit dem Daumen die Sicherung weg und presste den Lauf so stark gegen den Muskel, dass Jemal aufstöhnte.

»Mach doch, was du willst«, zischte er und kniff die Augen zusammen. »Wenn ich dir jetzt was verrate, lebe ich sowieso nicht mehr lange, das ist unser Gesetz.«

»Dein bescheuertes Ganovengesetz kannst du dir sonst wohin stecken.« Schröck griff mit der linken Hand in seine Jacke, während er ihm mit der rechten eine schallende Ohrfeige versetzte. Als Jemal den Mund aufriss, um ihn anzuschreien, stopfte er ihm sein Taschentuch hinein. Jemal versuchte das Knäuel auszuspucken, aber es war, als klebte das große Stück Stoff an seinem Gaumen fest. Stofftaschentücher waren zwar längst nicht mehr in Mode, aber sie waren Libas Lieblingsweihnachtsgeschenk an Schröck. Jeden Morgen, wenn er das Haus verließ, lag ein frisch gewaschenes und gebügeltes neben seinem Geldbeutel, und er hatte sich daran gewöhnt, es einfach einzustecken.

Es schien, als hätten seine Überredungskünste keinen Sinn. Jemal würde nichts sagen, also musste er sich selbst auf die Suche machen.

Schröck stieg ins Auto und drehte den Zündschlüssel. Der Motor lief einmal durch und blieb dann stehen. Verdammt, spring an! Die Scheinwerfer hatten die ganze Zeit über gebrannt und die ohnehin schon fast leere Batterie so geschwächt, dass sie den schweren Dieselmotor nicht zum Laufen brachte. Schröck machte hastig die Lichter aus, wartete eine Weile und versuchte es erneut. Nach endlos langen Sekunden tuckerte und hustete das Aggregat, bis der Motor endlich wieder rund lief. Schröck atmete auf, gab mehrmals Vollgas und stieg wieder aus dem Wagen. Er schleppte Jemal an den Straßenrand und lehnte ihn dort so an einen Baumstamm, dass er von der Straße aus nicht zu sehen war. Dann rannte er zurück zum Auto und fuhr los.

ZWEIUNDZWANZIG

Silva öffnete die Augen. Sie war vor Erschöpfung eingeschlafen. Ihr schmerzendes Gesicht erinnerte sie an die Qual der letzten Stunden und daran, was der Mann zu ihrem Entführer gesagt hatte, bevor er gegangen war. Sie war wieder an Händen und Füßen gefesselt. Draußen schien es bereits dunkel geworden zu sein, kein Lichtstrahl drang durch die Ritzen der Fensterläden. Sie versuchte sich aufzusetzen. Ihre Augen gewöhnten sich langsam an die Dunkelheit. Sie war allein. Sie lehnte den Kopf an die kühle Mauer und starrte den Eimer an, der noch immer inmitten einer Wasserlache neben dem Tisch stand. Sie war kurz davor zu hyperventilieren. Panik befiel sie. Sie hatte ihnen nicht sagen können, was sie hören wollten. Damit war sie für sie nur mehr eine wertlose Last. Außerdem hatten sie sich nicht einmal die Mühe gemacht, ihre Gesichter vor ihr zu verbergen. Also war klar, dass der bullige Mann sie umbringen sollte. Aber damit nicht genug, schon mehrmals hatte er angedeutet, sie vergewaltigen zu wollen. Jetzt wäre für ihn die passende Gelegenheit gekommen. Sie begann hemmungslos zu schluchzen, immer schneller wurde ihr Atem, bis sie das Gefühl hatte, keine Luft mehr zu bekommen.

Plötzlich hörte sie durch ihr Weinen hindurch, dass jemand sich am Schloss zu schaffen machte. Silvia spürte das dumpfe Pochen ihres eigenen Herzens. Reiß dich zusammen, ermahnte sie sich. Sie musste klar denken, einen Schritt zurücktreten, die Situation aus der Distanz betrachten. Das hatte sie gelernt, darin war sie gut. Sie musste etwas unternehmen. Metall kratzte auf Metall, ein dumpfer Schlag, ein Fluch, dann Stille. Dann splitterndes Glas und ein weiterer wüster Fluch. Die Tür flog auf, das Deckenlicht ging an und blendete sie. Wie durch dicken Nebel sah sie Guram vor sich stehen, breitbeinig und leicht schwankend. Sein bartstoppeliges Gesicht hatte rote Flecken.

»Na, mein Täubchen, schon wach?«, lallte er blödsinnig grinsend. »Gleich bin ich bei dir, dann zeige ich dir, was ein richtiger Kerl ist.«

Silvia zwang sich zur Ruhe.

»Ich habe schon auf dich gewartet. Wo warst du so lange?«, sagte sie so freundlich, wie es ihr möglich war.

Guram legte den Kopf schief und schaute sie verdutzt an. »Auf mich? Warum?«

»Du hast doch vorhin gesagt, dass wir ein wenig Spaß miteinander haben werden?«

»Du willst mich wohl für dumm verkaufen!«, schrie er sie an.

Aber sie blieb ruhig und lächelte verführerisch. »Ganz und gar nicht, nur muss ich vorher noch für kleine Mädchen.«

Guram sagte etwas, was sich wie ein Grunzen anhörte. Dann zückte er sein Messer, ging zu ihr und hielt es ihr unter die Nase, bevor er ihr umständlich ihre Fesseln durchschnitt. Silvia rieb sich die Gelenke und stand auf.

»Mach schon«, trieb er sie an und stieß sie in den Rücken.

Silvia stolperte ins Freie und sah sich um. Im diffusen Licht der Außenbeleuchtung entdeckte sie neben der Tür liegend die Scherben einer Flasche, die nach billigem Schnaps stanken. Guram hatte sie offenbar beim Versuch, mit dem Schlüssel ins Schloss zu treffen, fallen lassen.

Mit einer Kopfbewegung gab er ihr zu verstehen, wieder zwischen die Hütte und das heruntergekommene Lagerhaus zu gehen, das von einem meterhohen Zaun begrenzt wurde. Dort hatte sie auch zuvor ihre Notdurft verrichtet. Während Guram sie beobachtete, öffnete er die Hecktür seines Geländewagens, zog eine weitere Schnapsflasche hinter dem Sitz hervor, drehte den Verschluss auf und nahm einen großen Schluck.

Silvia hockte sich auf den Boden und suchte nach den Pflanzen, die ihr schon Tage vorher aufgefallen waren. Hektisch sammelte sie deren grüne Samen auf und steckte sie schnell in ihren BH, als sie eine Handvoll davon zusammenhatte.

»Bist du endlich fertig?«, grölte Guram.

»Komme schon!«, rief sie und zog ihre Bluse zurecht.

Guram brachte sie zurück in die Hütte und befahl ihr, sich auf die Couch zu setzen. Er zog die Lederjacke aus, warf sie über einen Stuhl und kam auf Silvia zu. Sosehr sie sich auch dagegen wehrte, sie konnte ein Zittern nicht unterdrücken. Als Guram seine Hände nach ihr ausstreckte, machte sich sein Handy bemerkbar. Verärgert verzog er das Gesicht, ging zu seiner Jacke und holte das Telefon heraus, warf einen kurzen Blick auf Silvia und verließ dann die Hütte. Die Tür war nur angelehnt. Sie hörte, wie er in einer fremden Sprache mit jemandem redete, der offenbar Jemal hieß. Seinem Tonfall nach erhielt er von diesem Anweisungen. Silvia schaute sich suchend um, aber schon vorher hatte sie nichts entdeckt, was ihr als Waffe dienen könnte.

Guram kehrte zurück, nahm seine Jacke und zog sie wieder an. »Du musst dich noch ein wenig gedulden. Ich habe gerade erfahren, dass du Besuch von deinem Freund bekommst. Unterhalten wirst du dich zwar nicht mehr mit ihm können, weil er tot ist, aber keine Sorge, bald werdet ihr wieder zusammen sein.«

Er warf einen Blick auf die Schnapsflasche auf dem Tisch, ließ sie jedoch stehen und verließ die Halle. Silvia hörte, wie der Schlüssel im Schloss umgedreht wurde, gleich darauf vernahm sie leise Musik. Anscheinend hatte sich Guram in den Wagen gesetzt, das Autoradio angestellt und wartete draußen.

Sie erhob sich und öffnete die Glastür des alten Kastens, in dem die Flaschen mit den verschiedenen Chemikalien standen. Fieberhaft las sie die Etiketten der Dosen und Flaschen. Nitrolösung, ein paar Gefäße mit nicht zu entziffernden Beschriftungen und einige Pinsel standen wirr durcheinander. Hinter einer Lackdose fand sie schließlich einen Plastikbehälter mit der Aufschrift »Ätznatron«.

»Besser geht's nicht«, murmelte Silvia und schüttelte die Dose. Sie war halb voll. Hoffentlich würde Guram noch ein paar Minuten draußen bleiben.

Sie holte die Pflanzensamen aus ihrem Büstenhalter und schaute sich nach etwas um, das sie als Mörser verwenden konnte. Neben dem Schrank entdeckte sie einen leeren Hundenapf. Hastig hob sie ihn auf und gab die grünen Körner hinein. Dann fiel ihr Blick auf die großen Blumentöpfe, die an der Wand standen. In einem war noch Erde, in der ein paar vertrocknete Reste einer Pflanze steckten. Sie schüttete die Erde in einen anderen Topf und fand dabei einen daumengroßen Stein, der das Loch am Boden des Blumentopfs verschlossen hatte. Mit ihm zerrieb sie die Körner und fügte ein paar kleine Ätznatrontabletten und Wasser aus ihrer Trinkflasche hinzu, die ihr Guram neben das Bett gestellt hatte.

Augenblicklich begann die Brühe im Hundenapf zu schäumen und nach Mäuse-Urin zu stinken. Silvia wendete sich angewidert ab, riss ein Stück vom Innenfutter ihres Rockes heraus, nahm von einer Sprühfarbdose den Deckel ab und legte den Stofffetzen darüber. Dann leerte sie die Lösung vorsichtig hinein und presste mit dem Stein die Flüssigkeit durch, bis der Dosendeckel zu einem Drittel gefüllt war. Aus Gurams Schnapsflasche schüttete sie den Großteil des Inhalts unter das Bett, dann gab sie ihre Lösung zum Schnaps, schüttelte die Flasche und roch prüfend daran. Vom Uringeruch war nichts mehr zu bemerken. Sie stellte alles wieder an seinen Platz zurück, wischte mit der Handfläche den Tisch ab, setzte sich auf die Couch und wartete. Die ganze Prozedur hatte nur wenige Minuten gedauert.

Während draußen noch immer das Radio lief, kehrte Guram kurz zurück, um seinen brennenden Schnapsdurst zu stillen. Als er die Flasche zum Mund führte, kniff Silvia die Augen zusammen und drehte den Kopf zur Seite. Ihr Gewissen regte sich. Aber sie hatten Michael umgebracht und wollten auch sie ermorden. Er hatte nichts Besseres verdient. Als sie Guram wieder ansah, hatte er die Flasche leer getrunken.

»Der Besuch wird sich anscheinend ein wenig verspäten«, sagte Guram. »Wir haben vorher also doch noch Zeit für uns. Ich bin gleich bei dir, mein Täubchen.«

Er ging hinaus, und einige Minuten verstrichen, bis die Tür wieder aufflog und Guram wieder hereinpolterte. Er steuerte auf Silvia zu, packte sie an den Schultern und drückte sie auf die Liege. Sie wehrte sich nach Leibeskräften, aber er schlug ihr ins Gesicht, dass sie die Besinnung zu verlieren drohte. Er versuchte, ihr die Bluse herunterzureißen, aber sie spannte ihre Beinmuskeln an und stieß ihn mit beiden Füßen und voller Kraft in den Magen. Es galt, Zeit zu gewinnen, bis ihre Mischung zu wirken begann. Guram rutschte vom Bett, landete auf dem Boden und rappelte sich wieder auf. Er kochte vor Wut. Silvia drückte sich an die Wand und hielt sich die Hände schützend vors Gesicht. Gleich würde er sich wieder auf sie stürzen. Doch plötzlich sah sie, wie Guram sich den Bauch hielt.

»Du hast mich verletzt!«, schrie er. Sein Blick verklärte sich, er schluckte heftig und japste nach Luft. Als er einen Schritt nach vorn machen wollte, versagten seine Beine. Er versuchte noch etwas zu sagen, brachte jedoch kein Wort heraus. Speichel lief aus seinen Mundwinkeln, dann fiel er der Länge nach hin und begann zu röcheln.

Silva löste sich aus ihrer Erstarrung und betrachtete den Sterbenden. Sie wusste, dass es keine Hilfe mehr gab. Die Samen des Gefleckten Schierlings waren absolut tödlich. Die Lähmungen hatten an Gurams Füßen begonnen und setzen sich nun über die Beine, den Rumpf und die Arme fort. Er würde bei vollem Bewusstsein an zentraler Atemlähmung sterben. Ein grausamer Tod, den auch der Philosoph Sokrates hatte sterben müssen, den man im antiken Griechenland wegen Gottlosigkeit mit dem Schierlingsbecher hingerichtet hatte.

Silvia war unfähig zu denken. Sie fühlte weder Reue noch Schmerz. Sie verließ die Hütte und ging so weit zur Lagerhalle hinüber, bis kein Lichtstrahl von den Scheinwerfern, die die Halle beleuchteten, mehr zu ihr drang. Sie setzte sich neben ein Rolltor, zog die Beine an, presste ihre Stirn auf die Knie und weinte.

***

Schröck versuchte, sich zu orientieren, aber an der grob asphaltierten Straße, die sich wie ein breiter grauer Strich durch das Industriegebiet zog, standen keine Straßenschilder. Zwischen den Reihen schmuckloser Lagerhäuser waren von Zeit zu Zeit alte Hütten und von Unkraut überwucherte Grundstücke zu sehen, und manchmal leuchteten im Scheinwerferlicht die Augen von Tieren auf, die sich vor dem Lärm des sich nähernden Wagens in Sicherheit brachten. Schröck starrte durch die Windschutzscheibe in die Nacht hinaus. Einige der Hallen wurden hell beleuchtet, andere standen wie große schwarze Würfel verloren im Gelände.

Jemal hatte von einem gelben Geländewagen gesprochen, aber vielleicht war auch das eine Lüge gewesen. Dann hätte er keinen Anhaltspunkt mehr, würde ziellos herumirren, bis die Sonne wieder aufging und es vielleicht schon zu spät war. Schröck fühlte Angst in sich aufsteigen, verdrängte jedoch jegliche Vorstellung davon, was Silvia ertragen musste, und zwang sich zur Ruhe. Erinnerungen tauchten auf, mal sah er sich mit Silvia am Tisch in

Schönbergmoos sitzen, mal sah er ihr Lachen und spürte förmlich, wie sie ihm mit den Fingern durch sein Haar fuhr. Plötzlich ertönte eine weibliche Stimme. »Demnächst rechts abbiegen.«

Schröck zuckte zusammen und schaute auf das Navigationsgerät, das links neben ihm an der Scheibe klebte. Mein Gott, vielleicht hatte der Kerl ja doch die richtige Adresse eingegeben?

Schröck beschleunigte den Wagen, während die Stimme ihm gleichmütig Anweisungen gab und ihn auf einen schmalen Weg dirigierte. Schon von Weitem sah er die beleuchtete Lagerhalle, eine alte Hütte daneben und in der Auffahrt einen gelben SUV.

Schröck löschte die Scheinwerfer, trat auf die Kupplung und stellte den Motor ab. Er ließ den Wagen ausrollen, lenkte ihn an den Straßenrand, stieg aus und drückte leise die Autotür zu. Dann lauschte er in die Dunkelheit. Außer einem fernen Verkehrsrauschen war nichts zu hören. Er rannte los.

Als er in der Nähe der Halle war, schlich er leise weiter, bis er vor der Einfahrt zum Gelände stand. Er atmete tief durch und holte die Pistole heraus. Von irgendwoher erklang Motorengeräusch, Schröck duckte sich ins Dunkel, dann wurde es wieder still. Er war unsicher, wohin er sich wenden sollte. Hielt man Silvia im Lagerhaus oder in der Hütte gefangen? Er entschied sich für den alten Schuppen und schlich näher. Nach wenigen Schritten sah er, dass die Tür weit offen stand, und seufzte. Hier war sie also nicht. Er wendete sich der Halle zu, bewegte sich im Schatten des Gebäudes vorsichtig vorwärts und ließ das beleuchtete Tor dabei nicht aus den Augen. Ein leises Knacken ließ ihn aufhorchen. Wahrscheinlich nur ein Tier. Er ging weiter. Als er die Frontseite der Halle erreichte, schlich er sich unter dem vergitterten Fenster durch und suchte mit Blicken die Umgebung ab. Niemand war zu sehen. Schröck lehnte sich an die Betonwand und atmete durch. Wenn er zum Tor wollte, musste er sich für einen kurzen Moment dem Licht aussetzen. Auf seiner Stirn standen Schweißperlen.

Schröck wischte sich mit dem Ärmel übers Gesicht und überlegte, wie er es anstellen sollte, unbemerkt ins Lagerhaus zu kommen, als er ein leises Wimmern hörte. Er drehte sich um, ging vorsichtig wieder bis zum Ende des Gebäudes zurück, von wo das Geräusch gekommen war, und spähte um die Ecke. Neben einem großen Rolltor konnte er eine kauernde Gestalt ausmachen. Als er auf sie zukroch, drehte sie ihm das Gesicht zu. Silvia! Sie hatte ihn bereits bemerkt und öffnete überrascht den Mund, aber da war Schröck schon bei ihr.

»Geht es dir gut?«, flüsterte er ihr ins Ohr.

Sie nickte und wollte etwas sagen, aber Schröck legte ihr seinen Finger auf den Mund. »Wo sind die Typen?«, fragte er leise.

»Es war nur noch einer da. Ich habe ihn umgebracht«, sagte sie und presste ihren Kopf an Schröcks Schulter.

Er legte den Arm um sie und nickte. »Kannst du gehen?«

Als sie seine Frage bejahte, zog er sie vorsichtig hoch. »Wir müssen von hier weg«, sagte er ruhig. »Der Wagen steht da drüben.«

Nach ein paar Schritten hatte sich Silvia wieder gefangen und wischte sich die Tränen aus den Augen. »Bin ich froh, dass du da bist«, sagte sie. »Wie hast du mich gefunden?«

»Das ist eine lange Geschichte, dafür ist jetzt keine Zeit. Haben sie dir etwas angetan?«

»Bis auf ein paar blaue Flecken bin ich unversehrt. Aber ich weiß jetzt, wie es sich anfühlen muss, wenn man ertrinkt«, sagte sie gefasst, aber Schröck spürte, wie sie am ganzen Körper zitterte.

»Sie haben dich gefoltert?«, fragte Schröck entsetzt.

»Ja, aber ich konnte ihnen doch nichts sagen.« Sie war den Tränen nahe.

»Beruhige dich, jetzt bist du in Sicherheit. Da drüben steht das Auto.«

Plötzlich flammten Lichter auf und schwere Stiefel polterten über den Vorplatz. Dann Gebrüll. Bevor Schröck begriff, was vor sich ging, wurde Silvia von ihm weggezerrt und er zu Boden gestoßen. Jemand riss seine Hände brutal nach hinten, ein anderer kniete sich auf ihn und presste ihm die Luft aus den Lungen. Silvia schrie. Er wollte den Mann abschütteln, aber er wurde mit Kraft zu Boden gedrückt. Als er nach vorn schaute, sah er ein Paar braune Schuhe auf sich zukommen.

DREIUNDZWANZIG

Eva Gessner brachte ihr Cabrio mit quietschenden Reifen vor der Garage zum Stehen, sprang heraus und knallte die Tür zu. Im Arbeitszimmer ihres Mannes brannte Licht, er war also schon da, auch das war ihr egal. Sie würde durch die Garage ins Haus gehen, und er würde sie nicht bemerken. Eva tippte die Zahlenkombination ein, das Tor glitt hoch. Gebückt huschte sie hinein, noch bevor es vollständig geöffnet war, und drückte sofort wieder den Schließschalter. Im Haus ging sie direkt in ihr Ankleidezimmer, nahm ihren größten Koffer aus dem Schrank, riss einige Kleider und Hosenanzüge von den Bügeln und warf alles hinein. Nachdem sie auch Unterwäsche und Strümpfe in den Koffer gestopft hatte, ging sie noch einmal alles durch. Sie würde sofort losfahren. Es hatte fast eine Stunde gedauert, bis sie auf der Bank fertig gewesen war. Die Formalitäten waren nervtötend gewesen, aber schließlich hatte man ihr die zweihunderttausend Euro in bar ausgezahlt. Den Rest hatte sie auf ihr Schweizer Bankkonto überwiesen. Sie brauchte das Geld dringend, um unterzutauchen, denn sie fürchtete die Verbindungen der Mafiosi. Wenn sie erst einmal bei ihrer Schweizer Freundin am Lago Maggiore war, würde sie weitersehen. Giulia hatte ihr schon oft angeboten, sie im Tessin zu besuchen, aber bisher hatte Eva immer wegen der Firma abgelehnt. Als sie sie vor ein paar Stunden angerufen und ihr vorgeschlagen hatte, gleich ein paar Wochen zu bleiben, war Giulia überrascht, aber begeistert gewesen.

Eva warf einen Blick auf die Uhr. Es war schon fast acht. Als sie in der Bank fertig gewesen war, war sie noch einmal in ihre Wohnung über der Apotheke gefahren und hatte die wichtigsten Firmenunterlagen aus dem Tresor geholt. Die anschließende Fahrt hierher hatte endlos lange gedauert, die Straßen waren völlig verstopft gewesen.

Sie eilte aus dem begehbaren Kleiderschrank und wollte zum Bad im ersten Stock hochlaufen, als sie zurückschreckte. Vor dem Treppenabsatz lag ihr Mann auf dem Bauch. Sein Kopf war unnatürlich nach hinten gedreht, seine Augen standen weit offen. Eva wusste sofort, dass er tot war. Sie zuckte zusammen. Meladze war also schon im Haus gewesen. War er immer noch hier? Sie schaute sich hektisch um. Vielleicht ja oben? Panisch lief sie zurück ins Ankleidezimmer und schlug den Koffer zu. Erst als sie sich auf ihn kniete, schnappten die Verschlüsse zu. Eva nahm ihre Handtasche mit dem Geld und rollte den Koffer leise auf den Flur. Vorsichtig öffnete sie die Tür zur Garage. Als sie das Gepäck über die Stufen gezogen hatte, drehte sie den Schlüssel zum Hauszugang um. Eva atmete auf und drückte den Öffner des Tores. Sofort ratterte es nach oben.

»Komm schon!«, schimpfte sie ungeduldig.

»Bin schon da«, meldete sich eine Männerstimme.

Eva fuhr zusammen. Das Tor rollte unbarmherzig nach oben und rastete ein. Eva und Meladze standen sich gegenüber. Eva erkannte ihn sofort. Sie verfluchte den Tag, als sie ihrem Mann zu Meladzes Bar gefolgt war. Damals hatte sie nur wissen wollen, wo er seine Nächte verbrachte, und hatte über ihre Beziehungen rasch herausgefunden, wer Meladze war. Dann war ihr die Idee gekommen, den Kopf der georgischen Mafia für ihre Geschäfte einzuspannen. Diskretion war in diesen Kreisen höchstes Gebot. Angst, dass er entdecken würde, wer ihm seine Instruktionen gab, hatte sie nie gehabt. Ein dummer Fehler hatte sie letztendlich verraten.

»Du hast mich lange warten lassen«, sagte Meladze ruhig.

»Lassen Sie mich in Ruhe!«, schrie Eva, als sie sich vom ersten Schock erholt hatte. Sie wollte um Hilfe rufen, aber da war Meladze schon bei ihr und versetzte ihr eine Ohrfeige, sodass sie zu Boden stürzte. Er schaute sich um, fand den Torschalter und betätigte ihn. Das Tor fuhr wieder nach unten.

»Jetzt sind wir beide allein.«

»Sie haben meinen Mann umgebracht!«

»Ist er etwa tot? Bedauerlich, aber dafür bin ich nicht verantwortlich. Ganz anders als für deinen Tod.«

»Wollen Sie Geld?« Eva kroch auf den Knien zur ihrer Handtasche und nestelte zwei Säckchen heraus.

»Wie viel sind das?«, fragte Meladze interessiert.

»Zweihunderttausend.« Sie zog die Bündel heraus und hielt sie ihm hin. »Sie können alles haben.«

»Das nehme ich gern an. Sozusagen als Schmerzensgeld.«

»Und jetzt hauen Sie ab.« Eva rappelte sich auf und richtete ihren Rock.

»So leid es mir tut, aber das kann ich nicht. Genauso wenig, wie ich dich am Leben lassen kann. Du musst verstehen, es ist eine Frage der Ehre. Du hast mich mit deinem Projekt Sokrates an der Nase herumgeführt, wolltest absahnen und mich mit Peanuts abspeisen. Sokrates, dass ich nicht lache.« Meladze schüttelte den Kopf. »Besser wäre wohl der Name Xanthippe gewesen. Dein Mann hat mir von dir erzählt, als er sich in meiner Bar so richtig die Kante gegeben hat.« Meladze grinste. »Ich kenne die griechische Sage. Ich bin ein gebildeter Mann, verstehst du?«

»Was Sie nicht sagen. Aber die Frau von Sokrates war nicht so, wie man sie gern darstellt. Sie musste drei Kinder ernähren, während ihr sauberer Ehemann sich auf den öffentlichen Plätzen von Athen wichtigmachte, aber kein Geld nach Hause brachte. Stattdessen hat er ihr vorgejammert, wie erledigt er wäre und wie anstrengend es sei, die Athener zu erziehen. Ein wirklich großer Mann! Bei mir lief es ganz ähnlich. Maximilian Gessner, der berühmte Forscher! Er hat mit seinem Institut angegeben, aber das wenige Geld, das er damit verdiente, hat er verspielt. Bei Ihnen.«

»Mag sein«, sagte Meladze und zuckte mit den Schultern. »Ich verspreche dir, ich werde die Geschichte nachlesen, nachdem ich mit dir fertig bin.« Er zog ein Springmesser aus der Tasche und ließ die Klinge ausfahren.

Eva Gessner umklammerte ihre Handtasche und hielt sie schützend vor die Brust. Schritt für Schritt wich sie zurück, bis ihr das Auto ihres Mannes den Weg versperrte.

»Sackgasse«, bemerkte Meladze trocken und kam näher.

Eva drückte sich an die Motorhaube und hielt die Luft an. Meladze war schon fast über ihr. Sie roch sein teures Rasierwasser, sah, wie er das Messer drehte, und stieß einen gellenden Schrei aus. Meladze hob die Hand und wollte zustoßen, aber Eva glitt unter ihm hinweg, riss die Fahrertür auf und sprang ins Auto. Sie verriegelte die Tür und tastete nach dem Zündschloss. Gott sei Dank, der Schlüssel steckte. So oft hatte sie Max deswegen gescholten und ihm vorgeworfen, er würde es Dieben damit leicht machen, aber jetzt war sie froh, dass er nie auf sie gehört hatte.

Meladze stieß einen wüsten Fluch aus. Er war mit voller Wucht auf die Motorhaube geknallt. Er trommelte an die Seitenscheibe und zerrte am Türgriff. Mit zitternden Händen ließ Eva den Motor an und gab Vollgas. Meladze wurde zur Seite geschleudert, das Auto krachte mit einem dumpfen Knall gegen das Rolltor. Torsegmente flogen durch die Luft und gaben den Weg nach draußen frei. Eva drückte den Schalthebel nach hinten und gab abermals Gas. Das Glas der Rücklichter splitterte, als sie in die hintere Garagenmauer donnerte. Vorwärtsgang. Der Wagen schoss durch die Torüberreste über die Straße hinaus, streifte einen der Alleebäume und landete auf einem unbebauten Grundstück. Meladze war inzwischen wieder auf den Beinen und lief ihr hinterher. In den benachbarten Häusern wurden die Fenster aufgerissen, Menschen kamen heraus. Ein Mann rannte auf Evas demolierten Wagen zu und machte sich an der Tür zu schaffen.

Meladze blieb stehen und beobachtete die Situation. Eva Gessner war nicht allzu weit neben seinem eigenen Wagen zum Stehen gekommen. Wenn er jetzt wegfuhr, würden ihn alle sehen. Langsam ging er am Haus entlang, entfernte sich von der Gruppe Gaffer, die nun in der Mitte der Fahrbahn stand. Er zwang sich, sich nicht umzudrehen. Von Weitem waren jetzt Polizeisirenen zu hören, dann gellte ein weiblicher Schrei: »Da, da vorn! Haltet ihn auf! Er hat meinen Mann umgebracht!«

Als Meladze sich umwandte, liefen schon drei junge Männer auf ihn zu.

»Bleiben Sie sofort stehen!«, rief einer.

Meladze begann zu rennen, aber seine Verfolger waren schneller. Als sie nur noch wenige Meter hinter ihm waren, zog er seine Pistole heraus und feuerte in die Luft. Die drei blieben entsetzt stehen.

»Keinen Schritt mehr!«, brüllte Meladze. »Sonst …«

Im selben Moment raste ein Streifenwagen mit eingeschaltetem Blaulicht auf ihn zu und hielt mit quietschenden Reifen an. Zwei Beamte sprangen heraus und gingen in Deckung, als sie die Pistole in seiner Hand sahen.

»Waffe weg!«, rief einer von ihnen.

Meladze stand im Licht der Scheinwerfer, hob die Hände und ließ die Pistole auf den Boden fallen. Er leistete keinen Widerstand, als sie ihm Handschellen anlegten.

»Das ist er, er hat meinen Mann ermordet.« Eva Gessner kam hinkend angerannt.

»Wie ist Ihr Name?«, fragte einer der Polizisten.

»Eva Gessner«, antwortete sie. »Der da hat meinen Mann umgebracht, und mich wollte er auch töten.«

»Dann war es ja gut, dass wir sowieso gerade auf dem Weg zu Ihnen waren, Frau Gessner«, sagte einer der Polizisten.

»Zu mir? Aber warum?«

»Wir wollten Sie fragen, wie ein Beutel mit Spritzen mit dem Etikett Ihrer Apotheke unter ein Bett gekommen ist, in dem wir eine Leiche gefunden haben.« Der Beamte hielt einen durchsichtigen Nylonbeutel mit den Beweismitteln hoch.

Eva Gessner wurde blass. »Ich habe keine Ahnung.«

Der Polizist warf seinem Kollegen einen vielsagenden Blick zu. »Unsere Spurensicherung hat am Tatort Haare gefunden, die mit Ihren identisch sein könnten. Sie begleiten uns jetzt einfach mal aufs Revier, und dann sehen wir weiter.«

»Aber ich habe mit der Sache im Penthaus nichts zu tun!«, rief Eva Gessner hysterisch.

»Habe ich etwas von einem Penthaus gesagt?«, fragte der Polizist grinsend.

Eva Gessner hielt die Luft an.

»Mensch, wie blöd kann man denn sein?«, rief Meladze und lachte voller Schadenfreude.

»Und du bist ganz ruhig!«, fuhr ihn der Beamte an. »Also los, ihr beiden!«

In der Zwischenzeit war ein zweiter Streifenwagen vorgefahren. Ein Polizist brachte die Kollegen kurz auf den neusten Stand und wies sie an, das Haus zu untersuchen, dann fuhr er mit Eva Gessner und Meladze zur Polizeistation.

***

»Lassen Sie den Mann sofort los!«, befahl eine Stimme, die Schröck bekannt vorkam, dann wurde er hochgezogen und auf die Beine gestellt. Als er ins blendende Licht der Scheinwerfer blinzelte, erkannte er Klaus Heinrich.

»Tut mir leid, Michael, aber die Kollegen haben dich wohl nicht erkannt«, sagte Heinrich. »Wie geht es Ihnen?«, wandte er sich an Silvia, die sichtbar unter Schock stand.

Sie waren umringt von schwarz gekleideten, maskierten Männern, die Waffen in den Händen hielten.

»Es ist alles vorbei. Die österreichischen Kollegen bringen Sie jetzt in ein Krankenhaus, damit Sie untersucht werden.«

»Ich komme mit«, sagte Schröck und hielt Silvia fest.

»Gleich. Vorher muss ich noch ein paar Worte mit dir wechseln«, sagte Heinrich mit einem Lächeln und nahm Schröck beiseite.

Jetzt würde er ihm bestimmt gleich eröffnen, dass er für den BND ungeeignet war. Aber er hatte doch gleich Zweifel an seiner Fähigkeit angemeldet.

»Gehen wir ein paar Schritte. Die Kollegen vom Einsatzkommando Cobra-Süd erledigen den Rest.« Heinrich legte Schröck die Hand auf die Schulter.

»Klaus, ich habe da in der Nähe einen Georgier am Straßenrand verschnürt und abgelegt«, fiel Schröck plötzlich ein. »Den solltet ihr euch holen.«

»Haben ihn schon gefunden, ein ziemlich hohes Tier bei denen. Ein internationaler Haftbefehl liegt auch schon gegen ihn vor.«

»Er wollte Meladze aus dem Weg räumen, um seine Geschäfte zu übernehmen.«

»Das wird ja immer besser«, freute sich Heinrich. »Jetzt haben wir auch noch einen Bandenkrieg verhindert.«

»Na, das vielleicht nicht, aber –«

»Das können wir später alles besprechen«, unterbrach ihn Heinrich. »Eigentlich wollte ich dir nur sagen, dass du gute Arbeit geleistet hast.«

Schröck schaute ihn verdutzt an.

»Du hast uns Gessner auf dem Silbertablett serviert, die Verbindungen zu Meladze aufgeklärt, verhindert, dass ein gefährlicher Kampfstoff aus der EU an die Nordkoreaner verkauft wird und darüber hinaus auch noch Meladzes Nachfolger zur Strecke gebracht. Alle Achtung, das muss dir erst einer nachmachen. Und alles gleich beim ersten Einsatz. Ich bin stolz auf dich. Meine Vorgesetzten werden begeistert sein. Nicht schlecht für meine Karriere, schließlich hab ich dich empfohlen. Und das war erst der Anfang.« Heinrich zwinkerte Schröck zu und klopfte ihm auf die Schulter.

Schröck blieb der Mund offen stehen. Statt ihm eine Standpauke zu halten, lobte ihn Heinrich über den grünen Klee. Er schluckte. »Danke, aber können wir jetzt wieder zu Silvia zurückgehen?«

»Natürlich. Hast du auch etwas abbekommen?«

Schröck schüttelte den Kopf.

Heinrich wandte sich an die Beamten der Sondereinheit: »Herzlichen Dank für Ihre Unterstützung. Der Einsatz war vorbildlich. Wir rücken jetzt ab.«

Ein groß gewachsener Mann löste sich aus der Gruppe der Vermummten und ging auf Schröck zu. »Hauptkommissar Schröck? Wir kennen uns doch, oder? Wir haben uns vor ein paar Jahren bei der Führung im Landespolizeikommando kennengelernt.«

»Tatsächlich?« Schröck schaute den Beamten, der das Visier seines Helmes geöffnet trug, zweifelnd an. Die Maske darunter ließ nur seine Augen frei.

»'tschuldigung.« Verlegen nahm der Mann den Helm ab und zog sich den Strumpf vom Kopf. »Major Neurater, erkennen S' mich jetzt?«

Schröck schaute den Mann um die vierzig, der mit zerzausten Haaren vor ihm stand, prüfend an und hatte keine Ahnung. Trotzdem nickte er.

Neurater grinste breit. »Sehen S'? Ich vergesse nie ein Gesicht.«

Schröck schüttelte ihm die Hand. »Schön, Sie zu sehen, aber ich denke, wir sollten uns jetzt wirklich auf den Weg ins Krankenhaus machen«, sagte er mit einem Blick auf Silvia.

Neurater wies einen Kollegen an, sie zu fahren.

Heinrich verabschiedete sich galant von Silvia. »Und du, Michael, mach's gut. Und lass dir Zeit mit dem Bericht. Das reicht auch noch in ein paar Tagen. Kannst ihn auch per Mail schicken. Du hast ja meine Adresse.«

Schröck nickte. Langsam sollte er sich eigentlich daran gewöhnt haben. Egal, was er tat, er würde sich immer auch mit leidigem Papierkram herumplagen müssen.

»Sehen wir uns noch mal hier in Graz?«, fragte Schröck.

»Ich denke nicht. Ich werde morgen früh abreisen«, antwortete Heinrich mit ernster Miene.

»Ich habe gehört, in der Umgebung soll es tolle Golfplätze geben«, grinste Schröck ihn an. »Im Hotel lag eine Zeitschrift ...«

»Mensch, Michael«, lachte Heinrich. »Du wirst mir langsam unheimlich. Vor dir bleibt aber auch kein Geheimnis verborgen.«

»Na dann: schönes Spiel. Das sagt man doch so, nicht wahr?«

»Du hast gut aufgepasst. Ich melde mich dann bei dir.«

»Ich habe befürchtet, dass du das sagst«, murmelte Schröck. Er legte den Arm um Silvias Hüfte, dann folgten sie dem Fahrer.

»Kleinen Moment. Ich muss mich noch richtig adjustieren. Wenn ich so durch Graz fahre, kriegen die Leute noch die Panik.«

Der Beamte legte die schwere Schutzkleidung und den Helm ab. Ein freundlicher junger Mann mit kurzen blonden Haaren und einem gewinnenden Lächeln kam darunter zum Vorschein. Er zog eine leichte Frühjahrsjacke über, hielt ihnen höflich die Wagentür auf und setzte sich dann hinters Lenkrad.

Die Fahrt dauerte nicht lange. Am Krankenhaus steckte ihr Fahrer eine Karte mit der Aufschrift »Dienstkraftwagen« und dem Bundeswappen hinter die Windschutzscheibe und ließ das Auto in der Rettungseinfahrt stehen.

An der Anmeldung wechselte er mit der Frau hinter dem verglasten Fenster ein paar Worte und zeigte ihr seinen Dienstausweis. Das Papier wirkte Wunder. Die rundliche Blondine kam sofort aus ihrem Büro, schenkte ihnen ein Lächeln und klapperte mit ihren Holzschlappen eilig durch eine Tür mit der Aufschrift »Behandlungsraum 1, Eintritt nur nach Aufruf«.

Eine Minute später kam sie mit einem Arzt zurück. Schröck hatte den Eindruck, dass er noch kaute.

Der Arzt bat Silvia ins Behandlungszimmer. Schröck nahm im Warteraum Platz. Eine Viertelstunde später kam Silvia in Begleitung einer Krankenschwester wieder heraus. »Ich muss zum Röntgen, dauert aber nicht lange«, sagte sie zu ihm und war wieder entschwunden. Aber sie schien den Schock verwunden zu haben.

Schröck rümpfte die Nase. Der Geruch nach Desinfektionsmittel verursachte ihm seit jeher Übelkeit.

»Sie sind ja fast grün. Sie sollten sich auch untersuchen lassen.« Die rotbackige Frau aus dem Aufnahmebüro stand vor ihm, machte ein besorgtes Gesicht und betrachtete ihn prüfend über den Rand ihrer Lesebrille hinweg. »Sie waren wohl auch im Einsatz?«, fragte sie neugierig.

»Nicht so richtig«, erwiderte Schröck, »aber dieser Geruch hier …«

»Ich weiß, was Sie meinen. Ich riech das schon gar nicht mehr, aber wie ich vor fünfzehn Jahren hier angefangen habe, war's freilich noch anders. Gehen Sie doch ein wenig an die frische Luft, ich ruf Sie dann, wenn Ihre Gattin fertig ist.«

»Gattin?«, fragte Schröck und stand auf.

»Oder eben das Fräulein Freundin.« Sie zwinkerte ihm zu.

Schröck räusperte sich. »Also, ich bin dann mal vor der Tür.«

Nach einer weiteren halben Stunde waren Silvias Untersuchungen endlich abgeschlossen.

»Alles in Ordnung.« Sie hakte sich bei Schröck unter. »Nur ein paar blaue Flecken.«

»Gott sei Dank. Ich dachte schon, die wollen dich hierbehalten.«

»Quatsch, die nehmen nur ihre Arbeit sehr genau.«

Ihr Fahrer hatte im Wagen gewartet und ließ sie einsteigen. Über die hell erleuchteten Straßen fuhren sie durch das nächtliche Graz.

»Ich wollte dich doch zum Essen einladen …«

»Michael, sei mir nicht böse, aber ich möchte so schnell wie möglich nach Hause. Und eine Dusche brauche ich auch mal wieder.«

»Verstehe«, sagte Schröck und drückte ihre Hand.

Vor ihrem Hotel verabschiedete sich der Beamte und wünschte ihnen eine gute Heimreise.

»Du bist sicher sehr müde«, sagte Schröck zu Silvia, als er die Zimmertür aufsperrte.

Sie drückte sich an ihn und flüsterte: »Na ja, ich habe mal gehört, dass so eine Dusche wieder munter machen soll.«

VIERUNDZWANZIG

Sie hatten nach dem Frühstück mit Liba telefoniert, sich zum Bahnhof bringen lassen und den Zug, der um elf Uhr vierzig fahren sollte, nur deshalb noch erwischt, weil er eine halbe Stunde Verspätung hatte. Es war schon nach sechs Uhr abends, als sie in München ankamen und sich ein Taxi nach Schönbergmoos nahmen. Als sie ins Haus kamen, stand Liba am Herd. Der getigerte Kater lag faul auf der Couch und leckte seine Pfoten.

»Jesses Maria und Josef, das Fräulein Silvia ist wieder da!« Sie umarmte und drückte Silvia, dass ihr fast die Luft wegblieb. Mit dem Zipfel ihrer Schürze wischte sie sich die Tränen aus den Augen. »Ich hab mir ja solche Sorgen gemacht.«

»Hallo, Liba«, sagte Schröck und lächelte, aber Libuša gab ihm einen Klaps auf die Hand.

»Sie sind mir mal ein scheener Polizist, Herr Hauptkommissar. Sie müssen besser auf das Fräulein Silvia aufpassen. Tausend Tode bin ich gestorben.« Schröck wollte etwas entgegnen, aber Liba stieß einen Schrei aus.

»Sie sind ja verletzt!« Sie betrachtete Silvias Gesicht. »Alles blau angeschwollen. Um Himmels willen. Setzen Sie sich, ich bring Ihnen eine Salbe.«

»Das ist nichts, ist ja schon fast verschwunden. Ein wenig Make-up, und man sieht gar nichts mehr. Ich freue mich übrigens auch, Sie zu sehen.«

Liba seufzte tief und lächelte. »Ich mach Ihnen heute Abend was ganz Besonderes. Gut, dass Sie vorhin noch angerufen haben.«

»Haben Sie die ganze Zeit über hier geschlafen?«, fragte Schröck und hob das Kissen und die Decke an, die auf der Couch lagen.

»No, was denn? Ich hätt doch keine ruhige Minute gehabt, wenn ich denken hätte müssen, dass Sie mich nicht erreichen, wenn es Neuigkeiten gibt«, entgegnete Libuša entrüstet.

»Ich hätte Sie auch die paar Meter weiter bei Ihnen zu Hause erwischt.«

»Herr Schröck, Sie haben doch nichts dagegen, wenn beim Essen heute Abend mein Neffe Jiří dabei ist, oder?«, wechselte

Liba das Thema. »Solange er den Arm im Gips hat, wohnt er bei mir, sonst isst er nicht richtig.«

»Passt schon«, sagte Schröck. »Dann lerne ich den echten Jiří wenigstens auch kennen.«

»Wieso den echten?«, fragte Liba erstaunt.

»Ach, egal, das erzähle ich Ihnen, wenn wir Zeit haben. Wir packen jetzt erst einmal unsere Sachen aus.«

»Gut, ich muss sowieso nach meinen böhmischen Knödeln schauen, sonst wird das ein Semmelkren.«

Schröck rollte sein Gepäck ins Schlafzimmer und Silvia folgte ihm. Nachdem er die Schmutzwäsche und seinen Kulturbeutel ausgepackt hatte, stellte er den Koffer in den Schrank. »Darf ich dich was fragen?«, begann er vorsichtig.

»Natürlich. Was denn?«

»Wieso warst du eigentlich in Graz bei Gessner?«

»Und ich dachte schon, du würdest mich das nie fragen.«

»Wenn du es mir nicht erzählen willst …«

»Nein, ist schon in Ordnung. Ich wollte es dir ohnehin die ganze Zeit über schon sagen, aber irgendwie hat es nie gepasst.« Dann erzählte sie ihm von ihrem Vater, seinen schmutzigen Geschäften und dem Geld, das sie geerbt hatte. Und dass sie, als Schröck Gessners Namen erwähnte, entschieden hatte nachzuprüfen, ob sie es wirklich für einen guten Zweck ausgab.

»Also war ich es eigentlich, der dich in diese Lage gebracht hat«, sagte Schröck geknickt.

»Ist doch alles gut ausgegangen. Ich muss nur immer noch an den Mann denken, den ich umgebracht habe.«

»Das war Notwehr.«

»Aber vielleicht hätte es noch einen anderen Weg gegeben.«

»Mach dir keine Gedanken darüber. Er war ein schlechter Mensch, und so kann er wenigstens kein Unheil mehr anrichten. Wer weiß, wen der schon alles auf dem Gewissen hatte.«

»Vermutlich hast du recht«, sagte sie, wirkte jedoch nicht sehr überzeugt. Die Sache würde sie noch lange verfolgen.

Am Abend saßen sie in der Wohnküche zusammen. Liba hatte aufgetischt, als würden sie noch mindestens zehn weitere Gäste erwarten. Es gab *Svíèková na smetanì*, Lendenbraten in sämiger Sahnesoße, mit böhmischen Knödeln. Schröck hatte einen alten Rotwein aus dem Keller geholt und Liba Bier eingeschenkt. Auch Jiří war dabei, ein kleiner drahtiger Mann mit wachen Augen, den Schröck auf Anhieb sympathisch fand. Als sie beim anschließenden Kaffee saßen und sich vor Lachen die Bäuche hielten, während Jiří Geschichten über seine Tante zum Besten gab, klingelte das Telefon. Es war Heinrich.

»Ich wollte mich nur erkundigen, ob ihr gut angekommen seid und wie es Silvia geht«, sagte er.

»Alles in Ordnung«, erwiderte Schröck, »aber sie macht sich wegen dieses Mannes Sorgen. Du weißt schon, ihren Bewacher.«

»Muss sie nicht. Ich habe mit den österreichischen Behörden schon das meiste geregelt, allerdings wird sie noch einmal nach Graz kommen müssen, um ihre Aussage beim Staatsanwalt zu machen, genauso wie du. Ihr könnt auf unsere Kosten fahren und dann noch ein paar Tage dranhängen, sozusagen als Entschädigung.«

»Klingt gut«, sagte Schröck. »Aber jetzt mach ich besser Schluss. Meine Haushälterin hat Buchteln mit warmer Vanillesauce gemacht und kann sehr unangenehm werden, wenn man nicht rechtzeitig zum Essen erscheint.«

»Ich bin gleich fertig. Vielleicht interessiert es dich noch zu hören, dass die Frau von Gessners Konkurrenten, Alexandra Tomaschek, verhaftet wurde. Ihre DNA wurde im Apartment gefunden, in dem Eva Gessner einen von Meladzes Männern umgebracht hat. Ihr Mann scheint tatsächlich ein Genie zu sein. Eva Gessner hat ausgepackt. Tomaschek soll ein Durchbruch in der Krebsforschung gelungen sein, woraufhin ihr Mann ihn an weiteren Forschungen hindern wollte. Die Grazer Kollegen kümmern sich drum.«

»Na, wunderbar. Dann ist doch alles in Ordnung. Ich müsste jetzt aber wirklich dringend zu meinen Buchteln. Liba wird schon ganz ungeduldig.«

»Eines noch, Michael. Ich hätte da einen neuen Auftrag für dich. Müsstest aber erst in drei Tagen anfangen.«

»So schnell?«, rief Schröck erstaunt. »Worum geht es denn?«

»Nicht jetzt. Ich habe dir die Flugtickets schon an deine Mail-

Adresse geschickt. Nähere Instruktionen erhältst du telefonisch. Und jetzt mach dir noch einen schönen Abend. Grüß mir Silvia. Und, Michael?«

»Ja?«

»Pack dieses Mal besser den großen Koffer. Gute Nacht.«

Schröck legte das Telefon beiseite, ging in die Stube zurück, setzte sich zu Silvia und drückte ihr einen Kuss auf die Wange.

»Es war Heinrich.«

»Alles in Ordnung?«

»Ja.«

»Dann ist ja gut. Die sollen dich jetzt erst mal ein paar Tage lang in Ruhe lassen. Ich will dich auch mal wieder nur für mich haben.«

Schröck grinste säuerlich. »Da ist leider noch etwas.«

»Ein neuer Auftrag?«

»Ja, aber darüber können wir später auch noch sprechen. Jetzt widmen wir uns erst einmal Libas Buchteln.«